SAUERLÄNDER

© Maline

Stefan Casta wurde 1949 in Vadstena, Schweden, geboren. Bevor er sich ganz dem Schreiben widmete, arbeitete er zunächst als Reporter und Produzent beim Radio und Fernsehen. 2002 erhielt er für sein bisheriges Gesamtwerk den Astrid-Lindgren-Preis.

Weitere Informationen zum Kinder- und Jugendbuchprogramm der S. Fischer Verlage, auch zu E-Book-Ausgaben, gibt es bei www.fischerverlage.de

Stefan Casta

AM ANFANG WAR DAS ENDE

Aus dem Schwedischen
von Birgitta Kicherer

SAUERLÄNDER

Erschienen bei FISCHER Sauerländer

Die schwedische Originalausgabe erschien 2010 unter dem Titel:
›Den Gröna Cirkeln‹ bei Bokförlaget Opal AB, Bromma

Die Auszüge aus den Gedichten von Gunnar Ekelöf wurden
übersetzt von Klaus-Jürgen Liedtke

Covergestaltung: Hauptmann & Kompanie Werbeagentur, Zürich, Kim Becker,
unter Verwendung eines Fotos von © Jens Carsten Rosemann/Getty Images

Satz: Fotosatz Amann, Memmingen
Druck und Bindung: CPI books GmbH, Leck
Printed in Germany
ISBN 978-3-7373-5080-8

SEHR GEEHRTER LESER!

Mein Name ist Hans Englund. Als ich klein war, wurde ich Hänfling genannt. Du hast noch nie etwas von mir gehört, und es dauert lange, bis ich in diesem Buch auftauche. Eigentlich habe ich nur eine Nebenrolle. Als Kind habe ich oft Maiblumen verkauft, Anstecknadeln für ein Kinderhilfswerk. Das war damals üblich. Und dadurch bin ich wohl auch in diese Geschichte hineingezogen worden.

Inzwischen bin ich ein alter Mann. Ich wohne in einem Altersheim in einem der unterirdischen Stadtteile, genannt Region Vogelnest. Direkt über uns lag früher eine Privatschule mit dem Namen Vogelnestschule, ursprünglich wohl eine Sonderschule, die später zu einer Kulturschule wurde, als der allgemeine Trend in diese Richtung ging.

Die Geschichte, die du gleich lesen wirst, handelt vom Seltsamsten, was ich je erlebt habe. Wie du bald merken wirst, hat die Geschichte einen realen Hintergrund, ist also eine Art Dokumentarbericht. Das macht sie aber nicht weniger seltsam. Eher im Gegenteil!

Ich denke immer noch fast jeden Tag daran. Zugegeben, das Leben an sich ist schon eine ziemlich eigenartige Sache. Das zu sagen, kann man sich in meinem Alter erlauben. Das Leben ist etwas Wunderbares und eigentlich völlig unbegreiflich. Die Tatsache, dass wir existieren, meine ich. Dass wir atmen, einschlafen, aufwachen. Dass der Wind dort oben immer noch weht. Das alles ist wie ein Traum.

Aber diese Geschichte lässt mich nicht los. Ich stecke irgendwo in ihr fest. Und obwohl das alles vor so langer Zeit geschehen ist, kommt es mir vor, als wäre es gestern gewesen. Oder: *als geschähe es jetzt.*

Es ist, als bewegte sich die Zeit immer im Kreis, immer im Kreis.

Darum bitte ich dich, lies das hier!

Hochachtungsvoll

Hans »Hänfling« Englund
Altersheim Vogelnest

An einem Dienstag Anfang November verschwinden vier Jugendliche spurlos aus der Kulturschule Vogelnest. Dies ist ein Versuch, das, was mit ihnen geschehen ist und was sie erlebt haben, zu rekonstruieren. Als Unterlagen dienen ein Tagebuch und die Filme, die sie hinterlassen haben.

DIE ZEIT DAVOR

Ein rundes Ding gibt es
das ist die Welt
Doch gibt es keinen Kreis

Das Einzige
was uns hätte glauben lassen an Anfang und Ende
ist die elliptische Abweichung

Aber wie viele Höllen und Explosionen du dir ausdenken
magst:
Es gibt keinen Anfang und auch kein Ende!
Und du – mit deinem Hohnfall und deinem
Gebetslächeln:
Es gibt kein Ich!

Gunnar Ekelöf

DER TAG DER SONNE

Es ist Sonntag.

Und es ist so krass still, wie es bloß an einem Sonntag sein kann. Ich weiß nicht, warum, aber es liegt Sonntag in der Luft. Die Uhren ticken langsamer. Der Staub schwebt, ohne zu fallen. Nichts passiert. In der Luft ist ein Rauschen, das man sonst, wenn der Alltag losbrummt, nie wahrnimmt, aber jetzt deutlich hören kann. Entweder man mag das, oder man mag es nicht. Ich hab's noch nie gemocht. Aber das hat mit der Sache, um die es hier geht, nichts zu tun.

Also, es ist Sonntag.

Es ist still. Mama schaut Fußball im Fernsehen, und Papa sitzt daneben und näht. Ha, ha! So witzig war ich damals noch. Natürlich näht niemand, und es sieht auch niemand fern. Die Zeiten haben sich geändert. Es hat wieder geregnet, und die Straßen stehen unter Wasser. Die Leute laufen in Gummistiefeln durch die Gegend, wenn sie welche haben, oder rudern in kleinen Schlauchbooten herum, wenn sie welche besitzen. Manche haben sich in ihren Häusern verbarrikadiert. Lastwagen fahren hin und her, auf den Ladeflächen stehen Menschen, die anderen Menschen Sandsäcke zuwerfen, und die tragen sie dann davon. Damit sind viele beschäftigt. Anderen ist das alles scheißegal. Sie haben nämlich begriffen, dass ein paar Sandsäcke nichts an der Sache ändern.

Ja, es ist Sonntag.

Mein Vater liegt auf dem Dach, um mit dem Fernglas Vögel zu beobachten, und meine Mutter liegt oben ohne auf dem Balkon in der Sonne. Kannst du folgen? So ungefähr hab ich früher rumgealbert. Manche fanden mich brillant. Ein Wort, das mir gut gefällt. Brillant genannt zu werden ist etwas Besonderes, weil es so klingt, als würde man funkeln wie ein Edelstein. Ich hab's gegoogelt: Ein Brillant ist ein Diamant mit einem ganz speziellen Schliff. Und manchmal bin ich das eben auch.

Jetzt gerade bin ich übers Wochenende nach Hause gekommen, heute Nachmittag oder am Montagmorgen fahre ich in die Schule, ins Vogelnest, zurück, kommt ganz aufs Wetter an. Was das betrifft, sieht es im Augenblick eher nach Dienstag aus.

Ich gehe kurz zum Fenster und beobachte die Lastwagen, versuche, sie zu zählen. Sie erinnern mich an Bienen, die mit ihrer Last zum Bienenkorb fliegen. Nicht an Ameisen, sondern an Bienen. Die Menschen, die die Säcke in Empfang nehmen, sehen dagegen mehr wie Ameisen aus, wenn sie mit den Säcken auf den Schultern schwankend durch die Gegend laufen.

Wie lange soll das hier eigentlich so weitergehen? Das hat uns niemand gesagt. Wie wird das hier eigentlich enden? Daran denkt niemand. Diesen Gedanken haben wir längst hinter uns gelassen, wir sind schon viel weiter. Wir leben in einer wortlosen Zeit.

Ich selbst liege, wenn ich nicht gerade aus dem Fenster schaue, schon den zweiten Tag auf dem Bett und mühe mich mit einem Rollenspiel am PC ab, weil diese Stille, dieses lastende Schweigen mich rastlos macht. Jetzt gerade spüre ich, dass ich mich in der virtuellen Welt nicht mehr konzentrieren kann. Also gleite ich aus meinem Avatar heraus wie eine Schlange, die ihre Haut abstreift, und lasse mich von der Wirklichkeit aufsaugen.

Gleich muss ich an David Beckham denken, in den ich verliebt bin. Hoffentlich schafft er den Weg zurück ins Vogelnest.

David hat lange dunkelbraune Haare und braune Augen. Er ist einfach überall braun, wie Milchschokolade, und behaart, was sehr sexy ist. Wenn du dir einen Affen vorstellst, aber den eigentlichen Affen weglässt: das ist David. Außer mir sind noch viele in ihn verknallt, aber ich bin die Einzige, für die er was übrig hat. Eigentlich ist das eine lange Geschichte, wir sind nämlich schon ewig zusammen. Wir waren im selben Kindergarten, oder Rindergarten, wie ich immer sagte. Ich hatte schon immer einen ausgeprägten Sinn für Humor. Als ich klein war, hatte ich angeblich eine eigene Sprache. Die hab ich immer noch, aber inzwischen ist Red Bull der Einzige, der das witzig findet, die anderen scheint meine Sprache nur zu nerven. Witzig zu sein finde ich aber trotzdem noch cool.

Plötzlich höre ich Pompom tapsen. Er hüpft auf mein Bett, und das ist ein Glück, denn ich hab's echt satt, mit meinen Sonntagsängsten allein zu sein. Nach David liebe ich Pompom am meisten. Außer Mama und Papa natürlich, aber das ist was anderes. Genau genommen, hab ich alle vier am liebsten. Solche Sachen sind mir wichtig, die halten die Welt für mich zusammen.

Ich kraule Pompom oberhalb der Nase, wo er es am liebsten mag, da fängt er gleich an zu schnurren und macht es sich auf meiner Brust bequem. Pompom ist schwarz und weiß und trägt ein rotes Halsband mit einem Glöckchen. Das trägt er, seit er klein war. Damals war es wegen der Spatzen. Aber das hat Pompom nie kapiert, er hat sie trotzdem gejagt. Katzen sind manchmal ein bisschen bescheuert. Damals kam Pompom immer angebimmelt wie das Milchauto, obwohl die Vögel schon längst davongeflattert waren. Inzwischen gibt es kaum noch welche. Höchstens Schwäne. Aber vor denen hat Pompom Angst. Ehrlich gesagt, fürchte ich mich auch ein wenig vor ihnen.

Pompom ist dreizehneinhalb. Seinen Namen hab ich mir ausgedacht. Da staunst du, was?

DER TAG DES MONDES

Heute ist Montag, und das spüre ich von Kopf bis Fuß. Montag, der Tag, der mit einem Erdbeben anfängt und mit einer Beerdigung endet. Immer wenn man gerade alle Alltäglichkeiten und Pflichten vergessen hat und bloß in der Gegend herumchillt, kommt der Montag und brüllt einem ins Ohr. Aufstehn! Haare putzen! Zähne waschen! Duschen! Wasch den Bauch! Die Schenkel auch! Nicht unnötig onanieren! So Sachen denke ich mir aus, um den Montag reinzulegen, denn genau in dem Moment, wo er glaubt, ich sei so durch den Wind, dass ich nicht mehr weiß, wie ich heiße, genau da springe ich aus dem Bett und brülle zurück.

Der beste Montag, an den ich mich erinnern kann, war, als Dinah ins Vogelnest kam. Sie kam in einem Taxi an, weil ihre Mutter keine Zeit hatte, sie zu fahren. Ihre Mutter ist Ärztin und operiert Leute, die Krebs haben, und ausgerechnet an dem Tag waren es viele. Dinah trug schwarze Jeans und eine coole schwarze Lederjacke. Ich hab sie gleich als Erstes gefragt, wo sie die gekauft hat, da hat sie mich bloß angefaucht: »Kann dir doch scheißegal sein, blöde Kuh!« Ich hatte ganz vergessen, dass Montag war. Dinah hatte schwarze Haare, die seitlich kurzgeschnitten waren, und einen langen schwarzen Pony, der ihr wie ein Rollo über die Augen hing. Außerdem hatte sie Brüste, die fürs ganze Vogelnest gereicht hätten. Das war David Beckhams Kommentar. Brüste sind mehr oder weniger sein Hauptinteresse. Aber Dinah hatte keine von diesen üblichen spitzen Titten, die man in gewissen Zeitschriften bewundern kann, ihre waren mehr wie Auberginen, wenn du weißt, was das ist. Auberginen sind mein Lieblingsgemüse. »Du müsstest sie dressieren, damit sie Männchen machen«, sagte David Beckham und starrte die Auberginen an. »Na, dann dressier du mal lieber deinen Pimmel, damit er Männchen macht, und führ ihn uns vor!«, sagte Dinah. David verstummte, während die anderen brüllten vor Lachen. Vielleicht hat er schon damals gecheckt, wer sie war. Aber kurz dachte ich echt, er würde es tun, ihn rausholen und uns vorführen, meine ich. David kann nämlich sehr spontan sein. Das weiß ich nur zu gut, schließlich sind wir zusammen.

Dann kam Gun-Helen, unsere energische Rektorin, über den Korridor geflattert, legte den Arm um Dinah und verschwand mit ihr in Richtung Sekretariat. Mir war sofort klar, dass Dinah ein bisschen *speziell* war. Das sind fast alle hier, außer David, der *sehr* speziell ist.

David blieb vor der Tür zum Sekretariat stehen. Ich wusste, dass er dort stehen bleiben würde, bis Dinah wieder herauskam. David ist dickköpfig wie ein Hund.

»Komm jetzt, David!«, sagte ich und zerrte ihn davon. »Wir fangen an. Es ist Montag.«

Aber ich glaube, so wie dieser Montag hatte noch keiner angefangen. Er kam mir viel mehr wie ein Mittwoch oder Freitag vor, und mir war klar, dass das an Dinah lag. Man sah ihr schon von weitem an, was für eine Marke sie war.

Als sie ins Klassenzimmer kam, sagte Red Bull, sie solle sich neben mich setzen. David und ich dürfen nicht nebeneinandersitzen, weil wir dann bloß schmusen, darum war der Platz neben mir frei. David setzte sich oft trotzdem zu mir, aber dann kam Red Bull und baute sich mit verschränkten Armen vor uns auf, stinkwütend und knallrot im Gesicht. So blieb er dann stehen, bis David es aufgab und zu seiner Bank zurücktrottete.

Der Name Red Bull stammt von mir. Weil unser lieber Lehrer immer knallrot wird, wenn er sich über irgendwas ärgert. Eigentlich heißt Red Bull Egon, er ist unser Klassenlehrer und unterrichtet Kreatives Schreiben. Mein Lieblingsfach.

Als Dinah sich neben mich setzte, merkte ich, dass sie nach Zigarettenrauch roch. Ich sagte meinen Namen, weil ich es wichtig finde, dass man sich vorstellt.

»Ich heiße Judit Kaspersson«, sagte ich und reichte ihr die Hand. »Dinah«, sagte sie, ohne meine Hand zu nehmen. »Nenn mich einfach Dinah.« Das fand ich gut.

»Du bist also mit Nummer Zehn zusammen, Judit?« Es ist mir schleierhaft, wie sie das so schnell herausgefunden hatte, aber Dinah ist eben anders als die anderen. Sie ist unheimlich clever. Das weiß ich, schließlich sitzen wir nebeneinander. »Ist er nicht wahnsinnig süß?«, sagte ich, und da musste Dinah so sehr lachen, dass Red Bull zu ihr herkam.

»Wenn du weiter bei Judit sitzen willst, solltest du dich anständig benehmen«, knurrte er.

»Ich will auf jeden Fall weiter hier sitzen«, sagte sie. »Judit ist in Ordnung.«

Als sie das sagte, hab ich mich riesig gefreut. So sind wir gleich am ersten Tag Freundinnen geworden.

Dinah hat einen Golden Retriever, der heißt Pluto, aber während sie hier im Vogelnest ist, muss Pluto ohne sie klarkommen. »Ich hab einen Kater, Pompom«, sagte ich. »Er fehlt mir unheimlich, wenn ich hier bin.« Aber Dinah sagte, sie mache sich wegen Pluto keinen Kopf. Wenn sie nicht da sei, kümmere sich eben jemand anders um ihn. »Dein Vater, oder?«, sagte ich, aber da schüttelte Dinah so heftig den Kopf, dass für einen Moment sogar ihre Augen hinter dem Haarrollo zu sehen waren. »Der arbeitet in Sirap«, sagte sie, und ich kapierte irgendwie null, aber nach einer Weile musste sie lachen und erklärte, das sei Paris, nur rückwärts gelesen, und da musste ich auch lachen, und schon stand Red Bull wieder da und starrte uns an.

Als Dinah meine beste Freundin wurde, kümmerte sich David wieder mehr um Gabriel. Gabriel freute sich riesig, er hat's nämlich nicht leicht. Er hängt meistens allein herum, und wenn jemand ihn fragt, behauptet er, er wolle seine Ruhe haben, aber in Wirklichkeit kommt es daher, dass er so schüchtern ist. Er trägt fast immer eine braune Baskenmütze und eine genauso braune Cordsamtjacke und wirkt so zurückhaltend und diskret, als käme er aus einer anderen Zeit als wir, irgendwie eher aus dem 20. Jahrhundert. Er und David sind total verschieden, und bestimmt ist das der Grund, warum sie sich mögen. Sie ergänzen sich perfekt. Wenn sie zusammen sind, wird Gabriel weniger schüchtern und David viel ruhiger. »Ihr solltet heiraten«, sagte Dinah, als David und Gabriel wieder mal die Köpfe zusammensteckten und über irgendein geheimes Projekt tuschelten, das sie gerade ausgeheckt hatten. Sie hatten immer irgendwas unglaublich Wichtiges am Laufen. »Wir sind an einer Sache dran, die kann die Welt retten«, verkündete David dann, und Gabriel errötete und nickte zustimmend.

Gabriel ist schon genauso lange im Vogelnest wie David und ich. Er hat kein eigenes Tier, und das tut mir leid, ich weiß nämlich, dass er gern eins hätte. Eine Schildkröte würde ihm wahrscheinlich gefallen oder Fische in einem Aquarium. Das hab ich ihm auch gesagt. Aber seine Eltern erlauben es nicht. »Wir können keine Tiere in der Wohnung halten«, sagt er. Seine Eltern sind LKW-Fahrer und arbeiten tagsüber und manchmal auch nachts, darum geht das angeblich nicht. Ich finde ja, Schildkröten und Fische kann man trotzdem haben, weil man die schließlich nicht ausführen muss. Gabriel hat eine jüngere Schwester, die heißt Tora und geht in der Stadt in die Schule, und ich finde sie könnte ihm mit den Fischen helfen.

Gabriel träumt davon, Regisseur zu werden. Sein Vorbild ist der große Regisseur Ingmar Bergman, falls du weißt, wer das ist. Gabriel hat alle Bergman-Filme mehrmals gesehen. In seinem Zimmer hat er eine Box mit Interviews, wo Bergman seine Filme analysiert. Manchmal bleibt er plötzlich stehen und zeigt auf irgendetwas, was keiner von uns anderen sieht. Dann hält er seine halbgeschlossene rechte Hand vors Auge, tut so, als würde er es filmen, und ruft: »Leute, das hier wird verdammt gut!« Dabei versucht er sogar, Ingmar Bergmans Stimme nachzuahmen. Anfangs fand ich das total peinlich, aber inzwischen ist es mir egal. Wir lassen ihn machen.

In diesem Halbjahr haben wir in der Schule ein Filmprojekt in Angriff genommen, und Gabriel darf dabei assistieren. Er hat im Internet Hunderte von Seiten durchforstet und eine hochkomplizierte Videokamera ausgesucht, die dann von der Schule für uns angeschafft wurde.

Ursprünglich hatten Gabriel und David je ein Zimmer für sich im Blauen Haus, aber als sie mit dem Umbau anfingen, hat Gun-Helen gefragt, ob sie sich vorstellen könnten, ein Zimmer miteinander zu teilen. Es soll einen ganz neuen Wohnflügel geben. Und ein Hallenbad mit Fitnessraum und eine Riesenterrasse, damit wir abends im Freien sitzen können.

Wir haben die Pläne für das neue Gebäude gesehen und die Farben unserer neuen Zimmer ausgesucht. Meins soll grün werden, weil Grün irgendwie meine Lieblingsfarbe ist. Ein helles Grün. Ich muss mein Zimmer mit niemandem teilen, obwohl ich gerne mit Dinah zusammengezogen wäre. Sie und zwei andere Mädchen aus dem Kurs für bildnerisches Gestalten sollen ein Wandgemälde für eine Wand in der neuen Eingangshalle entwerfen und arbeiten schon an den Skizzen dafür.

David und Gabriel haben anfangs oft beim Umbau mitgeholfen und geglaubt, sie wären eine große Hilfe, während allen anderen klar war, dass die beiden meistens bloß im Weg standen. Eine Zeitlang durften sie grüne Bretter für die große Terrasse tragen, aber als David mit einem Brett direkt in Gun-Helens Auto stiefelte, war damit Schluss. Jetzt schauen sie nur noch zu und tun so, als wüssten sie alles besser als wir Übrigen. Ich glaube ja, sie haben von den Bauarbeitern vor allem dreckige Witze gelernt.

Dinah und ich wohnen im Roten Haus, aber ziemlich

weit auseinander. Abends sitze ich meistens bei Dinah im Zimmer, höre Musik und schaue zu, während sie an dem Entwurf für das Wandgemälde arbeitet. Sie kann unfassbar gut zeichnen, und ich sage ihr immer wieder, dass sie mal eine große Künstlerin werden wird. Dann hebt sie den Kopf und sieht mich an und zuckt die Schultern. Im Kunstunterricht sitzt sie manchmal mit verschränkten Armen da, kaut Kaugummi und starrt vor sich hin. Da ist sie dann fast unerreichbar, als würde sie irgendwohin verschwinden. In einen inneren Raum hinein oder hinaus in eine große Dunkelheit. Als das zum ersten Mal passierte, bin ich wahnsinnig erschrocken. Aber inzwischen weiß ich, dass es vorbeigeht. Man muss sie nur in Ruhe ihre inneren Kämpfe austragen lassen. Unser Kunstlehrer tut das. Aber ich sehe, wie es ihn verunsichert und verwirrt. Ich glaube, er kapiert null, wenn es um Dinah geht.

Und ich glaube, Gabriel ist in Dinah verliebt. Manchmal steht er nur da und starrt Dinah und mich an. Oder besser gesagt Dinah. Wahrscheinlich checkt er nicht, dass man ihm das ansieht. Oder er bildet sich ein, er wäre unsichtbar. »Hör mit dem Geglotze auf!«, hab ich ihm einmal zugezischt, aber natürlich hat er nichts kapiert. Jungs kapieren sehr wenig. Auch wenn er ziemlich süß ist, müsste er doch checken, dass Dinah nicht mit ihm zusammen sein will. Dinah will nur mit mir zusammen sein, mit sonst niemandem.

DER TAG DER VENUS

Der coolste Tag ist der Freitag. F wie in Fahrt, F wie in Fest, F wie in frei. David kann noch mehr F-Wörter. »Fucking Friday!«, schreit er manchmal durch den Flur. Freitag, Sonntag, Montag, das sind die deutlichen Tage. Die übrigen kann ich kaum auseinanderhalten. Freitag fahre ich immer nach Hause. Nach Hause zu Pompom! Er kommt mir an der Tür entgegen und streicht mir so aufgeregt um die Beine, dass ich fast die Tasche auf ihn fallen lasse. Geliebter Pompom, ohne dich wüsste ich nicht, was ich tun sollte. Ich glaube, ohne David käme ich klar, aber ohne Pompom nie. Als ich das mal gesagt habe, ist David stinksauer geworden. Für ihn ist Pompom nur ein Kater. Aber Pompom ist ein kluger Kater. Wenn David ihn streichelt, schlägt er ihm manchmal die Krallen in die Hand. Dann schreit David so laut, dass meine Eltern angerannt kommen. Die Wochenenden verbringt David oft bei mir zu Hause. Nur manchmal nicht, wenn er ins Training muss oder in die Probe.

David hat eine phantastische Stimme und singt in einem Chor. Sie singen oft in der Kirche, und im Sommer verreisen sie und nehmen an Festivals teil. Für David ist das gar nichts. Seine Stimme ist sozusagen angeboren, ein natürlicher Teil seiner Person und nichts, worüber er sich Gedanken macht. Eigentlich singt er nicht mal besonders gern. Jedenfalls nicht so gern, wie er Fußball spielt. Seine Eltern und ich haben ihn gemeinsam dazu überredet, sich in der Vogelnestschule zu bewerben. Aber er hat sich geweigert, in die Musikklasse zu gehen, und probt nur am Freitagnachmittag mit ihnen.

Die Lehrer finden den Freitag auch cool, das merkt man. Ich glaube, freitags dopen sie sich mit Torte und Kuchen oder nehmen im Lehrerzimmer irgendwelche Drogen, jedenfalls sind sie immer viel fröhlicher und ausgeglichener als sonst. Am meisten merkt man das am Ganser. Den Namen hab ich erfunden, weil er Martin heißt. Eine Martinsgans, ein Martinsganser! Er ist der beliebteste Lehrer an der Schule, weil er neu ist und sich fetzige Sachen ausdenkt, ein gesprächiger, sportlicher Typ, braungebrannt, mit kurzgeschnittenen Haaren. Ich weiß, dass er eine Freundin hat, die manchmal vor der Schule auf ihn wartet, dann nimmt er sie in seinem Jeep mit. Ann-Katrin heißt sie.

Der Ganser ist der Lehrer, den ich am meisten mag, nach Red Bull natürlich, aber ich mag ihn auch irgendwie anders. Red Bull ist so, wie ein guter Lehrer sein soll, während der Ganser mehr wie ein Kumpel ist. Er unterrichtet uns in Film & Bild. Manchmal drückt er mich und sagt, ich sei seine beste Freundin. Dann erinnere ich ihn an Ann-Katrin, und er lacht. Und jetzt hat er ja Dinah dazubekommen. Aber er scheint sich nicht besonders für sie zu interessieren. Das Thema Bild ist wohl nicht so sein Ding, für ihn zählt nur Film. Außerdem glaube ich, dass Dinah ihm ein bisschen Angst macht.

Der heutige Freitag ist einer dieser ewigen Regentage. Der Fluss, der am Vogelnest vorbeifließt, ist gestiegen, und Gun-Helen war heute Morgen schon unten am Wasser und hat mit der Feuerwehr gesprochen. Sie sagt, für das Vogelnest bestehe keine Gefahr, aber in einem der Einkaufszentren weiter flussabwärts habe es eine Ratteninvasion gegeben und sie hätten es wegen Sanierungsarbeiten schließen müssen.

Die Bauarbeiter, die gerade die Betonfundamente für die Terrasse gießen, müssen ihre Arbeit unterbrechen. David und Gabriel, die draußen dem Betonmischer zugeschaut haben, kommen wieder herein, total durchnässt. David wird stinksauer, als er kapiert, dass er nicht zu mir mitkommen kann, weil ich Dinah übers Wochenende eingeladen habe.

»Du hast doch Gabriel«, sage ich. »Vielleicht erfindet ihr zwei noch was Geniales gegen den Regen.«

Da sieht er gleich viel fröhlicher aus. Wenn man erst mal weiß, wie man mit ihnen umgehen muss, wird einem klar, dass Jungs leichter zu manipulieren sind als Haustiere, jedenfalls springen sie über jedes Stöckchen, das du ihnen hinhältst. Dinah schlägt vor, sie könnten zum Beispiel einen Regenschirm erfinden, aber nachdem David eine Weile darüber nachgedacht hat, meint er, der Regenschirm sei wohl schon erfunden.

»Ich meine, einen größeren«, sagt Dinah, »einen, der die ganz Erde abschirmt.«

Da kriegt er leuchtende Augen.

»Fuck your Friday!«, brüllt er und stürzt davon, um Gabriel zu suchen.

An diesem Freitag hat der Ganser sich ausgedacht, dass wir unseren Kunstunterricht ins Freie verlegen und Bäume skizzieren sollen, echt eine Superidee bei dem Wetter, aber als er sieht, wie es draußen schüttet, zuckt er bloß die Schultern und sagt, dann würden wir uns eben einen guten Film anschauen. Gabriel strahlt.

»Wow!«, brüllt David und sieht mich an.

Ich hätte auch gern wow geschrien, weil ich natürlich für jede Abwechslung froh bin, tue es aber nicht, weil ich nicht so scharf auf Filme bin wie David und Gabriel. Mir reicht die Wirklichkeit voll und ganz.

Aber der Film, den wir uns dann anschauen, ist wirklich sehr ungewöhnlich. Es ist einer der frühesten Filme von Ingmar Bergman, ich glaube, er heißt »Das siebente Siegel«. Er spielt im Mittelalter und handelt von einem Ritter und seinem Knappen, die von den Kreuzzügen heimkehren und feststellen, dass das Land von der Pest heimgesucht worden ist, einer schrecklichen Seuche, die durch Ratten verbreitet wird. Jeder dritte Mensch ist daran gestorben. Der Knappe begibt sich zu einem verlassenen Hof, um nach Wasser zu suchen. Der einzige überlebende Mensch auf dem Hof ist eine Magd. Sie darf den Knappen und den Ritter auf ihrer Fahrt durch das verwüstete Land begleiten. In einem Versuch, seinen eigenen Tod aufzuschieben, fordert der Ritter den Tod zu einer Partie Schach heraus, und in einer ziemlich gruseligen Szene sitzen der Ritter und der Tod einander gegenüber und spielen.

Ich weiß nicht recht, ob ich alles verstehe, es ist eher einer von den Filmen, die einen zum Grübeln bringen, und als er zu Ende ist, dreht sich mir der Kopf. Da sehe ich Dinah und Gabriel völlig versunken nebeneinandersitzen und diskutieren. Gabriel gestikuliert und erklärt, Dinah legt den Kopf schief und nickt.

»Abgefahrener Film, was, Gabriel?«, sage ich laut.

Er fährt zusammen und sieht sich verwirrt um.

»Echt lieb von dir«, flüstere ich Dinah zu.

»Gabriel ist cool«, flüstert sie zurück.

»Aber nicht so niedlich wie David Beckham«, sage ich.

Da lacht Dinah und sieht Gabriel an, er lacht auch, und ich denke, dies ist einer der besten Freitage seit langem.

Dinah und ich fahren mit dem Taxi nach Hause, weil meine Mutter keine Zeit hat, uns abzuholen. Es ist Dinahs erster Besuch bei uns, und ich habe eine Scheißangst, dass sie unser Haus klein und eng findet, weil ich ja weiß, dass sie an was viel Besseres gewöhnt ist.

Aber sie sagt nichts. Sie begrüßt meinen Vater, gibt ihm aber nicht die Hand. Das macht sie zwar nie, aber trotzdem finde ich es in dem Fall befremdlich. Dann hebt sie Pompom hoch, und der schnurrt gleich los und kuschelt sich in ihre Arme.

»Er mag dich«, sage ich. »Sonst dürftest du ihn nicht auf den Arm nehmen.«

Dinah drückt ihr Gesicht in Pompoms Fell. »Ich hasse Menschen«, sagt sie.

Ich schweige verblüfft. Dann sage ich: »Wie meinst du das?«

»Nur so«, sagt sie. »Ich hasse sie einfach.«

DER TAG DES SATURN

Samstag ist ein unaufgeregter Tag, weich, freundlich und angenehm. Man schmeckt den Freitag noch irgendwie, merkt aber, wie er sachte ausklingt und zum Samstag wird. Nicht der Sonntag ist der eigentliche Ruhetag, sondern der Samstag. Am Samstag ist die Luft voller Gedanken, Ideen erwachen, die Menschen unternehmen Dinge, starten Projekte, sind draußen, sind drinnen, sind überall, gehen ins Kino, aber alles geschieht in ruhigerem Tempo. Der Samstag ist ein softer Tag.

Dinah und ich sitzen im Garten. Der Regen hat genauso plötzlich aufgehört, wie er angefangen hat. Dinah liest ein Buch, und ich entferne Zecken aus Pompoms Fell. Nachts ist er immer im Freien unterwegs, und wenn er nach Hause kommt, ist er voller Zecken. An diesem Morgen habe ich schon vier Stück entfernt, am Hals und am Kopf, und jetzt gerade habe ich noch eine gefunden, in der Falte unter der linken Vorderpfote. Die Zecke ist schon riesig, bestimmt ist es eine, die wir früher übersehen haben. Meine Eltern sind nicht so gut im Zeckenfinden wie ich. Entfernen kann sie auch niemand so gut wie ich. Es ist wichtig, dass die ganze Zecke mitkommt, auch der Kopf. Ich benütze keine Zeckenzange, sondern kneife mit den Fingerspitzen und Fingernägeln zu und drehe die Zecke dann vorsichtig, aber energisch mit einem Ruck heraus. Das klappt immer. Mama sagt, ich sei die beste Zeckenentfernerin der Welt. Das stimmt vielleicht tatsächlich, denke ich manchmal.

Jetzt merke ich, dass Dinah aufgehört hat zu lesen und mich beobachtet. Ich kneife fest zu und drehe mit einem Ruck. Plopp, schon ist die Zecke in meiner Hand! Wenn sie so groß sind, ist es ganz einfach. Ich zeige sie Dinah. Sie erschauert und steht auf.

»Tu sie weg!«, schreit sie.

Ich lache.

»Hast du etwa Angst vor einer Zecke!«, rufe ich aus, weil ich nicht fassen kann, dass Dinah vor einer kleinen Zecke Schiss hat.

Dann stehe ich auf und halte sie ihr direkt vors Gesicht. Pompom springt demonstrativ aus meinen Armen und stelzt gereizt davon.

»Gib ihr ein Küsschen!«, sage ich. »Sie ist noch nie geküsst worden.«

Dinah heult laut auf und rennt davon. Ich renne hinter ihr her, und wir hüpfen schreiend zwischen den Gartenmöbeln herum.

»Was ist los?«, ruft Papa vom Dach, wo es anscheinend irgendetwas zu reparieren gibt. Ich höre seiner Stimme an, dass er beunruhigt ist.

Dinah und ich bleiben stehen und sehen zu ihm hinauf. Ich halte die Zecke hoch.

»Die hier will ein Küsschen haben«, erkläre ich. »Aber Dinah traut sich nicht.« Dann halte ich mir die Zecke an den Mund und geb ihr einen nassen extralangen Schmatz.

»Lecker«, sage ich.

Dinah heult wieder auf.

»Du bist so was von supereklig!«, brüllt sie.

Papa oben auf dem Dach lacht.

»Wo ist Mama?«, ruft er.

»Die vögelt mit dem Nachbarn«, schreie ich.

Da sagt Papa nichts mehr, sondern wendet sich wieder den Dachziegeln zu. Dinah steckt sich mit einem kirschroten Feuerzeug eine Zigarette an.

»Herr Jönsson«, sage ich und nicke zum Nachbarhaus hinüber.

Im selben Augenblick tritt Mama auf den Balkon heraus, das Telefon in der Hand.

»Was macht ihr?«, fragt sie.

»Nichts«, sage ich. »Dinah hat Schiss vor Zecken.«

Mama lacht.

»Das hab ich auch, Dinah«, sagt sie. Dann schaut sie hinauf zum Dach und ruft: »Hast du Hunger, Axel?«

»Muss erst noch mit dem Dach fertig werden.«

»Das Essen ist in fünf Minuten so weit«, sagt Mama.

Wir essen im Garten. Meine Mutter hat den Gartentisch gedeckt. Eine weiße Haushaltsrolle steht auf dem Tisch und flattert träge im schwachen Wind. Es gibt Kartoffelomelett und dazu schwarze Oliven und geräucherten Schinken. Sogar Tomaten hat meine Mutter aufgetrieben und in Scheiben kreisförmig aufs Omelett gelegt. Es schmeckt gut, aber mit Auberginen wäre mir lieber als mit Kartoffeln. »Ein Bauernomelett«, sagt meine Mutter zu Dinah, als sie mit der Pfanne herauskommt. »Hoffentlich schmeckt's dir.«

Dinah nickt. Nach einer Weile kommt Papa vom Dach herunter und klopft seine Kleider aus, dass roter Staub um ihn herumwirbelt.

»Axel«, seufzt Mama. »Doch nicht am Esstisch!«

»Das Dach sieht gut aus«, sagt Dinah.

»Findest du?«, sagt Papa und späht mit zusammengekniffenen Augen nach oben. »Ich hoffe wirklich, dass es jetzt dicht ist.« Dann zieht er einen langen Streifen von der Haushaltrolle und wischt sich damit den Schweiß vom Gesicht.

»Was liest du da?«

Dinah reicht ihm das Buch.

»Ist es gut?«

Dinah nickt und lächelt ihn an. Papa und sie haben einander gefunden.

»Ich kann es Ihnen leihen, bin fast fertig damit. Es liest sich leicht.«

»Gern«, sagt Papa. »Nett von dir, Dinah.«

Mama steht auf.

»Einen Moment«, sagt sie und läuft ins Haus. »Ich will nur schnell die Kamera holen.«

Als sie wieder herauskommt, hält sie eine neue, silberfarbene Kamera in der Hand.

»Die haben wir gerade erst gekauft.«

Sie peilt uns an, kneift die Augen zusammen und lächelt. Dann macht es klick.

»Oh, das ist aber hübsch geworden!«, ruft sie begeistert und reicht Dinah und mir die Kamera. »Das erste Bild.«

Ich schaue auf das kleine Display, sehe Dinah, Papa und mich, das Bauernomelett, die flatternde Haushaltsrolle,

Dinahs Buch, Papas Zeitung mit dem Kreuzworträtsel, die ordentlich zusammengefaltet auf dem Tisch liegt, die blauen Fliederblüten hinter uns und dahinter ein Stück Garten. Erst jetzt, wo ich das Bild sehe, nehme ich den Duft des Flieders wahr. Es ist ein ungewöhnlich schöner Tag. Ein richtiger Frühsommertag. Und es gibt bestimmt nichts, das so gut riecht wie Flieder. Flieder ist fast das Einzige, was die Leute hier in ihren Gärten haben. Als wäre in der Gegend eine Art Fliederhysterie ausgebrochen. Darum ist es vielleicht nicht so erstaunlich, dass der Duft mir erst jetzt, mit der Kamera in der Hand, bewusst wird. Oder es ist wegen Dinah, überlege ich. Weil es das erste Mal ist, dass sie mich besucht.

Am Abend liegen wir in unseren Betten und reden. Im Haus ist es still. Papa sitzt an seinem Kreuzworträtsel. Mama schaut fern. Samstagsfriede. Pompom liegt schnurrend auf Dinahs Bett. Ich weiß noch, dass ich ihm das erst übelgenommen habe. Alle haben Dinah lieber als mich, hab ich gedacht. Doch dann fiel mir ein, dass das doch nur gut ist, weil sie meine Freundin ist.

»Ich hab dich gern, Judit«, sagt Dinah.

»Obwohl ich so kindisch bin?«

Dinah schüttelt den Kopf. »Du bist nicht so wie die andern.«

»Sind nicht alle so?«, sage ich. »Jeder ist doch so, wie er ist.«

Dinah schüttelt wieder den Kopf und streichelt Pompom sachte den Bauch. Das scheint er zu genießen.

»Nein«, sagt sie. »Die meisten sind es nicht. Das nimmt ein schlimmes Ende, Judit.«

Ich schweige ziemlich lange, weil ich nicht so recht kapiere, wovon sie spricht.

»Du klingst fast wie Red Bull«, sage ich schließlich, weil mir sonst nichts einfällt.

DER TAG DES MARS

Ich hüpfe ein bisschen zwischen den übrigen Tagen hin und her, du begreifst sicher, warum. Es lohnt sich irgendwie nicht, sie alle aufzuzählen. Obwohl Red Bull behauptet, die normalen Tage seien die besten. Er redet immer davon, wie sehr er diese normalen Tage liebt, die einfach kommen und gehen, ohne dass etwas Besonderes passiert. »Genau das ist die Poesie des Daseins«, kann er zum Beispiel an einem tristen Dienstag sagen. Damals hab ich davon null kapiert, ich fand bloß, dass es peinlich klang. Aber als ich ihm das sagte, sah er mir in die Augen und rief aus: »Das Leben ist ein Traum, Judit. Und du bist mittendrin. Ist das nicht phantastisch?«

Heute sehe ich das mit den Tagen anders. Wenn ich damals gewusst hätte, was ich jetzt weiß, wäre ich zu ihm hingegangen, hätte ihn umarmt und gesagt: »Du bist ein Genie, Red Bull, du hast die Lösung für das Rätsel des Lebens gefunden! Die Antwort ist ein normaler kleiner Dienstag. Sieben waagrecht, acht Buchstaben: Was ist der Sinn des Lebens? Nie wäre ich darauf gekommen, dass es der Dienstag ist!«

Red Bull sieht nicht unbedingt so aus, wie man sich einen Lehrer für Kreatives Schreiben vorstellt. Er ist groß und kräftig, mit einem freundlichen Gesicht. Hat ungefähr die Figur eines Türstehers vor einer Kneipe, mit gutmütigen, leicht wehmütigen Augen unter den kurzgeschorenen Haaren.

Er trägt immer dieselben unmodernen Kleider: ausgebeulte beige Hosen und darüber ein gelb- oder grünkariertes Hemd. Er ist knuffig wie der Bär Balu, aber wenn er sich aufregt, leuchtet sein ganzer Kopf wie ein rotes Stoppsignal.

Er fährt total auf den Dichter Gunnar Ekelöf ab, wenn dir das was sagt, und die Zitate fliegen wie Vögel aus seinem Mund. »Ich wohne in einer anderen Welt, aber du bewohnst ja dieselbe«, kann er zum Beispiel sagen, wenn er einem an einem verschlafenen Morgen im Korridor begegnet. Nichts wie weg hier, dachte ich, als ich ihn das erste Mal in Schwedisch hatte. Aber inzwischen hat sich das radikal geändert. Jetzt kriege ich eine Gänsehaut, wenn ich diesen Satz höre. Es ist, als würde sich etwas Neues öffnen: ja, genau, eine Tür in eine andere Welt.

So würde ich auch gern schreiben können. So, dass es sich neu und anders anfühlt. Wahrscheinlich ist es das, was Red Bull mir zu zeigen versucht. Manchmal sagt er, ich hätte eine Gabe. Du kannst schreiben, Judit, sagt er. Aber ich weiß nicht. Es ist, als reichten meine Worte nicht aus, um all das zu beschreiben, was ich zu erzählen versuchen will.

Aber dieser Tag, ja, es ist ein kleiner trister Dienstag, fängt richtig mies an. David Beckham hat mich die ganze Nacht angesimst, aber ich habe nicht geantwortet, weil mich das manchmal einfach total nervt, und als er mich und Dinah am Morgen sieht, rastet er aus und schreit mich an.

»Scheißfotze!«, brüllt er, dass es durch den Flur vor dem Klassenzimmer hallt.

Das wiederholt er immer wieder. Die Eifersucht sprüht ihm nur so aus den Augen. Nur Dinah und ich sind mit ihm auf dem Flur. Ich selbst stehe nur da und höre zu. Hab schon

Schlimmeres gehört. Aber plötzlich kriegt Dinah genug, sie geht hin und knallt ihm eine mitten ins Gesicht. Es ist, als hätte der Blitz in sie eingeschlagen, so wütend sieht sie aus. David Beckham schwankt und hält endlich den Mund. Dann sieht er erst mich verblüfft an, dann Dinah. Und genau da schlägt sie noch einmal zu. Als ihre Hand auf sein Gesicht trifft, klatscht es laut. Ich sehe das Blut, das ihm aus der Nase rinnt. Dinah schlägt noch einmal zu und dann noch einmal. David Beckham sinkt auf die Knie und hält sich die Hände vors Gesicht. Das Blut färbt seine Finger rot. Dina versetzt ihm einen Tritt in die Seite, und er kippt um.

»Fahr zur Hölle, David Beckham!«, brüllt sie.

Jetzt kommen auch andere Schüler gelaufen. Inzwischen ist Dinah außer Rand und Band. Sie will sich gerade auf den auf dem Boden liegenden David stürzen, als ein Paar starke Arme sie mit eisernem Griff packen und wegzerren.

»So, beruhige dich, Dinah!«

Das ist Red Bull. Dann kommt Gun-Helen angefegt. Sie wirft Dinah und mir erboste Blicke zu, wie eine Wespe, denke ich, dann geht sie neben David in die Hocke und legt die Arme um ihn.

»Er hat doch angefangen, verdammt nochmal!«, schreie ich.

»Beruhige dich!«, sagt Red Bull.

»Was ist mit dir, David?«, fragt Gun-Helen.

Langsam nimmt David die Hände vom Gesicht. Er starrt erst das Blut an, dann mich.

»Scheißfotze!«, schreit er, aber mit kläglicher Stimme, dann fängt er hysterisch zu weinen an.

DER TAG DES JUPITER

Dies ist ein anderer Tag, vielleicht Donnerstag. Ist das wichtig? Na, jedenfalls ist es ein anderer Tag, gut möglich, dass es Donnerstag ist, weil der Donnerstag ein bisschen frecher ist als der zahme kleine Dienstag. Gabriel und Dinah sitzen in der Cafeteria und unterhalten sich. Ich komme von Gun-Helen. Wir hatten ein Gespräch, wie sie es nennt. Zum Glück ist ihr klar, wie alles abgelaufen ist und dass es David Beckham war, der angefangen hat. Das Dumme daran ist, dass es tatsächlich genauso war, denn darum halte ich David B. jetzt für den letzten Idioten und weigere mich, ihn auch nur anzuschauen. Ich weiß, dass er es bereut. Ich weiß, dass er nichts dafür kann. Ich weiß, dass er sich immer so schnell aufregt, wahrscheinlich hab ich das schon mal erwähnt, und dass er es eigentlich nicht böse meint. Aber diesmal hilft das nichts. Wenn ich jetzt Dinah und Gabriel zusammen sehe, verstehe ich, wie es richtig sein müsste. Sie haben die Köpfe zusammengesteckt und scheinen ganz ineinander und in ihr Gespräch versunken zu sein. Vermutlich reden sie über irgendeinen Film oder vielleicht ein Buch, denn auf dem Tisch liegt eins. Gabriel liebt es, über Bilder und Szenen zu sprechen, für ihn ist ein Buch nur ein erster Entwurf für einen Film, und jetzt geht mir auf, dass Dinah und er wahrscheinlich ihren gemeinsamen Nenner gefunden haben.

»Hallo, Judit, nett dich zu sehen«, sage ich.

Widerstrebend schauen sie von ihrer Zweisamkeit auf.

»Wie ist es gelaufen?«, fragt Dinah.

»Okay«, sage ich. »Gun-Helen weiß ja, wie David ist.«

»Darf er bleiben?«, will sie wissen.

»Ist doch klar«, sage ich.

Wir schweigen. Ich bilde mir ein, schon zu hören, wie die nächste Frage durch die Luft schwebt, bevor Dinah sie stellt: »Und ich?«

Ich zucke die Schultern. »Passt schon. Ich hab einfach erklärt, was los war.«

Dinah sieht mich fragend an.

Ich weiß, woran sie denkt. Nach dem Streit mit David hat sie mir einiges über sich erzählt. Über die heftigen Stimmungsschwankungen, die sie nicht kontrollieren kann. Wenn sie in Wut gerät, kann die geringste Kleinigkeit sie so rasend machen, dass sie nur noch zuschlagen will, immer wieder zuschlagen, bis etwas kaputtgeht. Und manchmal kehrt sich diese Aggression nach innen, gegen sie selbst. Das ist dann, als würde etwas in ihr zerbrechen. Als würde das Licht erlöschen. Alles wird sinnlos. Einmal hat sie versucht, sich umzubringen. Mit dem Skalpell ihrer Mutter. Aber das hab ich Gun-Helen nicht erzählt. Vielleicht weiß sie es ohnehin schon.

Darum halte ich jetzt Dinahs Blick stand und schüttle langsam den Kopf.

»Echt beschissen, dass es so gekommen ist«, sagt Gabriel.

»Könntest du mit David reden?«, frage ich.

»Okay«, sagt er, aber dabei sieht er Dinah an. Und plötzlich begreife ich, dass sie eigentlich über etwas ganz anderes reden wollen. Sie schweigen kurz.

»Wir haben einen geheimen Club gegründet«, sagt Dinah dann.

Erst glaube ich, mich verhört zu haben, denn sogar in meinen kindischen Ohren klingt das total falsch.

»Einen geheimen Club?«, frage ich skeptisch.

Gabriel nickt. »Er heißt Der Grüne Kreis«, sagt er feierlich.

»Wenn du willst, darfst du mitmachen«, sagt Dinah.

»Aha. Vielen Dank«, sage ich. »Und was macht man so in diesem Club?«

»Wir lesen.«

»Bücher?«

Dinah und Gabriel nicken.

»Unter anderem.«

Ich überlege kurz, dann sage ich: »Zur Zeit komm ich nicht viel zum Lesen.«

»Das macht nichts«, sagt Dinah. »Es ist mehr ein Diskussionsclub. Wir unterhalten uns.«

»Wird David auch dabei sein?«

»Natürlich nicht. Andere Leute, wer dabei ist und wer nicht – das sind übrigens genau die Dinge, über die wir *nicht* reden werden«, sagt Gabriel.

»Worüber reden wir dann?«

»Über andere Dinge, Judit, wichtige Dinge.«

Ich verstehe zwar nicht, was er meint, nicke aber trotzdem.

»Okay. Hauptsache, David Beckham ist nicht dabei«, sage ich. Aber viel wahrscheinlicher geht es mir darum, dass Gabriel Dinah nicht total in Beschlag nimmt. Sie ist schließlich *meine* Freundin.

DER TAG DES MERKUR

Irgendwann ist dann vielleicht doch Mittwoch. Irgendwann muss ja Mittwoch sein. Entschuldigt das Durcheinander, wie ich zu sagen pflege, wenn wir Chile con carne essen! (Ich weiß, es heißt Chili, aber ich sage eben immer Chile.) Doch darauf kommt es nicht an. Das, was später passiert, das ist wichtig. Dann wird es allerdings noch schlimmer. Noch verworrener und so. Aber vor allem wird es schlimmer. All das hier schreibe ich nur auf, um mich daran zu erinnern. Ich glaube, es ist wichtig, dass sich jemand daran erinnert, wie es war, an die Einzelheiten, die Menschen, die Stimmungen, das Licht, die vielen Tiere. Irgendjemand muss sich an das alles erinnern. Wenn *ich* es nicht tue, wer sollte dann davon erzählen können?

Wie auch immer, DB war wieder zurückgekehrt. Reumütig und beschämt, wie ein Bernhardiner mit eingezogenem Schwanz.

»Mann, ich hab's doch nicht so gemeint! Das musst du doch begreifen!« Solche Worte streute er vor mir aus. Aber ich weigerte mich, über sie hinwegzugehen, ich sah die scharfen Spitzen und wollte nicht drauftreten.

»Zur Hölle mit dir, du Ork!«, antwortete ich. »Mich kannst du vergessen.«

Ich hatte beschlossen, diesmal eisern zu bleiben. Ich wollte ihn zum Schwitzen bringen. Als er trotzdem herkam und den Arm um mich zu legen versuchte, fauchte ich nur:

»Verschwinde!« Dann ging ich in mein Zimmer und knallte die Tür hinter mir zu. Natürlich blieb er davor stehen. Aber dort konnte er lange stehen. Natürlich liebe ich ihn. Sonst würde ich mich ja nicht so über ihn aufregen.

Aber jetzt setze ich mich an den Schreibtisch und blättere in einem von Dinahs Büchern. Es ist ein kompliziertes Buch über die Erde. Wie sie aufgebaut ist und so. Da steht, dass die Berge einst aus Lebewesen und Pflanzen gebildet wurden, die gestorben, in den Meeren versunken und zusammengepresst worden sind. Ein Zeitalter nach dem anderen liegt so in den Bergen, aufbewahrt in Streifen. Streifen aus erloschenem Leben. Zusammengepresst zu fast gar nichts, in ewiger Ruhe. Und auch wir und unsere Zeit werden dereinst zu Erde werden. Wenn wir vermodern, werden wir zu Erde, sowohl Hunde als auch Menschen und Schildkröten. Eine Handvoll Erde, ein Teelöffel voll Kalk. Und dann werden wir wahrscheinlich auch zusammengepresst und als kleine Streifen in einem Berg aufbewahrt. Wie eine Datei im Gedächtnis des Universums.

Ich kapiere nicht besonders viel von alldem. Das sind so Sachen, an die denkt man nicht so oft. Zum Beispiel daran, dass alles, was auf diesem Planeten existiert, aus Staub von einem Stern besteht, der vor vielen Milliarden Jahren explodiert ist. Und dass die Erde der einzige uns bekannte Ort im Universum ist, wo es Flieder gibt und Freitage. Und solche Typen wie David Beckham.

»Mensch, gib endlich auf, verdammt nochmal!«, schreie ich, weil ich höre, wie er draußen vor der Tür steht und lauert. Aber vielleicht schreie ich vor allem mich selbst so an. Um die Gedanken anzuhalten, das Karussell in meinem Kopf.

Ich bin ein Stern, davon werde ich erzählen, denke ich.

Dann lege ich das Buch weg und sehe aus dem Fenster. Draußen scheint die Sonne. Alle Fliederbüsche sind gleichzeitig erblüht, und ihr Duft schwebt wie Tränengas über der Stadt. Die Menschen liegen halb nackt im Gras und beschweren sich über die Wärme, weil der Flieder jetzt viel zu schnell verblüht. Aber hallo, ist das nicht besser, als dass es pausenlos regnet?

DER TAG DER EINWEIHUNG

Danach könnte irgendein beliebiger Tag sein, ist es dann aber doch nicht, weil es der Tag der Einweihung ist. Alle Neubauten sind fertig, viele Leute sind eingeladen, in der Kulturschule Vogelnest ist Tag der offenen Tür. Das Geräusch von Gun-Helens schnellen Absätzen hallt schon den ganzen Morgen wie das Trommeln eines Spechts durchs Schulhaus, und wir sind herausgeputzt wie Zirkustiere, die dem Publikum vorgeführt werden sollen.

Sogar David Beckham hat einen sauberen Pulli angezogen. Er ist in guter Verfassung, konzentriert, aber nicht ruhig. Alles Mögliche kann passieren, so wie es bei einer Premiere sein soll!

Ein weißer Lieferwagen voller Sandwichtorten wird vermisst. Ich stelle mir vor, dass jemand die Cateringfirma überfallen hat und jetzt mit Vollgas in den Wald brettert, um sich dort mit neun Superluxustorten vollzustopfen. Torten mit Krabben, Eiern, Lachs und Dillmayonnaise, vielleicht genau das Richtige nach den vielen gegrillten Steaks.

Red Bull hat mitten auf der Holzterrasse an einer hohen Fahnenstange aus Aluminium die Fahne gehisst.

Vorhin erst ist die neue, mit Solarzellen betriebene Videokamera angekommen, die wir für unser Filmprojekt brauchen. Der Ganser und Gabriel packen sie gemeinsam aus und benehmen sich, als wäre sie ein neugeborenes Baby, dem sie zum ersten Mal die Windeln wechseln. Dann richtet der Ganser die Kamera auf uns und zeigt Gabriel das Kurzvideo auf dem kleinen Display.

»Wie hübsch ihr seid, Mädels!«, ruft er zufrieden, als er sieht, dass die Kamera funktioniert. Dinah streckt ihm die Zunge raus.

Genau da brettert ein kleiner Lieferwagen im Rückwärtsgang auf den Schulhof und fährt fast in die neue Terrasse hinein.

»Jetzt kommen die Fressalien!«, ruft der Ganser.

»Endlich!«, schreit Gun-Helen und klappert hinaus, um dem flotten Fahrer ein paar passende Worte zu sagen.

Ich selbst bin irgendwie neben der Spur, bin traurig, ohne zu wissen, warum. So geht es mir schon eine ganze Weile. Dinah hat versucht, mich zu trösten, aber vergebens. Die Ursache sitzt tiefer, und es gelingt mir nicht, sie zu packen. Vielleicht hat es mit David zu tun. Ich mag ihn, obwohl er ein Idiot ist.

Alle Schüler decken gemeinsam einen langen Tisch auf der Terrasse. Wir stapeln Teller zu hohen Türmen, stellen lange Reihen von Champagnergläsern aus Plastik auf, in denen sich die Sonne spiegelt. Red Bull schießt scharf mit den Korken.

Die Besucher strömen herbei, sie kommen über den Schulhof und werden von Schülern, die ein blaues Band um den Arm tragen, in die Gebäude gelotst. Zum Teil sind es unsere Eltern und zum Teil Vertreter der Stadt, die den Großteil der Umbaukosten getragen hat. Dann die Lokalpresse, ein paar Kulturmenschen und eine Menge andere Leute, die ich nicht kenne.

Das Wandgemälde in der neuen Eingangshalle ist fertig,

und die meisten bleiben davor stehen. Das Bild stellt die Raumfähre Aniara dar, die gerade auf einem fremden Planeten gelandet ist. Man sieht, wie die ersten Menschen das Raumschiff verlassen und sich umschauen. Der Planet selbst wirkt unwirtlich, öde, kalt. Über sumpfigen Wasserlöchern schweben Nebelwolken. Scharfe Felsblöcke liegen in der Gegend verstreut. Das Gemälde ist so gelungen, dass mir jedes Mal, wenn ich daran vorbeigehe, kalte Schauer über den Rücken laufen.

Dann klatscht Gun-Helen in die Hände, um die Aufmerksamkeit auf sich zu ziehen.

»Hierher, liebe Leute!«, ruft sie mit affektierter Stimme.

Die Menschen strömen ins Freie. Zwei Mädchen aus der Musikklasse fingern nervös an ihren Trompeten. Ich weiß, dass sie eine Begrüßungsfanfare blasen sollen. Danach wird David ein Solo singen. Es ist ein besonderer Tag in der Geschichte des Vogelnests, aber mir geht es mies, und dafür kann ich nichts.

Als ich mit zwei Schalen voller Nüsse angetrottet komme, trete ich irgendwie schief auf eines der grünen Terrassenbretter, das auch noch etwas lose ist, und hätte die Nüsse fast in die Gegend verteilt.

»Verdammte Scheißterrasse!«, fauche ich wütend und verpasse dem Brett einen Tritt.

»Ich bring das gleich in Ordnung«, sagt der Ganser und legt endlich seine oberwichtige Videokamera aus der Hand.

»Das hier ist mehr ein Holzdeck als eine Terrasse«, bemerkt er, während er das doofe Brett richtig hinlegt.

»Spielt das eine Rolle?«, frage ich.

»Yes«, sagt er. »Terrassen hatte man früher. Jetzt hat man Holzdecks. Das hier ist das größte der Stadt und das einzige mit einer Fahnenstange drauf.«

Der Ganser ist stolz wie ein Gockel. Das Holzdeck war seine Idee, und dass es das größte in der Stadt ist, glaube ich ihm gern, denn es erstreckt sich entlang der gesamten Längsseite des Schulhauses, ist also bestimmt fünfundzwanzig Meter lang und zehn Meter breit und bietet Platz für jede Menge Leute. Der hintere Teil ist überdacht und hat eingebaute Heizstrahler, damit man auch bei kälterem Wetter im Freien sitzen kann. Jetzt gerade scharen sich die meisten Gäste allerdings unter dem Dach, um Schutz vor der erbarmungslosen Sonne zu suchen.

Ich setze mich zu Dinah und Gabriel.

»Wie geht's?«, fragt Dinah.

»Beschissen«, sage ich.

Da verlässt sie doch tatsächlich ihren Platz neben Gabriel, um sich neben mich zu setzen und den Arm um mich zu legen.

»Ich weiß«, sagt sie. »Aber das wird schon wieder, garantiert!«

Da fange ich natürlich zu heulen an. Mitten in der Einweihung. Gun-Helen blättert gerade in ihren Papieren und wirft mir einen stechenden Wespenblick zu. Sie trägt ein schwarzweißgestreiftes Kostüm, dazu hat sie einen roten Schal elegant um den Hals drapiert. Ich versuche mich zu beherrschen und meine Tränen zu schlucken, und tatsächlich, es klappt.

»Danke«, murmle ich Dinah zu und schnäuze mich in eine blaugelbe Serviette.

»Liebe Freunde«, fängt Gun-Helen an, »dies ist ein großer Tag für die Kulturschule Vogelnest, ja, für die ganze Stadt ...«

Und von da an höre ich nicht mehr zu, bin zu sehr mit meinen eigenen aufdringlichen Gedanken beschäftigt. Es ist ein großer Tag für den Planeten Erde, denke ich. Bald werden wir vermodern und zu Erde werden und endlich zu etwas nütze sein. Bald liegst du da, Gun-Helen, ohne deine wichtigen Papiere. Vielleicht liegt Red Bull dann neben dir, ich hab die Blicke, die ihr euch zuwerft, nämlich gesehen. Also könnt ihr gemeinsam verfaulen. Ich muss an Dinahs Äußerung neulich denken, dass sie die Menschen hasst. Allmählich verstehe ich, wie sie das gemeint hat.

»In diesen unsicheren Zeiten ist es beruhigend zu wissen, dass die Zukunft des Vogelnests gesichert ist«, summt Gun-Helen weiter. »Wenn man sich fragen muss, ob die Welt sich am Rande des Wahnsinns befindet, ist es wichtiger denn je, dass wir die kreativsten Individuen unserer Gesellschaft schützen und fördern. Eines Tages werden wir die Vielfalt der Gefühle, die sich hinter diesen Mauern verbergen, vielleicht besser verstehen.« Sie macht eine Pause, als hätte sie den Faden verloren oder bereute, was sie soeben gesagt hat. Dann fährt sie fort: »Und damit möchte ich den dritten Bauabschnitt der Vogelnestschule für eingeweiht erklären.«

Die Trompetenmädchen trompeten los, nach kurzer Suche finden sie die richtigen Töne und blasen, dass einem fast die Ohren abfallen. Als sie fertig sind, wird es ein paar Sekunden lang still. Dann beginnt David zu singen. Er singt a capella, ganz ohne Begleitung, und obwohl ich ihn schon oft gehört habe, ist es so schön, dass ich eine Gänsehaut bekomme. Er steht ganz still da, und man sieht deutlich, wie sich sein Körper in ein vibrierendes Instrument verwandelt, das die reinsten Töne erzeugt. Als David verstummt, bricht ohrenbetäubender Beifall los, worauf er sich wohlerzogen verbeugt.

Dann stürzen wir uns auf die Sandwichtorten. Ich habe mir gerade ein Riesenstück erobert, als Red Bull mich diskret in die Seite stößt und mit dem Kopf zu den Sitzplätzen an den kleinen Tischen hinübernickt.

»Speis und Trank hält Leib und Seel zusammen«, sage ich laut und grinse in die Videokamera, die der Ganser auf mich richtet. Ich denke an Gun-Helens Bemerkung über die vielen Gefühle, die es hier gibt. Man muss schließlich seinem Ruf gerecht werden.

»Ich hasse Sandwichtorte«, flüstere ich Red Bull mit einem ebenso diskreten Stoß in die Seite zu. »Ich futtere bloß, um die Zukunft der Vogelnestschule zu sichern.«

DER GRÜNE KREIS

Danach hören die Tage auf. An die bisher erwähnten erinnere ich mich am deutlichsten. Ich habe sie mir ins Gedächtnis eingeprägt, um von ihnen berichten zu können. Denn wenn ich mich nicht daran erinnere, wer sollte es dann tun? Danach folgt nur noch ein ungeordneter Haufen von Bruchstücken, Bilder ohne eigentlichen Zusammenhang. Ich bin mir nicht sicher, in welche Reihenfolge die Bilder gehören, und weiß auch nicht, ob die wichtig ist. Irgendwie liegen die Bilder ganz unten in meinem Kopf, wie die dunklen Blätter auf dem Boden einer Teekanne. Aber wenn ich sie heraufhole, sehe ich sie ganz deutlich vor mir.

Ich erinnere mich an das erste Treffen mit dem Grünen Kreis. Gabriel hatte sich ausgedacht, dass wir uns um Mitternacht draußen auf dem Holzdeck treffen sollten. Gabriel und Dinah schienen mindestens hundert Teelichter angezündet zu haben. Das sah gespenstisch und gleichzeitig gemütlich aus.

Sie hatten auch ein Buch mitgebracht.

»Wir wollen eine Gesellschaft bilden, die in eine größere eingeht«, sagt Gabriel und hielt das Buch hoch. »Es gibt da etwas, das nennt sich Die Geheime Gesellschaft. In diesem Buch steht alles darüber. Die Gesellschaft besteht aus allen Menschen, die anders denken, die etwas anderes wollen, die mehr wollen. Niemand weiß, wer alles dazugehört, aber wenn man einem Mitglied begegnet, kann man es an seinen Augen erkennen. Vielleicht ist es ein Mensch von hundert oder einer von tausend. Das weiß niemand.«

»Aber hör mal«, sagte ich, »was soll das denn für einen Sinn haben, zu einer Gesellschaft zu gehören, von der niemand was weiß? Was sollen wir überhaupt machen?«

»Widerstand leisten«, erklärte Dinah. »Wir müssen dafür einstehen, dass wir etwas anderes wollen als dieses Scheißsystem. Wir müssen unseren eigenen Weg gehen, uns selbst treu sein. Nicht mit dem Strom schwimmen. Das tun nur tote Fische. Alles, was lebt, schwimmt gegen den Strom. Hast du daran schon mal gedacht?«

Ich schüttelte den Kopf. Wer hatte schon Zeit, an Fische zu denken?

»Ich hasse die Menschen ...«, sagte ich und sah Dinah an.

Sie nickte. »Genau«, sagte sie. »Aber nicht die Menschen, die zur Geheimen Gesellschaft gehören. Wenn man da mitmacht, ist man nicht mehr allein.«

Ungefähr an dieser Stelle drangen eigenartige Geräusche unter dem Holzdeck zu uns herauf. Da scharrte und wühlte irgendetwas. Erst erschrak ich. Vielleicht waren das Ratten! Doch da sagte das Tier: »Ich will auch mitmachen«, und da hörte ich, dass es David Beckham war.

Übrigens waren wir wieder zusammen. Eines Abends hatte er keuchend vor meiner Tür gestanden, und als ich schließlich aufmachte, sah ich, dass er Blumen in der Hand hielt. Einen Strauß roter Stofftulpen. Und was macht man da?

»Komm rein!«, seufzte ich.

»Die sind für dich«, sagte er und hielt mir die Tulpen hin.

»Warum hast du die gekauft?«, fragte ich.

»Weil ich dich um Entschuldigung bitten wollte. Du bist das Beste, was es überhaupt gibt, Judit«, sagte er und sah mich mit diesen großen Hundeaugen an, denen ich so schwer widerstehen kann.

Ich überlegte lange.

»Na gut«, sagte ich. »Aber das ist deine letzte Chance, David. Wenn du dich nicht zusammenreißt, ist es nächstes Mal endgültig aus.«

»Ist mir klar«, sagte er mit ernster Stimme. »Ich hab mich echt total verändert.«

Dann verbrachten wir den Rest des Abends kuschelnd auf meinem Bett, und ich war sehr froh, dass er wieder da war.

Die Treffen des Grünen Kreises aber waren irgendwie komisch. Anfangs kapierte ich echt nicht, was das Ganze überhaupt sollte.

»Es reicht doch, dass man überhaupt dazugehört«, sagte ich. »Wenn man weiß, dass man dazugehört, kann man doch einfach sich selbst treu bleiben und versuchen, so Widerstand zu leisten.«

Gabriel schüttelte den Kopf. »Gemeinsam können wir mehr erreichen«, sagte er. »Weil wir alle vier hier in der Schule wohnen, können wir uns jederzeit treffen, diskutieren und gemeinsame Aktionen planen.«

»Gemeinsame Aktionen?«, fragte David B.

»Was zum Beispiel?«, wollte ich wissen.

»Was haltet ihr von Installationen?«, fragte Dinah.

»Installationen?«, wiederholten David und ich.

»Ja, so was wie stumme Szenen«, ergänzte Gabriel.

»Also, ich kapier null«, sagte ich.

Da standen Gabriel und Dinah auf. Im Schein der flackernden Teelichter begannen sie, sich auszuziehen. Ein Kleidungsstück nach dem andern landete auf dem Holzdeck. Schließlich standen sie nackt vor uns. David Beckham bekam einen ganz neuen Ausdruck in den Augen, als er Dinahs Auberginen anstarrte.

»So ungefähr haben wir uns das vorgestellt, zum Beispiel«, sagte Gabriel.

»Uns nackt ausziehen?«, fragte ich.

Dinah nickte. »Aber nicht hier«, sagte sie. »In der Stadt. In den Einkaufszentren, mitten am Tag, wenn die meisten Leute unterwegs sind.«

»Wir könnten uns zum Beispiel bei H&M hinstellen«, sagte Gabriel eifrig. »Wie Schaufensterpuppen, aber eben echt, so wie wir eigentlich sind.«

»Warum das denn?«, fragte David und fingerte nervös an seinem geliebten Fußballtrikot herum.

»Und wogegen demonstrieren wir damit?«, fragte ich.

»Gegen die Allgemeinheit«, sagte Dinah.

»Gegen die gleichgerichteten Kräfte«, erklärte Gabriel.

»Aber da brauchen wir doch auch irgendein Plakat, auf dem steht, dass wir ein Teil dieser Geheimen Gesellschaft sind, oder?«, fragte ich.

Gabriel und Dinah schüttelten den Kopf.

»Dann ist es ja nicht mehr geheim«, sagte Gabriel. »Es muss eine stumme Demo sein, die die Leute zum Nachdenken zwingt.«

»Die Botschaft des Grünen Kreises soll sich wie Ringe auf dem Wasser verbreiten, und zwar durch Menschen, die unser Anliegen von allein verstehen«, sagte Dinah.

Wir schwiegen eine Weile und dachten darüber nach.

Dann brüllte David los: »Das ist ja verdammt fucking supercool!«

Die Hitze wollte nicht aufhören. Die sengende Sonne weichte den Asphalt auf den Gehwegen auf, es war, als liefe man über einen Sandstrand. Die Menschen sahen total verbrannt aus, fast wie Schwarze oder Indianer. Sonnenschutzmittel wurden für schwindelerregende Summen auf dem Schwarzmarkt gehandelt. Die Lebensmittelläden versuchten, die Grillsteaks zu verschenken, aber niemand wollte sie haben. Alle waren gereizt, liefen vor sich hin fluchend unter schwarzen Regenschirmen durch die Gegend und stießen immer wieder zusammen, woraus schlimme Schlägereien entstanden. Irgendein Witzbold briet auf einem Autodach Eier mit Speck und wurde im Frühstücksfernsehen interviewt. Alles Grün war verblasst und hatte eine unheilvolle weißgelbe Färbung angenommen, die ganze Natur sah gespenstisch aus. Hitzespiegelungen tanzten in der Luft, Aladins Flaschengeist schien über dem Ganzen zu schweben. »Wir wünschen uns Regen, lieber Geist!«, flüsterte ich. Der Regen, der einfach nicht kommen wollte, war das einzige Gesprächsthema. Das und die ununterbrochene Hitze. David Beckham hatte sein Trikot in den Schrank gelegt und lief nur noch in Shorts herum.

»Ich trainiere für unsere Demo«, erklärte er.

»Die Frage ist nur, ob die bei diesem Wetter überhaupt bemerkt wird«, sagte ich.

Eines Tages, ich weiß nicht mehr, wann, machten wir sie trotzdem. In weißen Overalls, die Gabriel im Gartencenter besorgt hatte, liefen wir durch die Straßen. »Biodünger für alle Blumen!«, prangte auf dem Rücken der Overalls. Gabriel hatte sich die Haare schwarz gefärbt, und als er neben Dinah herging, sahen sie fast wie Zwillinge aus.

Im Einkaufszentrum verteilten wir uns, um keine unnötige Aufmerksamkeit zu erregen, und trafen uns ein paar Minuten später vor dem H&M. Wir sahen uns um. Es wimmelte von Menschen, die sich ins Kühle hereingeflüchtet hatten. Die Leute shoppten wie wild. Ab und zu traf uns ein kurzer, skeptischer Blick, mehr passierte nicht. Die meisten trieben mit schlafwandlerischem Gesichtsausdruck an uns vorbei, wie tote Fische eben.

Ein paar Kinder drängten sich gegen den Strom und versuchten, Anstecknadeln mit Maiblumen für wohltätige Zwecke zu verkaufen, aber kein Mensch schenkte ihnen auch nur einen Blick.

»Okay«, sagte Dinah. »Fangen wir an! Auf Wiedersehen auf dem Polizeirevier!«

Wir glitten in den Laden und ließen uns vom Menschenstrom tragen, bis wir in die Mitte des Verkaufsraums kamen. Dort blieben wir stehen, zogen blitzschnell die Reißverschlüsse auf und schlüpften aus unseren Overalls. Gabriel sammelte sie ein und stopfte sie in ein Regal voller hellblauer T-Shirts. Dann stellten wir uns in Positur, als nackte, aber völlig normale Menschen.

»He, ihr da!«, rief ein Mann mit stahlharter Stimme. »Was fällt euch ein! Das hier ist kein Kindergarten!«

Wir schwiegen, standen als stumme Zeugen mitten im Laden, zwischen unnötig billigen schwarzen Jeans und hellblauen T-Shirts, die niemand länger als ein paar Tage tragen würde. Wir hätten uns etwas auf die Haut malen sollen, dachte ich. »Not for sale« oder so ähnlich. Ich betrachtete die Menschenmenge, die uns umgab. Inzwischen starrten viele uns an. Einige sahen erschrocken aus, andere lachten und deuteten auf uns. Vielleicht hielten sie es für einen Werbegag von H&M. Am liebsten hätte ich ihnen zugerufen: »Begreift ihr denn nicht? Wir wollen, dass ihr aufhört!«

Plötzlich kamen die Kinder mit den Maiblumen zu uns her und starrten unsere nackten Körper mit großen Augen an. Einer von ihnen, ein kleiner Junge, hielt mir einen abgegriffenen Pappkarton mit Anstecknadeln hin. Als ich den Kopf schüttelte und flüsterte, das seien aber die vom letzten Jahr, zuckte er nur die Schultern.

Der Mann mit der stählernen Stimme sprach in sein Handy. Wir sahen die Worte geradezu aus ihm herausknattern. Dann kam er mit großen Schritten zu uns her.

»Ihr habt drei Sekunden, um zu verschwinden, sonst werden sich die Sicherheitsleute um euch kümmern!«

Wir blieben regungslos stehen. Schauten vor uns ins Leere, nackt.

»Na gut«, sagte der Stählerne. »Dann eben auf die harte Tour.«

Dann sah ich vier uniformierte Wächter mit Lederstiefeln das Kaufhaus betreten. Sie kamen auf uns zu. Nach einem kurzen Befehl des Stählernen wurden wir mit hartem Griff gepackt und wie Schaufensterpuppen aus dem Laden getragen, durchs ganze Einkaufszentrum und in eine Art Bürogebäude hinein. David B. machte das V-Zeichen und grölte einen Hassgesang der Fußballer.

»Halt die Klappe, du Idiot!«, schrie Dinah.

Die Kinder mit den Maiblumen blieben stehen und schauten uns nach.

Von dem, was dann kam, gibt es nicht viel zu erzählen. Nur das Allerschlimmste. Das hast du dir schon gedacht, nicht wahr? Vermutlich denkst du, ich würde gleich anfangen zu dramatisieren. Aber das tue ich nicht! Der Gedanke, dass mir plötzlich alles genommen wurde, kommt mir ja selbst total unwirklich vor. Dass es all die Dinge, die man für selbstverständlich hielt, plötzlich nicht mehr geben sollte. All die vielen Dienstage, die immer so unorganisiert und unbedeutend wirkten, die man jetzt aber als ein Wunder an Präzision erkennt: lauter kleine Geschehnisse und Bagatellen, die wie die Zähne eines unendlichen, aber unsichtbaren Zahnrades ineinandergreifen, eines Zahnrades, das von einfachen Wörtern wie »Hallo« und »Gute Nacht«, von Freistunden, Fischstäbchen und Haushaltsrollen angetrieben wird. All die Dinge, die das Projekt zusammenhalten, das wir als das Leben zu bezeichnen pflegen.

Ja, Red Bull, denke ich, wenn diese Zeit jemals wieder zurückkommt, werde ich dich zum König des Planeten Erde ernennen.

Dies war inzwischen geschehen:

Die Aktionsgruppe Der Grüne Kreis war nach einem kurzen Verhör auf dem Polizeirevier zur Basis zurückgekehrt. Die Polizei hatte gesehen, wer wir waren, und begriffen, dass es keinen Sinn hatte, viel Energie auf uns zu verschwenden. Stattdessen riefen sie Gun-Helen an, die uns mit ihrem Auto abholte. Als sie uns sah, schüttelte sie den Kopf. Inzwischen hatten wir die Overalls aus dem Gartencenter wieder an.

»Was habt ihr jetzt wieder angestellt?«, sagte sie, als wir zum Vogelnest zurückfuhren. Dabei klang ihre Stimme so fröhlich wie schon lange nicht mehr.

»Wir haben eine Demo gemacht«, erklärte David. »Wir haben uns nackt ins H&M gestellt, als Protest gegen den kurzsichtigen Konsumwahn der Leute.«

»Ja, das hab ich gehört«, sagte Gun-Helen mit Lachfältchen um die Augen.

»Wir wollten zeigen, dass wir uns Sorgen machen«, sagte Gabriel, »Dass wir einen Schritt weiter denken.«

Gun-Helen nickte, plötzlich wieder ernst. »Ich stimme euch voll und ganz zu.«

»Wir haben den Grünen Kreis gegründet«, sagte David Beckham. »Für Leute, die für etwas anderes einstehen, trotz allem. Willst du mitmachen?«

»Aber David!«, stöhnte ich. »Das sollte doch geheim bleiben!«

»Ich gehöre schon dazu«, sagte Gun-Helen mit einem Augenzwinkern.

Tage später lag ich in Davids Zimmer auf dem Bett und las Comics. David saß vor dem Computer und guckte »The Day after Tomorrow«, einen krass gruseligen Film über den Untergang der Welt. Laute Explosionen und schreiende Stimmen erfüllten das Zimmer und vermischten sich mit Davids rohem Gelächter. Dinah und Gabriel waren unten in der Bibliothek, auf der Suche nach weiteren interessanten Büchern. Ich war traurig, kapierte aber nicht, warum. Zwar waren David und ich wieder zusammen, aber ich fühlte mich dennoch bedrückt. Irgendwie ging es mir schlecht.

Vielleicht lag es nur am Wetter, manche Menschen sind da ja extrem empfindlich. Es hatte umgeschlagen und zu regnen angefangen. Aladins Geist schien mich endlich erhört zu haben. Die ersten Tage waren alle erleichtert gewesen, die Leute lachten und redeten über den gesegneten Regen. Die lange Trockenheit hatte den Boden hart wie Beton gemacht, darum konnte der Regen nicht in die Erde eindringen. Die Tropfen explodierten nur auf der Oberfläche und wurden weggespült. In der Stadt rauschte das Wasser in hüpfenden Bächen die Rinnsteine entlang. Die kleineren Wasserläufe füllten sich rasch. Überschwemmungen breiteten sich aus, und tiefer gelegene Gebiete verwandelten sich in braune Seen. Das Rattenproblem nahm zu, weil die Tiere aus ihren unterirdischen Gängen flohen und in die Häuser eindrangen. Aber sonst war alles ruhig. Man hatte die Lage unter Kontrolle. Es regnete ja nur. Darauf war man vorbereitet. An Überschwemmungen war man gewöhnt.

Wir warteten darauf, in das neue Gebäude einziehen zu dürfen. Irgendetwas mit der Lüftung war noch nicht ganz fertig, aber es würde höchstens noch eine Woche dauern, das hatte Gun-Helen versprochen.

Ich stand auf, ging zum Computer und machte ihn aus.

»He, was soll das?«, schrie DB. »Spinnst du, oder was?«

»Ich ertrag das nicht«, sagte ich und trat ans Fenster. Draußen schoss das dunkelgraue Flusswasser mit lautem Brausen vorbei. Der neue Damm war höher als der alte. Ein Glück, dass sie während des Umbaus einen neuen angelegt hatten. Unterm Dach saß eine Taube auf einem Balken und seufzte vor sich hin. Das muss eine der letzten sein, dachte ich, denn ich hatte schon lange keine Taube mehr gesehen.

»Es gießt«, sagte ich.

David zuckte die Schultern. Er hatte den Computer wieder angemacht und wartete darauf, dass der Film startete.

»Ich geh raus«, sagte ich, nahm Davids Jacke und seine Stiefel und wickelte mir meinen lila Schal um den Kopf.

»Aber es regnet doch«, sagte er, als ich die Tür schloss.

Im Flur traf ich Dinah und Gabriel. »Willst du bei diesem Sauwetter etwa raus?«, fragte Dinah.

»Ich muss an die Luft«, sagte ich.

»Heute Abend trifft sich der Grüne Kreis«, sagte Gabriel.

»Ich weiß nicht, ob ich das schaffe«, sagte ich.

»Brauchst du eine Aspirin?«, sagte Dinah und kramte ein Röhrchen aus der Tasche.

Ich schüttelte den Kopf. »Habt ihr wenigstens ein paar interessante Bücher aufgestöbert?«

»Klar«, sagte Gabriel. »Die bringen wir heute Abend mit.«

»Mal sehen, ob ich komme«, sagte ich.

Als ich ins Freie trat, hatte der Regen zugenommen. Es war, als stünde eine nasse Wand vor dem Schultor. Ich konnte unmöglich weiter.

»Das schüttet ja wie aus tausend beschissenen Kübeln«, murmelte ich vor mich hin, während ich in der neuen Eingangshalle stand und in den Sturzregen hinaussah. Hinter mir war die Raumfähre Aniara auf ihrem neuen Planeten gelandet.

Plötzlich musste ich an Pompom denken. Wie mochte es ihm wohl gehen? Bestimmt war er im Haus. Tagsüber lag er immer zusammengerollt in Papas Sessel vor dem Fernseher. Dann dachte ich an meine Eltern. Wahrscheinlich arbeiteten sie gerade, wie immer. Es war schon eine Weile her, dass ich zu Hause gewesen war, also war dieser Tag wohl ein Mittwoch. Bald war wieder Wochenende. Pompom ...

Dann wanderten meine Gedanken zu Gabriel, vielleicht, weil ich zuerst an Dinah dachte, meine beste Freundin, die er ausgeliehen hatte. Es war, als hätte er sich verwandelt. Er schien ein anderer Mensch geworden zu sein, seit er mit Dinah zusammen war. Ein anderer Mensch oder derjenige, der er eigentlich war?

Hinter mir hörte ich das Klappern schneller Absätze.

»Ach, du bist das!«, rief Gun-Helen aus. »Herrje, das gießt ja! Wie soll ich da nur zu meinem Auto kommen?«

»Vielleicht hört es bald auf«, sagte ich.

»Das hoffe ich wirklich. Das ist ja schlimmer als die Sintflut.«

Ich sagte nichts, nickte nur. Dann standen wir schweigend da und starrten in den Regen hinaus.

»Wie geht's dir überhaupt, Judit? Bist du traurig?«

Ich schüttelte den Kopf. »Es ist nichts«, sagte ich.

»Ist irgendwas passiert?«

Wieder schüttelte ich den Kopf. »Nein«, sagte ich. »Nichts.«

»Komm«, sagte Gun-Helen, »wir gehen kurz in mein Zimmer. Hier können wir ja nicht stehen bleiben.«

Ich zuckte die Schultern, folgte ihr aber. Als wir ins Sekretariat kamen, sank Gun-Helen vor dem Computer auf den Stuhl.

»Will bloß schnell das Wetter checken«, sagte sie. »Nimm schon mal Platz!«

Ich wickelte mir den Schal ab und hängte Davids Jacke über einen Stuhl, bevor ich mich aufs Ledersofa setze.

»Hilfe, das ist ja der Wahnsinn, es soll die ganze Nacht so weiterschütten«, sagte Gun-Helen. »Ich muss nur kurz zu Hause anrufen. Nimm dir Obst!«

Ich nahm eine Banane und schälte sie, während Gun-Helen mit einem ihrer Kinder redete.

»Ich ruf wieder an«, sagte sie. »Grüß Papa und sag ihm, dass ich hier festsitze.« Sie beendete das Gespräch und seufzte laut. »Mal sehen, wie das hier noch endet, Judit. Pontus hat erzählt, dass allmählich die Straßen überschwemmt werden.«

Ich nickte. Kaute an der Banane. Sie schmeckte gut.

»Vielleicht musst du hier übernachten«, sagte ich.

Gun-Helen schüttelte nachdenklich den Kopf. »Sieht ganz so aus.«

Ich schwieg, während Gun-Helen eine Nachrichtenseite aufrief. Dann wandte sie sich wieder mir zu.

»Fühlst du dich hier im Vogelnest wohl?«

Ich nickte. »Vor allem, seit Dinah hier ist«, sagte ich.

»Schön, dass ihr euch gefunden habt.«

»Aber inzwischen verbringt sie viel Zeit mit Gabriel.«

»Die beiden sind zusammen, nicht wahr?«

Ich nickte.

»Ist das der Grund, warum du traurig bist?«

Ich überlegte kurz. Das hatte ich mich auch schon gefragt.

»Nein«, sagte ich dann. »Ich finde es gut, dass sie zusammen sind.«

Gun-Helen lächelte. »Im ersten Moment hätte das wohl keiner gedacht, dass die beiden zusammenpassen«, sagte sie.

»Sie lieben Bücher«, erklärte ich. »Und Filme. Es hat viel damit zu tun. Irgendwie haben sie dieselben Interessen. Gabriel ist plötzlich wie ein anderer Mensch.«

Gun-Helen lächelte und nickte.

»Und du hast David, nicht wahr?«

»Ja.«

»Ist alles in Ordnung zwischen euch?«

Ich überlegte. War alles in Ordnung zwischen David und mir? Ich nahm es an. David war David. Daran konnte ich nichts ändern. Aber ich hatte ihn gern.

Ich nickte.

»Es ist wie immer«, sagte ich.

»Und? Ist das gut?«

»David ist eben David«, antwortete ich.

Plötzlich klopfte Red Bull an die Tür und kam herein.

»Wir haben ein Problem im Blauen Haus«, sagte er.

Gun-Helen seufzte und stand auf.

»Was ist denn jetzt schon wieder?«

Als ich hörte, dass es nur um ein Mädchen ging, dem es schlecht geworden war, und David nichts damit zu tun hatte, stand ich auch auf.

»Ich geh in mein Zimmer«, sagte ich.

Gun-Helens Absätze klapperten schon weit weg.

»Bis morgen, Judit!«, rief sie und ließ mich mit dem Summen in meinem Kopf allein zurück. Ich hatte sie fragen wollen, ob das ständige Summen vielleicht von den vielen Gedanken und Worten herrührte, die in mir umhersausten. In meinem Kopf ging es zu wie in einem verdammten Bienenstock.

DER LETZTE TAG

Meine allerletzten Erinnerungsbilder stammen aus der Zeit, als es ernsthaft zu regnen anfing. Aber irgendwie fließen sie ineinander. Es ist, als hätte sich ein feuchtes Tuch über die folgenden Tage gelegt.

Es regnete immer weiter. Der Fluss stieg und hatte den höchsten Punkt der neuen Dämme erreicht. Der Ganser stand mit seiner Videokamera am Fenster und filmte das vorbeirauschende Wasser. Einmal schaukelte eine umgekippte Imbissbude im Fluss. Der Ganser erwischte sie mit der Kamera, und am selben Abend wurde sein Film in den Nachrichten gezeigt. Im Wetterbericht wurde vor einem Orkan gewarnt, der rasch näher kam. Es wurde verboten, die Häuser zu verlassen. Das tat sowieso fast niemand. Überall war Wasser. In manchen Stadtteilen stand es über einen Meter hoch. Die meisten Läden hatten geschlossen. Die Einkaufszentren sahen aus wie Abenteuerschwimmbäder. Im H&M schwammen schwarze Jeans und hellblaue T-Shirts mit zahllosen anderen kurzlebigen Kleidungsstücken um die Wette. Seit einigen Tagen gab es in den meisten Teilen der Stadt keinen Strom mehr, und inzwischen war auch das Vogelnest davon betroffen. So sah die aktuelle Lage aus. Sie hätte gern besser sein können.

An die letzte Nacht dagegen kann ich mich deutlich erinnern.

Gabriel und Dinah hatten darauf bestanden, dass der Grüne Kreis ein Treffen abhalten müsse. Ich hatte gesagt, ich hätte weder Lust noch Kraft, über ihre hirnrissigen Pläne zu quatschen.

»Was für einen Sinn soll das haben, wenn alles bloß im Regen ersäuft?«, fragte ich.

»Irgendwas müssen wir unternehmen, sonst verliert man ja den Verstand«, sagte Dinah.

»Das hab ich schon«, bemerkte ich.

Aber sogar David stimmte ihr zu. Der Akku in seinem Computer war längst leer.

»Wir könnten eine neue Demo planen«, schlug er vor.

»Ja, warum nicht«, sagte Gabriel. »Ich hab den Ganser gefragt, ob wir die Kamera ausleihen dürfen. Dann können wir nächstes Mal alles dokumentieren, was passiert.«

Also traf sich der Grüne Kreis, so wie Dinah und Gabriel vorgeschlagen hatten, vor allem, weil ausgerechnet an diesem Abend der Regen unerwartet aufhörte und der Wind sich legte. Wir beschlossen, uns draußen auf dem Deck unter der Überdachung zu treffen. Einfach weil es so verlockend war, wieder mal ins Freie zu kommen.

Das Wasser schwappte schon über die Bretter und um unsere Gummistiefel. Es war, als ginge man über einen Bootssteg. Aber wir lachten nur darüber. Wir hatten aus dem Gemeinschaftsraum warme Schaffelle mitgebracht, die breiteten wir jetzt auf den Bänken unter dem Dach aus. Dinah nahm ihr rotes Feuerzeug und zündete damit Teelichter an. Auf einmal machte alles irgendwie Spaß und erfüllte uns mit einer gewissen Hoffnung. Gabriel holte die Videokamera, die er tatsächlich hatte ausleihen dürfen, aus der Kameratasche und begann zu filmen. Dinah steckte sich eine Zigarette an.

»Wir haben es gerade schön gemütlich«, sagte sie in die Kamera. »Wahrscheinlich sind wir die Einzigen, die heute Abend im Freien sind.«

»Garantiert«, sagte ich. »Wir sind die letzten Menschen auf der Erde.«

»Das passt doch gut für den Grünen Kreis«, bemerkte Gabriel hinter der Kamera. »Wir geben nicht so schnell auf.«

»Wir geben *nie* auf«, sagte David und machte das V-Zeichen.

Dinah nickte und blies eine Rauchwolke vor die Kamera.

Ich nickte ebenfalls, von der allgemeinen Zuversicht angesteckt.

Aber nachdem Gabriel die Kamera wieder weggepackt hatte und wir anfingen, Zukunftspläne für unseren geheimen Club zu schmieden, begann es wieder zu regnen, genauso plötzlich, wie es aufgehört hatte. Nur dass es jetzt noch heftiger regnete. Es war, als würde das Wasser aus dem Himmel geschüttet. Die Teelichter erloschen vor Schreck. Der Wind erwachte zum Leben und zerrte und riss an der großen Eiche mitten auf dem Schulhof. Ein Ast fiel herunter und schwamm auf dem Wasser davon. Als Dinah den Arm ausstreckte, um Gabriel die Zigarette zu reichen, wurde sie ihr aus der Hand gerissen.

»Mann, das haut ganz schön rein!«, rief David begeistert aus.

»Was machen wir jetzt?«, fragte ich.

»Hier sitzen wir doch gut«, meinte Gabriel und starrte in den Regen hinaus, hinter der Zigarette her. »Der Wind kommt von der Rückseite der Schule, und wir haben ein Dach überm Kopf. Besser geht's nicht.«

»Aber das Wasser wird steigen«, wandte ich ein.

»Keine Bange«, sagte David. »Wenn es brenzlig wird, brauchen wir bloß ein Fenster einzuschlagen.«

Ausnahmsweise musste ich zugeben, dass David recht hatte. Die unterste Fensterreihe verlief direkt über dem Holzdeck. So ins Haus zu gelangen konnte nicht besonders schwierig sein.

Also blieben wir unter der Überdachung auf dem Deck sitzen und lauschten dem Wind, der immer stärker wurde, bis er schließlich wie ein heulender Motor klang. Sogar David wurde ein wenig blass. Ich verbarg mein Gesicht in meinem Schal. Ein Orkan ist im Anzug, dachte ich, wir müssen ins Haus.

Doch der irrsinnige Wind und die Regenfluten machten es unmöglich, sich von der Stelle zu bewegen. Darum blieben wir sitzen und hofften, dass alles bald vorüber war.

»Wenn das nur nicht wegfliegt!«, brüllte ich und zeigte auf das Dach über uns.

Aber in dem Lärm hörte mich niemand. Wie verhext saßen wir da und beobachteten das Unwetter, das im Laufe von wenigen Minuten alles in ein Inferno verwandelte. Durch das Heulen des Windes glaubte ich ein schweres Krachen zu vernehmen, dann sah ich, dass die Eiche auf dem Schulhof nicht mehr da war. Ich zerrte David am Arm.

»Die Eiche!«, schrie ich. »Die Eiche ist weg!«

Er drehte sich zu mir um, und da sah ich, dass er Angst hatte. Seine Augen waren schreckgeweitet, und als ich es sah, packte auch mich die Angst mit ihren Krallen.

»Dinah!«, schrie ich. »Dinah!«

Aber sie hörte mich nicht. Ich spürte, dass das Wasser stieg. Es reichte mir schon ans Schienbein. Um Himmels willen, dachte ich. Wir werden ertrinken, ertränkt wie junge Kätzchen.

Plötzlich prallte mit hartem Schlag etwas Schweres gegen das Holzdeck, und direkt neben mir brach etwas in Stücke. Dann kam ein neuer Schlag, genauso hart wie der erste. Das ganze Deck erzitterte. Ich spürte, wie Dinah sich an mich klammerte.

»Dinah!«, brüllte ich. »Dinah, ich hab Angst!«

Unmittelbar vor dem Deck schwamm etwas Großes, Dunkles vorbei. Zuerst begriff ich nicht, was es war. Dann ging mir auf, dass es Gun-Helens Auto gewesen sein musste, das gegen das Deck gedonnert war. Echt seltsam, dass die Überdachung nicht weggeblasen wurde. Vermutlich fing die Hauswand hinter uns den Wind auf. Sonst wären wir schon längst weiß Gott wohin geweht worden.

Dann glaubte ich zu merken, dass der Regen nachließ. Der Wind wurde etwas schwächer, oder nicht ...? Es war fast so, als hätte sich ein riesiges unsichtbares Dach über den Schulhof gestülpt. Ich sah die anderen an. Gabriel nickte mir zu. Er hatte es auch bemerkt. Ich zeigte auf David, der sich neben mich gekauert hatte. Gabriel nickte noch einmal. Dann deutete er mit dem Kopf in Richtung Eingang und danach auf sein Handgelenk, wo seine Armbanduhr saß. Damit wollte er wohl sagen, dass wir uns bereit machen sollten, zurückzustürzen, sobald der Wind sich ein wenig gelegt hätte.

»Alles wird gut, David!«, schrie ich. »Der Sturm lässt nach! Wir rennen dann zum Eingang. Einverstanden?«

In der nächsten Sekunde schien eine fliegende Untertasse vorbeizuzischen und krachend im Wasser zu landen. Der Wind heulte wieder auf, als wäre er total wahnsinnig geworden, und der Regen antwortete mit einer fürchterlichen Sturzflut. Kurz schoss mir der Gedanke durch den Kopf, dass der Sturm gar nicht nachgelassen, sondern nur einen neuen Anlauf genommen hatte. Dann kapierte ich, was passiert war: Das Blechdach des Schulhauses war abgerissen und davongetragen worden! Das war es, was den Regen einen Augenblick lang gestoppt hatte. Jetzt war alles schlimmer als je zuvor. Das hier kann nicht gut ausgehen, dachte ich und spürte, wie die Panik sich lähmend in meinem Körper ausbreitete.

Wieder schlug etwas Schweres gegen das Deck, das erbebte und beunruhigend knackte. Dann sah ich einen dunklen Schatten an uns vorbeischaukeln. Der Jeep vom Ganser!, dachte ich. Das ganze Deck schien unter mir zu schaukeln. Aber wenigstens stieg das Wasser nicht mehr. Das beruhigte mich.

Plötzlich sah ich einen neuen Schatten vorübergleiten. Ich konnte mir nicht vorstellen, was das war, denn der Schatten war hoch wie ein Haus. Ich spürte Übelkeit in mir aufsteigen. Dann kam ein neuer, ebenso hoher Schatten. Nein, dachte ich. Hier stimmt was nicht. Sind vielleicht wir es, die davongleiten? Ich sah Gabriel und David, die sich mit aller Kraft an der Bank festklammerten, genau wie Dinah und ich.

»Was ist das, Gabriel?«, schrie ich. »Was passiert da?«

Aber niemand hörte ein Wort von dem, was ich schrie. Es war zu spät. Das hier würde ein schlimmes Ende nehmen.

Wir werden sterben, dachte ich und spürte sofort, dass ich das nicht wollte. Ich wollte nicht sterben! Ich wollte noch ein Weilchen leben. Ich möchte mich wieder wohl fühlen, alles soll wieder normal sein!, dachte ich.

Plötzlich krachte etwas mit solcher Wucht gegen das Deck, dass wir alle vier um ein Haar heruntergeschleudert worden wären. Mit letzter Kraft klammerte ich mich wie eine Katze mit den Fingernägeln an die Holzbank. Dinah kämpfte an meiner Seite und nickte mir ermunternd zu. Der Schrecken schien bei ihr eine entgegengesetzte Wirkung zu haben und sie zu stärken.

Auf einmal ging mir auf, was passiert war, ich begriff, warum das Wasser nicht mehr anstieg und was die hohen Schatten zu bedeuten hatten: Es waren Häuser! Das Holzdeck hatte sich von der Schule losgerissen. Es waren tatsächlich wir, die an den Häusern der Stadt vorbeischwammen!

Ich warf mich aufs Deck und streckte die Arme aus.

»Hilfe!«, brüllte ich. »Dinah, Hilfe!« Doch in Wirklichkeit drang kein Wort über meine Lippen.

Es wurde schwarz. Ich weiß nicht, was dann geschah. Ab hier habe ich eine große Erinnerungslücke.

DANACH

Es gibt Weltall, Sonnen, Atome.
Es gibt ein Wissen, strategisch auf festen Punkten
erbaut.
Es gibt ein Wissen, unverteidigt, auf unsicherer Leere
erbaut.
Es gibt eine Leere zwischen Weltall, Sonnen, Atomen.
(Was kümmern mich Weltall, Sonnen, Atome.)
Es gibt zu allem einen ungeraden Gesichtspunkt
in diesem doppelten Leben.

Gunnar Ekelöf

I

Die Tage reihen sich namenlos aneinander, alle gleich leer. Gleich grau. Es stürmt unablässig, und das schwere Floß bewegt sich wie ein Rindenschiffchen in den gewaltigen Wellen auf und ab. Wir liegen unter der Überdachung, haben die Segel gerefft. Manchmal hören wir, wie ein Schwarm weißer Vögel über uns angesegelt kommt und in verzweifelte Schreie ausbricht, bevor er wieder im grauen Dunst verschwindet. Die weißen Vögel begleiten uns schon seit einiger Zeit, und wir fragen uns, warum. Wir versuchen zu schlafen, doch die donnernden Wassermassen, die übers Floß stürzen, wenn die Wellenkämme brechen, lassen uns keine Ruhe finden. Wir schließen die Augen in kurzen Intervallen, jeweils für ein paar Minuten, wie Tiere.

In einem dieser Intervalle hören wir plötzlich Dinah rufen. Ihre Stimme löst sich für einen kurzen Augenblick von den vielen Geräuschen des Wassers, aber wir verstehen nicht, was sie schreit. Wir rappeln uns auf, halb sitzend, und spähen in das große Grau, können Dinah aber nicht sehen. Da ertönt ihre Stimme erneut, ein gellender Schrei, ganz ähnlich wie der Schrei der Vögel. Dinah weiß, das ist die einzige Möglichkeit der Verständigung. Sie und David beherrschen sie am besten. Diesmal können wir ihre Stimme deutlicher hören. Vielleicht schreit sie lauter. Ihre Nachricht ist kurz, das ist sie immer. Aber der Inhalt überrumpelt uns.

»…AND«, hören wir sie schreien.

Wir sehen uns in der Dunkelheit an. Ich spüre, wie mein Herz aufwacht und zu pochen beginnt. In den Augen der anderen spiegelt sich meine eigene Unruhe. Und die Verblüffung, die Hoffnung, die wie Funken in der grauen Dunkelheit aufglimmen.

Land, denken wir und spitzen die Ohren, um Dinahs Stimme zu orten. Wir wollen mehr hören, wollen die Hoffnung bestätigt wissen. Endlos lang sitzen wir nur da und warten, außer dem Dröhnen der Wellen ist nichts zu hören. Dinah meldet sich nicht mehr. Die Stimme, die wir gehört haben, kommt uns jetzt vor wie eine Illusion, ein Wunschgebilde, reine Einbildung. Schließlich geben wir auf, sinken wieder zusammen und kehren in unseren Dämmerzustand zurück.

Ich schließe die Augen, schlafe aber nicht ein. Dinahs Ausruf hat etwas in mir geweckt, das ich für verloren gehalten hatte. Es dauert eine Zeitlang, bis ich ein Wort finde, das zu diesem Gefühl passt. Ich muss lange im Wortvorrat wühlen. (Für den Wortvorrat bin ich verantwortlich.) Aber schließlich finde ich das Wort, und als ich dessen Bedeutung begreife, bleibt mir kurz die Luft weg. *Sehnsucht!*

Das Wort rollt wie eine warme Kugel in meinem Magen herum, kitzelt und wärmt mich, ja, fast brennt es, als ich *Sehnsucht* hin und her wende. Die warme Kugel will nach oben steigen, ich fühle sie im Brustkorb, im Hals und schließlich im Mund. Plötzlich ist mein Mund voller Buchstaben. Ich bin machtlos. Das Wort hat mich in seiner Gewalt, und irgendwann kann ich mich nicht mehr dagegen wehren. Ich öffne den Mund, versuche Kopf und Oberkörper möglichst weit vornüber zu beugen und spüre, wie etwas Lauwarmes in einer hellen Kaskade aus mir ins Grau schießt. *Sehnsucht*, denke ich und lecke mir den Mund sauber.

II

Dass ich mich so übergeben musste, ist seltsam, denn nur kurz darauf bricht in dem großen Grau ein Riss auf. Der Riss wächst schnell wie ein Lichtblitz, ich kann ihn nur anstarren und spüre, dass ein neuer Wortschmerz in mir geweckt wird. *Wie wenn man einen Reißverschluss öffnet*, denke ich. Zuerst erschrecke ich, weil ich befürchte, die Erinnerung könnte sich denselben Weg durch meinen Körper suchen wie zuvor, doch inzwischen wächst der Riss im Grau immer schneller, bis der nebelhafte Dunst mit einem kurzen, dumpfen Knall aufplatzt und in zwei riesige Hälften geteilt wird. Dazwischen erscheint etwas, das wir schon ewig nicht mehr gesehen haben. Ohne Vorwarnung strömt es auf uns herab, und wir stürzen uns Hals über Kopf so weit wie möglich unters Dach, pressen die Augenlider fest zusammen und schreien auf vor Schmerz.

Licht, denke ich. *Sonnenlicht!*

Ich höre die anderen wimmern, versuche zu denken, zu hören. Bemühe mich, meine Augen zu ignorieren, die mir wie glühende Kohlen im Gesicht brennen. Ist das Wasser jetzt weniger laut? Ja, ich glaube schon. Das Dröhnen klingt irgendwie sanfter. Und was hat das zu bedeuten? Das weiß ich nicht, genauso wenig wie die anderen. Ich notiere die Dinge nur. Jetzt liege ich hier und habe den Geschmack des ausgekotzten Wortes *Sehnsucht* im Mund und spüre den Schmerz des Wortes *Licht* in den Augen. So liege ich da, mit den anderen, kneife die Augen fest zu und lausche dem Wasser, als Dinahs Stimme mich endlich erreicht.

»LAND!«, brüllt sie.

III

In diesem Augenblick geschieht etwas Großes. Das wird mir sofort bewusst, und darum bemühe ich mich, alles festzuhalten, damit ich nichts verpasse. Ich traue mich nicht, die Augen zu öffnen. Der Schmerz ist immer noch unbeschreiblich. Aber ich lausche, registriere jede Veränderung des Dröhnens, das uns umgibt, glaube, diesen neuen Ton im Wasser zu hören und dazu noch etwas anderes. Anfangs verstehe ich nicht, was es ist, doch dann muss ich kurz lachen, denn es sind schon wieder diese weißen Vögel, nur müssen es diesmal sehr viel mehr sein. Als ich sie sehr lange gehört habe, ohne dass sie weitergezogen und verschwunden sind, bin ich mir sicher, dass tatsächlich irgendetwas anders geworden ist. Ich warte darauf, noch mehr von Dinah zu hören, verstehe aber, dass auch sie vorsichtig sein muss. Dann merke ich, dass die anderen sich bewegen, unruhig hin und her rutschen. Was ist das? Was wird jetzt geschehen?

Schnell greife ich nach Davids Hand. Sie zittert. Ich lehne mich an ihn.

»Hab keine Angst!«, sage ich. »Bestimmt geht alles gut. Dinah führt uns richtig.«

David drückt meine Hand.

»Es tut so weh«, schluchzt er.

»Das ist das Licht«, sage ich. »Entweder es verschwindet wieder, oder wir gewöhnen uns daran.«

»Es darf aber nicht verschwinden!«

»Das wird es tun«, murmelt Gabriel im Hintergrund. »Dies ist nur ein vorübergehender Riss. Ist doch schon öfter passiert, oder, Judit?«

Ich überlege, obwohl ich die Antwort schon weiß. Dann sage ich: »Kein so großer Riss wie der hier, es war immer nur ein kurzes Aufblitzen.«

Er holt tief Luft. »Meinst du wirklich? Glaubst du, das hier ist was Neues?«

»Ja, da bin ich mir fast sicher.«

IV

Mit geschlossenen Augen taumle ich unter der Überdachung hervor. Das Wasser wirkt inzwischen ruhiger, die Wellen scheinen nicht ganz so hoch zu sein. Man kann sich auf dem Floß kriechend vorwärtsbewegen. Der Wind flaut ab, denke ich. Endlich!

»Dinah!«, rufe ich und krieche in die Richtung, aus der ihre Stimme gekommen ist. Als das riesige Floß in den Wellen schlingert, verlieren meine Knie den Halt und rutschen über die Bretter.

»Dinah!«, rufe ich noch einmal.

Ich lausche, höre aber nur das Tosen des Wassers. Also krieche ich in derselben Richtung weiter, bis das Floß in ein tiefes Wellental stürzt und ich fast über Bord falle. Da höre ich Dinah.

»Hierher!«, ruft sie. »Sei bloß vorsichtig!«

Das letzte Stück krieche ich, so schnell ich kann, und schürfe mir dabei immer wieder die Knie auf. Das tut weh, ist mir aber egal. Plötzlich ziehen Dinahs starke Arme mich an sich.

»Was treibst du denn da?«, sagt sie. »Das ist ja lebensgefährlich!«

»Stimmt es wirklich, dass du Land gesehen hast?«

»Wir sind noch ein gutes Stück davon entfernt, aber inzwischen bin ich mir sicher. Ganz in der Nähe muss Land sein.«

»Schaffen wir es bis dorthin?«

»Vielleicht.«

»Und das Licht? Kommt das vom Land?«

»Wahrscheinlich.«

»Und die weißen Vögel?«

»Ja, die auch.«

»Oh, Dinah, endlich!«

Plötzlich wird es wieder dunkel. Das Grau legt sich wie eine nasse Wolldecke über uns.

»Nein!«, rufe ich.

»Das geht vorbei. Ruh solange deine Augen aus. Ich geh wieder nach vorn.«

»Sei vorsichtig, Dinah!«

Ich höre ihre schnellen Bewegungen, als sie sich auf den Bug des Floßes zubewegt. Dann werden Dinahs Geräusche vom Tosen des Wassers ertränkt. Langsam öffne ich die Augen. Sie brennen immer noch, aber die graue Feuchtigkeit tut gut. Ob ich mich jemals wieder an Licht werde gewöhnen können? Es gibt so vieles, was ich gern wüsste. Aber für Grübeleien ist jetzt keine Zeit. Gegrübelt habe ich inzwischen genug. Jetzt haben wir vielleicht eine neue Chance, die erste seit langem. Das heißt, wenn es nicht nur ein ungewöhnlich langes Aufblitzen gewesen ist. Ich warte noch kurz darauf, dass Dinahs Stimme sich durch die Feuchtigkeit bohrt und mir die Hoffnung wiedergibt. Doch Dinah lässt nichts mehr von sich hören. Nicht einmal die Schreie der weißen Vögel erreichen mich mehr.

Stattdessen höre ich, dass die anderen angefangen haben sich zu bewegen. Flüsternde Stimmen vermischen sich mit dem monotonen Lied des Wassers. Dinahs Ruf hat Hoffnungen geweckt. Vielleicht werden sie diesmal wahr.

»Was ist los, Judit?«

»Ich weiß nicht. Dinah ist nach vorn gegangen.«

»War das tatsächlich echtes Licht?«

»Glaub schon, Gabriel.«

»Endlich.«

Dann ertönt ein Knall. Ein heller Riss wächst mit Blitzgeschwindigkeit im großen Grau. Dann ein neuer Knall.

»Macht die Augen zu!«, rufe ich im selben Augenblick, als sich das Licht auf uns stürzt.

»LAND!«, ruft Dinah zum zweiten Mal.

V

So war das, als unsere Fahrt zu Ende war und wir unser Ziel erreichten.

An Bord bricht Freude aus. Wir jubeln, klatschen in die Hände, fallen uns in die Arme. Nach einer endlos langen Reise, auf der nur der unmerkliche Wechsel zwischen hellerem und dunklerem Grau den Unterschied zwischen Tag und Nacht markierte, haben wir Festland erreicht.

Das Wasser hat sich beruhigt, und das große Floß schaukelt schwer auf den breiten Wellen. Inzwischen sitzen wir unter der Überdachung und warten auf die Nacht. Wir sind das Licht nicht mehr gewöhnt. Gabriel hat aus meinem Schal provisorische Augenbinden gemacht, die tragen wir jetzt.

»Wie lange dauert es noch?«, frage ich.

»Keine vierundzwanzig Stunden mehr«, sagt Dinah. »Gleich wenn es dämmert, hissen wir die Segel.«

»Wo sind wir?«, fragt David, obwohl er weiß, dass es auf diese Frage keine Antwort gibt. Ich glaube zu hören, wie Dinah die Schultern zuckt und seufzt.

»Wir müssen abwarten, David«, sagt sie. »Wir können überall und nirgendwo sein.«

»Glaubst du, es gibt dort Menschen?«

»Klar.«

Es folgt ein erwartungsvolles Murmeln.

Als die Dunkelheit fällt, nehmen wir die Augenbinden ab.

Wir stehen an der Reling und spähen dem Kontinent entgegen, dem wir uns nähern. Aber das Einzige, was wir sehen, ist kompakte schwarze Dunkelheit. Keine Spur von Licht, kein Feuerschein, keine Düfte. Wenn Dinahs Rufe nicht so überzeugend geklungen hätten, würden wir bezweifeln, dass in dieser Finsternis überhaupt irgendetwas existiert.

Dann gibt sie das Kommando »Segel hissen!«, und an Bord bricht fieberhafte Aktivität aus. David und ich rollen die Schafsfelle aus und nehmen die anstrengende Arbeit in Angriff, sie an den Tauen festzuzurren. Schon nach kurzer Zeit rinnt mir der Schweiß über den Körper.

»Segel fertig!«, schreie ich.

»Hissen!«

David und Gabriel packen die Taue mit vereinten Kräften und hissen das Segel. Wir spüren, wie der Wind es packt und das Floß allmählich schneller wird. Dinah kommt her, stellt sich neben mich und legt mir eine Hand auf den Arm.

»Ist dir was aufgefallen?«, sagt sie.

»Was denn?«

Sie schweigt kurz, als müsste sie erst Luft holen.

»Am Himmel sind keine Sterne, Judit.«

VI

Ich denke lange über Dinahs Worte nach und versuche mich an Nächte ohne Sterne zu erinnern. Aber meine Nachtbilder sind verblasst. Oder habe ich sie verdrängt? Jedenfalls sehe ich überhaupt keine Nächte vor mir, weder mit noch ohne Sterne. Ich sage einfach: »Die Sterne leuchten doch nicht jede Nacht, oder?«

Dinah wendet sich zu mir um und schüttelt sachte den Kopf.

»Doch, Judit, in jeder klaren Nacht leuchten die Sterne. In jeder klaren Nacht außer in dieser hier. Was mag das wohl bedeuten?«

Darauf habe ich keine Antwort. Ich sage nur: »Dinah, ich hab Angst.«

Dinah sagt nichts. Ich ahne, woran sie denkt. An das, woran wir alle denken. Unsere Zeit an Bord ist vielleicht bald zu Ende. Schon so lange sind wir zusammen unterwegs, haben wie eine Herde Tiere eng beisammen gelebt, haben aneinandergepresst geschlafen und Tang, Algen, Seegras, Muscheln, Quallen und vereinzelte Fische gegessen, alles, was uns in den Weg gekommen ist. Getrunken haben wir das Kondenswasser des ewigen Nebels. Es ist ein Albtraum gewesen, ein langer Halbschlaf, in dem das Licht uns nur in Form von kurzem Aufblitzen erreicht hat, wie die Störung in einem Fernsehbild. Wir sind vor Hunger fast bewusstlos gewesen und so schwach, dass unsere Beine nur gezittert haben, als wir aufzustehen versuchten. Aber zusammen haben wir uns geborgen gefühlt, das Floß ist unser Zuhause geworden, unsere Insel. Diese Zeit ist jetzt vielleicht zu Ende. Keiner von uns hat eine Ahnung, was uns stattdessen erwartet, ob eine bessere oder eine schlechtere Alternative.

Wir segeln die ganze Nacht, stehen gemeinsam an der Reling und spähen ins endlose Dunkel, ohne etwas zu erkennen. In der Dämmerung ruft Dinah plötzlich zum dritten Mal:

»LAND!«

Da sehen wir, wie nah wir sind. In dem schwachen Morgenlicht erhebt sich etwas aus dem Wasser, ein Horizont aus grauen Schatten. Wir starren ihn an. Sehen die Konturen dessen, was Dinah Land nennt, und riesige Schwärme von weißen Vögeln, die über dem Land schweben. Der Anblick erinnert an nichts, was wir kennen. Es sieht nicht wie das Land aus, das wir erhofft haben.

Plötzlich schrammt das Floß gegen etwas Hartes und schwankt so heftig, dass wir das Gleichgewicht verlieren und umfallen. Das Floß treibt nicht mehr weiter.

Da öffnet Dinah wieder den Mund. »Wir sind angekommen«, sagt sie.

VII

Wir stehen an der Reling und starren auf die Küste, bis das Brennen in den Augen unerträglich wird. Da verziehen wir uns unters Dach, um auszuruhen. Das Floß bewegt sich nicht von der Stelle. Wir sind auf ein Riff aufgelaufen, ein paar hundert Meter vom Land entfernt. Dinah meint, solange das Wasser ruhig bleibe, könnten wir so liegen bleiben. Die Frage ist, ob es uns gelingen wird, das Floß freizubekommen, oder ob wir die Flut abwarten müssen. Gibt es überhaupt noch eine Flut?

»Besonders vielversprechend sieht das hier nicht aus, oder?«, bemerke ich vorsichtig.

Dinah schweigt kurz. Dann sagt sie: »Erst mal abwarten. Immerhin sind wir an der Küste. Noch kann alles völlig normal sein.«

»Glaubst du das wirklich?««

»Wenn wir uns an das Licht gewöhnt haben, gehen wir an Land.«

»Und wie lange wird das dauern?«

»Zwei, drei Tage.«

Wir unterhalten uns mit gedämpften Stimmen. Es ist ein gutes, ungewohntes Gefühl, nicht mehr schreien zu müssen, um gehört zu werden. Wir reden über das, was uns widerfahren ist, und sind alle vier nervös.

Nachts schmiegen wir uns wieder aneinander, die kleine vertraute Schar – Dinah, Gabriel, David und ich. Aber diesmal fällt es uns schwer einzuschlafen. Wir wälzen uns hin und her, voller Gedanken, Hoffnungen und Unruhe. Die beißenden Hungergefühle ignorieren wir, wie wir es gelernt haben. Lauschen den Schreien der Weißvogelschwärme, die nie aufhören wollen.

Mir gehen die Worte durch den Kopf, die ich in dem Moment dachte, als das Licht kam: *Wie wenn man einen Reißverschluss öffnet.* Jetzt fühle ich, wie sehr dieser Satz mit einem Bild aus der anderen, früheren Zeit verknüpft ist. Ich hätte nicht gedacht, dass es noch in mir lebt, nicht gewusst, dass ich es so lange mit mir herumgetragen habe.

Ich sitze in einem Zimmer auf dem Boden. Ein kleines Tier will mir auf den Schoß kriechen, aber ich schiebe es energisch weg. Ich habe ganz allein meinen roten Overall angezogen und ziehe jetzt den Reißverschluss zu. Stolz stehe ich auf und schreie: »Bin jetzt groß!«

Dann drängen andere Bilder herauf. Eines, das unbedingt in mein Bewusstsein will. Das Bild ist voller Licht. Und nicht nur das, es ist farbig. Ich sehe normales Tageslicht an einem ganz normalen Tag, in Farbe! Eine Straße, gesäumt von Autos und Bäumen. Ich sitze in meinem roten Overall auf einem wackligen Fahrrad und strample, was das Zeug hält. Mein Fahrrad fährt in Schlangenlinie auf dem Gehweg, immer kurz davor umzukippen, doch dann spüre ich, dass jemand das Fahrrad hinten festhält. Jemand, der wie ein schützender Engel neben mir hergeht und mich aufrecht hält. Dann schiebe ich den Helm zurück, der mir in die Stirn geglitten ist, kämpfe weiter mit den Pedalen und schwanke auf eine andere Person zu, die mit ausgebreiteten Armen am Ende der Straße auf mich wartet. Straße, denke ich. Bäume, Autos. Fahrrad, denke ich. Bevor die letzten Bilder auftauchen, wie ein Fausthieb ins Zwerchfell: *Mama! Papa!*

VIII

Drei Tage bleiben wir auf dem Riff liegen, ohne an Land zu gehen. Tagsüber schlummern wir unter der Überdachung und träumen Albträume, Träume über die Zukunft und über die Vergangenheit. Unsere übliche Kost ergänzen wir durch kleine weiße Muscheln, die wir unter Wasser auf dem Riff sammeln. Abends kriechen wir hinaus aufs Deck, sitzen an der Reling und spähen zu dem neuen Land hinüber. Mit dem Blick folgen wir der Bleistiftlinie der Küste, suchen nach Einzelheiten, nach Zeichen, Lichtern, Düften, Lauten, Nuancen im Grau. Nach irgendetwas, das uns ein Bild, eine Idee, eine Hoffnung vermitteln könnte. Aber die grauen Konturen werden von der Nacht aufgelöst, ohne dass wir das geringste Anzeichen von Leben entdeckt hätten. Nur die unendlichen Vogelschwärme, die wie eine weiße Wolke über allem treiben.

»Es ist, als wären wir auf dem Mond gelandet«, seufzt Gabriel.

»Das ist die Küste«, sage ich. »Die sieht oft so aus.«

Aber vor allem gewöhnen sich unsere Augen langsam ans Licht, so wie Dinah gesagt hat. Als der vierte Morgen anbricht, erklärt sie, jetzt sei es an der Zeit aufzubrechen, um das Land zu erforschen.

Mit verbundenen Augen waten wir landeinwärts. Die Augenbinden filtern das stärkste Licht weg, lassen aber genügend Helligkeit durch, damit wir etwas erkennen können. Wir sehen aus wie Räuber, und vielleicht sind wir das auch. Dinah geht voraus, und als wir das Ufer erreichen und aus dem lauwarmen Wasser steigen, drehe ich mich um. Von hier aus sieht das Floß riesengroß aus, es erinnert an eine gestrandete Stadt oder ein Raumschiff. Es ist, als würde man in einem Film mitspielen.

Mir ist unbehaglich zumute. Nicht weil ich Angst davor hätte, jemandem zu begegnen, sondern weil ich befürchte, niemandem zu begegnen. Plötzlich kommt mir ein Gedanke.

»Und wenn das hier eine Insel ist, Dinah?«, rufe ich. »Wenn hinter der Küstenlinie wieder nur Wasser ist?«

»Bald wirst du die Antwort wissen, Judit.«

Das Ufer besteht aus weichem, schlammigem Tang, in dem die Stiefel bei jedem Schritt tief versinken, dazwischen haben sich Muschelschalen zu kleinen knirschenden Wällen angehäuft. Ich sehe, dass die anderen die gleichen Schwierigkeiten beim Gehen haben, beiße die Zähne zusammen und nähere mich Meter für Meter festem Boden. Dinah ist schon dort. Sie sitzt unter einem weißen Schirm aus flatternden Vögeln auf einem Stein und wartet auf uns. Die Vögel sind um einiges größer, als sie mir vom Floß aus erschienen. Dort dachte ich, es handle sich um eine Art von Möwen, denn an Möwen konnte ich mich noch erinnern, die hatte ich in den Sommerferien am Meer gesehen, als ich klein war. Jetzt stelle ich fest, dass diese hier fast doppelt so groß sind. Sie haben kräftige gebogene Schnäbel und sehen aus wie weiße Raubvögel. Möchte nur wissen, wovon sie eigentlich leben.

»Die Füße sind festen Boden noch nicht gewöhnt«, rufe ich.

»Hier oben wird es besser«, sagt Dinah und deutet mit dem Kopf auf das ansteigende Gelände, das gleich hinter der Uferlinie beginnt.

»Warum wächst da gar nichts?«

»Vielleicht ist gerade Winter«, sagt Gabriel, und darüber müssen wir lachen.

»Die Gegend hier steht wahrscheinlich oft unter Wasser«, vermutet Dinah.

Ich nicke und spähe die langgestreckte Anhöhe hinauf, die vor uns liegt. Das klingt plausibel. Dinah hat für das meiste irgendwelche Erklärungen, und das Gute daran ist, dass sie immer positiv sind. Sie sieht die Möglichkeiten, und ohne ihren Optimismus wären wir jetzt nicht hier.

»Ist das vor uns ein natürlicher Wall oder ein künstlicher, was meinst du?«

Dinah zuckt die Schultern. »Das werden wir wissen, wenn wir sehen, was sich auf der anderen Seite befindet.«

IX

Ich habe recht. Und auch wieder nicht. Tatsächlich ist die Anhöhe Teil eines angelegten Schutzwalls. Und dahinter liegt nicht Land, sondern noch mehr Wasser. Wir sehen es erstaunt, als wir, oben angekommen, vorsichtig über den Scheitel des Walls spähen.

»Ein riesiger Teich«, sage ich verblüfft.

Doch was ich als Teich bezeichne, entpuppt sich als eine ganze Reihe von Teichen, jeder von der Größe eines Fußballfelds und von niedrigen, ebenfalls kahlen Wällen eingefasst. Das Wasser in den Teichen hat einen gelblichen Schimmer und funkelt im Licht.

»Donnerwetter«, sagt Dinah. »gute Arbeit.« Nachdenklich fasst sie sich ans Kinn.

»Erinnert fast an eine Kläranlage«, bemerke ich.

»Oder an das totale Gegenteil«, sagt Gabriel. »Das Wasser sieht giftig aus.«

Hinter den Teichen breitet sich niedriges Dickicht aus.

»Ab jetzt müssen wir vorsichtig sein«, sagt Dinah. »Gabriel, du gehst voraus. Solltest du Anzeichen von irgendwelchen Aktivität sehen, kommst du sofort zurück. Du hältst direkt auf die Sonne zu und markierst jede Kursänderung deutlich sichtbar. Okay?«

»Okay.«

»Viel Glück.«

Gabriel huscht geschwind wie ein Kaninchen den Wall

hinunter. Dann sehen wir ihn am goldschimmernden Wasser des ersten Teichs entlanglaufen, bevor er im Dickicht auf der anderen Seite verschwindet.

»Büsche und Bäume haben wir schon lange keine mehr gesehen«, bemerke ich.

Dinah antwortet nicht, nickt nur leicht. Konzentriert mustert sie die Landschaft hinter den Teichen. Offensichtlich schätzt sie die Zeit ab, die Gabriel wegbleibt. Darum halte ich den Mund und versuche, Gabriel hinter den Teichen auszumachen. Aber mit der Augenbinde, die alles dämpft, was man sieht, ist das nicht ganz einfach.

»Okay«, sagt Dinah schließlich und steht auf. »Kommt!«

Wir schlagen dieselbe Richtung ein wie Gabriel, halten direkt auf die Sonne zu. Das Wasser der Teiche ist kristallklar. Nur die starken Sonnenreflexe verhindern, dass man bis auf den Grund sehen kann. Ich überlege, warum hier wohl so viele Teiche angelegt worden sind. Als ich stehen bleibe, um am Wasser zu schnuppern, fasst Dinah mich am Arm und zieht mich hoch. Sie schüttelt nur den Kopf, sagt aber nichts.

Als wir das Dickicht erreichen, wird der Boden lockerer. Wahrscheinlich, weil er hier natürlich entstanden ist und nicht künstlich. Gabriels Stiefel haben deutliche Abdrücke hinterlassen. Sie folgen einem kleinen Pfad. Das Dickicht besteht fast ausschließlich aus silbrigen wacholderähnlichen Büschen, die dicht verschlungen ein undurchdringliches Gestrüpp bilden. Die Büsche scheinen vertrocknet zu sein. Der Pfad windet sich zwischen ihnen hindurch und ist von kleinen silberfarbigen Nadeln bedeckt, die auffunkeln, wenn wir auf sie treten.

Plötzlich endet das Dickicht. Es mündet in eine Lichtung mit einzelnen Bäumen, die an Birken erinnern. Unter einem der Bäume hockt Gabriel.

»Ab hier wird es offener«, sagt er und deutet auf die Landschaft, die an die Lichtung anschließt und wo sich Felder mit harten, knolligen Erdschollen ausbreiten. Die Bäume tragen kein Laub, und das Gras auf dem Boden ist grau, also ist es vermutlich Herbst oder vielleicht zeitiger Frühling.

»Sieht doch gut aus, oder?«, sage ich.

Dinah zuckt die Schultern, sagt aber nichts. Stattdessen bemerkt Gabriel: »Weiter hinten liegt ein Hof.«

»Und was macht der für einen Eindruck?«

»Ich hab ihn noch nicht aus der Nähe gesehen, aber alles wirkt friedlich.«

»Keine Spuren von Menschen?«

Gabriel schüttelt den Kopf.

»Also gut«, sagt Dinah. »Unser Ziel ist der Hof, aber vorher verteilen wir uns und halten uns versteckt. Wir müssen vorsichtig sein. Vor dem Hof warten wir, Gabriel geht allein näher ran.«

Wir nicken und machen uns auf den Weg. Ich halte zu den anderen so großen Abstand wie möglich, ohne sie aus den Augen zu verlieren. Zum Glück entdecke ich eine Art Graben, der genau in die Richtung verläuft, wo der Hof Gabriel zufolge liegen soll. Ich springe in den Graben, der so tief ist, dass ich fast aufrecht darin gehen kann. Während ich dem Graben folge, kann ich jenseits eines Feldes ab und zu David sehen. Nach einiger Zeit taucht der Hof vor mir auf. Er ist von dürren Büschen umgeben, die eine Art Hecke bilden. Zwischen den Zweigen sehe ich das rote Wohnhaus und weitere Gebäude, darunter ein recht großes, vermutlich die Scheune. Inzwischen bewege ich mich langsamer und werfe immer wieder einen Blick zu David hinüber, der ebenfalls langsamer wird. Ob es auf dem Hof wohl Hunde gibt? Hunde, die plötzlich losbellen und auf mich zugerast kommen? Als ich so nah am Haus bin, dass ich fast durch die Fenster an der Giebelseite schauen kann, bleibe ich stehen. Ringsum ist es ganz still. Ich gehe in die Hocke, lockere meine Augenbinde und wische mir die Stirn. Friedlich ist es hier auf dem Land, denke ich.

Und während ich dort im Graben hocke, fällt mir plötzlich dieser Film ein, den wir damals angeschaut haben. Der von dem Kreuzritter, der nach Hause kam und feststellte, dass die Pest sein Land verwüstet hatte. Das ist wie bei uns, denke ich. Genau das erleben wir jetzt. Dann verdränge ich den scheußlichen Gedanken.

Plötzlich sehe ich Dinah, die mir mit der Hand ein Zeichen gibt. Weitergehen, denke ich und beginne mich vorsichtig dem Hof zu nähern. Der Graben endet kurz vor der Hecke, das letzte Stück krieche ich bäuchlings voran, bis ich hinter einem Baumstamm Schutz finde. Aus dem Augenwinkel nehme ich wahr, dass Dinah und David zu mir unterwegs sind. Geduckt folgen sie der Hecke und sinken schließlich neben mir auf den Boden.

»Ist Gabriel schon dort?«, flüstere ich.

Dinah nickt.

»Es wirkt alles so ruhig und friedlich«, sage ich.

»Vielleicht ist gar niemand da«, sagt Dinah. »Aber wir müssen trotzdem vorsichtig sein, bis wir es ganz sicher wissen.«

»Ich hab schon befürchtet, es könnte Hunde geben«, sage ich.

Kurz darauf sehen wir Gabriel über den Hof kommen. Er bleibt stehen und ruft: »Weit und breit keine Menschenseele!«

Wir erheben uns und schlüpfen durch die Hecke.

»Alles wie ausgestorben«, sagt Gabriel. »Der Stall ist leer. In der Scheune stehen ein Traktor und ein Auto, aber die scheinen schon lange nicht mehr benutzt worden zu sein.«

»Und das Wohnhaus?«

»Scheint menschenleer zu sein. Die Türen sind abgeschlossen.«

»Okay. Gut. Schauen wir uns mal um, aber seid vorsichtig!«

Ich überquere den verlassen daliegenden Hofplatz in Richtung Wohnhaus. Es ist ein schöner zweigeschossiger Bau mit einer Veranda und darüber einem Balkon. Eine Tür, die Haustür, führt auf die Veranda, in den Fenstern hängen dünne weiße Vorhänge. Ich beschließe, einmal ums Haus zu gehen. Gleich an der ersten Ecke steht ein Holzfass mit etwas Wasser darin, wahrscheinlich Regenwasser. Auf der Giebelseite ist wieder eine Tür, abgeschlossen, wie Gabriel gesagt hat. Wahrscheinlich die Küchentür, denke ich.

Also gehe ich um die nächste Ecke und spähe durch eines der Fenster an der Rückseite. Ja, genau, das hier ist die Küche. Ich sehe einen vertrauten Electrolux-Herd, fast den gleichen, den wir zu Hause hatten. Neben dem Herd sehe ich einen dieser altmodischen Holzherde, die es bei Oma im Haus gab. Und daneben steht ein weißer Kühlschrank, an dessen Tür von magnetischen Marienkäfern gehaltene

Zettel hängen. An der Wand über der hellen Arbeitsfläche aus Holz verläuft ein Band aus blauweißen Kacheln, die wie neu aussehen. Plötzlich wird mir bewusst, wie wichtig all das einmal war. Wie oft haben wir am Küchentisch gesessen und uns über dies und das unterhalten. Kaum habe ich diesen Gedanken zu Ende gedacht, läuft es mir kalt über den Rücken. Ich starre durch das Fenster. Bleibe lange so stehen, ohne mich rühren zu können. Dann schreie ich:

»DINAH!«

Als die anderen angestürzt kommen, sinke ich, den Rücken an die Hauswand gepresst, zu Boden und breche in Tränen aus.

»Aber was ist denn, Judit?«

»Da drinnen sitzt eine ganze Familie! Am Küchentisch!«

Sie starren mich an. Dinah dreht sich zu Gabriel um. »Hast du nicht gesagt, du hättest das ganze Haus gecheckt?«

»Das eine Fenster hab ich nicht mehr geschafft ...«

»Es spielt keine Rolle, Gabriel«, sage ich. »Sie sind tot.«

X

David schlägt eine Scheibe im Küchenfenster ein. Und wenn ich nicht dabei gewesen wäre, würde ich es nicht glauben: Es ist kein Ton zu hören. Kein Krachen, kein Klirren. Es ist, als saugte die absolute Stille ringsum die Geräusche auf ... Oder vielleicht bin ich auch nur etwas überspannt, nach allem, was ich erlebt habe? David schiebt den Arm durch die zerbrochene Scheibe und hängt die Fensterhaken aus. Dann öffnet er das Fenster, und Dinah klettert hinein. David und Gabriel folgen ihr. Ich zögere kurz, bevor ich es ihnen nachtue.

In der Küche ist es dämmrig. Absolute Stille auch hier. Keine Uhren, die ticken, keine tropfenden Wasserhähne, keine rauschenden Rohre, keine Schritte, keine huschende Hauskatze. Nur eine Rolle Haushaltspapier, die auf der Spüle steht und schwach, fast gespenstisch im Luftzug des offenen Fensters flattert. Und der Anblick der alltäglichen weißen Rolle verhext mich. Es ist wie ein friedlicher Gruß aus der Welt, wie ich sie kenne. Die Rolle erfüllt mich mit einer vagen Hoffnung. »Haushaltsrolle«, murmle ich wie ein Mantra. »Gute alte Haushaltsrolle.«

Dinah steht am Küchentisch und betrachtet die Familie. Ein Mann, eine Frau und zwei Mädchen, ungefähr zehn Jahre alt. Die Mädchen haben dunkle, glänzende Haare, leicht gelockt und mit schwarzen Haarspangen hinten hochgesteckt. Sie tragen identische weiße Kleider, mit einem Muster aus roten und blauen Sommerblumen. Zwillinge, denke ich. Das sind Zwillinge. Der Mann und die Frau sind festlich gekleidet. Die Frau trägt ein rotes Kostüm und eine silberne Kette mit einem Anhänger, kreisrund mit einem kleinen grünen Edelstein in der Mitte. Der Mann hat ein Sakko an, ein weißes Hemd und eine dunkelblaue Krawatte. Nicht unbedingt die Kleider, die man für ein Abendessen in der Küche anzieht. Vielleicht haben sie etwas gefeiert, denke ich. Aber auf dem Tisch ist nichts zu sehen, was meine Überlegung bestätigen könnte. Keine Teller, keine Gläser, kein Besteck, keine Platten mit schimmeligem Essen. Seltsam, denke ich. Wenn man am Esstisch feiert, pflegt man doch auch etwas zu essen.

Da sehe ich, was die Familie macht: Sie bilden einen Tischkreis. Alle vier lassen die Arme neben den Stühlen herabhängen und halten einander an den Händen. Sie beten, denke ich. Sie sprechen ein Tischgebet. Aber vielleicht beten sie auch um ihr Leben.

Doch das Seltsamste von allem ist, dass der Mann und die Frau und die beiden Mädchen so lebendig aussehen. Es ist, als würden sie nur kurz über den Inhalt des Gebets nachdenken, um dann gleich wieder aufzuwachen, redend und lachend.

Nicht der geringste Hauch von Geruch, keine Anzeichen von Krankheit, keine Flecken von Blut. Als würden vier angezogene Schaufensterpuppen um den Tisch sitzen. Als hätte sich jemand einen makabren Scherz ausgedacht, jemand, der plötzlich aus dem Besenschrank hervorspringen und »April, April!« rufen würde.

Als ich niederknie, um Blickkontakt mit der Frau zu bekommen, sehe ich, dass sie total kohlschwarze Augen hat. Ihre Augen sind oval wie Oliven, aber irgendwie fließend in der Form. Mir kommt es vor, als würde die Schwärze sich an den Rändern leicht bewegen, fast wellenartig. Ich spüre, wie ich irgendwie in ihren Blick hineingezogen werde, wie mein eigener Blick allmählich verschwimmt. Schnell schließe ich die Augen und strecke den Rücken.

»Was ist, Judit?«

»Die Augen«, flüstere ich. »Sie haben keine Augen. Da sind nur schwarze Löcher. Total gruselig!«

Dinah nickt. »Es sieht aus, als würden sie schlafen.«

»Aber das tun sie nicht, sie starren irgendwie geradeaus.«

David bückt sich, schiebt die Tischdecke beiseite und schaut unter den Tisch.

»Schaut mal!«, sagt er.

Ich bücke mich widerstrebend. Im Halbdunkel unter dem Tisch liegen eine große schwarzweiße Katze und ein struppiger brauner Hund. Auch die beiden sehen aus, als machten sie nur ein Nickerchen. Erleichtert stelle ich fest, dass ihre Augen geschlossen sind. Die Katze hat ein rotes Halsband, an dem ein Glöckchen hängt, ihr Kopf ruht zwischen den ausgestreckten Vorderpfoten des Hundes. Dinah stupst den Hund behutsam. Es ist ein mittelgroßer Terrier.

»Die sind wohl alle gleichzeitig gestorben«, sagt sie.

»Aber sie müssen doch schon seit langem tot sein«, sage ich. »Warum sehen sie dann so lebendig aus?«

Dinah schüttelt den Kopf und steht auf. »Irgendwas stimmt hier nicht«, sagt sie.

»Es ist, als wäre irgendwann die Zeit stehen geblieben«, sagt Gabriel.

»Ja«, sage ich. »Man hat das Gefühl, als könnte man sie wieder in Gang setzen und die Leute hier aufwecken, wenn man nur wüsste, wie man das anstellen soll. Wie im Märchen, wenn jemand verzaubert worden ist. Da muss man nur die richtige Formel finden, um den Verzauberten wieder zum Leben zu erwecken.«

Gabriel schüttelt den Kopf. »Das hier ist kein Märchen, Judit. Hier scheint alles Leben aufgehört zu haben, und wie es aussieht, ist das auf einen Schlag passiert.«

Wahrscheinlich hat er recht. Die absolute Stille, die hier herrscht, hat nichts mit ländlichem Frieden zu tun, wie ich anfangs glauben wollte. Nicht, dass ich das im tiefsten Innern wirklich geglaubt hätte. Es ist nur die Alternative so unheimlich: ein glasklares Nichts, eine absolute Abwesenheit von Leben.

»Aber nichts hier sieht tot aus«, wende ich ein. »Alles scheint nur zu ruhen. Als wäre es Herbst oder Winter.«

»Das kann daran liegen, dass nichts abgebaut wird oder verfault. Vielleicht gibt's hier nicht mal Bakterien, Judit.«

»Du irrst dich«, sage ich. »Es gibt jede Menge weiße Vögel. Und die leben doch.«

»Die halten sich an der Küste auf.«

Ich sage nichts mehr, bin aber voller Worte, Gedanken und Fragen. Je mehr ich begreife, desto entsetzlicher werden die Schlussfolgerungen, die ich ziehen muss. Die große Frage, die uns alle bewegt und die wir tunlichst nicht laut aussprechen, ist: Warum können *wir* hier existieren? Wie kommt es, dass wir in einer Welt, die gestorben ist, atmen und leben können? Genauso wenig wie die anderen will ich diese Frage stellen, weil mir nur noch eine schwache Hoffnung bleibt, und die will ich mir so lange wie möglich bewahren: Die Erklärung muss sein, dass doch nicht alles gestorben ist. Dass es Leben gibt, anderswo. Wenn auch nicht direkt hier. An diesem Ort hat es aufgehört.

XI

Vor dem Küchenfenster fällt die Dämmerung. Wir stehen schweigend da und beobachten das bräunliche Licht, das sich über den Garten senkt. Ich spüre, dass auch damit etwas nicht in Ordnung ist, nämlich mit der Farbe. Meistens mag ich den Einbruch der Dämmerung. Jetzt finde ich ihn nur bedrückend. Es ist, als würde die Dunkelheit wie ein Rollo heruntergelassen, ohne Nuancen und Übergänge. Ich schaue die tote Familie am Küchentisch wieder an. Sie sitzen da wie in einem alten Schwarzweißfilm.

Gabriel tritt an die Spüle und dreht an den Wasserhähnen. Wir warten lange. Aber nichts passiert.

»Gehen wir zurück?«, fragt er.

Dinah schüttelt den Kopf. »Heute Nacht bleiben wir hier.«

»Ob es hier was zu essen gibt?«, sage ich und öffne den Kühlschrank.

Ich weiß nicht recht, was ich erwartet habe. Oder doch: Ich habe erwartet, nichts vorzufinden, einen leeren, sauberen Kühlschrank zu sehen, genauso steril wie alles andere hier. Darum stoße ich einen Ruf des Erstaunens aus, als ich sehe, dass er voller Lebensmittel ist. Da stehen mehrere Becher Joghurt, eine Schüssel mit Eiern, Butter und vieles andere. Der vertraute Anblick bringt mich fast zum Weinen.

»Fass nichts an!«, sagt Dinah schnell.

»Du meinst, das ist gefährlich?«, frage ich. »Denkst du, dass die am Essen gestorben sind?«

Dinah zuckt die Schultern. »Die Sachen müssen auf jeden Fall uralt sein.«

»Schau doch aufs Datum, dann wissen wir, wann sie gestorben sind«, schlägt David vor und deutet auf die Joghurtbecher.

Ich nehme einen davon aus dem Schrank, aber bereits als ich ihn in der Hand halte, begreife ich, dass etwas nicht stimmt. Er wiegt nichts, nicht mehr als die Verpackung.

»Der Becher ist leer«, sage ich verblüfft. »Scheint aber nicht geöffnet worden zu sein.«

Ich nehme einen anderen Becher. Der ist genauso leicht. Ich halte ihn mir vor die Augen.

»Ich kann kein Datum erkennen«, murmele ich. »Es scheint verblasst zu sein.«

»Der Joghurt ist garantiert verdunstet, der muss ja steinalt sein«, meint Gabriel.

Auch die anderen Lebensmittel sehen eigenartig aus. Oder besser gesagt, sie sehen unnatürlich natürlich aus, als hätte die Zeit selbst sie konserviert.

»Jedenfalls gibt es hier nichts Essbares«, seufze ich und schließe den Kühlschrank.

Plötzlich fällt mir etwas ein. Ich öffne die Tür noch einmal und strecke eine Hand hinein.

»Es ist ja nicht mal kalt da drin!«

»Weil es keinen Strom gibt, Judit«, sagt Dinah.

Wir gehen durchs Haus und bewegen uns langsam. Ich weiß nicht, ob aus Vorsicht oder weil es sich komisch anfühlt, im Haus einer fremden Familie zu sein – vor allem, wenn die ganze Familie in der Küche sitzt und tot ist. Das restliche Haus ist so wie die Küche, das heißt, wie ein normales Zuhause, wo normale Menschen ein normales Leben führen oder: geführt haben. Im Wohnzimmer stehen normale Möbel. Eine Sitzgruppe vor dem Fernseher, eine vergoldete Wanduhr, die auf fünf vor zwölf stehengeblieben ist. Landschaftsbilder an den Wänden. In den Fenstern Blumentöpfe, aber ohne Blumen. David dreht einen der Töpfe um und hält ihn hoch, um zu zeigen, dass keine Erde darin ist. Das Bücherregal erkenne ich, Billy, das gleiche hatten wir bei uns zu Hause. Ich nehme eins der Bücher heraus, ein altes, zerlesenes Taschenbuch, und als ich den Titel lese, bekomme ich wieder mal eine Gänsehaut. »Die Geheime Gesellschaft«, steht auf dem Umschlag, »von Claes Hylinger«. Genau dieses Buch hat Gabriel in die Schule mitgebracht. Ich sehe mich rasch um, plötzlich kommt es mir nämlich vor, als wollte mich jemand zum Narren halten. Als würde man mir eine Falle stellen. Aber alles ist still. Still und unnatürlich ruhig. Erst nehme ich mir vor, das Buch den anderen zu zeigen, doch dann überlege ich es mir anders und stelle es wieder zurück.

In einem Korb neben dem Couchtisch liegt ein Stapel Zeitungen. Ich nehme eine und schaue nach dem Datum, aber das scheint ebenfalls verblasst zu sein. Als ich die Zeitung durchblättere, sehe ich Fotos von Promis, Schauspielern, Mitgliedern der Königsfamilie, Sportlern, blonden Mädchen mit großen Brüsten. Viele der Gesichter kommen mir bekannt vor. Ich bin mir fast sicher, dass die Zeitung aus meiner Zeit stammt.

Gabriel und ich betreten eines der Schlafzimmer der Zwillinge. Ein Bett mit einem weißen Überwurf. Ein Schreibtisch. Ein roter Sitzsack. Eine Tapete mit einem Muster aus rosa und hellblauen Vögeln, teilweise verdeckt von Pferdebildern und blaugelben Schleifen mit der Aufschrift 1. PREIS. Auf den meisten Bildern ist ein weißes Pony mit langer Mähne und munteren Augen zu sehen. *Lady* steht darunter, manche sind mit einem roten Herzen verziert. Der Zwilling ist also ein Pferdemädchen. Wo Lady jetzt wohl sein mag?

Dinah lässt sich in den Sitzsack sinken.

»Nicht mal Staub gibt es in diesem Haus«, sagt sie. »Alles hier müsste doch von einer dicken Staubschicht bedeckt sein.«

»Und von Spinnweben«, sage ich.

Gabriel schüttelt den Kopf. »Spinnen gibt's hier wohl kaum, Judit.«

»Woraus entsteht Staub überhaupt, ich meine, woraus besteht er?«

»Keine Ahnung«, sagt Gabriel. »Staub gibt's doch überall.«

»Oder nur überall, wo es Leben gibt?«, sage ich.

»Vielleicht«, sagt Gabriel.

XII

In dieser Nacht schlafen wir im Obergeschoss im Doppelbett des Elternschlafzimmers. Wir liegen eng aneinandergeschmiegt und wärmen uns gegenseitig. Es ist das erste Mal seit langem, dass ich in einem Bett liege, und ich genieße das Gefühl der weichen Matratze an meinem Rücken.

Ich schlafe fast sofort ein und lande in einem Traum, der so realistisch ist, dass es mir schwerfällt zu unterscheiden, ob ich wirklich mit den anderen im Bett liege und träume, oder ob der Traum mein echter Zustand ist und ich nur träume, dass ich mit meinen Freunden in einem fremden Haus in einem Doppelbett liege. Im Traum ist das überhaupt nicht kompliziert, im Traum erscheint es mir irgendwie glasklar, und ich kann mich problemlos zwischen den verschiedenen Wirklichkeiten bewegen.

Ich sitze mit meinen Eltern vor dem Fernseher beim Essen, es ist Samstagabend, und es gibt Brathähnchen mit gebackenen Auberginen, mein Lieblingsessen. Pompom liegt auf meinem Schoß und wartet darauf, dass ich ihm etwas zustecke. Im Fernsehen läuft das Schlagerfestival, mir gefällt ein dunkelhaariger Junge mit Gitarre am besten, den meine Eltern gar nicht gut finden und über den sie Witze machen. Papa ist für eine kurvenreiche Sängerin, die Mama als ordinär bezeichnet, aber ich weiß genau, dass Papa Mama nur ärgern will. Es gewinnt dann eine Popgruppe, von der Mama behauptet, sie sei absolut spitze. Das sagt sie allerdings erst, nachdem die Gruppe gewonnen hat, was Papa natürlich nicht gelten lässt. Ich muss über die beiden lachen und gehe ins Bad, um mir die Zähne zu putzen. Als ich zurückkomme, sitzen Pompom und Papa allein auf dem Sofa und schauen Nachrichten. Die handeln fast nur vom Wetter, darum höre ich gar nicht erst zu. »Wo ist Mama?«, frage ich. »Mama?«, sagt Papa, »wer ist das?« »Sie ist rausgegangen, eine rauchen, stimmt's?«, sage ich, weil ich solche Witze gar nicht leiden kann. Das macht mir nämlich am allermeisten Angst: die Vorstellung, Mama und Papa könnten einmal nicht mehr da sein. Sie wären verschwunden, und ich wäre allein auf der Welt.

Als ich aufwache, dauert es eine Weile, bis ich begreife, wo ich mich befinde. Ich muss mitten im Traum aufgewacht sein. Pompom, flüstere ich, und dabei laufen mir Tränen übers Gesicht. Dann erinnere ich mich an den Geschmack von Auberginen, und plötzlich schnürt sich mir vor Hunger der Magen zu. Ich lausche auf die ruhigen Atemzüge von Dinah, David und Gabriel. Sie schlafen tief und fest, genau wie ich es eben noch getan habe.

Auf einmal höre ich ein Geräusch, ein fernes, aber deutlich vernehmbares Geräusch. Sofort bin ich hellwach und richte mich im Bett auf. Da höre ich es wieder. Es klingt, als würde jemand weinen. Erst glaube ich, dass es von draußen kommt, doch bald wird mir klar, dass das Geräusch irgendwo aus dem Haus kommen muss. Aus der Küche, denke ich zuerst. Doch dann merke ich, dass es von unten heraufdringt, wie von unter dem Haus. Ich überlege, ob ich die anderen wecken oder allein nach unten gehen soll.

Schließlich klettere ich vorsichtig aus dem Bett. Inzwischen kommt das Geräusch in größeren Abständen. Lange Zeit ist es still, dann höre ich es plötzlich wieder. Doch, ja, da weint jemand. Da weint ein Kind. Ich gehe die Treppe hinunter in die Diele. Im ganzen Haus ist es dunkel. Als ich aus dem Fenster spähe, sehe ich nur kompakte Finsternis. Ich lausche. Das Weinen scheint aufgehört zu haben. Aber kaum will ich wieder nach oben gehen, fängt es wieder an. Jetzt bin ich mir sicher, dass es von unten kommt, vielleicht aus einem Keller. Bei meiner Oma gab es, unterm Flickenteppich verborgen, im Küchenboden eine Luke. Wenn man sie öffnete, sah man eine steile Treppe, die in einen Vorratskeller führte. Als Kind fand ich das unglaublich spannend. Ich stand oft barfuß auf dem Teppich und spürte die Ränder der Luke und den eingeklappten Griff unter meinen Zehen.

Jetzt dagegen bin ich nicht so scharf darauf, die Küche zu betreten und nach einer Luke im Fußboden zu suchen. Ich muss mich dazu zwingen, zur Küchentür zu gehen. Aber als ich die Klinke nach unten drücke, um sie zu öffnen, passiert nichts. Erst nachdem ich lange mit der Klinke in der Hand dagestanden habe, begreife ich, dass die Tür abgeschlossen ist. Da drücke ich die Klinke noch einmal herunter und presse die Schulter gegen die Tür. Sie lässt sich nicht öffnen! Plötzlich höre ich das Geräusch wieder, lauter diesmal, es kommt aber immer noch von unten. Mein Herz hämmert wie wild. Was geht hier vor?, denke ich. Was erlebe ich da gerade?

Meine Beine zittern. Meine Hand hält die Klinke immer noch krampfhaft fest, wie festgefroren. Ich weiß nicht, was ich tun soll. Ins Schlafzimmer zurückkehren geht nicht, weil meine Beine mich nicht tragen. Ich traue mich kaum zu atmen.

Was dann geschieht, weiß ich nicht. Vielleicht habe ich einen Blackout vor Angst. Oder ich schlafe vor Erschöpfung ein. Vage kann ich mich daran erinnern, wie ich zu einem Häuflein auf dem Boden zusammensinke und die Arme um mich schlinge.

Als ich wieder zu mir komme, liege ich vor der Küchentür. Draußen wird es allmählich hell. Im Haus ist es ganz still. Die Erinnerung an das eigenartige Geräusch erscheint mir auf einmal seltsam fern. Langsam stehe ich auf und drücke die Klinke an der Küchentür nach unten. Die Tür gleitet ohne weiteres auf. Ich betrete die Küche und sehe die tote Familie genauso regungslos wie am Tag zuvor am Tisch sitzen. Suchend blicke ich über den Fußboden und hebe einen grauen Flickenteppich hoch. Darunter befinden sich nur Bodenbretter.

»Was ist los, Judit?«

Ich zucke zusammen, als ich Dinahs Stimme höre, und drehe mich um. Sie steht in der Türöffnung.

»Ich weiß nicht«, sage ich. »Heute Nacht hab ich so komische Geräusche gehört, sie kamen von unten, wie aus einem Keller. Und die Küchentür war abgeschlossen.«

Dinah sieht mich an, sagt aber nichts.

»Es klang, als würde ein Kind weinen«, fahre ich fort. »Ich bin aufgewacht und nach unten gegangen, um nachzusehen. Dann hab ich die halbe Nacht vor der Küchentür gehockt. Aber erst jetzt, nachdem es hell geworden ist, lässt sie sich öffnen.«

»Wir müssen checken, ob es überhaupt einen Keller gibt«, sagt Dinah.

»In diesem Haus ist etwas ganz und gar nicht geheuer«, sage ich.

XIII

Wir sitzen im Garten. Oder vielmehr in dem, was einmal ein Garten war. Das Licht ist unerträglich, darum haben wir die Augenbinden wieder umgelegt. Gabriel hat einen schattigen Platz an der Hauswand gefunden. Es ist ein komisches Gefühl, mit den anderen hier in der Hitze zu sitzen und ihnen von meinen nächtlichen Erlebnissen zu erzählen. Je länger ich darüber rede, desto unglaubwürdiger klingt es in meinen Ohren. Ich muss an meinen Traum denken, den ich kurz vor dem Aufwachen hatte. Vielleicht habe ich nur geträumt, dass ich aufgewacht bin. Das würde bedeuten, dass gar nichts passiert ist. Obwohl, irgendetwas *muss* passiert sein.

»Jedenfalls will ich nicht wieder ins Haus zurück«, sage ich.

»Das brauchst du auch nicht«, sagt David.

»Vielleicht sollten wir das Landesinnere erforschen«, meint Gabriel.

Dinah schüttelt den Kopf. »Noch nicht«, sagt sie. »Zuerst müssen wir ein Basislager errichten, an einem sicheren Ort.«

»In der Nähe des Wassers«, sage ich schnell. »Es ist ein besseres Gefühl, nah beim Meer zu sein.«

»Ja, wir müssen sowieso das Floß abladen. Und danach sollten wir unser Lager an der Innenseite des Walls aufschlagen«, sagt Dinah.

Damit sind alle einverstanden. Im Meer gibt es noch genügend Nahrung. Und wenn es uns gelingt, das Floß zu bergen, können wir notfalls jederzeit weitersegeln. Vielleicht wäre das sowieso besser, als an diesem unheimlichen Ort zu bleiben.

Als wir zum großen Wall kommen, schweben die weißen Vögel wie kreischende Wolken über uns. Ein paar von ihnen stürzen sich auf uns herab, als wollten sie uns willkommen heißen oder mit uns spielen. Doch plötzlich ahne ich, dass sie etwas ganz anderes im Schilde führen.

»Pass auf!«, rufe ich David zu, greife nach einem Stein und werfe ihn nach einem Vogel, der direkt über ihm kreist.

»Was zum Teufel …?«, ruft David erschrocken und duckt sich.

»Die müssen wir im Auge behalten«, sagt Dinah und schaut hinter dem Vogel her.

Das Floß liegt noch auf dem Riff. Der Wind hat sich gelegt, darum werden wir unsere wenigen Besitztümer ohne Probleme an Land tragen können. David und Dinah waten zum Floß, während Gabriel und ich auf der Suche nach einem geeigneten Lagerplatz an den eingefassten Teichen entlangwandern. Das durchsichtige Wasser leuchtet seltsam grüngelb. Es sieht ungeheuer sauber aus, und erst nach einiger Zeit geht mir auf, woran das liegt. In den Teichen gibt es keinerlei Leben. Kein tierisches Plankton, keine Grünalgen, keine Wasserläufer oder flinke kleine Fische. Leben hinterlässt Spuren. Das Wasser in den Teichen ist genauso steril wie das in unserem Swimmingpool im Vogelnest.

Schließlich finden wir einen geschützten, von dichtem Gebüsch umgebenen Platz, der fast an eine Laube erinnert.

»Guter Platz«, sagt Gabriel.

Ich nicke. »Hier kann uns niemand entdecken.«

XIV

Dinah und David kommen vom Floß zurück, beladen mit Lammfellen und zwei Säcken mit kondensiertem Wasser. Die Säcke haben Dinah und ich gemacht. Sie sind innen aus Leder und außen aus Stoff. Dinah und David sind schweißnass und außer Atem.

»Das ist unser letztes Wasser«, sagt Dinah, als sie ihren Wassersack vorsichtig abstellt.

Wir trinken gierig, jeder genau gleich lang. Als unser Durst gestillt ist, ist der eine Sack fast leer.

Gabriel und ich haben von den wacholderähnlichen Büschen lange Äste abgebrochen, die ich schräg auf die Astgabeln von kürzeren Ästen gestützt habe. Darüber breiten wir jetzt die Lammfelle. Das ergibt einen passablen Windschutz. Von hier aus können wir die Landschaft überblicken, bis hin zu der Stelle, wo der Hof liegt. Dennoch ist es fast unmöglich, uns in dem dichten Gestrüpp zu entdecken.

David bricht noch weitere lange Äste aus den Büschen und wählt die beiden mit den schärfsten Spitzen aus. Dann geht er mit mir über den Wall und zum Ufer hinunter, wo wir ins Meer hinauswaten. Das Wasser ist lauwarm. Ab und zu spüre ich etwas an meinen Beinen, was ich für kleinere Fische halte, aber weil das Wasser hier etwas trüb ist, sieht man sie kaum. Als ich zum Floß spähe, sehe ich plötzlich einen dunklen Schatten unter der Wasseroberfläche schweben. Ich stupse David und nicke zu der Stelle hin.

»Ein großer Fisch!«, flüstere ich aufgeregt.

Wir bleiben regungslos stehen und sehen den Schatten schaukelnd näher kommen. Es scheint ein gigantischer Plattfisch zu sein. Wir heben unsere Holzspeere und schleudern sie gleichzeitig. Der Fisch zuckt zusammen und peitscht schäumendes, mit Blut vermischtes Wasser auf. Dann verschwindet er. Aber die Speere stecken in ihm fest, und bald sehen wir ihn hilflos davontreiben. Da wissen wir, dass er tot ist, und waten zu ihm hin.

»Der ist ja riesig«, sage ich und halte ihn an einer Flosse fest.

Gemeinsam ziehen wir ihn ans Ufer. Ich bleibe, um ihn zu bewachen, während David loszieht, um Gabriel und Dinah zu holen. Ich halte in jeder Hand einen Stein. Die weißen Vögel kreisen mit lautem Geschrei über mir, aber sobald ich einen Arm hebe, steigen sie höher an den Himmel.

Mit vereinten Kräften schleppen wir den Fisch über den Wall und zum Lagerplatz. Die Vögel bleiben am Ufer zurück. Landeinwärts scheinen sie sich nicht zu trauen. Wir legen den Fisch auf ein paar große Steine. Um den Mund hat er eine Art Ausschlag. David hat einen scharfen Stein vom Ufer mitgebracht und hackt damit vier gleich große Stücke aus dem Fisch, die wir schweigend verzehren.

Der restliche Fisch darf auf den Steinen liegen bleiben.

»Hier wird er schnell trocknen«, stellt David fest und macht ein zufriedenes Gesicht.

Mitten in der Nacht weckt mich ein seltsames Geräusch. Es klingt, als würde jemand schnarchen. Ich richte mich halbwegs auf und lausche, höre die anderen in der Dunkelheit unter den Fellen atmen. Lange bleibt alles still, dann höre ich das fremde Geräusch wieder. Inzwischen klingt es lauter und gröber, eher so, als würde sich jemand richtig tief räuspern. Mit angespannten Nerven lausche ich. Ist jemand hierher unterwegs? Plötzlich höre ich es wieder. Ich zucke zusammen, als ich eine Hand auf meinem Arm spüre. David ist aufgewacht. Ich lege ihm einen Finger über den Mund und mache eine Kopfbewegung in die Richtung, aus der das Geräusch kommt. David nickt. Er hat es auch gehört. Vorsichtig krabbeln wir unter dem Windschutz hervor, richten uns auf und bleiben mit angehaltenem Atem in der undurchdringlichen Dunkelheit stehen. Die Töne kommen jetzt in unregelmäßigen Abständen. In meinen Ohren klingen sie eher nach einem Tier als nach einem Menschen. David bedeutet mir, dass wir uns anschleichen sollen.

Wir bewegen uns langsam und lautlos, Meter um Meter. Ringsum ist alles ruhig und still. Nur ab und zu wird die Stille von einem eigenartigen dumpfen Knurren durchbrochen. Beunruhigend ist, dass die Töne von der Stelle kommen, wo wir den Fisch zum Trocknen hingelegt haben. Ein Hund, der unsere Vorräte auffrisst, denke ich und laufe schneller.

Als wir die Umrisse des Tieres erkennen können, begreife ich zuerst nicht, was es ist. Es ist kleiner als ein Bär, hat aber ein ähnliches Fell. Das Tier steht vor den Steinen und schlingt unseren Fisch in sich hinein. Ich höre es kauen und schmatzen, offensichtlich genießt es seine Mahlzeit.

Vielleicht ist es ein Dachs, überlege ich, doch plötzlich kapiere ich, was es ist: ein Wildschwein! Im selben Augenblick hebt das Tier den Kopf und sieht direkt zu David und mir her. Es steht ganz still und betrachtet uns erstaunt, fast ein bisschen neugierig. Dann stößt es ein kurzes Grunzen aus, dreht sich um, trottet ins Dickicht und verschwindet.

Das Tier hat sich nur einen kleinen Teil des großen Fisches schmecken lassen. Das sei ihm gegönnt, denke ich, weil ich so froh darüber bin, dass wir endlich auf etwas Lebendiges gestoßen sind.

»Wer hätte das gedacht, dass es hier Wildschweine gibt.«

»Das war bestimmt kein Wildschwein«, meint David.

»Was denn sonst?«

»Ich glaube eher, ein verwildertes Hausschwein.«

◎◎

Als wir zu dem Windschutz zurückkommen, ist Dinah wach.

»Was war das?«, fragt sie.

»Ein Schwein«, sagt David.

»Ob das wohl von dem Hof kommt?«, frage ich.

David zuckt die Schultern. »Vielleicht. Aber es kann natürlich von überallher kommen.«

»Wir müssen den Fisch woanders hintun«, sage ich. »Das Schwein wird uns garantiert wieder besuchen.«

Dinah nickt. »Mir tut der Hintern weh«, sagt sie. »Ich muss auf einem Stein gelegen haben.« Sie dreht sich um und untersucht den Boden.

Da wacht auch Gabriel auf und reckt sich verschlafen. »Was ist hier los?«, fragt er gähnend.

»Wir haben ein Schwein gesehen«, sage ich.

»Ein Schwein ...?«, murmelt Gabriel und richtet sich auf.

Dinah hebt den Kopf. »Schaut mal, was ich gefunden habe!«, ruft sie aus und hält einen kleinen roten Gegenstand hoch.

»Ein Feuerzeug!«, sage ich.

»Das muss ich in meiner Gesäßtasche gehabt haben!«, sagt Dinah.

Dann ist ein schwaches Klicken zu hören, und plötzlich leuchtet eine kleine Flamme auf und wirft ihr Licht unter den Windschutz.

»Ha, es funktioniert sogar!«, ruft Dinah erstaunt aus.

»Mach es schnell wieder aus!«, sage ich. »Mit dem Gas müssen wir sparsam umgehen.«

Wir bleiben schweigend sitzen. Die Dunkelheit beginnt in Grau überzugehen. Bald wird es hell, denke ich. Bald beginnt ein neuer Erdentag. David rollt sich an meiner Seite zusammen. Gleich darauf höre ich, dass er eingeschlafen ist. Gabriel und Dinah unterhalten sich gedämpft über das Schwein und überlegen, wie wir es überlisten könnten. Dinah schlägt vor, eine tiefe Grube zu graben, sie mit Reisig zu bedecken und ein paar Stückchen Fisch obenauf zu legen Plötzlich muss ich an Lady denken, das Pony des einen Zwillings. Wo mag das jetzt sein? Ist es tot? Oder ist es ausgerissen und führt jetzt ein neues Leben als Wildpferd? Wie kommt es, dass Tiere hier leben können und wir auch, obwohl alle anderen in der Gegend gestorben zu sein scheinen? Oder sind die irgendwo in den Städten? Gibt es überhaupt noch Städte?

»Könnten wir nicht einfach weiterziehen?«, frage ich.

Dinah und Gabriel hören auf, sich über das Schwein zu unterhalten, und drehen sich zu mir um.

»Wir sollten versuchen, andere Menschen zu finden«, fahre ich fort.

»Willst du das wirklich?«, fragt Dinah.

Ich nicke.

»Das kann aber gefährlich sein«, wendet sie ein.

»Dieses Risiko müssen wir vielleicht eingehen«, sage ich.

Gabriel schüttelt den Kopf.

»Wir müssen vorsichtig sein, Judit. Ich schlage vor, wir bleiben hier und machen kurze Expeditionen, um die Lage zu erkunden.«

»Kommt mir vernünftig vor«, bemerkt Dinah.

Ich lasse mich auf mein Lager sinken, liege eine Weile schweigend da und überlege.

»Was kann in dem Haus wohl passiert sein?«, sage ich schließlich.

»Irgendwas ist da verkehrt«, sagt Gabriel. »Das, was wir sehen, stimmt nicht.«

Ich nicke zustimmend. »Es ist total unlogisch«, sage ich. »Und trotzdem sehen wir es.«

»Aber das muss nicht bedeuten, dass es real ist«, sagt Gabriel. »Es kommt mir fast vor wie ein Film oder wie eine virtuelle Welt.«

Ich denke über seine Worte nach. So ähnlich habe ich es mir auch gedacht. Nämlich dass das, was wir im Haus gesehen haben, von irgendjemandem erfunden zu sein scheint.

XV

Als ich wieder aufwache, ist es unter dem Windschutz so heiß wie in einem Solarium. Die Sonne steht hoch am Himmel. Sie brennt mit gelbrotem Schein, wie eine Schweißflamme oder ein riesiges Feuerzeug. Meine Haut ist trocken wie altes Zeitungspapier, und meine Zunge fühlt sich an wie gebrauchtes Sandpapier. Wasser, denke ich, krabble zu den Wassersäcken und trinke die letzten Tropfen, die in dem einen noch übrig waren.

Als ich mich aufrichte, sehe ich, dass die anderen nicht mehr da sind. Nur noch die Lammfelle liegen in einem einzigen Durcheinander um mich herum. Mir ist übel, darum sinke ich wieder zurück und versuche, weiter in den Schatten hineinzurutschen, um der stechenden Sonne zu entkommen. In meinem Kopf brummt und summt es wie in einem Wespennest. Ohne recht zu verstehen, warum, fange ich zu weinen an. Die Tränen kommen schnell und unerwartet, wie ein plötzlicher Regen. Ich halte die Hände vors Gesicht und spüre, dass sie nass werden.

Nach einiger Zeit gelingt es mir, mich zu beherrschen. Ich lecke mir die salzigen Tränen von den Händen und erhebe mich mühsam. Das Rauschen in meinem Kopf nimmt zu, als ich stehe, doch ich versuche, es zu ignorieren und lieber ein paar der rotierenden Gedanken in meinem Kopf festzuhalten. Erst überlege ich, was für ein Tag heute sein könnte, sehe dann aber ein, dass das absolut keine Rolle spielt. Es gibt keine Tage mehr, nicht so wie früher. Wer hat sich diese Namen überhaupt ausgedacht? Und wer hat bestimmt, dass es ausgerechnet mit Montag anfangen soll und dass danach Dienstag kommt? Und dann Mittwoch, Donnerstag und Freitag. Wie hat man es geschafft, dass all diese Tage so deutlich geworden sind und Wochen gebildet haben, die zu Monaten wurden, die im Laufe von Jahreszeiten wiederum zu Jahren heranreiften. Das war wie ein Wunder, wie ein magisches Uhrwerk, das von irgendetwas angetrieben wurde, vielleicht von uns selbst und unseren alltäglichen Gewohnheiten. Ich muss an Red Bull denken und seine Sprüche über den Alltag. Du hast recht gehabt, denke ich. Wenn du jetzt hier wärst, würde ich dich König Montag nennen, denn alles, was du so sehr gepriesen hast, scheint jetzt nicht mehr zu existieren.

Ich schiebe diese Gedanken weg, merke aber, dass sie etwas in mir geweckt haben. Es ist, als würde ich endlich aus einem Koma erwachen. Dieser zombieähnliche Zustand, in dem wir uns befinden, ist lebensgefährlich. Um Himmels willen, denke ich, wir müssen uns zusammenreißen! Wir müssen uns unbedingt einen Plan ausdenken!

Dann höre ich Schritte und sehe die anderen auf dem großen Wall auftauchen, jeder mit einem Armvoll Tang. Mein Magen dreht sich um. Nein, denke ich, nicht noch mehr Tang!

»Habt ihr irgendwas entdeckt?«, frage ich, als sie ihre Last vor mir auf einen Haufen werfen.

David schüttelt den Kopf und lockert seine Augenbinde. »Das Wasser ist jetzt ganz ruhig, aber es liegt eine Art Nebel darüber«, sagt er.

»Wir könnten doch abwechselnd auf dem Wall sitzen und Ausschau halten«, schlage ich vor. »Falls der Nebel sich auflöst.«

»Oder wir bauen etwas, das deutlich macht, dass es uns hier gibt«, meint Gabriel und wischt sich das Gesicht mit der Hand trocken. »Eine Art Zeichen.«

Ich nicke zustimmend.

»Hauptsache, wir tun was«, sage ich. »Wir können nicht nur einfach hier herumirren.«

»Also gut, bauen wir was«, sagt Dinah.

»Zuerst müssen wir nach Süßwasser suchen«, sage ich. »Irgendwo muss es welches geben. Dieses Schwein könnte sonst nicht überleben.«

»Es kam mir aber total ausgetrocknet vor«, bemerkt David.

»Ich finde, wir sollten den Hof gründlich untersuchen«, sagt Dinah.

»Ich hab aber keine Lust, dieses Haus noch mal zu betreten«, wende ich ein.

»Ich meine die anderen Gebäude. Wir sollten den Stall und die Schuppen untersuchen. Da muss es doch irgendwo einen Wasserhahn geben.«

Wir einigen uns darauf, oben auf dem Wall ein Monument zu bauen, eine Art Leuchtturm. Es muss weithin sichtbar sein und deutlich machen, dass es von Menschen gemacht worden ist. Falls jemand vorbeisegelt, soll es ein Zeichen sein. Ein Zeichen, das besagt: *Hier gibt es Menschen, die überlebt haben.*

Zuerst wollen wir das Monument aus Ästen von Büschen bauen, aber als es uns gelungen ist, ein paar abzubrechen, und wir sie dann nebeneinander hochhalten, stellen wir fest, dass sie viel zu kurz sind.

»Die Bretter vom Floß«, schlägt David vor. »Die sind echt lang!«

»Dann haben wir aber kein Floß mehr«, protestiert Gabriel.

»Wir brauchen kein Floß«, sage ich. »Wir sind ja gelandet.«

»Und wenn wir hier wegwollen?«, fragt Gabriel.

»Ja, das Floß kann unsere Rettung sein, wenn wir je fliehen müssen«, sagt Dinah.

»Wir brauchen ja nicht alle Bretter zu nehmen«, sage ich. »Wenn ein paar fehlen, ist es immer noch groß genug.«

Als wir zum Floß hinausgewatet sind, stellen wir fest, dass es gar nicht so einfach ist, ein paar Bretter zu entfernen. Das Deck ist zwar tatsächlich so groß, dass wir das, was wir benötigen, abmontieren können, ohne das Floß zu zerstören, aber die Bretter sitzen sehr fest.

»Irgendwo muss es ein lockeres Brett geben«, sage ich. »Ich weiß noch, dass ich bei der Einweihung darüber gestolpert bin.«

Also krieche ich auf allen vieren übers Deck, bis ich es gefunden habe.

»Hier ist es!«, rufe ich.

David und Gabriel packen das Brett und versuchen es hochzuziehen. Aber obwohl sie ziehen und reißen, bis sie rote Köpfe haben, will sich das Brett nicht lösen.

»Vielleicht kann man es mit einem Stein losklopfen«,

schlägt Dinah vor. »Am Ufer liegt ein großer roter Stein. Den bring ich euch.«

David nimmt ihr den Stein ab, als sie damit ankommt. Dann entfernen er und Gabriel die Augenbinden, die sie für die Arbeit auf dem Floß angelegt haben, tauchen ins Wasser und klopfen im Takt mit dem Stein von unten gegen das Brett. Schon nach ein paar Schlägen zuckt es, und kurz darauf ist es lose.

»Bravo!«, rufe ich.

Nachdem das erste Brett entfernt ist, fällt die Fortsetzung leichter. Dinah und ich stehen auf dem Deck und ziehen, während David und Gabriel mit dem Stein klopfen. Nach einer Weile tun uns die Arme weh, aber dafür haben wir etliche lange Bretter entfernt.

»Noch eins«, sagt Dina, »das muss dann reichen.«

Bevor wir mit den Brettern an Land waten wollen, werfe ich zufällig einen Blick unter die Überdachung des Decks. Was ist das denn?, denke ich und gehe nachschauen. Dann stoße ich einen Ruf des Erstaunens aus.

»He, die Schulkamera ist noch da!«

»Echt?«, ruft Gabriel.

Ich nehme die Kameratasche vom Nagel und halte sie hoch.

»Hier!«

»Wahnsinn! Stellt euch vor, wenn sie noch funktioniert!«, sagt Gabriel, hievt sich aufs Deck und kommt zu mir her. Ich reiche ihm die Kameratasche. Er öffnet sie und holt die Kamera vorsichtig heraus.

»Jedenfalls scheint sie trocken zu sein«, sagt er.

Dann richtet er sie auf David, der neben den Brettern im

Wasser steht. Gabriel drückt auf den Knopf, und die Kamera gibt ein schwaches Summen von sich.

»Sie läuft!«, ruft Gabriel verblüfft. »Sag was, David!«

David verzieht das Gesicht zu einem Grinsen und schaut in die Kamera.

1. SZENE. AUSSENANSICHT. AUF DEM DECK. TAG.
DAVID, DINAH, JUDIT, (GABRIEL).

David steht lachend im Wasser. Er schaut direkt in die Kamera.

DAVID
Ich bin David Beckham, Mitglied im Grünen Kreis. Wir haben inzwischen Land erreicht und wollen ein Monument bauen, damit man uns sieht. Wir packen das, aber garantiert!

Er macht mit beiden Händen das V-Zeichen. Dinah und Judit applaudieren im Hintergrund.

Gabriel schaltet die Kamera aus und dreht sie in den Händen. »Sie funktioniert! Wer hätte das gedacht«, sagt er und verstaut sie sorgfältig wieder in der Tasche.

Die Kamera ist das erste Zeichen, dass die Welt immer noch funktioniert.

Die Kamera läuft. Vielleicht ist dann doch nicht alles verloren. Ich bin noch klar genug im Kopf, um zu wissen, dass das ein unsinniger Gedanke ist, doch wenn man alle Hoffnung verloren hat, ist man für den kleinsten Strohhalm dankbar. Wenn uns hier was zustößt, haben wir immerhin die Kamera. Die lässt uns anders handeln, bewirkt, dass wir uns ein bisschen sicherer bewegen. Es ist, als könnten wir uns sagen, dass wir ja nur in einem Film mitspielen. Bald wird der Albtraum enden und sich eine Tür in die normale Welt auftun. Dass Gabriel das, was wir tun, mit der Kamera dokumentiert, verleiht irgendwie allem einen Sinn.

XVI

»Das taugt nichts«, sagt Dinah und betrachtet die Bretter, die wir auf dem Wall in die Erde gesteckt und oben aneinandergelehnt haben. Ich verstehe, was sie meint. Was wir gebaut haben, sieht irgendwie nach gar nichts aus. Ein paar Bretter, die aneinandergelehnt dastehen, das ist kein Monument, nicht mal ein Leuchtturm. Am ehesten erinnert es an das Gerippe für ein Lappenzelt. Wenn also ein paar Leute aus Lappland auf dem Meer dahergesegelt kämen, würden sie es vielleicht erkennen.

»Wir müssen es ganz anders angehen«, sagt Gabriel.

»Ich weiß, wie!«, ruft Dinah plötzlich aus. »Wir bauen einen Menschen!«

»Einen Menschen?«, wiederholt David.

»Hört zu«, sagt Dinah eifrig. »Wir benützen die Bretter, um eine menschliche Figur zu bauen. Mit zwei langen Beinen und zwei Armen, die nach der Seite abstehen, und einem Kopf. Das wird ein sichtbares Zeichen.«

Ich pflichte ihr bei. Ein großer Kerl aus Holz, so was würde man bestimmt bemerken.

»Aber wie?«, sage ich. »Wie soll der zusammenhalten?«

»Wir benützen Rinde und zurren die Bretter damit fest.«

David schüttelt den Kopf. »Wir haben keinen Kopf«, sagt er. »Ein Mensch muss einen Kopf haben.«

»Wir nehmen einfach einen Stein«, sagt Dinah. »Den legen wir obendrauf.«

»Einen Versuch ist es wert«, sagt Gabriel. »Wenn es uns gelingt, einen Menschen zu bauen, wird das ein echt deutliches Zeichen.«

Gemeinsam ziehen wir lange Rindenstreifen von den Silberbüschen im Uferwald. Das geht erstaunlich leicht. David und Gabriel nehmen einen Streifen und zerren versuchsweise an je einem Ende.

»Das Zeug ist ja irre stark«, stellt David begeistert fest.

Dann nehmen David und ich zwei Bretter und Dinah und Gabriel zwei weitere. Das sind die Beine. Wir lehnen sie vorsichtig aneinander, damit sie sich oben stützen. Unser Mensch soll stabil stehen. Danach zurren wir alles mit den Rindenstricken fest. Dann legen wir zwei Bretter so ausbalanciert quer über die Beine, dass sie fast von alleine halten, und befestigen sie auf dieselbe Weise. Unser Monument sieht jetzt aus wie ein primitives Strichmännchen. Und von Weitem wird er bestimmt noch mehr an einen Menschen erinnern. An einen breitbeinigen Menschen, der seine langen Arme ausstreckt.

»Den roten Stein könnten wir als Kopf nehmen«, schlage ich vor. »Der, mit dem ihr die Bretter losegeklopft habt.«

»Der liegt jetzt wieder im Wasser«, sagt David. »Wir müssen einen anderen suchen.«

»Aber der rote war so schön«, sage ich. »Ich hol ihn rauf.«

Als ich mit dem Stein in den Armen zurückkomme, sagt Dinah, dass er ein Gesicht braucht. Sie sucht einen spitzen, kreideweißen Splitter und ritzt damit in den runden Stein.

»Bitte, geht doch ganz einfach«, bemerkt sie und ritzt als Erstes die Augen.

Als Dinah fertig ist, hat der rote Stein zwei leicht wehmütige Augen, eine ziemlich breite Nase und einen großen lächelnden Mund. Um den Stein auf die Schultern des hölzernen Kerls zu befördern, muss ich auf Davids Schultern klettern. Gabriel und Dinah hieven den Stein gemeinsam hoch, damit ich ihn zu fassen bekomme. Ich lege ihn in der Mitte der quer gelegten Bretter ab. Zwischen den Rindenstricken dort liegt er gut, wie ein Ei in einem Vogelnest.

»So, der sitzt«, erkläre ich und springe von Davids Schultern.

»Das müssen wir filmen«, sagt Gabriel und holt die Kamera heraus.

2. SZENE. AUSSENANSICHT. AUF DEM DAMM. SCHREIE DER WEISSVÖGEL.
DINA, JUDIT, DAVID, (GABRIEL).

Judit, Dinah und David fassen sich an den Händen und bilden einen Kreis um den Holzmann. Sie schauen alle drei zu ihm auf. Die Kamera folgt ihren Blicken und zoomt den roten Stein heran.

Plötzlich beginnt die Kamera zu wackeln. Wir hören Gabriel lachen.

GABRIEL (NICHT IM BILD)
Wisst ihr, wer das ist? Er sieht genauso aus wie Red Bull!

XVII

Als wir zu unserem Lager zurückkommen, müssen wir feststellen, dass das Schwein uns wieder besucht hat. Es hat im Tanghaufen gewühlt und noch ein paar Stücke Fisch verschlungen.

»Am helllichten Tag!«, sagt Gabriel. »Es muss total ausgehungert sein.«

»Heute Abend wird es gefangen!«, sagt Gabriel.

Wir versuchen eine Grube zu graben, doch das ist fast unmöglich, weil der Boden dort hart wie Stein ist und wir nichts Scharfes haben, um damit zu graben. Flache Steine und angeschwemmte Bretterreste taugen überhaupt nichts. David hackt fast eine Stunde lang mit einem scharfen Stein in den Boden, aber das einzige Ergebnis ist ein Erdhaufen, der in eine Kaffeetasse gepasst hätte.

»Scheißboden«, sagt er und wirft den Stein von sich.

»Vielleicht finden wir auf dem Hof einen Spaten«, schlage ich vor.

Bevor wir dorthin losziehen, beschließen wir, auf keinen Fall das Wohnhaus zu betreten und uns möglichst davon fernzuhalten. Mit dem, was darin vor sich geht, falls dort überhaupt etwas vor sich geht, wollen wir nichts zu tun haben. Darum schlüpfen wir an einer anderen Stelle als beim letzten Mal durch die Hecke und gehen hintereinander durch den unteren Teil des Gartens auf den Stall zu. David geht voraus. Plötzlich bedeutet er uns anzuhalten.

»Was ist?«, frage ich.

David bleibt eine Weile still stehen. Dann zuckt er die Schultern.

»Hab mir eingebildet, was zu hören«, erklärt er.

»Vom Haus her?«, fragt Dinah.

David schüttelt den Kopf. »Es kam von dort«, sagt er und deutet auf den Stall vor uns.

»Wir gehen rein und schauen nach«, sagt Gabriel. Er trägt die Filmkamera an einem Riemen über der Schulter.

Also drückt David den schweren Eisengriff nach unten und öffnet die Tür. Ein modriger Geruch schlägt uns entgegen. Ich habe mich so daran gewöhnt, dass hier gar nichts nach etwas riecht, dass ich total verblüfft bin.

»Merkt ihr das?«, frage ich. »Hier riecht's nach was.«

Wir bleiben in der Türöffnung stehen und schnuppern wie eine wachsame Herde. Ich ziehe den Geruch durch die Nase ein und schmecke daran. Der Geruch verwirrt mich. Er ist schwer und säuerlich, irgendwie alt. So hat es auf dem Dachboden von Oma und Opa gerochen. Aber hier kommt noch etwas dazu, etwas Kräftigeres sticht einem in die Nase. Fast wie alte Pisse, denke ich und muss plötzlich an diesen Sonntag denken, als ich klein war und Papa ins Stadion begleitete. Mama war bei Oma und Opa, weil Opa am Montagmorgen ins Krankenhaus musste. Aber Papa wollte um jeden Preis ein wichtiges Fußballspiel sehen. Es war Anfang Herbst. Die Sonne schien, die Luft war ganz klar und schmeckte frisch und stark, fast wie Opas Halsbonbons, die er mir manchmal anbot. Aber jetzt würde Opa operiert werden, ich wusste nicht, warum, aber ich merkte, dass Mama traurig war. Papa und ich saßen hoch oben auf einer Tribüne, ich bekam Würstchen und Limo. Papa trank Bier. Dem Spiel sah ich bloß am Anfang zu, als die Mannschaften einliefen. Danach krabbelte ich in unserer Reihe zwischen den vielen Knien der Leute herum, die dort saßen. Manchmal klopfte ich an ein Knie, weil es mir Platz machen sollte, das merkte zwar fast niemand, aber ab und zu sah doch jemand kurz zu mir herunter und lächelte. In den Pausen mussten die Papas runter und pinkeln, und die Schlange vor dem Herrenklo war mindestens so lang wie die vor dem Stadion. Ich begleitete Papa. Das Klo war ein großer dunkler Raum, wo eine Menge Papas standen und an die Wände pinkelten. Wir stellten uns hinter einen der fremden Papas. Schließlich kam meiner an die Reihe. Ich stand hinter ihm und wartete und hielt mich an seinem Hosenboden fest. Dann gingen wir hinaus an die frische Luft, und ich konnte wieder atmen. Aber den Gestank in diesem Klo werde ich nie vergessen. Es war das Widerlichste, was ich in meinem ganzen Leben gerochen hatte.

»Es riecht fast wie alte Pisse«, sage ich zögernd.

»Vielleicht gibt es da drin noch irgendwelche Tiere«, flüstert Dinah.

Vorsichtig treten wir in den Stall. Dort ist es dunkel, das Tageslicht wird sparsam durch die schmutzigen Fenster gesiebt. Dicke Schwaden aus Spinnweben und Staub hängen wie alte Vorhänge an den Wänden, vom Dach und in den leeren Boxen. Vielleicht hat es hier irgendwann mal Pferde gegeben. Ich gehe zu den Boxen hin, sehe die Tafeln an den Türen und streiche den Staub von der ersten Tafel. *Lady*, lese ich da.

Schnell stelle ich mich auf die Zehenspitzen und schaue

in die Box. Sie ist leer. Keine Spur von Lady, kein Eimer mit Hafer und Möhren, kein Stroh auf dem Boden, keine Haufen aus runden Pferdeäpfeln. Nur noch mehr Vorhänge aus alten Spinnweben. Der starke Geruch scheint auch nicht von hier zu kommen, in den Boxen ist er nämlich weniger penetrant.

Aber abgesehen von Staub und Spinnweben ist der Stall leer. Hier gibt es nichts Lebendiges, weder Tiere noch Menschen, auch keine Werkzeuge, Maschinen oder Spaten. Keine Wasserhähne.

David nickt zu einer Treppe am hinteren Ende des Stalls hin. Die Treppe führt steil zur Decke hinauf, vermutlich gibt es dort eine Luke, die auf einen Heuboden führt. Ich glaube, von dort oben ein schwaches Geräusch zu hören. Während David die Treppe hochklettert, bleibe ich unten stehen, horche und schüttle dann den Kopf, weil ich nicht dahinterkomme, was das für ein Geräusch sein könnte. Als David die Luke in der Decke erreicht, packt er einen Griff, der dort ins Holz geschraubt ist, und drückt die Luke sachte auf. Im selben Augenblick wird der ganze Stall von Tönen erfüllt. Schrilles, lautes Kreischen und Fiepen. Vögel, ist mein erster Gedanke. Dort oben ist es voller Vögel. Aber als ich sehe, wie weiß David wird, begreife ich, dass es sich nicht um Vögel handeln kann. Er steht regungslos da, als hätten ihn die schrillen Töne betäubt. Doch dann duckt er sich blitzschnell und zieht die Luke mit einem dumpfen Knall zu.

»Pfui Teufel!«, schreit er. »Der ganze Heuboden ist voller Ratten. Es müssen Tausende sein!«

XVIII

David klettert rückwärts nach unten und verzieht sich Schritt für Schritt zur Tür. Nicht eine Sekunde lang lässt er die Luke an der Decke aus den Augen. Wir folgen ihm, starren dabei aber ausschließlich ihn an, nicht die geschlossene Luke. So habe ich David noch nie gesehen. Es ist nicht so, als hätte er Angst, denke ich. Da ist etwas Stärkeres als Angst. Als ich David rückwärts auf die Stalltür zugehen sehe, kommt er mir vor, als wäre er von dem, was er gesehen hat, verhext. Oder hypnotisiert.

Erst als er ins Freie kommt, bleibt er stehen und wendet den Blick von der Treppe. Jetzt sieht er mich an. Seine Augen glänzen, der kalte Schweiß glitzert wie Tautropfen auf seiner Stirn. Hoffentlich rastet er jetzt nicht aus, denke ich.

»Pfui Teufel!«, wiederholt er. »So was Scheißekliges! Da waren Millionen, Judit!«

»Waren es tatsächlich Ratten?«, fragt Gabriel und sieht David begeistert an.

David nickt. »Aber so groß wie Katzen«, sagt er und demonstriert es mit den Händen. »Die Schwänze so dick wie Stricke. Als sie mich gesehen haben, haben sie angefangen zu schreien und die Zähne zu zeigen. Dann sind sie auf mich zugerannt, als wollten sie angreifen.«

»Ich möchte bloß wissen, wovon die leben«, sagt Dinah.

»Genau«, sage ich. »Wenn es hier von Ratten wimmelt, muss es ja auch Nahrung für sie geben.«

»Fressen Ratten nicht Leichen und so was?«, fragt Gabriel. »Die treiben sich doch in Kloaken herum, das hab ich im Fernsehen gesehen.«

»Ich glaube, sie fressen fast alles«, sage ich. »Aber wenn sie nicht genügend Nahrung hätten, wären sie bestimmt nicht so viele.«

»Kommt drauf an«, sagt David. »Womöglich sind tatsächlich nur noch Ratten übrig.«

»Vergiss das Schwein nicht«, sage ich.

»Das wird vielleicht auch bald aufgefressen«, sagt David.

Wir schweigen eine Zeitlang und denken nach. Was mag das alles bedeuten? Sind hier wirklich nur Ratten übrig? Verwandelt sich die Erde in den Planet der Ratten?

»Aber dann wäre es doch seltsam, dass sie nur dort oben sind«, wende ich gegen David ein. »Wenn es so ist, wie du sagst, müsste es doch überall von Ratten wimmeln. Im Stall ist keine einzige und im Wohnhaus auch nicht.«

»Stimmt. Und da gibt es immerhin Leichen zum Anknabbern.«

»Was sich da oben wohl noch verbirgt?«, sage ich.

Aber keiner von uns hat Lust, das herauszufinden. Nicht mal Gabriel scheint daran interessiert zu sein, Ratten zu filmen. Wir beschließen, die anderen Nebengebäude zu untersuchen.

»Irgendwo muss es doch Werkzeug geben«, meint Dinah.

»Ja, meistens gibt es auf Bauernhöfen auch eine Werkstatt«, sage ich und denke an Opas Werkstatt, in der es nach altem Öl roch, das in einem offenen Fass aufbewahrt wurde. In dem Fass badeten Traktorteile, Zahnräder, lange Schrauben und interessante Spiralfedern. Im Herbst fettete Großvater Spaten, Mistgabeln und eiserne Spieße mit einem hellen Fett für den Winter ein. Dann roch es noch intensiver in der Werkstatt. Die Geräte hingen an kleinen Haken an den Wänden, und wenn man sie abnahm, sah man, dass sie an die Wand gezeichnet waren. So weiß man, wo alles hingehört, erklärte Opa. Ich fand es spannend, das Werkzeug von der Wand zu nehmen, das Bild dahinter anzuschauen und es dann wieder aufzuhängen.

»Vielleicht dort hinten«, sage ich und zeige auf einen kleinen roten Schuppen, der im rechten Winkel an den Stall anschließt.

Als wir dort vorsichtig die Tür aufziehen, merke ich gleich, dass es wieder nach gar nichts riecht.

»Hier gibt's bestimmt keine Ratten«, sage ich.

Wir treten ein und sehen eine lange Reihe kleiner, nach vorne offener Kisten an den Wänden. Das sind Legekästen, also ist das hier keine Werkstatt.

»Das ist ein Hühnerstall«, erkläre ich.

Der Hühnerstall ist nicht so aufgeräumt wie der Stall. Überall auf dem Boden liegen Federn. Ich gehe die Reihe der Legekästen entlang und greife in jeden hinein. Aber natürlich sind keine Eier darin. Wie denn auch, ohne Hühner? Dann halte ich Ausschau nach Hühnerfutter, kann aber keins entdecken. An der einen Wand stehen mehrere grüne Plastikfässer, alle leer.

»Komisch, dass gar keine Sachen mehr da sind«, sage ich.

»Vielleicht sind die Bewohner noch rechtzeitig umgezogen«, sagt David.

»Und was sind das dann für Leute, die im Haus sitzen?«, bemerkt Dinah.

»Na, dann hat eben irgendjemand anders das geklaut, was fehlt«, sagt David.

»Aber der Traktor und das Auto stehen noch in der Scheune«, sagt Gabriel. »Jedenfalls war's so, als ich dort reingeschaut habe.«

Wir laufen so schnell dorthin, als befürchteten wir, jemand könnte den Traktor und das Auto in der Zwischenzeit weggefahren haben. Doch als wir das große Scheunentor öffnen, sehen wir, dass da tatsächlich ein roter Traktor und ein Auto stehen. Beide Fahrzeuge scheinen in gutem Zustand zu sein. In den Reifen ist noch Luft.

»Da drüben ist eine Tür.« Gabriel deutet auf die Rückwand der Scheune. »Da muss noch ein Raum sein.«

»Bestimmt ist *das* die Werkstatt«, sage ich. »Mein Opa hatte seine auch hinter der Scheune.«

»Abgeschlossen«, sagt Gabriel mit der Hand auf der Klinke.

Die Tür sieht nicht besonders stabil aus.

»Die kriegen wir schon auf«, sagt David, nimmt einen Anlauf und wirft sich mit der Schulter dagegen.

Das Holz gibt zwar leicht nach, aber die Tür bleibt zu.

»Warte!«, sagt Dinah, geht zur Tür und stemmt den rechten Fuß mit aller Kraft dagegen. Die Tür knackt vielversprechend, geht aber nicht auf.

«Alle miteinander!«, ruft Dinah. »Hau ruck!«

Als wir uns alle vier gegen die Tür werfen, fliegt sie mit lautem Krachen auf. Wir stolpern Hals über Kopf in den Raum dahinter und landen in einem Knäuel auf dem Boden. An den Seitenwänden hängen Werkzeuge. Hämmer, Schraubenzieher, Schraubenschlüssel, Zangen, Sägen, Stemmeisen,

Wasserwaagen, Messer, Winkelhaken. An der Querwand hängen Spaten und Rechen, Heugabeln, Sensen und Schneeschaufeln, Hacken und Spieße. Die gleiche Hobelbank wie in Opas Werkstatt steht da, daneben eine Kreissäge und eine Maschine mit einem Rad aus Stein, an der man Messer schleifen kann. Alles sieht sauber und unberührt aus.

»Mann!«, ruft David aus. »Hier gibt's ja einfach alles! Super!«

»Und so ordentlich«, bemerkt Dinah verwundert.

Ich fahre mit der Hand über die Hobelbank. Kein Staub. »Genau wie im Wohnhaus. Dort ist auch alles so sauber.«

David nimmt ein Messer von der Wand und befühlt mit dem Daumen die Schneide. »Wahnsinn!«, sagt er und zieht die Hand zurück. »Das ist irre scharf.«

Wir treten näher und betrachten das Messer. Es sieht aus wie frisch geschliffen.

»Höllisch scharf«, stellt Gabriel zufrieden fest, als David mit schnellem Schnitt einen Span aus der Kante der Hobelbank schneidet.

»Mann, haben wir einen Dusel!«, sagt David.

»Das muss ich filmen«, sagt Gabriel.

Er macht ein paar Schritte nach hinten, zu der aufgebrochenen Tür, und holt die Kamera aus der Tasche.

»Alle herschauen!«, ruft er und drückt auf den On-Knopf. Das rote Lämpchen blinkt auf.

3. SZENE. INNENRAUM. IN DER WERKSTATT. TAG.
DINAH, JUDIT, DAVID, GABRIEL (NICHT IM BILD).

David hält das Messer hoch und macht eine Grimasse in die Kamera. Judit und Dinah stellen sich neben ihn.

DAVID
Der Grüne Kreis befindet sich auf dem Planet der Ratten. Aber jetzt haben wir endlich Waffen gefunden.

Er hält sich die scharfgeschliffene Messerklinge vor den Hals und schneidet dann in die Luft. Judit nimmt einen Spaten von der Wand.

DINAH (ETWAS ANGESTRENGT IN DIE KAMERA LÄCHELND)
Jetzt werden wir es bald schaffen, unser Schwein zu fangen.

Wir haben wohl alle geglaubt, dass dies eine Art Wendepunkt sei. Als wir die vielen Werkzeuge an den Wänden hängen sahen und das Summen der Videokamera hörten, fühlte sich plötzlich alles ganz anders an. Uns ging es jetzt gut. Dies waren Dinge, die wir wiedererkannten, sie gehörten zu der Welt, aus der wir kamen. Und unsere Zukunftsaussichten erhellten sich eher noch mehr, als wir wieder in die Scheune zurückgingen.

XIX

David klettert auf das Trittbrett des roten Traktors und späht ins Fahrerhaus.

»Ob der noch funktioniert, was glaubt ihr?«

»Klar tut er das«, sagt Gabriel. »Warum auch nicht?«

Da klettert David auf den Vorderreifen und beugt sich über die Motorhaube. Er öffnet sie und schraubt irgendwo am Motor einen Deckel ab.

»Ein Rest Diesel ist jedenfalls noch drin«, stellt er fest.

Dann öffnet er die Tür zum Fahrerhaus, klettert hinein, lässt sich auf den Sitz sinken, betrachtet das Armaturenbrett und dreht einen kleinen Schlüssel um. Der Motor brummt brav los, und das Geräusch zerreißt die Stille, die über dem Hof gelegen hat. David lacht übers ganze Gesicht und lässt den Motor im Leerlauf tuckern. Die ganze Scheune wird von Traktorlärm erfüllt. Es klingt, als ob das Leben, ja, die Welt selbst wieder erwacht wäre. David steckt den Kopf durchs Seitenfenster.

»Er läuft«, ruft er. »Wir sind gerettet!«

»Setz zurück, Beckham!«, brüllt Gabriel.

David legt auf gut Glück einen Gang ein. Der Traktor macht einen Satz nach vorn, aber David hat schnell genug den Fuß auf der Bremse. Schließlich findet er den Rückwärtsgang, worauf der Traktor langsam aus der Scheune rollt.

»Wenn es einen Anhänger gäbe, könnten wir alles, was wir brauchen, aufladen«, sage ich und gehe zum Tor des

Schuppens, der an die Scheune angebaut ist. Dinah hilft mir, das schwere Tor aufzumachen. Dort drinnen stehen eine Egge, ein Pflug, etwas, das ich für eine Mähmaschine halte, und eine Ballenpresse. In der Zeit bei Oma und Opa habe ich Dinge gelernt, von denen ich gar nicht wusste, dass ich sie noch weiß. Dort stehen auch zwei Anhänger, ein riesengroßer mit hohen grüngestrichenen Seiten und ein kleiner. Der kleine sieht genau richtig aus.

David hat ihn auch gesehen und lenkt den Traktor in einem großen Bogen her, um dann zu dem Anhänger zurückzusetzen. Er fährt eine Acht und landet mehrere Male daneben, bevor er dahinterkommt, wie er es anstellen muss.

»Stopp!«, schreie ich. »So wird's gut.«

Mit vereinten Kräften schieben Dinah, Gabriel und ich den Anhänger das letzte Stück zum Traktor hin. Es dauert, bis David den Haken des Traktors in die Öse an der Zugstange des Anhängers gebracht hat, doch schließlich klappt es, und wir jubeln.

Dann gehen wir zurück in die Werkstatt und holen zwei Spaten, eine Brechstange und andere Werkzeuge, die wir vermutlich benötigen werden. Als Letztes nimmt Gabriel eine Axt von der Wand.

»Damit schlachten wir das Schwein«, sagt er und befühlt die Schneide.

An der Wand der Werkstatt befindet sich sogar ein Wasserhahn, aber als ich ihn aufdrehe, passiert nichts. Dann sehe ich an der Wand darüber ein Halfter hängen. Es scheint für ein Pony gedacht zu sein. Ich nehme es herunter und werfe es, als wir die Werkzeuge aufladen, mit auf den Anhänger. Als wir fertig sind, schließen wir die Tore.

»Dann also los!«, sagt David und klettert wieder ins Fahrerhaus des Traktors. Er sieht sich um und zögert kurz, bevor er einen Gang einlegt. Dann ruft er uns zu: »Welchen Weg nehmen wir?«

Schnell klettern wir auf den Anhänger. Erst jetzt wird mir bewusst, dass ich bisher nirgends einen Weg gesehen habe. Als wir hergekommen sind, haben wir einfach die Felder überquert und sind durch die Hecke geschlüpft. Aber eigentlich müsste es ja auch einen richtigen Weg geben.

»Vielleicht dort hinten«, rufe ich und deute auf eine Allee, die auf die Vorderseite des Wohnhauses zuführt. »Das sieht nach einer Zufahrt aus.«

David lässt die Kupplung kommen, worauf wir langsam über den Hof rollen, bis wir die Allee erreichen. Aber als wir an den Bäumen entlangschauen, können wir nicht einmal die Andeutung von irgendwelchen Räderspuren erkennen.

»Komisch«, sagt Dinah. »Es muss doch einen Weg geben, der hierherführt.«

»Ja«, sage ich, »und der von hier wegführt.«

»Sieht aber ganz und gar nicht danach aus«, bemerkt Dinah.

»Vielleicht ist er weggespült worden«, meint Gabriel.

»Ich fahr einfach durch die Hecke«, ruft David.

Dann gibt er Gas und prescht ohne Probleme mit dem Traktor durch die dürren Zweige.

Erst als wir langsam über die Felder davonholpern, drehe ich mich um und schaue zum Hof zurück. Als ich das Gesicht im obersten Fenster entdecke, bleibt mir fast die Luft weg. Ich starre zu dem Fenster hin. Und da verschwindet das Gesicht. Rasch, als hätte die Gestalt, die dort stand, gespürt, dass sie beobachtet wurde. Mein Herz fängt an zu hämmern. Sie hat gemerkt, dass ich sie gesehen habe, denke ich. Sie hat mich gesehen.

»Was ist, Judit?«, fragt Dinah. »Du bist ja ganz blass!«

»Nichts«, sage ich. »Ich hab bloß Hunger. Wenn ich nicht bald was zu essen kriege, sterbe ich.«

Dinah legt den Arm um mich. »Ich auch«, sagt sie.

Unauffällig schaue ich wieder zum Hof zurück. Das Fenster ist immer noch leer. Doch das spielt keine Rolle. Ich bin mir sicher, dass ich dort ein Gesicht gesehen habe. Ein Kindergesicht.

XX

Mit der Brechstange und richtigen Spaten fällt das Graben leichter. Zentimeter für Zentimeter hacken wir uns durch den harten Boden. Es ist, als würde man sich an Beton abmühen. Aber plötzlich sinkt die Brechstange tief ein. Gabriel fällt vornüber und bleibt ausgestreckt liegen.

»Was ist passiert?«, frage ich.

»Ich bin wohl in einem Loch gelandet«, sagt er und steht auf. Dann holt er mit der Brechstange aus und haut erneut auf die Erde ein. Und wieder sinkt die Stange tief in den Grund.

»Die harte Schicht scheint durchbrochen zu sein«, sagt er. »Vielleicht ist es nur eine Kruste.«

Bald darauf wissen wir, dass er recht hat. Die Erde ist hart wie Beton, aber nur bis zu einer Tiefe von nicht mal einem halben Meter. Danach ist sie ganz weich. Als wir die harte Schale erst mal durchstoßen haben, geht das Graben schnell voran.

Die Grube, die wir ausheben, erinnert stark an ein Grab. Sie ist zwei Meter lang und etwas über einen Meter breit. Wir graben, bis sie fast anderthalb Meter tief ist.

»Hier kommt das Schwein nie wieder raus«, sagt Gabriel.

Nachdem wir von den Silbersträuchern Reisig abgehackt und das Loch damit zugedeckt haben, kehren wir ans Ufer zurück. Dort waten wir ins Wasser und holen uns je einen

Armvoll Tang, den wir am Strand ausbreiten. Wir picken die Muscheln heraus, knacken die Schalen und schlürfen den Inhalt. Den restlichen Tang tragen wir zur Grube und breiten ihn übers Reisig. Ein paar geöffnete Muscheln kommen obenauf.

»Heute Nacht erwischen wir das Vieh«, sagt David siegesgewiss.

Das Einschlafen fällt mir schwer. In meinem Kopf summt und brummt es wieder. Die Gedanken jagen einander, rasen im Kreis, ohne irgendwohin zu gelangen. Wie kleine Kätzchen, denke ich. Ich versuche, alles, was ich erlebt habe, noch einmal durchzugehen, weil ich begreifen will, was passiert ist. Aber meine Gedanken finden nirgends Halt, sondern hopsen nur wild herum. Das liegt daran, dass hier nichts logisch ist, sage ich mir. Irgendetwas stimmt hier nicht. Entweder ist die Menschheit untergegangen, oder aber ... Weiter komme ich nicht. Die Worte liegen mir auf der Zunge, machen aber irgendwie kehrt und verschwinden. Ich versuche es noch einmal. Entweder ist die Menschheit untergegangen, oder aber ...

Es geht nicht. Diesen Gedanken gibt es nicht, denke ich und spüre, wie das Karussell in meinem Kopf schneller wird. Jetzt sollte man ein Donald-Heft haben, sage ich mir, und dieser Gedanke ist so unpassend und unlogisch, dass ich vor mich hin lächeln muss. Aber genau damit habe ich mich früher immer beruhigt. Wenn es mir schlecht ging, angelte ich mir ein zerlesenes Heft aus der Schachtel unterm Bett und las es zum egal wievielten Mal. Dann schlief ich ein, mit dem Heft auf dem Gesicht, geborgen in der vertrauten Welt von Entenhausen.

In Entenhausen könnte so was wie hier niemals passieren, denke ich.

Nicht einmal in »Das Phantom«.

Kurz nachdem ich eingeschlafen bin, wache ich mit einem Ruck wieder auf. Ich wollte in einen dunklen Traum versinken und musste kehrtmachen und wieder an die Oberfläche steigen, wie ein Taucher. Das Geräusch, das mich weckt, klingt schrecklich. Ein langgezogener, verzweifelter, schriller Schrei. Ein Schwein in Not, denke ich.

Der Lärm hat auch die anderen geweckt.

»Wir haben es gefangen«, flüstere ich.

David tastet nach dem Messer und findet es unter einem Lammfell.

»Kommt!«, sagt er. »Jetzt besorgen wir uns ein Festessen.«

Ich nehme das Halfter mit, das ich in der Garage gefunden habe. Es ist früh am Morgen. Die schwarze Nacht löst sich allmählich in einen dunkelgrauen Brei auf. Ich werfe einen Blick an den Himmel. Kein Mond, keine Sterne. Nur eine dunkelgraue Pampe und das Geschrei eines verzweifelten Schweins. Als es unsere Schritte hört, verstummen seine Schreie. Am Rand der Grube angekommen, sehe ich das Schwein unten in der Grube stehen, irgendwie abwartend, als überlegte es, ob wir Freunde oder Feinde sind.

»Ist ja schon gut«, sage ich leise. »Hab keine Angst!«

Das Schwein legt den Kopf schief, als wollte es mir zuhören. Ich gehe am Rand der Grube in die Hocke.

»Bist du ein kluges Schweinchen?«, flüstere ich. »Verstehst du, was ich sage?«

Das Schwein sieht einäugig zu mir herauf. Über das andere Auge ist ein Ohr geklappt.

»Öff«, sagt es.

»Na, so was, Schweinchen, kannst du mit mir sprechen? Du bist mir mal ein tüchtiges Tier!«

Das Schwein dreht den Kopf, dabei klappt sein Ohr zurück. Ich spüre, wie es mich mit neugierigen Augen mustert.

»Es spricht!«, rufe ich aus. »Hört ihr, dass es versucht, mit uns zu reden?«

»Hallo, Schweinchen, ich heiße Judit«, sage ich. »Und das hier sind Dinah, David und Gabriel.«

Als ich das sage, dreht das Schwein den Kopf und schaut David lange an. »Öuuff«, sagt es.

»Es hat dich gegrüßt!«, sage ich. »Sag was!«

»Mensch, hör auf!«, sagt David. »Das grunzt doch bloß.«

Er bereitet sich darauf vor, zu dem Schwein hinunterzuspringen. In der rechten Hand hält er das Messer. Aber das ignoriere ich. Dinah beugt sich zu mir herab.

»Öff! Öff!«, sage ich zu dem Schwein. »Das hier ist meine Freundin Dinah.«

»Öff! Öff!«, antwortet es.

»Hast du das gehört!«, sage ich. »Es versteht alles!«

Dinah lacht. Über das Schwein. Glaube ich wenigstens.

»Hallo, kleines Wutzwutz!«, sagt sie.

»Öuuuff«, sagt das Schwein.

Dinah lacht noch mal.

»Du hast recht«, sagt sie. »Es scheint tatsächlich mit uns sprechen zu wollen.«

»Wahrscheinlich ist es genauso einsam wie wir«, sage ich. »Sogar noch einsamer, schließlich hat es bloß sich selbst. Es stimmt doch, dass Schweine Herdentiere sind, Gabriel?«

»Glaub schon«, sagt Gabriel und hockt sich neben uns an den Grubenrand. David steht auf der anderen Seite. Er scheint zu zögern, weiß nicht, ob er nun zu dem Schwein runterspringen soll oder nicht. Gabriel beugt sich über den Grubenrand.

»Hallo, Schwein!«, sagt er. »Ich heiße Gabriel.«

»Uöööf«, sagt das Schwein und dreht den Kopf gleichzeitig in Richtung David, der sich an den anderen Rand gesetzt hat und jetzt doch auf dem Weg in die Grube ist. Plötzlich entblößt das Schwein eine lange Reihe kräftiger Zähne.

»Pass auf!«, rufe ich.

Blitzschnell zieht David die Beine gerade noch rechtzeitig an sich, bevor die Kiefer des Tieres mit einem dumpfen Knall aufeinanderschlagen.

»Mann, das Vieh ist ja lebensgefährlich«, sagt er.

»Nein«, sage ich. »Du bist doch nicht gefährlich, Schweinchen, oder? Du hast dich bloß vor David gefürchtet, stimmt's?«

»Öff!«

»*Ich* kann zu ihm runtergehen«, schlage ich vor. Dann setze ich mich auf den Grubenrand und lasse die Beine baumeln.

Das Schwein betrachtet mich nachdenklich.

»Ich komm jetzt zu dir runter«, sage ich. »Du und ich, wir sind Freunde. Ich tu dir nichts Böses.«

Das Schwein verfolgt jede meiner Bewegungen mit aufmerksamen, aber neugierigen Augen.

»Uuuööóf«, stößt es aus und kommt auf mich zu. Erst glaube ich, es hätte Angst, doch dann merke ich, dass es nur an mir schnuppern will. Vorsichtig beuge ich mich über den großen Kopf und fange an, es hinter einem Ohr zu kraulen.

»Öööfff, öööfff!«, sagt das Schwein zufrieden.

»Das gefällt dir, was?«, lache ich. »Du magst es, wenn man dich krault, nicht wahr?«

Während ich mit dem Schwein rede, ziehe ich vorsichtig das Halfter hervor, das ich unterm Pulli versteckt hatte. Unendlich behutsam versuche ich es ihm über den Kopf zu ziehen, während ich mit der freien Hand weiterkraule.

»Ich will dir bloß dein Halsband anlegen«, erkläre ich. »Ist gar nicht gefährlich. Tüchtiges Schweinchen!«

Das Schwein antwortet nicht. Es dreht sich um und versucht zu sehen, was ich da anstelle. Aber es zieht den Kopf nicht weg.

»So, mein kleines Schweinekerlchen, jetzt ist es erledigt«, sage ich und schließe das Halfter unterm Kinn. »Was bist du für ein tüchtiges Schweinchen!«

»Ich hab's«, rufe ich den anderen zu. »Helft mir, es raufzuheben!«

Gabriel und Dinah gleiten vorsichtig in die Grube herunter. Mehr Leute passen nicht rein. David kniet sich hin, bereit, von oben zuzupacken.

»Du bist ja so tüchtig, bist ja so ein tüchtiges Schweinchen«, flüstere ich.

Wir fassen das Schwein an den Beinen und beginnen es langsam nach oben zu heben. Anfangs quiekt es unruhig, doch schon bald beruhigt es sich und lässt sich tragen. Erstaunt merke ich, wie leicht es ist. Es besteht nur aus einem einzigen großen Kopf. Der Rest ist Haut und Knochen.

»Du bist ja so brav, so tüchtig«, lobe ich es. »Los, jetzt hieven wir es über den Rand!«, zische ich den anderen aus dem Mundwinkel zu.

Und so heben wir das Tier nach oben. Ich hüpfe schnell hinterher und setze mich an den Grubenrand, das Halfter fest in den Händen.

»Es besteht nur aus Haut und Knochen«, sage ich. »Das brauchen wir gar nicht erst zu schlachten.«

Zu meiner großen Erleichterung nickt David. »Das hab ich gemerkt«, sagt er. »Es wiegt ja fast nichts.«

»Dann halten wir es doch lieber als Haustier«, schlage ich vor.

David nickt. »Wenn wir es füttern, setzt es bald Speck an«, sagt er. »Und irgendwann können wir es grillen.«

Ich tue so, als würde ich nicht hören, was er sagt. »Ich finde, wir nennen dich Tüchtig«, sage ich und tätschle dem Schwein den Kopf.

XXI

Ich bilde mir ein, eine Mücke zu hören, diesen nervigen Ton, der durch die Luft schrillt, und richte mich auf den Ellbogen auf. Eine Mücke? Das ist lange her. Ich horche auf den Laut, aber obwohl ich mehrere Minuten ganz still dasitze, ist er nicht wieder zu hören. War es nur Einbildung? Eine Halluzination? Ich sinke auf mein Reisiglager zurück, kann aber nicht wieder einschlafen. Der Ton hat irgendetwas in mir in Gang gesetzt. Eine Mücke, denke ich und kann dieses surrende kleine Lied fast körperlich spüren. Seltsam, dass so eine einfache Kleinigkeit irgendwie zu meinem Leben gehört. Eine normale Alltäglichkeit, über die ich nie nachgedacht habe. Seltsam, dass man eine Mücke vermissen kann. Sind solche Bagatellen wichtig? Wird das Dasein aus kleinen Dingen komponiert, an die man nie denkt, die aber irgendwie die Welt aufspannen und den Himmel oben halten? Der Tanz der Stifte auf dem Papier im Kunstunterricht. Der Wind, der mit seinen Fingern durchs Birkenlaub fährt. Das Geräusch von Fahrradreifen auf einem Kiesweg. Der hohe Ton einer Mücke in der Dunkelheit, genauso einsam wie ich?

Als ich so daliege und meine Gedanken zu ordnen versuche, ist es, als würden mich zwei starke Arme unter dem Windschutz hervortragen und mich vorsichtig in ein Bett legen.

Als ich die Augen aufschlage, ist es hell. Die Sonne

scheint durch die dünnen Vorhänge am Fenster. Pompom liegt schnurrend auf meinem Bauch. Durch das offene Fenster höre ich den ruhigen Atem des Wellenschlags am Ufer. Jemand hackt Holz. Das ist Papa, denke ich. Wir sind in unserem Ferienhaus auf dem Land, ich habe Sommerferien.

»Du hast aber fest geschlafen, Judit«, sagt er, als ich mit Pompom im Arm auf die Terrasse getappt komme.

»Ich weiß«, sage ich und fühle mich verwirrt.

»Im Kühlschrank steht deine Dickmilch.«

»Hast *du* schon gefrühstückt?«

»Es ist Viertel vor zwei«, sagt Papa lachend.

»Du liebe Güte!«, rufe ich aus. »Hab ich so lange geschlafen?«

Vor dem Frühstück gehe ich runter ans Meer zum Baden. Pompom setzt sich ans Ufer, den Schwanz elegant um den Körper gelegt, und betrachtet mich mit skeptischem Blick. Einmal habe ich versucht, ihn ins Wasser zu tragen. Da hat er seine Krallen in mich geschlagen und quer über meinem Bauch eine tiefe Wunde aufgerissen. Das einzige Mal, dass er so etwas getan hat.

Das Wasser ist ziemlich kühl, darum bleibe ich kurz stehen und zögere. Ich spüre die kleinen Wellen aus Sand unter meinen Füßen und die kohlschwarzen Erlenzapfen, die auf dem Grund hin und her rollen. Dann laufe ich hinaus und werfe mich kopfüber in eine schäumende Welle.

Schnell drehe ich mich zu Mama und Onkel Hans um, die am Ufer stehen und auf mich aufpassen.

»Eiskalt!«, schreie ich.

»Geh nicht zu weit raus!«, ruft Mama.

Die Dickmilch später am Frühstückstisch schmeckt wunderbar nach Sommer. Ich fülle den ganzen Mund damit.

»Ich bin schließlich schon vierzehn«, sage ich zu Mama.

»Du kannst nicht schwimmen«, erwidert Mama. »Da spielt es keine Rolle, wie alt man ist.«

»Kann ich wohl.«

»Nicht gut genug, Judit.«

»Aber bald«, sage ich. »Ich muss nur mehr üben.«

Mama sagt nichts. Räumt nur den Tisch ab und stellt die Dickmilch in den Kühlschrank. Schwimmen lernen ist schwierig. Es ist so kompliziert, wenn Arme und Beine gleichzeitig verschiedene Sachen machen sollen. Aber ich mache die schönsten Armbewegungen der Welt, behauptet Onkel Hans. »Wenn du noch genauso gute Beinbewegungen machst, kannst du bald bis nach China schwimmen«, sagt er.

»Mir reicht's, wenn ich bis nach Weitwegistan komme«, sage ich. Darüber muss er immer herzlich lachen.

»Hans glaubt, dass ich es diesen Sommer schaffe«, sage ich.

»Das wäre gut«, sagt Mama. Aber ich höre, dass sie in Gedanken anderswo ist. Diesen Sommer ist irgendwas mit Mama. Das spüre ich geradezu in der Luft. Die Mamaluft ist kühl und abwesend. Sie ist nicht mehr froh. Nimmt mich nicht so oft und so innig wie früher in den Arm.

Ich frage mich, ob ich wieder mal daran schuld bin. Ob es an mir liegt, dass Mama nicht froh ist. Aber ich stelle fest, dass mir das inzwischen egal ist.

Dann höre ich, wie die anderen sich auf dem Reisig zu bewegen beginnen. Die Sonne ist nach oben unterwegs, sie scheint schon auf unseren hölzernen Mann. Der ganze Red Bull ist rot. Ich reibe mir die Augen.

»Heute Nacht hab ich geglaubt, ich höre eine Mücke«, sage ich.

Ich nehme Tüchtig mit ans Ufer und ziehe Tangbüschel voller Muscheln aus dem Wasser. Die weißen Vögel halten gehörigen Abstand. Ob sie vor mir Respekt haben? Tüchtig wühlt mit seinem kräftigen Rüssel im Tang, während ich die Muscheln entferne. Ich knacke die Schalen mit einem Stein und werfe ihm dann das Muschelfleisch zu. Tüchtig schlingt alles in sich hinein, was ich ihm auftische. Er schmatzt zufrieden und schaut mich nach jeder Portion an.

»Jetzt sind keine mehr da«, sage ich und zeige ihm meine leeren Hände. Da kommt er her und reibt sich daran.

»Willst du mehr?«

Er antwortet mit einem kurzen, lauten Grunzen.

»Von mir aus«, sage ich, stehe auf, wate wieder hinaus und suche noch mehr Tang zusammen.

Tüchtig begleitet mich ins Wasser. Erst als es ihm bis an den Hals reicht, bleibt er stehen. Mit dem Halfter sieht er sehr komisch aus.

»Du kannst wohl auch nicht schwimmen, oder?«, sage ich. »Dann warte lieber dort, bis ich wiederkomme. Und lauf mir ja nicht weg, hörst du!«

Als ich mit einem großen Tangbüschel zurückkomme, grunzt er zufrieden und hüpft vergnügt mit mir an den Strand.

»Du bist ein superkluges Schweinchen«, sage ich, nachdem wir den Tang von Muscheln befreit haben. »Da brauchst du dieses doofe Ding doch nicht um den Kopf zu haben, oder?«

»Öff«, sagt Tüchtig.

Ich löse den Verschluss des Halfters unter seinem Kinn und ziehe es vorsichtig ab.

»So ist das doch viel besser!«

Tüchtig schüttelt erleichtert den Kopf. Dann galoppiert er am Ufer entlang, macht eine Kehrtwendung und galoppiert zurück. Ich muss über ihn lachen.

»Da freust du dich, was, Wutzilein? Komm, wir gehen zurück zu den andern!«

Tüchtig bleibt dicht neben mir. Ab und zu schaut er zu mir auf, um festzustellen, was ich vorhabe. Er ist wie ein Hund, denke ich, aber fast noch klüger.

»Hast du ihn etwa frei laufen lassen?«, sagt David. »Spinnst du jetzt total, oder was?«

»Er geht bei Fuß«, sage ich. »Er braucht kein Halfter. Kannst du auch sitzen, Tüchtig? Wollen wir das mal probieren? Sitz!«

Tüchtig sieht mich mit großen Augen an, setzt sich aber nicht hin. Stattdessen setze ich mich neben David.

»Sitz!«, wiederhole ich und klopfe mit der Handfläche auf den Boden.

»Öff«, sagt Tüchtig und setzt sich mir auf den Schoß.

David lacht.

»Ihr zwei seid euch ziemlich ähnlich«, sage ich. »Außer dass Tüchtig intelligenter ist.«

Dinah kniet am Ufer und zeichnet etwas in den Sand. Neben ihr liegt ein Haufen Vogelsteine. Aber die Vögel bleiben hoch oben am Himmel. Vielleicht haben sie inzwischen verstanden.

Ich sitze ein Stück von Dinah entfernt, plaudere mit Tüchtig und bringe ihm neue Sachen bei. »Komm!« und »Sitz!« und »Platz!« kann er schon. Ich glaube, er ist das cleverste Tier, das ich je gehabt habe. Ich erzähle ihm von Red Bull. Tüchtig fürchtet sich vor dem hölzernen Mann und traut sich kaum, daran vorbeizugehen. Jetzt erkläre ich ihm, dass wir die Statue als eine Art Hilferuf gebaut haben.

»Weißt du, es ist bloß ein Notsignal.«

Ich schaue die Statue oben auf dem Wall an. Die Sonne scheint auf den roten Stein. Die Arme sind weit ausgebreitet. Es sieht fast so aus, als versuchte Red Bull, die Welt zu umarmen. David und Gabriel verstärken gerade die Beine, indem sie Steine als Stützen in den Boden klopfen.

»Gibt es nicht irgendwo anders auch so eine Statue?«, rufe ich David zu.

»Was?«, schreit er.

»So eine wie unser Red Bull. Steht so eine nicht irgendwo auf einem Felsen über einer Stadt?«

»Keine Ahnung«, brüllt er.

»Los Angeles«, rufe ich. »Da steht doch so eine Statue, oder?«, sage ich zu Dinah, die gerade zu mir herkommt.

Sie dreht sich um und schaut zum Wall. Dann schüttelt sie den Kopf. »Rio de Janeiro«, sagt sie. »In Brasilien. Da steht so eine.«

»Genau das hab ich gemeint«, sage ich. »Wen stellt sie eigentlich dar?«

»Jesus, glaub ich.«

Ich betrachte Red Bull. Er erinnert auch an Jesus, wenigstens mit ein bisschen gutem Willen. Von weitem sieht er bestimmt so aus wie diese Statue über Rio de Janeiro. Als riefe er: »Lieber Gott, komm und hilf uns!«

»Bist du fertig mit deiner Zeichnung?«

Dinah nickt. »Ich hab auch eine Nachricht geschrieben, falls ein Flugzeug verbeikommt.«

Ich sehe sie an. »Hältst du das wirklich für möglich?«

Dinah hebt die Schultern. »Man kann's doch wenigstens hoffen.«

Ich glaube nicht daran, dass es irgendwo noch Flugzeuge gibt. Doch das sage ich nicht. Stattdessen frage ich: »Was ist heute wohl für ein Tag?«

»Was für ein Tag? Warum willst du das denn wissen?«

»Ich glaube, heute ist Sonntag«, sage ich.

Dinah lacht. »Sonntag«, wiederholt sie. »Von mir aus gern. Ist dir das wichtig?«

Ich nicke. »Ich finde, wir sollten eine Art Kalender machen«, sage ich. »Um die Zeit irgendwie festzuhalten.«

Dinah sieht mich verwundert an.

»So ohne einzelne Tage kommt mir alles unwirklich vor«, sage ich. »Man bringt irgendwie alles durcheinander.«

»Judit findet, wir sollten einen Kalender machen«, sagt Dinah zu David und Gabriel, die mit ihrer Arbeit an der Statue fertig sind und zu uns herunterkommen.

»Gute Idee! Wir könnten die Tage in ein Brett einritzen«, sagt Gabriel und hält das scharfe Messer aus der Werkstatt hoch. »Damit geht das ganz leicht.«

»Ich glaube, heute ist Sonntag«, sage ich noch einmal.

Gabriel sieht mich erstaunt an. »Also gut«, sagt er. »Und das Datum?«

Das ist schon schwieriger. Jetzt muss ich lange überlegen. Ich grüble, bis sich mir fast die Haare kräuseln.

»Der vierte März«, sage ich schließlich mit einem erleichterten Seufzer.

»Der vierte März?«

»Ja. Heute ist Sonntag, der vierte März.«

»Welches Jahr?«

»Oje«, sage ich. »Keine Ahnung. Ich glaube, wir müssen von vorn anfangen. Das Jahr eins.«

»Sonntag, der vierte März, im Jahr eins«, wiederholt Gabriel. »Das ergibt den Vierten Dritten null eins?«

»Genau«, sage ich.

»Jetzt müssen wir nur noch ein besonders schönes Brett finden, um es einzuritzen.« Gabriel klingt begeistert.

Endlich, denke ich. Endlich kommt ein bisschen Ordnung in unser Dasein hier in Weitwegistan.

Wir gehen hinunter ans Ufer. Die weißen Vögel schweben hoch über unseren Köpfen. Tüchtig rennt mit fröhlichen Sprüngen im Sand hin und her. Er ist so glücklich, weil er nicht mehr allein ist, denke ich. Wir sind seine neue Schweinefamilie. Ich möchte nur zu gern wissen, wo die alte ist.

»Pass auf meinen Text auf!«, ruft Dinah hinter ihm her.

Dann sehe ich die riesigen Buchstaben im feuchten Sand. HELP, steht da. Clever, denke ich. Englisch versteht fast jeder.

Es wäre zu bescheuert gewesen, wenn sie HILFE geschrieben hätte. Das hätte kein Mensch verstanden, falls ein Flugzeug hier vorbeigeflogen wäre. Neben den Text hat Dinah vier Porträts von uns gezeichnet. Die sind uns fast unheimlich ähnlich.

»O Mann, Dinah, du bist einfach wahnsinnig begabt!«, rufe ich aus.

Dinah lacht.

»Die sehen ja genauso aus wie wir«, sage ich. »Ich kapier einfach nicht, wie du das machst!«

»Das ist doch überhaupt nichts«, sagt Dinah. »Das hab ich bloß schnell hingekritzelt.«

»Wenn ein Flugzeug vorbeifliegt, checken die das sofort«, sagt Gabriel voller Bewunderung.

»Und wenn ein Schiff kommt, sehen sie Red Bull«, sagt Dinah.

»Und was ist, wenn gar niemand kommt?«, sage ich. »Was ist, wenn weder ein Schiff noch ein Flugzeug kommt? Was machen wir dann?«

Dinah zuckt die Schultern.

»Dann müssen wir uns auf den Weg machen«, sagt sie. »Ins Landesinnere. Irgendwo *muss* es ja Menschen geben.«

»Das ist nicht gesagt«, wende ich ein und sehe die tote Familie vor mir. Ich habe versucht, möglichst nicht mehr an sie zu denken, weil sich mir dann nur der Kopf dreht. Ich glaube, wir alle vermeiden es, die Menschen im Wohnhaus zu erwähnen, weil das zu beklemmend ist, zu unerklärlich. Der Magen zieht sich zusammen, wenn man daran denkt und gleichzeitig an die vielen Ratten oben auf dem Heuboden. Dennoch spüre ich, dass es irgendeine Bewandtnis mit ihnen hat, mit ihnen und mit dem Hof, mit den Zwillingen. Mit dem Gesicht im Fenster.

»Am liebsten lebendige«, sage ich.

»Und friedliebende«, sagt David. »Am liebsten keine Terroristen.«

Wir wandern stundenlang am Ufer entlang. Wenigstens kommt es mir so vor. Keiner von uns hat eine Uhr, um die Zeit zu messen. Wir müssen uns mit ganzen Tagen begnügen. Ein breiter, feuchter Gürtel aus Tang und leeren Muschelschalen verläuft am Wasser entlang, und wir versuchen möglichst nicht draufzutreten. Es ist heiß, und die Augenbinden, die wir für die Strandwanderung tragen, sind völlig durchgeschwitzt.

Inzwischen hat David ein langes Brett gefunden. Es ist hellgrau und glatt, als hätte es jemand sehr sorgfältig mit Sandpapier abgeschmirgelt. Das Brett liegt wahrscheinlich seit Jahren hier am Strand im Wasser. Es soll unser Kalender werden.

»Komisch, dass sich gar nichts verändert«, sage ich und sehe mich um. »Obwohl wir gehen und gehen, sieht es überall genau gleich aus.«

»Ich weiß«, sagt Dinah. »Als ob alles nur eine Kulisse wäre. Ich hab das Gefühl, wir laufen immer im Kreis.«

Ich drehe mich um und sehe unsere Fußspuren im Sand. Die sind wenigstens noch da. Als ich den Blick hebe, erblicke ich weit hinter uns die Silhouette von Red Bull.

»Red Bull ist das Einzige, was sich hier unterscheidet«, bemerke ich. »Alles andere ist gleich.«

»Gut, dass wir ihn gemacht haben«, sagt Gabriel. Wahrscheinlich sieht es hier so gleichförmig aus, weil das viele

Wasser, das früher hier gewesen sein muss, alle Umrisse, alles Leben weggeschwemmt hat.

Wir machen eine Pause und essen ein paar Muscheln. Tüchtig hopst durchs Wasser und versucht, uns durch eifriges Wühlen beim Tangsammeln behilflich zu sein. Plötzlich entdeckt Gabriel ein langes Brett, das im Wasser treibt. Mit einem begeisterten Ausruf holt er es heraus.

»Das hier ist noch schöner«, sagt er.

Aber als wir es genauer anschauen, stellen wir fest, dass es eigentlich exakt gleich aussieht wie das, das David gefunden hat. Die Bretter sind genau gleich lang, sie haben die gleiche hellgraue Färbung und sind gleich sorgfältig abgeschmirgelt. Sie sehen aus wie Zwillingsbretter.

»Sogar die Maserung ist genau gleich«, sagt Gabriel erstaunt.

»Irgendwie ist das nicht geheuer«, sagt David. »Das gefällt mir nicht.«

Und bei diesen Worten sieht er mich an. Als wäre es meine Schuld!

XXII

Gabriel und ich klemmen eins der Bretter zwischen zwei vertrockneten Silberbüschen fest. Dinah hat etwas eingeritzt. *Anno I Marzo IV*, steht da in verschnörkelter Schrift.

»Was ist das denn für eine Sprache?«, frage ich.

»Keine Ahnung«, antwortet Dinah. »Ich fand einfach, das klingt gut.«

»Muss ein komisches Jahr sein, das am vierten März anfängt«, bemerkt David.

Ich nicke. Doch dann fällt mir ein, dass nicht alle Kalender gleich sind. Ich bilde mir ein, dass die Jahre hier auf Erden ziemlich beliebig kommen und gehen.

»Fängt das chinesische Jahr nicht viel später an?«, sage ich. »Die haben doch eine andere Zeitrechnung als wir.«

»Ja, die haben diese Tierjahre«, sagt David. »Vor einiger Zeit hatten sie das Jahr der Ratte. Das könnte dieses Jahr eigentlich auch sein.«

»Nein«, sage ich. »Das hier ist das Jahr des Schweins. Kannst du das bitte einritzen?«

Dinah nimmt das Brett wieder herunter, kniet sich damit auf den Boden und beginnt, es mit dem Messer zu bearbeiten. Sie arbeitet konzentriert, die Zungenspitze zwischen den Lippen. *Das Jahr des Schweins*, ritzt sie zusätzlich hinein.

»Super!«, sage ich.

»Wie viele Tage sind wir schon hier?«, fragt Dinah.

»Keine Ahnung«, sagt David.

Gabriel nickt zustimmend. »Kann mich auch nicht erinnern.«

Ich überlege kurz. »Vier«, entscheide ich dann. »Vor vier Tagen sind wir an Land gegangen.«

»Okay«, sagt Dinah. »Aber es fühlt sich an, als wären wir schon viel länger hier.«

Dann schneidet sie vier senkrechte Striche in das Brett.

»Das hier ist heute«, sagt sie und deutet mit dem Messer auf den letzten Strich.

»Sonntag, der vierte März«, sage ich feierlich.

Gemeinsam klemmen wir das Brett wieder zwischen die Büsche. Wenn ich es anschaue, geht es mir gleich besser. Genauso muss es sein. Heute ist Sonntag, morgen ist Montag, dann kommt der kleine Dienstag. Ich schaue zu Red Bull hinüber, der seine Arme vor dem weiten Himmel ausstreckt.

Der Wind hat aufgefrischt. Das ist auch gut. Endlich kriegen wir unsere Tage ein bisschen in den Griff.

»Wir müssten einen Plan machen«, sage ich. »Bisher schusseln wir bloß kopflos durch die Gegend.«

David steht auf. »Du hast recht, Judit«, sagt er. »Irgendwie kapier ich überhaupt nicht, was wir eigentlich treiben.«

»Das liegt wahrscheinlich daran, dass wir zu wenig Nahrung zu uns nehmen und zu wenig trinken«, meint Dinah. »Wir können nicht klar denken. Ein Plan wär echt gut.«

»In dem Fall wäre der erste Punkt, mehr Essen zu besorgen«, sagt Gabriel. »Sonst fange ich bald an, diese komischen Büsche anzuknabbern.«

Ich nicke. Von dem großen Plattfisch ist nichts mehr übrig.

Und obwohl wir stundenlang im Wasser herumgewatet sind, ist es uns nicht gelungen, noch mehr zu fangen.

Plötzlich richten sich alle Blicke auf Tüchtig. Als er das merkt, sieht er uns beunruhigt an.

»An dem ist nichts dran«, sage ich schnell.

»Besser als Silberbüsche ist er auf jeden Fall«, kontert David.

»Es gibt bestimmt noch was anderes«, bringe ich heraus. Ich muss an die Mücke denken, die ich vielleicht gehört habe, und an die Vögel, die überm Wasser kreisen. »Es gibt schließlich Anzeichen von Leben«, sage ich unsicher. »Wenn wir eine Waffe hätten, könnten wir Vögel schießen.«

»Müssten die nicht irgendwo Eier legen?«, sagt Dinah. »Ist doch komisch, dass man nirgends eine Spur von ihren Nestern sieht.«

»Vielleicht ist es nicht die richtige Jahreszeit«, meine ich. »Vielleicht fangen sie bald an, ihre Nester zu bauen.«

»Bis dahin sind wir verhungert«, schnaubt Gabriel.

»Die Ratten!«, rufe ich plötzlich aus.

»Ja, die müssen schließlich irgendwo Futter finden«, sagt David.

Ich schüttle den Kopf. »Was hast du gesagt, wie viele es waren, David?«

»Wahnsinnig viele, Millionen. Jedenfalls über tausend.«

Ich nicke eifrig. »Genau«, sage ich. »Da haben wir doch jede Menge Nahrung!«

Es dauert ein paar Sekunden, bis die anderen begreifen, was ich meine. Es ist der Mangel an Nahrung, der uns so schwerfällig macht, das ist mir klar. Mein Kopf fühlt sich an, als wäre er voller Sirup.

»Du meinst doch nicht im Ernst, dass wir Ratten essen sollen?«, sagt David angewidert.

»Mir wird schlecht«, sagt Gabriel.

»Hallo!«, sage ich. »In China isst man Ratten. Dort sind sie eine Delikatesse. Das hab ich in einem Dokumentarfilm gesehen.«

»Ratten fressen doch Scheiße«, sagt David.

Ich schüttle den Kopf.

»Und wie sollen wir die fangen?«, fragt Dinah.

Darüber habe ich natürlich noch nicht nachgedacht. Ich schweige eine Zeitlang. Kraule Tüchtig hinterm einen Ohr. Er drückt seinen Kopf zärtlich an mich. Was für ein Glück, dass ich dich habe!, denke ich.

»Damit vielleicht«, sage ich dann und nicke zu den Spaten hinüber, die vor dem Windschutz stehen.

»Mit Spaten?«, fragt David.

»Ja, wir könnten uns doch raufschleichen und ein paar totschlagen«, schlage ich vor.

»Splash und so?«, fragt Gabriel.

Ich nicke.

»Die sind gefährlich«, wendet David ein. »Dann greifen sie uns garantiert an.«

»Nicht, wenn wir zu viert sind. Und Tüchtig kann auch mitkommen. Ich glaube, Ratten totbeißen kann er echt gut.«

»Vielleicht ist es einen Versuch wert«, meint Dinah.

»Das haut nie im Leben hin!«, sagt David.

»Wenn nicht, müssen wir uns eben was anderes ausdenken«, sagt Dinah. »Aber wenn keiner einen besseren Vorschlag hat, sollten wir es wenigstens probieren.«

»In dem Fall sollten wir das Wohnhaus auch noch mal durchsuchen, wenn wir schon da sind«, sage ich. »Irgendwas Essbares muss es da doch geben.«

»Den Kühlschrank haben wir ja schon gecheckt. In dem Haus ist einfach alles tot. Supergruselig«, brummt David.

»Ich weiß«, sage ich. »Ich möchte da auch nicht reingehen. Aber ich bin mir nicht sicher, dass es so ist, wie wir glauben. Vielleicht ist es genau umgekehrt.«

»Wie bitte?«, sagt Gabriel.

»Schon gut«, sage ich. »Ich kapier ja selbst nicht, was ich meine. Aber irgendwas ist mit diesem Haus los, mit dem ganzen Hof. Wir sollen vielleicht herausfinden, was da passiert ist.«

Plötzlich schießt Dinah hoch und zeigt an den Himmel. »Ein Flugzeug!«, schreit sie.

Wir starren in die Richtung, in die ihr Arm zeigt. Weit, weit weg an dem fast unnatürlich hellblauen Himmel lässt sich ein winziger weißer Strich erahnen. Ist das tatsächlich ein Flugzeug? Das lässt sich unmöglich erkennen. Aber was sollte es sonst sein?

»Seht ihr das?«, ruft Dinah.

»Ja!«, schreien wir und fangen an, wie wahnsinnig auf und ab zu hüpfen, laut zu johlen und mit den Armen zu fuchteln. Dann rasen wir zurück und auf den Wall.

»Hierher!«, brüllen wir. »Hier sind wir!«

David wedelt mit einem der Lammfelle, das er mitgenommen hat. Doch das Flugzeug setzt seinen Flug fort, ohne sich um uns zu scheren. Es hinterlässt einen dünnen weißen Strich.

»Sie sehen uns nicht«, seufzt Gabriel.

»Aber vielleicht haben sie den Text gesehen«, bemerkt Dinah hoffnungsvoll.

Doch als ich zum Ufer hinunterschaue, kann ich ihn nirgends erkennen. Auch die vier Porträts, die Dinah gezeichnet hat, sehe ich nirgends. Ich suche den Strand lange mit den Augen ab, bis ich begreife, was geschehen ist.

»Sie sind verschwunden«, sage ich. »Die Wellen haben alles ausgelöscht.«

David kickt in den Boden, dass Sand aufstiebt.

»Das war vielleicht überhaupt kein Flugzeug«, sagt Gabriel. »Das kann alles Mögliche gewesen sein. Eine Rakete oder ein Geschoss. Oder ein Ufo.«

»Oder nur eine ungewöhnlich kleine Wolke«, füge ich hinzu.

XXIII

Am Abend fahren wir zum Hof zurück. David sitzt auf dem Traktor, Dinah, ich und Tüchtig liegen aufgestützt auf dem Anhänger. Die Spaten und die Brechstange haben wir mitgenommen. Gabriel filmt. Das eigenartige braunviolette Dämmerungslicht kriecht bereits über die Landschaft. Alles ist still, lautlos, leblos, unwirklich. Alles bis auf den Traktor, der durch die stumme Szenerie rattert. Plötzlich spüre ich, wie ausgeliefert wir sind, wie wir uns von allem anderen abheben. In dieser gigantischen Leere gibt es nur uns. Sollten sich noch mehr Lebewesen hier befinden, haben sie uns in der Gewalt. Wir sind wie Katzenspielzeug. Man braucht bloß mit der Pfote zuzuschlagen, und schon fahren wir in die Ewigkeit hinaus.

Ich muss an das Gesicht im Fenster denken. Aber kaum tue ich das, kehrt das Summen in meinem Kopf zurück. Ich kriege das einfach nicht auf die Reihe. Plötzlich merke ich, dass Dinah mich am Ärmel zieht. Sie deutet auf den Hof, der im letzten violetten Licht badet.

»... sieht seltsam aus«, sagt sie.

Beim Anblick des Hauses wird mir kalt. Ich kann ihr nur zunicken.

Als wir auf den Hof einbiegen, schaltet David die Scheinwerfer des Traktors ein. Das Licht streicht über das Wohnhaus und wird von den Fenstern reflektiert. Instinktiv hoffe ich auf irgendwelche Lebenszeichen. Doch die Fenster sind leer. Das Haus sieht gespenstisch aus. Tüchtig hat sich aufgerichtet. Er sieht sich um, trippelt hin und her.

»Kennst du dich hier aus, Wutzilein?«, frage ich.

»Öff, öff«, antwortet er.

David fährt zum Stall und hält vor dem Tor. Er lässt den Motor laufen, dreht sich um und sieht mich an. Mir ist ausgesprochen mulmig zumute, ich fühle mich keineswegs so mutig, wie ich vorhin getan habe. Ich habe keine Lust mehr. Doch dann knurrt mein Magen, und ich sehe ein, dass es wohl keine Alternative gibt. Fressen oder gefressen werden, denke ich und frage mich, woher dieser Ausdruck stammt.

Als David den Motor ausmacht, wird es totenstill. Wir springen vom Anhänger und bleiben unschlüssig stehen. Die Gebäude sind ins halbdunkle Dämmerlicht gehüllt. Ich hebe Tüchtig vom Wagen und befehle ihm, still liegen zu bleiben. Er gehorcht sofort und sieht mich mit ruhigen, klugen Augen an.

Im selben Moment beginnt es zu regnen. Der Regen kommt ohne Vorwarnung, schon nach ein paar Sekunden schüttet es. Der heftige Schauer sorgt dafür, dass wir in die Gänge kommen.

»Okay«, rufe ich und nehme einen Spaten von der Ladefläche. »Jetzt packen wir sie!«

Ich ziehe das Stalltor auf. Tüchtig folgt mir, als ich eintrete, und rennt sofort zu den Pferdeboxen. Dann kommen Dinah und David und schließlich Gabriel.

Ich bleibe stehen und warte am Fuß der Treppe zum Heuboden.

»Dann mal los!«, flüstere ich und schwinge meinen Spaten. Die anderen nicken. Ich bücke mich und streichle Tüchtig und sehe, dass er den Kopf hebt und schnuppert.

Schließlich klettere ich nach oben. Tüchtig folgt mir. Als ich die Luke erreiche, halte ich an. Mein Herz klopft. Ich schaue zu den anderen hinunter. David ist weiß im Gesicht. Ich nicke lautlos und drücke die Luke vorsichtig auf. Säuerlicher Uringestank schlägt mir entgegen. Tüchtig drängt sich an mir vorbei und rennt auf den Heuboden. Als ich loslasse, fällt die hölzerne Falltür nach hinten gegen die Dachschräge und bleibt offen. Dann packe ich den Spaten mit festem Griff und hebe ihn über den Kopf.

Der Heuboden liegt im Dunkeln. Von den kleinen Fenstern oben in den Giebelspitzen fallen nur ein paar Schleier aus schmutzig braunem Licht in den Raum. Der Regen trommelt so heftig aufs Dach, dass der Lärm das Klappern der Schweinehufe auf den Bodenbrettern erstickt. Gut, denke ich. Hinter mir spüre ich Dinahs und Gabriels Atem. Ich bleibe still stehen, damit die Augen sich an die Dunkelheit gewöhnen. Als ich die Bodenbretter erkennen kann, mache ich ein paar tastende Schritte, dann gehe ich in die Hocke und spähe über den Fußboden. Tüchtig kommt zu mir her, aufgeregt grunzend.

»Hast du irgendwelche Ratten gefunden?«, flüstere ich.

Er antwortet mit einem neuerlichen kurzen Grunzen, bevor er wieder in die Dunkelheit verschwindet.

Ich stehe auf und folge ihm. Dabei schiebe ich die Füße vor mir her wie beim Langlaufen. Zuerst ist mir nicht klar, warum ich das mache, doch dann begreife ich, dass ich damit vermeiden will, auf eine Ratte zu treten.

Tüchtig kommt wieder zu mir her.

»Such!«, flüstere ich. »Such die Ratten!«

Er dreht sich um und rennt weiter. Inzwischen haben sich meine Augen an die Dunkelheit gewöhnt, und ich kann sehen, wie er an den Wänden entlangschnuppert. Ich gehe wieder in die Hocke und lasse den Blick über den Boden schweifen. Eine dicke Schicht aus Rattendreck bedeckt die Bretter. Doch das ist alles. Ich wende den Kopf zu den anderen.

»Es ist leer«, rufe ich. »Kein einziger Rattenschwanz zu sehen!«

»Was?«, ruft David. »Machst du Witze?«

»Komm rauf und schau selbst nach!«, sage ich.

»Du glaubst doch nicht, ich hätte die Ratten bloß erfunden?« sagt David und kommt heraufgeklettert.

»Natürlich glaub ich das nicht«, sage ich. »Wir haben sie doch alle gehört. Aber jetzt sind sie verschwunden.«

David schaut sich um. Dann sieht er mich an. Wütend. Und erschrocken. »Hier stimmt was nicht«, sagt er. »Irgendwas ist hier faul!«

»Das gibt's doch gar nicht«, sagt Dinah. »Wie können tausend Ratten einfach verschwinden?«

»Ich kapier gar nichts mehr«, sage ich. Die ursprüngliche Erleichterung, als ich sah, dass keine Ratten da waren, weicht einer wachsenden Beunruhigung.

Unschlüssig stehen wir mitten auf dem leeren Heuboden. Tüchtig kommt zu mir her und setzt sich neben mich.

»Wo ist Gabriel?«, fragt Dinah plötzlich.

Ich schaue mich um. Bis auf Dinah, David, Tüchtig und mich selbst ist der Heuboden leer.

»Er war doch gerade noch da«, sage ich.

»Pssst!«, macht David. »Was ist das für ein Geräusch?«

Kaum hat David das gesagt, höre ich es auch. Aber ich bin so auf die Ratten eingestellt, dass ich erst mal gar nicht verstehe, was es ist. Dann merke ich, dass das Geräusch nichts mit den Ratten zu tun hat. Es klingt wie schwere Schritte. Schritte, die sich von der Treppe zu nähern scheinen. Da kommt jemand! Panik kriecht mir am Rücken hoch und zerrt an meinen Nackenhaaren. Ich will hier weg!

Da kommt von der Luke her eine Stimme.

»Ich hab die Kamera auf dem Anhänger vergessen. Mann, das schüttet vielleicht.«

Gabriel hat nicht übertrieben. Als wir herunterkommen und die Stalltür öffnen, ist es, als würde man direkt ins Meer hinaustreten.

»Scheiße!«, schreit David und fährt heftig zurück. »Was für ein fucking beschissener Regen!«

Ich weiß nicht, ob es an seinen Worten liegt oder an dem fürchterlichen Regen oder vielleicht auch an der Kombination von beidem, auf jeden Fall muss ich wieder an das Vogelnest denken. Daran, wie alles anfing. Denn genauso war es damals. Der Regen war genauso wie jetzt. Genauso unglaubliche Wassermassen prasselten damals auf uns herab. Plötzlich erinnere ich mich an den letzten Abend, als wir draußen auf dem Holzdeck blieben, das Dach vom Schulhaus wegflog und der Jeep vom Ganser angeschwommen kam und gegen das Deck donnerte.

»Genauso war es doch damals auch«, sage ich.

Dinah wirft mir einen fragenden Blick zu. »Wie meinst du das?«

»Im Vogelnest. Als es so wahnsinnig geregnet hat«, sage ich.

Dinah schüttelt den Kopf und sieht Gabriel an, der ebenfalls den Kopf schüttelt.

»Hallo!«, sage ich. »Ihr müsst euch doch an den letzten Abend erinnern, als wir unter der Überdachung auf dem Holzdeck geblieben sind, weil es so irre geregnet hat und die Eiche auf dem Schulhof umgestürzt ist.«

Sie sehen mich mit ernsten Gesichtern an.

»He, David«, sage ich, »hör mit dem Quatsch auf! Sag, dass du dich daran erinnerst!«

»Ich erinnere mich nicht«, sagt er. »Ich kann mich an überhaupt nichts erinnern.«

Ich schaue ihn an, sehe, dass er mich nicht verarschen will. Dann sehe ich Dinah und Gabriel an. Dinah schüttelt langsam den Kopf. Mich überkommt das vage Gefühl, doch verarscht worden zu sein. Plötzlich fühle ich mich ausgeschlossen, wie früher, als man klein war und nicht mit den anderen Kindern spielen durfte. Nur bin ich mir jetzt, in diesem Fall, vollkommen sicher, wer recht hat und wer nicht.

»Ein Glück, dass ihr mich habt«, sage ich.

»Was machen wir jetzt?«, fragt Dinah, als hätte sie mich nicht gehört.

David hebt die Schultern. »Wir warten hier, bis es aufhört.«

Ich schüttle heftig den Kopf. »Im Hühnerstall stehen Plastikfässer«, sage ich. »In denen können wir Wasser sammeln.«

Dinah nickt.

Wir stehen schweigend im Stall und überdenken unsere Lage. Sie hätte besser sein können. Vermutlich hätte sie auch sehr viel schlimmer sein können. Wir haben ein Dach über dem Kopf. Wir haben einen Traktor mit Anhänger. Eine Menge Geräte und Werkzeug. Und ein zahmes Schwein. Ich bücke mich und kraule Tüchtig hinter den Ohren. Er presst sich gegen meine Beine.

»Jetzt kriegen wir wenigstens Wasser, mein Wutziwutz«, sage ich.

@@

Ich weiß nicht, wie lange wir im Stall bleiben. Ich sitze in der leeren Box des Ponys mit Namen Lady und halte Tüchtig in den Armen. Das monotone Dröhnen des Regens hallt wie ein Geräusch aus ferner Urzeit von den Wänden, jenseits von Zeit und Raum. Die Zeit existiert nicht, wir haben nichts, womit wir sie messen könnten. Ich denke an den schönen Kalender, den Dinah angefertigt hat, und an den ersten Tag, *Marzo IV*. Wir müssen das Brett hereinholen. Auf solche Sachen müssen wir unbedingt achten, sonst droht uns die totale Verwirrung.

Gestern war Sonntag. Dann ist bald Montag. *Marzo V, Montag*. Ich spüre, dass das so ist. In meinem ganzen Körper ist es Montag. Genauso war früher das Montagsgefühl, wie ein Erdbeben und fünf Beerdigungen.

Was für ein Glück, dass wir vorhin, als es losgeregnet hat, nicht auf unserem Lagerplatz waren! Die Teiche müssen inzwischen überschwemmt sein, wahrscheinlich liegt alles unter Wasser, und nur Red Bull auf dem Wall ist noch sichtbar. Hoffentlich steht er noch auf seinem Posten, falls ein Schiff vorbeikommt. Plötzlich fällt mir ein, dass das Floß womöglich in dem Hochwasser vom Riff weggetrieben ist. Vielleicht ist es inzwischen weit weg von hier. Wir sitzen fest, denke ich. Wir sind Gefangene auf einem Einödhof bei einer toten Familie.

@@

Ich wache auf, weil mich etwas an der einen Hand kitzelt. Erst bin ich so verschlafen, dass ich nicht weiß, wo ich mich befinde. Dann sinken die Träume langsam nach unten, und ich steige aus ihnen heraus, wie man aus einem Rock steigt. Ich liege mit geschlossenen Augen da und höre dem Regen zu, der mit unverminderter Kraft herabprasselt.

»Tüchtig, was ist?«, murmle ich. »Hast du Hunger?«

Tüchtig antwortet nicht.

»Bald sterben wir alle vor Hunger«, murmle ich. »Versuch lieber zu schlafen.«

Ich will schon wieder einschlafen, da kitzelt es wieder an meiner Hand. Als ich es wegzuwedeln versuche, stößt die Hand an etwas Weiches, Behaartes. Es dauert mehrere Sekunden, bis ich mich zu fragen beginne, ob das wirklich Tüchtig ist, was ich da fühle.

Ich öffne das eine Auge und sehe die anderen in einem Knäuel neben mir schlafen. Dinah hat den Daumen im Mund. Wie einen Schnuller, denke ich.

Als ich den Kopf sachte hebe und auf meine Hand hinunterschaue, kann ich das Tier erkennen, das an meinen Fingern schnuppert. Es ist nicht Tüchtig. Es ist ein sehr viel kleineres Tier. Direkt dahinter steht noch so ein Tier. Plötzlich bin ich hellwach. Ich bleibe regungslos liegen, sperre beide Augen auf und sehe mich in der dunklen Pferdebox um. Da sind noch mehr Tiere. Eins, zwei, drei, vier, zähle ich. Als mein Blick suchend in die Dunkelheit vor der Box fällt, sehe ich, dass der dunkle Stallboden sich irgendwie bewegt und hin und her schwankt. Der Spaten, denke ich. Wo zum Henker habe ich den Spaten hingestellt?

Ich fasse David am Arm und kneife ihn vorsichtig.

»Ich sterbe vor Hunger«, murmelt er. »Wir müssen was zu essen besorgen, Judit.« Dann sinkt er wieder in den Schlaf zurück.

»David«, flüstere ich. »Die Ratten sind hier. Wir sind eingekreist.«

Ich spüre, wie er erstarrt. Er reißt die Augen auf. Ich versuche, ihm deutlich zu machen, dass er sich ruhig verhalten soll. Aber er sieht mich nicht an, sondern starrt ängstlich in den Stall hinaus, und als er die erste Ratte erblickt, öffnet er den Mund, um zu schreien. Im letzten Moment gelingt es mir, ihm die Hand auf den Mund zu legen.

»Pssst!«, flüstere ich. »Noch haben sie uns nicht bemerkt. Es sind Tausende im Stall.«

David starrt mich stumm an. Aber ich glaube, er versteht, was ich sage.

»Vielleicht können wir die Box schließen«, flüstere ich und deute mit dem Kopf auf die Schiebetür.

David antwortet nicht. Er schluckt. Inzwischen haben die Ratten in der Box uns bemerkt. Die eine richtet sich auf den Hinterbeinen auf und betrachtet mich. Sie scheint nicht zu verstehen, was ich eigentlich bin. Vielleicht hat sie noch nie einen Menschen gesehen? Aber wofür hält sie mich dann? Für eine Beute? Einen Feind? Spielt das bei halbverhungerten Ratten noch eine Rolle?

Jetzt oder nie, das ist mir klar. Wenn es mir gelingt, rechtzeitig aufzustehen und die Tür zur Box zu schließen, überrumpele ich die Tiere vielleicht. Da beginnt Dinah, sich zu bewegen. Ich beuge mich über sie und lege ihr auch die Hand auf den Mund. Gabriel schläft immer noch tief und fest an ihrer Seite.

»Dinah, sei ganz still! Die Ratten sind jetzt hier«, flüstere ich.

Sie öffnet die Augen und starrt mich an. Ich nicke ihr möglichst beruhigend zu.

»Keine Angst. Die kapieren nicht, was wir sind. Ich schließe jetzt die Tür zur Box.«

Die Ratten neben mir bewegen sich beunruhigt und unterhalten sich mit lautem Fiepen.

Unendlich vorsichtig ziehe ich meine ausgestreckten Beine an und spanne meine Muskeln. Der Abstand zur Tür der Box beträgt höchstens drei Meter. Das müsste klappen. Ich nicke David und Dinah kurz zu. Ich bin bereit.

Also stemme ich mich mit dem Rücken gegen die Wand hinter mir. Ein, zwei, drei, zähle ich stumm. Dann werfe ich mich mit aller Kraft nach vorn. Die Ratten ringsum fliehen mit schrillem Quieken aus der Box. Jetzt gilt es. Ich taumle durch die Box und krache in die gegenüberliegende Wand. Meine Hände zittern, als ich die Schiebetür packe und den Oberkörper dagegenpresse, um sie zuzuziehen. Nichts rührt sich.

»Verdammt!«, fauche ich.

Dann versuche ich es noch einmal. Die Tür klemmt. Sie bewegt sich keinen Millimeter vom Fleck. Die Ratten draußen vor der Box werden immer unruhiger. Das schrille Quieken schwillt an. Ich setze noch einmal meine letzten Kräfte ein, um die Tür zuzuschieben. Sie steckt fest.

Da kommt Dinah mir zu Hilfe. Gemeinsam schieben wir aus Leibeskräften, aber es gelingt uns nicht, die Tür von der Stelle zu bewegen. Sie muss festgerostet sein, denke ich und verpasse ihr einen heftigen Tritt. Das Geräusch ruft erregte Schreie aus der Rattenschar hervor. Jetzt ist auch Gabriel aufgewacht, er kommt angestürzt, um uns zu helfen. Gemeinsam stemmen wir uns gegen die Tür und schieben mit aller Kraft. Plötzlich ein kurzes Knacken, und die Tür beginnt sich mit einem missvergnügten Quietschen zu bewegen.

»Nicht nachlassen!«, schreie ich.

Die Tür ist schief und angeschwollen, aber dennoch zwingen wir sie Zentimeter um Zentimeter auf der rostigen Schiene voran. Schließlich ist nur noch ein Zentimeter breiter Spalt übrig. Die Ratten auf der anderen Seite schreien durchdringend. Es klingt, als wüssten sie inzwischen, was wir sind.

Als die Tür endlich ganz zu ist, sind meine Hände gefühllos, und ich zittere am ganzen Leib. David legt die Arme um mich. Er hat auch mitgeholfen, ohne dass ich es bemerkt habe.

Wir stehen nebeneinander und starren die Ratten an, die wie eine braune Flut den Boden vor der Box überschwemmt haben. Hoffentlich gelingt es ihnen nicht, zu uns hereinzukommen. Ob sie wohl die Boxenwand hochklettern können?

»Wo sind die Spaten?«, frage ich.

»Beim Eingang.«

»Zu blöd!«

»Ich weiß.«

»Es muss der Regen sein, der sie hereingetrieben hat«, sage ich. »Wahrscheinlich sind sie sonst nachts draußen unterwegs und nur tagsüber drinnen. Darum waren sie auch oben auf dem Heuboden.«

David nickt.

»Kommt!«, sage ich. »Wenn wir ganz still sind, beruhigen sie sich vielleicht.«

Als wir an der hinteren Boxenwand sitzen, fällt mir plötzlich das Kitzeln in der Hand ein, als die Ratte daran schnupperte. Das will ich den anderen gerade erzählen, als mir plötzlich ein Gedanke kommt.

»Wo ist Tüchtig?«, flüstere ich.

XXIV

Die anderen sehen mich fragend an. Natürlich, es ist ja mein Schwein. Aber es ist noch nie vorgekommen, dass er mich allein gelassen hat.

»Er muss die Ratten bemerkt haben, bevor ich aufgewacht bin«, flüstere ich.

»Und dann hat er Angst gekriegt und versucht, sich irgendwo zu verstecken«, flüstert Dinah.

»Vielleicht haben sie ihn schon aufgefressen«, vermutet David.

Ich schüttle den Kopf. »Wir hätten es gehört, wenn sie ihn angegriffen hätten. Hast du vergessen, was für ein Geschrei er gemacht hat, als wir ihn in der Fallgrube gefangen haben?«

»Bestimmt ist er irgendwo in der Nähe«, flüstert Gabriel. »Er scheint sich hier ja auszukennen.«

Wir sitzen schweigend da. Nach einer Weile schläft Dinah ein. Ihr Kopf ruht auf meinem Schoß. Ich selbst bin auch immer wieder am Einnicken, aber kurz davor zuckt mein Körper jedes Mal zusammen. Die Erinnerung an die Ratte an meiner Hand und die zahllosen Tiere hier im Stall genügt, um mich wach zu halten. Dann merke ich, dass David und Gabriel auch eingeschlafen sind. Draußen wird es allmählich hell, ein schmutzig graues Tageslicht sickert in den Stall. Der Regen trommelt unverändert heftig weiter. Als mehrere Stunden vergangen sein müssen, stelle ich fest, dass die Ratten verstummt sind. Vorsichtig schleiche ich an die Tür der Box und schaue hinaus. Der Stall ist leer. Sie müssen auf den Heuboden verschwunden sein. Vermutlich haben sie eigene Gänge, die überallhin führen.

»Tüchtig!«, rufe ich leise. »Komm her, mein Schweinchen! Die bösen Ratten sind jetzt weg.«

Aber kein fröhliches Grunzen antwortet mir. Aha, denke ich. Und was jetzt? Mein Magen antwortet mit einem dumpfen Knurren.

Na klar. Essen! Das hatte ich fast vergessen. Wir sind wohl so ausgehungert, dass die Hungergefühle irgendwie abgestumpft sind. Mein ganzes Ich läuft auf Sparflamme und handelt in einer Art Zeitlupentempo. Wir müssen uns dringend zusammenreißen.

»Wach auf!«, sage ich und ziehe David unsanft am Arm.

»Um was geht's?«, murmelt er.

»Essen«, sage ich. »Wir müssen schleunigst für irgendwas Essbares sorgen, sonst gehen wir unter.«

Die anderen werfen mir irritierte Blicke zu.

»Merkt ihr denn nicht, wie schwerfällig wir geworden sind?«, sage ich. »Ich krieg meine Gedanken kaum noch auf die Reihe. Es ist, als würden die Worte im Kopf erlöschen, bevor ich sie überhaupt registriert habe.«

Dinah nickt zustimmend. »Ich hab das Gefühl, als wäre ich immer bloß noch halb wach«, sagt sie.

»Aber was sollen wir machen? Es gibt ja nirgends was Essbares«, seufzt Gabriel.

»Wir schlachten das Schwein«, sagt David. »Das ist unsere einzige Chance.«

»Tüchtig ist verschwunden, das kannst du also vergessen«, sage ich.

»Die Ratten auf dem Heuboden?«, schlägt Dinah vor. »Mit den Spaten, wie wir's vorgehabt haben?«

»Das klappt garantiert nicht«, sagt David. »Wenn wir sie verletzen, werden sie nur aggressiv. Vergiss nicht, dass es viele Tausend sind.«

Plötzlich fällt mir das Gesicht am Fenster wieder ein. Das Gesicht, das, wie ich glaube, das eines Kindes war.

»Ich finde, wir machen noch einen Versuch im Wohnhaus«, sage ich. »Irgendwas *muss* es dort geben. Und dann müssen wir diese Fässer rausstellen. Wer weiß, wann es das nächste Mal regnet.«

Niemand sagt etwas.

»Ich kann allein gehen.«

Die anderen sagen immer noch nichts.

»Okay?«

Als niemand antwortet, zucke ich die Schultern und gehe.

Aber als ich die Stalltür aufschiebe und die Sturzfluten draußen sehe, zögere ich doch. Mein Kopf protestiert, und mein Körper wehrt sich. Ich muss mich zwingen hinauszutreten und drücke dann schnell die Tür hinter mir zu. Der Regen trifft schmerzhaft auf mein Gesicht. Es ist, als peitschten tausend Stricke auf mich ein, und bevor ich diesen Gedanken zu Ende gedacht habe, bin ich total durchnässt. Ich sehe nichts, beiße aber die Zähne zusammen und renne mit dem Kopf voraus mitten in das Regenmeer hinein.

Bereits nach ein paar Schritten bereue ich es. Als ich den Kopf drehe, sehe ich den Stall nicht mehr. Vielleicht schaffe ich es nicht einmal, den Hühnerstall zu finden, aber die Wut über die Gleichgültigkeit der anderen spornt mich an. Mit gesenktem Kopf renne ich in die Richtung, in der er liegen muss. Der Regen peitscht mir den Atem aus dem Leib. Ich schlucke Wasser und merke, dass es einen eigenartig öligen Geschmack hat. Plötzlich muss ich stehen bleiben und mich übergeben, ich speie Wasser und übelriechende gelbgrüne Galle. Als ich weiterlaufe, geht mir auf, dass ich natürlich schon am Hühnerstall vorbeigerannt bin. Wie idiotisch von mir! Aber vielleicht schaffe ich es zum Wohnhaus. Was mache ich eigentlich, wenn ich mich in dem Regen verirre? Dann fällt mir die Hecke ein, die rings um den Hof verläuft und an der ich nicht vorbeikann, ohne es zu merken. Erleichtert seufze ich auf.

Doch im selben Augenblick, als ich an die Hecke denke, gibt der Boden unter meinen Füßen nach. Ich versinke bis zu den Knien, als befände ich mich in einem Sumpf, und bleibe ein paar Sekunden lang stehen, bevor der Boden endgültig nachgibt und ich in die Unterwelt hinunterstürze. Ich falle und falle und denke noch, jetzt sterbe ich, jetzt ist alles aus, bevor ich mit dem Nacken und dem Hinterkopf auf etwas Hartem aufschlage.

Als ich die Augen aufmache, ist alles schwarz. Ich versuche festzustellen, ob ich mir etwas gebrochen habe, spüre aber nicht einmal, ob ich überhaupt einen Körper habe. Irgendwo glaube ich ein Geräusch zu hören. Es klingt, als würde jemand lachen. Ja, jetzt höre ich es deutlicher, ich bin mir fast sicher, dass da ein Kind lacht. Über mich? Dann drehe ich unendlich vorsichtig den Kopf und sehe schräg über mir einen schwachen Lichtschein. Ist das das Loch? Ist das die Stelle, wo der Boden nachgegeben hat?

Erst sage ich mir, dass ich in eine Kaninchenhöhle getreten sein muss, aber als ich genauer darüber nachdenke, sehe ich ein, dass der unterirdische Gang, in dem ich gelandet zu sein scheine, dafür zu groß ist. Und wie groß sind die Gänge, die tausend Ratten graben?

Die Konturen, die in dem schwachen Licht erkennbar sind, verraten mir schließlich, dass es sich eher um einen Tunnel handelt als um einen von Tieren gegrabenen Gang. Ein unterirdischer Tunnel, denke ich und erinnere mich kurz an die vielen spannenden Kinderkrimis, die ich gelesen habe, als ich jünger war. Wenn das hier doch nur ein Abenteuer in einem Buch wäre! Dann würden Tüchtig und die anderen mich jetzt retten, und danach würden wir am offenen Kamin sitzen und Toast mit Butter futtern.

O Mama! Papa! Red Bull! O normale Tage und harmlose Bücher!

Plötzlich sehe ich Gun-Helen auf ihren hohen Absätzen angerannt kommen. Es klingt wie ein Maschinengewehr, ich kauere mich zusammen und verstecke das Gesicht hinter den Knien. »Hallo, Judit!«, ruft sie. »Wie geht's?«

»Schlechter als sonst«, sage ich. »Mir geht's wie einem

Vogel«, füge ich hinzu, worauf sie mit ernster Miene nickt und mich ins Sekretariat mitnimmt.

»Erzähl«, sagt sie und deutet auf den leeren Besucherstuhl.

Ich weiß nicht, wo ich anfangen soll. »Ich glaube, es war Sonntag«, sage ich unsicher. »Du weißt schon, einer dieser stillen Sonntage, wenn der Staub in der Luft schwebt, ohne zu fallen, und die Uhren langsam ticken. Aber dann weiß ich nicht weiter«, sage ich. »Vielleicht ist es dann Montag geworden.«

»Das kommt schon in Ordnung, meine Kleine«, sagt Gun-Helen. »Keine Sorge, das kommt alles in Ordnung.«

Danach verschwindet sie. Scheißkaninchen, denke ich. Erst hier auftauchen und dann einfach abhauen und verschwinden, und ich kann hier liegen bleiben und verfaulen.

»Ich werde dich beim Schulamt anzeigen!«, schreie ich.

@@

Als ich die Augen wieder aufschlage, sitze ich im Wohnhaus am Esstisch. Es duftet wundervoll nach Frikadellen mit Zwiebeln, und die Mutter reicht gerade eine Schüssel mit dampfenden Frühkartoffeln herum. »Danke«, sage ich und lade mir sieben rundliche Kartoffeln und ein bisschen Dill auf den Teller, bevor ich die Schüssel an das Zwillingsmädchen weiterreiche, das neben mir sitzt. »Ich heiße Mimmi«, sagt sie und lächelt mich an. »Judit«, sage ich. »Und du musst Kajsa sein«, sage ich und wende mich lachend an Mimmis Schwester. Sie sieht mich mit ihren kohlschwarzen Olivenaugen verblüfft an. »Wie kannst du das wissen?«, fragt sie. »Ich hab eben Köpfchen!«, sage ich und strecke die Hand aus. Da lacht Kajsa laut auf. »Du bist echt clever, Judit«, sagt sie. »Und dabei hab ich geglaubt, ihr wärt tot«, sage ich.

Als ich die Augen aufmache, bin ich tot, und das fühlt sich gut an, darum öffne ich den Reißverschluss, steige aus meinem Körper und werfe ihn in den Wäschekorb. Endlich hat man ein bisschen frei. Ich renne zu den Engeln, doch die sagen, ich hätte mich geirrt. »Du bist ein normaler Vogel«, sagen sie. Da setze ich mich auf den Rand einer Regenwolke und schmolle. Ein kleines Engelchen kommt zu mir her. Es hat den Daumen in den Mund gesteckt und hält seinen Stoffhund in der anderen Hand. »Liest du mir was vor?«, fragt es. Aber ich erkläre ihm geduldig, dass wir nicht in einem Buch sind. Da nickt das Engelchen nur. »Du hast einen Schutzengel gehabt«, sagt es. »Du bist nur scheintot.« Dann schubst es mich von der Wolke, und ich falle und falle, bis mein Magen sich im Drehschwindel zusammenzieht.

Ich schlage die Augen auf und übergebe mich.

XXV

Als ich mir mit dem Handrücken den Mund abwische, merke ich, dass ich in einem Bett liege. Vor Verblüffung erstarrt mein Körper wie im Krampf. Ich schließe die Augen. Liege lange Zeit ganz still und lausche. Es ist still. Das weiche Kissen an meiner Wange – es ist eine halbe Ewigkeit her, seit ich so etwas gefühlt habe. Aber ich höre keine Geräusche. Keine knarrende Treppe, keine raschen Mamaschritte, keine Fernsehstimmen, keinen gedämpften Gesang vom Kühlschrank, kein Alltagsbrummen und kein Sonntagssummen. Ich überlege, ob heute möglicherweise der kleine Dienstag sein könnte, doch selbst das dürfte nicht stimmen. Nicht einmal der kleine Dienstag ist so still. Da geht mir auf, was das bedeutet. Die Hoffnung, die mir durch den Kopf geschossen ist, als ich die warmen Betttücher auf der Haut fühlte, erlischt.

Ich bin nicht zu Hause, nicht in meinem Bett.

Es war kein Albtraum.

Es geht weiter.

Langsam öffne ich wieder die Augen. Es ist hell. Ich sehe Vögel. Rosa und hellblaue Vögel, die alle gleich sind. Als ich den Kopf vorsichtig drehe, sehe ich einen weißen Schreibtisch, einen roten Sitzsack, einen weißen Teppich. Ich liege in einem Zimmer. Im Zimmer der einen Zwillingsschwester, derjenigen, die Mimmi heißt. Teilweise bedecken die Bilder von Lady die Tapetenvögel an den Wänden.

Dann schließe ich wieder die Augen und versuche nachzudenken. Das klappt nicht. Also schlage ich die Augen wieder auf. Die Vögel sind noch da. Und die blaugelben Siegesschleifen von Lady. Es ist so still, so ungeheuer still. Plötzlich erinnere ich mich daran, wie ich fiel und immer wieder fiel. Ich bin in ein schwarzes Loch gefallen und habe mir das Genick gebrochen. Dann passt alles zusammen, denke ich. Darum liege ich also hier im Bett, in diesem Haus, wo alle tot sind.

Erleichtert seufze ich auf. Wenn man weiß, was los ist, wird alles irgendwie einfacher. Wer hätte das gedacht, dass man in ein Haus auf dem Land kommt, wenn man gestorben ist. Wirklich erstaunlich! Mein Nacken schmerzt. Als meine Hand dorthin gelangt, begreifen die Finger, dass ich mich verletzt haben muss. Es tut schrecklich weh. Ich habe immer geglaubt, so etwas bleibt einem erspart, wenn man tot ist. Wahrscheinlich falle ich in einen kurzen Dämmerschlaf, denn als ich wieder zu mir komme, höre ich etwas. Rasche Mamafüße, die über einen Fußboden hasten. Dann höre ich die Treppe knarren. Eine Tür, die mit einem Seufzer aufgeht. Die Tür zu meinem Zimmer.

Erstaunt sehe ich, dass es Gun-Helen ist. Mir scheint, da ist etwas durcheinandergeraten. Ein bisschen mehr Ordnung, wenn man tot ist, hätte ich schon erwartet. Sie setzt sich vorsichtig auf die Bettkante, legt mir die Hand auf die Stirn.

»Geht's dir jetzt besser, mein Schatz?«

»Du bist nicht meine Mutter«, sage ich.

Gun-Helen lächelt. »So, bin ich das nicht?«

»Wo sind meine Eltern?«

»Die wirst du später treffen.«

»Sind jetzt alle tot?«

Gun-Helen wirft mir einen prüfenden Blick zu, sagt aber nichts.

»Wo sind meine Freunde?«

»Um die brauchst du dir keine Sorgen zu machen.«

»Aber leben sie noch?«

»Darüber später mehr.«

»Und Tüchtig, mein Schwein?«

Da lacht sie plötzlich. »Ach ja, dieses Schwein! Das sorgt für eine Menge Aufregung«, sagt sie.

»Tüchtig ist ein sehr kluges Schwein«, sage ich.

»Du verstehst das hier nicht so ganz, aber wenn du die anderen getroffen hast, wirst du es tun«, sagt Gun-Helen.

»Die anderen, die auch tot sind?«

»Die anderen vom Grünen Kreis.«

Ich muss kurz überlegen, verstehe aber trotzdem nicht, was sie meint. Ich weiß noch, dass wir im Vogelnest den Grünen Kreis gegründet haben, begreife aber nicht, was das mit dieser Sache hier zu tun hat.

»Ich glaube, ich muss mich ein bisschen ausruhen«, sage ich und schließe die Augen.

Als ich aufwache, glaube ich, Essensgeruch wahrzunehmen. Bratkartoffeln, denke ich, drehe vorsichtig den Kopf und suche nach einer Erklärung für den Geruch. Da begreife ich, dass er von dem Erbrochenen auf dem Kissen kommt.

Gun-Helen ist nicht mehr da. Das ist nur gut, denke ich, denn das hat alles nur kompliziert gemacht. Es ist still. Der Regen hat aufgehört. Wahrscheinlich deshalb.

Plötzlich höre ich Schritte auf der Treppe. Nicht Gun-Helens Schritte, auch nicht die von Mama oder Papa. Es sind kleine, leichte Schritte, die ich nicht kenne. Als die Tür seufzend aufgeht, steht Mimmi in der Öffnung.

»Geht es dir jetzt besser?«, fragt sie.

Ich sehe sie an und nicke.

»Wo ist Lady?«, frage ich.

Sie sieht mich ernst an. »Das ist eine lange Geschichte«, sagt sie.

Als ich aufstehe, dreht sich mir der Kopf. Ich setze mich auf die Bettkante und drücke den Rücken durch. Beim zweiten Versuch geht das schon besser. Der Schmerz im Nacken ist fast verschwunden. Ich gehe die Treppe hinunter und trete in die Küche. Am Küchentisch sitzt Red Bull. Ich traue meinen Augen nicht, als ich ihn sehe.

»Was machst *du* denn hier?«, rufe ich, renne zu ihm hin und umarme ihn.

»Wie schön, dich wiederzusehen, Judit!«, sagt er.

»Was ist hier eigentlich los?«, frage ich.

»Alles ist auf den Kopf gestellt, geht drunter und drüber«, sagt er.

»Ich lebe in einer anderen Welt, aber du wohnst bestimmt noch in der alten«, sage ich und schenke ihm ein schiefes Lächeln.

Er nickt mir zu. »Du warst schon immer helle«, sagt er.

»Was ist heute für ein Tag?«, frage ich.

»Mittwoch, der siebte Marzo, null eins.«

»Hast du den Kalender gesehen?«

Er nickt.

»War eine sehr gute Idee.«

»Danke. Hast du auch die Statue gesehen?«

Er nickt noch einmal. »Gute Arbeit«, sagt er. »Aber ihr habt das Ganze missverstanden. Da kommen keine Schiffe. Ihr müsst das selbst erledigen.«

»*Was* erledigen?«

Darauf antwortet er nicht. Stattdessen sieht er mich mit ernsten Augen an. »Ihr müsst vorsichtig sein. Es sieht nach Krieg aus«, sagt er, steht auf, setzt einen alten Fahrradhelm auf und verschwindet durch die Wand.

DIE TAGE AUF DEM HOF

Nach langem Hin-und-her-Überlegen beschließen wir, auf dem Hof zu bleiben. Wir haben keine andere Wahl. So ist das. Darum einigen wir uns schließlich darauf, dass es das Beste ist, was wir tun können. Wir haben ein Dach überm Kopf. Wir haben einen Holzherd. Wir haben Fässer voller Regenwasser. Und wir haben vielleicht die Möglichkeit, uns zu verteidigen, falls feindlich gesinnte Fremde auftauchen sollten.

Gabriel und David haben den Kalender beim Lagerplatz im Wasser gefunden, und Gabriel nagelt ihn über die Haustür.

»Jetzt können sie sehen, dass hier zivilisierte Menschen wohnen«, sage ich zufrieden.

»Wer denn?«, fragt Dinah.

Inzwischen geht es mir wieder besser. Ich versuche, möglichst nicht an die große Gedächtnislücke zu denken, die von dem Moment, als ich in die Unterwelt stürzte, bis zu dem Augenblick reicht, als die anderen mich im Bett fanden. Als Erklärung habe ich ihnen nur erzählt, ich sei dort oben ins Bett geschlüpft, um mich aufzuwärmen. Wenn ich jetzt auf dem Hof herumlaufe und nach Tüchtig rufe, schiele ich immer verstohlen nach verborgenen Fallgruben.

»Er hat sich vielleicht in Rauch aufgelöst«, sagt David. »Das Leben ist aus ihm herausgezischt wie aus einem Ballon.«

»Hör mit deinen dummen Witzen auf!«, schimpfe ich ärgerlich.

»Das sind keine Witze!«, faucht David.

Gabriel filmt uns, während wir uns streiten.

»Das war verdammt gut, Leute!«, ruft er in einem halbherzigen Versuch, wie Ingmar Bergman zu klingen.

»Halt's Maul, du Idiot!«, schreie ich.

Ich öffne die Luke am Küchenherd und spähe hinein. Alles ist schwarz. Eigentlich müsste es beißend nach altem Ruß riechen. Aber es riecht nach gar nichts. Ich richte mich auf, sehe mich in der Küche um und entdecke die weiße Flagge der Haushaltrolle auf der Spüle. Schnell reiße ich einen Meter ab und knülle das Papier wie einen luftigen Ball in den Herd. Dann lege ich eine Handvoll dürre Silberzweige obendrauf und zünde das Papier mit Dinahs Feuerzeug an. Sofort flammt das Feuer auf, zufrieden schließe ich die Luke. Prima, denke ich. Genauso hat Oma es immer gemacht. Im nächsten Augenblick bemerke ich den Rauch, der durch die Ritzen der Herdplatten dringt. Schnell sehe ich mich nach einer Lüftungsklappe um und entdecke seitlich an der Kaminmauer einen schwarzen Griff. Ich muss meine ganze Kraft einsetzen, bis er sich bewegt und ich ein hässliches Knirschen höre, als die Klappe sich öffnet. Inzwischen ist das Feuer im Herd erloschen, also knülle ich noch mehr Papier hinein und zünde es noch einmal an.

Als ich höre, dass das Feuer zu knacken und zu knistern beginnt, lege ich ein paar kräftigere Zweige auf. Ein Gefühl der Befriedigung erfüllt mich. Es ist mir gelungen, Feuer zu machen. Wir haben einen funktionierenden Herd.

Im Küchenschrank finde ich einen großen Kochtopf. Den nehme ich und gehe damit zum Regenwasserfass neben der Küchentür. Misstrauisch betrachte ich das dunkle Wasser in dem Fass und schnuppere daran. Es ist total geruchlos, aber auf der Oberfläche schwimmen Schlieren. Was soll's, denke ich und versuche den Topf so zu füllen, dass möglichst wenig Schlieren mitkommen. Dann kehre ich in die Küche zurück und werfe ein paar Händevoll weiße Muscheln, die wir vom Meer mitgebracht haben, in den Topf. Ich hole Suppenteller und Löffel heraus. Als das Wasser zu sieden beginnt, gehe ich zur Haustür und öffne sie sperrangelweit.

Es regnet nicht mehr, aber die Luft ist noch von Nässe getränkt und das Wasser hängt wie Rotz von den Bäumen. Es ist still.

»Es gibt Muschelsuppe!«, brülle ich so laut, dass die weißen Vögel vom Himmel gefallen wären, wenn sie sich herangetraut hätten. Ich stehe auf der Veranda und warte, aber nichts rührt sich.

Nach einer Weile höre ich Geräusche vom Stall her, dann kommen sie über den Hof getrottet. Dinahs schwarze Haare hängen ihr wie ein schmuddeliger Vorhang ins Gesicht, und als sie kurz den Kopf bewegt und die Haare zur Seite flattern, sehe ich ihr erschöpftes Gesicht. Sie ist hohläugig, als hätte sie seit Wochen nicht geschlafen. Gabriel hat den Arm um sie gelegt. Sein Gesicht ist dunkelgrau von Schmutz, nur dort, wo ihm der Schweiß heruntergelaufen ist, zeichnen sich helle Streifen auf seinen Wangen ab.

David geht ein paar Schritte vor ihnen her, wirkt aber total kraftlos, ohne Leben. Sein braunes Haar hängt ihm in verfilzten Strähnen auf die Schultern. Am Hals sind ihm zwei Beulen gewachsen, die erst geeitert und geblutet haben und dann eingetrocknet sind. Seitdem ist die Haut dort gelbrot gefärbt.

Herrje, denke ich. Wir sehen aus wie eine Räuberbande. Wie eine Horde Wilder. Ich befühle meine Fingernägel. Sie sind lang wie Krallen. Lang, gekrümmt und schwarz vor Dreck.

»Was ist denn das für ein verdammter Rauch!«, murmelt David und blinzelt zum Schornstein hinauf.

»Ich hab im Küchenherd Feuer gemacht und Muschelsuppe gekocht«, erkläre ich. »Wir können draußen auf der Veranda essen.«

»Ich hab keinen Hunger«, sagt Dinah.

»Du *musst* essen«, sage ich.

David setzt sich und saugt Muschelfleisch aus den Schalen, aber Dinah bleibt regungslos stehen und starrt vor sich hin. Das kommt mir irgendwie bekannt vor. Plötzlich wird mir voller Angst klar, dass sie auf dem besten Weg ist, krank zu werden.

»Iss!«, sage ich und halte ihr einen Löffel voller Muscheln hin. Da sperrt sie wie ein Vogeljunges den Mund auf, und ich kippe ihr den Inhalt des Löffels hinein.

»Alles ist so seltsam«, sage ich. »Ich kapier gar nichts mehr.«

Sie hören zu essen auf und sehen mich an.

»Aha, du kapierst nichts?«, sagt Gabriel schließlich.

»Du etwa?«, sage ich.

Er hebt nur die Schultern und widmet sich wieder den Muscheln.

Bis auf schlürfende Geräusche ist es still.

»Warmes Essen«, seufzt David glücklich.

»Es ist, als wäre es kaputtgegangen«, entschlüpft es mir.

»Was denn?«, fragt David.

Ich überlege lange. David isst weiter.

»Das Leben«, sage ich endlich.

»Das Leben?«, wiederholt Dinah, schiebt ihren Haarvorhang beiseite und sieht zum ersten Mal anwesend aus. David und Gabriel legen ihre Löffel hin und starren mich an.

»Ja.«

»Wie denn?«

»Ich weiß nicht.«

»Aber?«

»Näher komme ich nicht an eine Erklärung.«

»Als dass das Leben kaputtgegangen ist?«

Ich nicke. Denke nach. Das Muschelkauen geht weiter.

»Als wäre es zerbrochen.«

»Zerbrochen?«, sagt David kauend.

»Ja. Wie ein Spiegel«, sage ich und beginne mich zu ereifern. »Du weißt schon, ein großer Spiegel, der zerbricht, und plötzlich kann man sehen, was sich dahinter befindet.«

»Hinter dem Spiegel?«

»Ja«, sage ich. »Und in ihm drin.«

»Und was gibt es da?«

»Das weiß ich nicht. Und das ist das Seltsame daran. Lange hab ich geglaubt, es wäre ein Traum«, versuche ich zu erklären. »Ein gewöhnlicher Albtraum, aber ein ungewöhnlich langer. Aber das stimmt nicht.«

»Und wieso nicht?«, fragt David.

Da strecke ich die Hand aus und kneife ihn fest in den Arm.

»Au! Scheiße nochmal!«, schreit er und sprüht Suppe über die Veranda.

»Kapierst du's jetzt?«, sage ich. »Das hier träumen wir nicht.«

Er nickt.

»Es ist viel seltsamer als ein Traum.«

»Zuerst hab ich gedacht, es ist das Klima«, sagt Dinah. »Dass das irgendwie endgültig umgekippt ist.«

Ich nicke. »Ich weiß«, sage ich. »Aber da muss irgendwas anderes passiert sein. Das ganze Dasein ist auseinandergebrochen, anders kann ich mein Gefühl nicht beschreiben.«

»Und was machen wir jetzt?«, fragt Gabriel und wischt sich mit der Hand den Mund ab.

Ich zucke die Schultern. »Ich glaube, es kann noch schlimmer werden«, sage ich.

»Wenn ich nur wüsste, was eigentlich passiert ist«, sagt Dinah.

»Genau das sollten wir zu verstehen versuchen«, sage ich. »Es hat damit angefangen, dass es geregnet hat, oder?«

»Daran kann ich mich überhaupt nicht erinnern«, sagt Gabriel.

Ich überlege kurz. Dann fällt mir endlich etwas Neues ein.

»Aber du hast es gefilmt, Gabriel!«, rufe ich aus. »Es muss ein Video geben, auf dem es zu sehen ist!«

»Hab ich das?«, fragt Gabriel.

»Na klar.«

»Ja, jetzt erinnere ich mich«, sagt Dinah. »Wir haben auf dem Holzdeck gesessen, unter dieser Überdachung, es hat geschüttet wie aus Kübeln, und du hast es mit der neuen Kamera gefilmt, Gabriel!«

»Genauso war es«, sage ich. »Und dann sind Bäume und Autos angeschwommen gekommen, und plötzlich ist das ganze Deck aus der Wand gerissen worden.«

»Ist das wahr?«, sagt David.

Dinah nickt. »Aber danach weiß ich nichts mehr«, sagt sie.

»Ich glaube, wir waren lange auf dem Deck unterwegs«, sage ich.

»Und dann sind wir an diesem Ufer hängen geblieben, daran kann ich mich erinnern«, sagt Dinah.

»Ja«, sagt David. »Das weiß ich auch noch.«

»Die Frage ist nur, wo wir eigentlich sind«, sage ich.

»Genau«, sagt Gabriel. »Und warum alles hier so komisch ist.«

»Ich glaube, das hat damit zu tun, dass irgendwo ein Loch entstanden ist«, fahre ich fort.

»Sag das noch mal, bitte!«, sagt Gabriel.

»Ein Loch, aus dem die Zeit hinausrinnt.« In meinem Kopf dreht sich alles, und mir wird allmählich übel, aber ich reiße mich zusammen. »Ich will versuchen, es zu erklären«, sage ich. »Das Dasein auf der Erde wird ja durch die Zeit aufgespannt. Wenn es keine Zeit gäbe, gäbe es auch keine Abstände. Dann würde alles gleichzeitig und an derselben Stelle passieren. Aber weil wir die Zeit haben, dauert es eine gewisse Zeit, sich zum Beispiel von Paris nach London zu bewegen. Und jetzt ist irgendetwas undicht geworden. Die Zeit fließt hinaus, und das Dasein gerät irgendwie durcheinander. Es wird zusammengedrückt. Montag und Dienstag finden gewissermaßen gleichzeitig statt. Versteht ihr?«

Die anderen starren mich an und schütteln die Köpfe.

»Ich kapier's auch nicht«, sage ich. »Aber wenn man sich vor einen Spiegel stellt, landet man stattdessen mitten im Spiegel. Man ist sein eigenes Spiegelbild, versteht ihr?«

Sie schütteln im Takt die Köpfe.

»Ich weiß«, sage ich. »Das ist unbegreiflich. Aber ich glaube, genau das könnte passiert sein.«

Wir sitzen schweigend auf der Veranda und blicken über die trostlose Landschaft. Sumpfige Seen breiten sich auf den Feldern aus.

»Wenn es regnet, fällt demnach nicht nur ein einzelner Regenschauer, sondern sämtliche Schauer fallen auf einmal?«, bemerkt Gabriel plötzlich.

Ich überlege kurz.

»Genau!«, sage ich dann. »Alle Regenschauer, die es innerhalb eines gewissen Zeitraums gibt.«

Aber es regnet nicht mehr. Das schmierige Zeug in den Bäumen ist erstarrt und klebt wie alter Kaugummi an den Ästen. Das Morgenlicht, das bisher immer nur grau war, hat eine neue rötlich graue Nuance angenommen, die ich bisher noch nicht gesehen habe. An das Grau und die braunen Dämmerungen habe ich mich gewöhnt, aber diesen roten

Schimmer erkenne ich nicht wieder, und das macht mich nervös.

»Vielleicht ist es nur die Sonne, die allmählich durch die Regenwolken dringt«, meint Dinah.

Inzwischen haben wir das Video in der Kamera angeschaut und uns selbst auf dem Holzdeck vor der Schule gesehen. Die letzten Bilder aus unserer Zeit! Der Film hinterlässt tiefe Wunden in uns und weckt eine neue Art von Unruhe.

Wir holen die Spaten aus dem Stall. Von den Ratten ist nichts zu sehen, und keiner von uns hat Lust, auf den Heuboden hinaufzuklettern, um nachzuschauen, ob sie dort sind. Dinah und ich drehen eine Runde durch den Garten, auf der Suche nach der Stelle, wo ich im Boden eingebrochen bin. Aber obwohl wir in dieselbe Richtung gehen, in die ich damals gerannt bin, sehe ich nirgends das geringste Anzeichen dafür, dass der Erboden irgendwo eingesunken ist.

Früher war hier wahrscheinlich Rasen. Aber inzwischen hat ein undefinierbarer brauner Matsch aus Erde und gelblichem Schlick das Gras ersetzt. Bei jedem Schritt gibt es blubbernde Geräusche. Eigentlich müsste mein Loch schon von weitem sichtbar sein. Doch das ist es nicht. Es ist nirgends zu sehen.

Auf gut Glück hebe ich einen Bretterrest hoch, der auf dem Boden liegt. Darunter befindet sich ein verzweigtes System aus winzigen Gängen. Ein kleines Insekt flitzt davon und verschwindet in einem von ihnen.

»Na, so was, eine Kellerassel!«, rufe ich aus.

Dinah erschauert und zuckt zurück. »Igitt!«, sagt sie.

»Aber das ist doch Leben!«, sage ich aufgeregt. »Fast das

erste Lebendige, was wir hier gesehen haben. Bis auf Tüchtig und die Ratten natürlich.«

»Ich weiß«, sagt Dinah. »Aber ich kann nichts dafür, Kellerasseln liebe ich nun mal nicht besonders.«

»Solltest du aber«, sage ich. »Nachdem du die Menschen so wenig leiden kannst.«

Dann setze ich meine Suche im Garten fort.

»Komisch«, sage ich schließlich.

Dinah zuckt die Schultern. »Vielleicht bist du bloß gestolpert«, meint sie.

»Mmm«, sage ich.

Ich habe ihr nicht alles erzählt. Weder dass ich in einem tiefen unterirdischen Gang gelandet, noch dass ich Gun-Helen und Red Bull begegnet bin. Das würde sie mir sowieso nie glauben, und ehrlich gesagt, glaube ich es selbst kaum.

Die Kellerassel lässt mich an Oma denken, und zwar, weil ich keinen Menschen kenne, der so naturverbunden ist wie Oma. Als ich klein war, ging sie mit mir zum Blumenpflücken in den Wald und brachte mir die Namen der Blumen bei, die wir fanden.

»Das hier sind Schlüsselblumen«, sagte sie und bückte sich mühsam, um die Pflanze anzuschauen.

Ich machte es ihr nach und hockte mich neben sie.

»Spürst du ihren Duft?«, fragte sie und beugte sich noch weiter zu den gelben Blüten hinunter.

Ich steckte die Nase in den Blütenteppich und wurde von

einem sommerlich süßen Atemhauch erfüllt. Einen so feinen Duft hatte ich noch nie wahrgenommen, und ich weiß noch, wie sehr ich mich darüber wunderte, dass etwas draußen im Wald so wundervoll riechen konnte. Etwas, was nicht von Menschen erfunden worden war.

Das war das letzte Frühjahr, in dem die Schlüsselblumen blühten. Im Jahr darauf gab es sie nicht mehr. Ich erinnere mich, wie traurig Oma deshalb wurde. Sie seufzte schwer und stand lange vor dem nackten Fleck Erde, wo sie gewachsen waren.

»Seit ich lebe, haben sie hier geblüht«, sagte sie. »Aber jetzt sind auch die verschwunden.«

»Aber der Löwenzahn ist noch da«, sagte ich in einem Versuch, sie aufzumuntern.

»Ja, da hast du recht, Judit«, sagte sie und lachte.

Der Löwenzahn war nämlich mehr oder weniger die einzige Wildblume, die es noch gab. Alle anderen waren verschwunden. Genau wie die Vögel. Von den Vögeln waren fast nur noch Schwäne übrig. So war es schon seit vielen Jahren, und ich staunte jedes Mal, wenn Oma davon erzählte, was es früher alles gegeben hatte. Kuckucke und Schwalben und Bachstelzen. Ich traute meinen Ohren kaum, wenn sie davon erzählte.

»Und dann gab es Maiglöckchen. Die waren voller schneeweißer kleiner Blüten und dufteten geradezu märchenhaft gut.«

»War ihr Duft noch besser als der von den Schlüsselblumen?«

Oma schüttelte den Kopf. »Nicht besser, aber vielleicht feiner. Die dufteten so vornehm. Dein Opa hat sie geliebt.«

Feiner als Schlüsselblumen – das konnte ich mir kaum vorstellen, und obwohl sie mir Bilder von Maiglöckchen zeigte, sagten sie mir eigentlich nichts.

Aber die Schlüsselblumen werde ich nie vergessen.

»Ich hab darüber nachgedacht. Über das, was du über den Abstand zwischen Paris und London gesagt hast, meine ich«, sagt Gabriel und kommt zu mir her.

»Ich auch«, sage ich.

»Weißt du noch, als wir ›In 80 Tagen um die Welt‹ gesehen haben?«

»Und als du gesagt hast, du würdest gern einen Film drehen, der ›In 80 Stunden um die Welt‹ heißt«, sage ich und muss bei der Erinnerung daran lächeln.

»Genau. Die Abstände schrumpfen immer schneller. Vor hundert Jahren war es fast unvorstellbar, in 80 Tagen um die Welt zu reisen. Jetzt braucht man mit dem Flugzeug höchstens zwei, drei Tage dafür.«

»Ich weiß«, sage ich.

»Wenn es die Zeit ist, die das Dasein auf der Erde aufspannt, wie du behauptest, wie lässt sich dann erklären, dass die Abstände immer kürzer werden?«

»Erst mal glaube ich, dass die kürzeren Abstände die Ursache für die undichte Stelle sein könnten«, sage ich.

»Tatsächlich?«

Ich nicke. »Besser gesagt, die Beschleunigung, die das Dasein so stark komprimiert. Vor hundert Jahren gingen die meisten Leute zu Fuß, wenn sie irgendwohin wollten.«

»Und?«

»Ich glaube, wir müssen versuchen, durch die verschiedenen Zeitschichten zu gelangen«, sage ich.

»Zeitschichten?«

Ich nicke.

»Das klingt ziemlich kompliziert.«

»In Entenhausen hat man das schon längst geschafft.«

Er sieht mich erstaunt an. »In Entenhausen?«

Ich nicke und werfe ihm einen geheimnisvollen Blick zu. »Daniel Düsentrieb«, flüstere ich.

Er mustert mich weiterhin verblüfft und schweigt erst mal. Vermutlich muss er über das Gesagte nachdenken und damit fertig werden, dass er nicht selbst dahintergekommen ist.

»Aber was hat Entenhausen mit der Sache zu tun?«, fragt er schließlich.

»Die hatten dort genau das gleiche Problem«, erkläre ich. »Aber Daniel Düsentrieb hat es gelöst.«

Da steht er auf, schüttelt den Kopf und geht.

In dieser Nacht wecke ich Dinah.

»Ich glaube, allmählich begreife ich es«, sage ich.

»Was denn?« Dinah zieht die Decke an sich.

»Vielleicht sind es nur die Gedanken.«

»Die Gedanken?« Dinah setzt sich im Bett auf und sieht mich verschlafen an.

Ich nicke eifrig. »Unsere eigenen Gedanken«, sage ich. »Vielleicht laufen die irgendwie falsch und sind durcheinandergeraten. Das hier ist womöglich nur etwas, das wir denken, und wenn wir mit diesen Gedanken aufhören, verschwindet es.«

»Was denn?«

»Alles«, sage ich und breite die Arme aus.

Dinah reibt sich die Augen, sitzt dann lange da und starrt ins Leere.

»Und wir?«, fragt sie schließlich.

»Wir auch«, sage ich. »Wir haben uns irgendwie verirrt. Aber ich glaube, das kann alles wieder gelöscht werden.«

Als wir an diesem Tag in der Küche Muschelsuppe essen, nimmt Gabriel plötzlich die Kamera und richtet sie auf den Tisch.

4. SZENE. INNENRAUM. KÜCHE. TAGESLICHT.
DINAH, JUDIT, DAVID, (GABRIEL), DIE TOTE FAMILIE.

David tritt vor und setzt sich auf einen Hocker neben dem Tisch. Er hält einen hölzernen Quirl in der Hand und tut so, als wäre es ein Mikrophon.

DAVID
Ja, das hier sind also unsere toten Freunde. Sie wohnen sozusagen mit uns im Haus. Darf ich vorstellen: Mimmi und Karin …

JUDIT (UNTERBRICHT IHN)
Kajsa.

DAVID

Okay, von mir aus Mimmi und Kajsa. Und ihre Eltern ... wie waren noch deren Namen, Judit?«

Judit überlegt kurz.

JUDIT

Hortensia und Joakim.

DAVID

Mutter Hortensia und Vater Joakim. Möchten Sie ein paar Worte an die Zuschauer richten, Joakim?

David hält dem Vater den Quirl hin. In der Küche ist es ganz still. David seufzt und richtet den Quirl auf Hortensia.

DAVID

Dann eben nicht. Aber vielleicht hätten Sie einen Kommentar für uns, Hortensia?

DINAH

Hör auf!

DAVID

Was denn?

DINAH

Das ist nicht komisch!

David zuckt die Schultern und geht auf die Kamera zu. Die wird ausgeschaltet.

Als Gabriel auf den Abspielknopf drückt, sehen wir auf dem kleinen Display David mit dem Quirl. »*Ja, das hier sind also unsere toten Freunde. Sie wohnen sozusagen mit uns im Haus. Darf ich vorstellen: Mimmi und Karin ... (Kajsa!) ... Okay, von mir aus Mimmi und Kajsa.*« Wir starren auf das Display, als könnten wir nicht glauben, was wir da sehen. Oder vielmehr *nicht* sehen! Dann schauen wir alle zusammen zum Tisch, wo die Toten sitzen.

»Die sind nicht drauf!«, sagt Gabriel verblüfft.

»Das kann doch nicht wahr sein!«, sagt Dinah und starrt die Familie am Tisch ungläubig an.

»Sag ich doch die ganze Zeit«, bemerkt David. »Ist der pure Horror hier!«

»Auf jeden Fall sind sie tot«, sage ich.

David und Gabriel sitzen auf dem Traktor. Nach langem Herumwerkeln ist es ihnen gelungen, einen dreischarigen Pflug anzukoppeln, und jetzt brummt das Gefährt durch den Garten. Der Traktor hält kurz an. Der Pflug wird nach unten gesenkt, und als der Traktor weiterrollt, schneidet der Pflug in die Erde und wendet sie um. Hier ist das Erdreich nicht so hart wie bei den Teichen. Dennoch erinnert nichts von dem, was der Pflug ans Tageslicht bringt, an das, was man früher Erde nannte. Erde, dieser dunkle, duftende Humus voller Regenwürmer und kleinem Getier. Das hier ist ein grauer Schlick, mal schmierig und leicht gelblich, mal bräunlich und bröselig wie uralter Schnupftabak.

Ob darin etwas wachsen kann? Das bezweifle ich. Doch dann fallen mir die Kellerasseln wieder ein, die ich im Garten entdeckt habe. Das war auf der anderen Seite des Hauses, beim Küchenfester, durch das wir ursprünglich reingekletterst sind. Ich gehe zum Traktor und fuchtle mit den Armen, dass David und Gabriel anhalten sollen.

»Versucht es da hinten!«, rufe ich. »Vielleicht gab's vor dem Küchenfenster früher mal ein Gemüsebeet!«

Doch als der Pflug dort im Boden versinkt, kommt der gleiche graue Matsch zum Vorschein, nur mit noch mehr Schlick vermischt.

»Was ist dieses gelbe Zeug eigentlich?«, fragt Dinah.

»Ich glaube, das will ich lieber nicht wissen«, sage ich.

Dann gehe ich zum Traktor und stelle mich vor ihn hin.

»Weiter drüben!«, rufe ich und deute auf eine neue Stelle.

Als der Pflug dort durch den Boden schneidet, wird die Furche dunkelgrau. Kurz sieht es fast so aus, als bekäme sie eine erdig-braune Tönung, und mein Herz beginnt vor Aufregung schneller zu schlagen. Doch dann hört die dunkle Schicht schon wieder auf, um von gelbem, schmierigem Zeug ersetzt zu werden.

»Noch weiter drüben!«, schreie ich. »Folgt der dunklen Schicht!«

David fährt den Pflug hoch und setzt in der Furche zurück, bis er wieder an der dunklen Stelle ist. Dort senkt er den Pflug und gibt Gas, damit sich der Traktor mit kraftvollem Schnauben nach vorn bewegt. Ich stehe daneben und zeige ihm, wie er fahren soll. David lenkt den Traktor meinen Anweisungen entsprechend, und jetzt sehen wir, wie der graubraune Ton deutlicher zutage tritt.

»Erde!«, schreie ich und klatsche begeistert in die Hände. »Wir haben Erde gefunden!«

Ich sehe David und Gabriel im Fahrerhaus lachen und höre, dass David noch mehr Gas gibt, weil das Brummen des Motors lauter wird. Aber schon im nächsten Moment wird es wieder leiser. Der Traktor hustet ein paar Mal, dann verstummt der Motor. David dreht den Zündschlüssel wieder um. Der Motor knurrt eine Zeitlang, startet aber nicht. Gabriel öffnet die Tür und springt neben mir aus dem Fahrerhaus.

»Hoffentlich liegt es nicht am Sprit«, sagt er, klettert aufs Vorderrad und öffnet die Motorhaube. Dann schraubt er den Tankdeckel ab und linst hinein.

»Leer«, seufzt er. »Kein Diesel mehr.«

»Irgendwo gibt's bestimmt noch welchen«, sage ich. »Bei Oma und Opa hatten sie eine eigene Dieselpumpe und einen Riesentank.«

»Das müssen wir checken«, sagt David. »Vielleicht haben die hier so was auch.«

»Typisch«, bemerkt Dinah. »Gerade, wo es einigermaßen wie Erde aussieht!«

Sie bückt sich und berührt den bräunlichen Boden vorsichtig mit den Fingern. »Stellt euch vor, wir könnten hier irgendwas anpflanzen.«

»Auberginen!«, sage ich.

In dieser Nacht kommt Oma zurück. Ich weiß natürlich nicht, ob es nur ein Traum ist, aber es fühlt sich nicht so an. Irgendwie muss es mehr sein als ein Traum. Oma steht mitten in ihrem Gemüsebeet. Ihren Himbeerkorb hat sie über dem Arm. Ringsum wachsen Weißkraut, Dill, Erbsen, Bohnen, Gurken, Mangold, Spinat, Mohrrüben, Zwiebeln, rote Bete, Pastinaken, Rucola und Kopfsalat und noch anderes, was ich nicht kenne. Sie lacht, als ich zu den Himbeeren renne und sie mir in den Mund stecke.

»Niemand hat so gute Himbeeren wie du«, sage ich.

»Weil ich mir Zeit für sie nehme«, sagt sie. »Himbeeren müssen fortwährend gehegt und gepflegt werden.«

»Niemand hat so viel Zeit wie du«, sage ich.

»Ja, weil ich so wenig zu tun habe«, sagt sie und lacht.

Ich lache ebenfalls, weil ich weiß, dass niemand so viel zu tun hat wie sie. Von frühmorgens bis spätabends ist sie tätig und erledigt tausenderlei Dinge, während ich in der Hängematte liege und Donald-Hefte lese.

Ich würde ihr gern von der Muschelsuppe erzählen, die ich auf dem Holzherd koche, komme aber nicht dazu.

»Bald sind die Auberginen reif«, sagt Oma und nickt zu einem Beet hin, wo beinahe schwarze birnenförmige Auberginen in der Sonne glänzen.

»Das feiern wir dann, oder?«, sage ich, und Oma nickt zustimmend.

Und schon bereitet sie die Auberginen zu. Sie schneidet sie der Länge nach durch, breitet sie auf Zeitungspapier aus und bestreut sie mit Salz. Kurz darauf drückt sie die Hälften aus und legt sie in die große Bratpfanne. Dort brutzeln sie in Öl, bis Oma plötzlich Hackfleisch, Tomaten, Oliven und Berge von Knoblauch hineingezaubert hat.

»Simsalabim«, sagt Oma und stellt das duftende Gericht auf den Tisch.

»Du kochst die besten Auberginen der Welt«, sage ich.

»Nur weil Opa sie so geliebt hat«, sagt sie.

»Weil er aus Griechenland kam«, sage ich, denn diese Geschichte habe ich schon so oft gehört.

»Ist es schwierig, Auberginen zu züchten?«, frage ich.

»Kein bisschen«, antwortet Oma. »Das ist nur eine Frage der Zeit. Sie müssen gehegt und gepflegt werden.«

»Genau wie die Himbeeren«, lache ich.

»Du weißt ja schon alles«, sagt Oma.

»Daheim haben wir fast nur Stoffblumen«, sage ich.

Im selben Moment, als ich erklären will, warum das so ist, ertönt die erste Explosion. Draußen vor dem Küchenfenster ist die Luft voller Erde und Gemüse. Als ich aufstehe und ans Fenster trete, sehe ich, dass an der Stelle, wo das Gemüsebeet war, ein riesiger Krater im Garten klafft. Aber als ich das berichten will, ist Oma verschwunden. Ich merke, dass ich im Obergeschoss im Bett liege, und kann gerade noch denken, aha, es war doch nur ein Traum, als ganz in der Nähe eine neue Explosion zu hören ist. Das ganze Haus erbebt, und die Fensterscheiben klirren. Die anderen sind schon wach.

»Was passiert denn da?«, murmle ich.

»Das ist Krieg«, sagt David.

»Wirklich?«

»Aber wahrscheinlich ein alter Krieg«, sagt Gabriel.

»Wie denn das?« Ich befinde mich immer noch im Zwischenraum zwischen Traum und albtraumhafter Wirklichkeit.

»Diese Art von Waffen benützt man schon lange nicht mehr. Das eben waren Kanonen.«

Gabriels letzte Worte werden von einer kräftigen Detonation erstickt.

»Kaninchen?«, murmle ich.

Aber mehr passiert nicht. Wir liegen die restliche Nacht wach und warten auf das Schlimmste, suchen hinterm Bett Schutz, spitzen die Ohren, lauschen mit ängstlich tickenden Herzen, wie verängstigte kleine Tiere. Doch der Krieg scheint zu ersterben und abzuklingen. Zurück bleibt nur eine riesige Leere, das Vakuum aus Hier und Jetzt: unsere Zeit.

Und die Sonne geht wieder auf, rund, rotglühend, irrsinnig. Das starke Licht erhellt den Hof, als würde hier ein Film gedreht. Wir baden in Licht. Als die Strahlen auf altes Laub in der Hecke treffen, ist ein kurzes Zischen zu hören, und leichter Brandgeruch steigt auf. Wir vermeiden es, ins Freie zu gehen, und wenn es unbedingt sein muss, dann nur dick vermummt und mit Augenbinden. Es ist unerträglich, schlimmer als der Regen, weil die Sonne einem den Atem raubt. Als würden die Strahlen nicht nur altes Laub vernichten, sondern auch den Sauerstoff verbrennen, der in der Luft ist.

»So stark ist die Sonne sonst doch nie«, japst Dinah.

»Vielleicht fängt jetzt der Sommer an«, sage ich.

Als der Abend uns endlich Erleichterung bringt, setzen wir uns auf die Veranda. Es ist immer noch heiß, der gelbe Schlick blubbert im Boden, der Hof ist in Dunstschwaden aus Rauch und Dämpfen gebettet. Ringsum in der Ebene schweben Luftspiegelungen, die große Städte vortäuschen, kleine Dörfer, Herden von weidenden Tieren, was auch immer. Eigentlich sollte man riesige Tiere erwarten, die sich mit der Kraft der Sonne messen könnten: Riesenechsen, Dinosaurier, Elefantenherden, vielleicht Krokodile. Doch letzten Endes bleibt die Landschaft leblos, verbrannt, verbraucht.

»Es ist fast wie am Anfang«, sagt David. »Als das Leben entstand.«

»Oder wie am Ende«, sage ich. »Wenn das Leben ausstirbt.«

Wir schweigen und betrachten das Spiel der Muster und Formen in der Luft.

»Oder beides«, sagte Gabriel nach einer Weile. »Wenn es zu Ende geht und erneut anfängt.«

Wir suchen im Stall, in der Scheune und sogar oben auf dem Heuboden der Ratten nach Diesel. Immer wieder schauen wir hinter den Gebäuden, hinter Hecken und

Büschen nach. Aber wir finden keinen Dieseltank, keine Behälter oder Fässer.

»Komisch«, sage ich. »Auf einem Bauernhof muss es doch Diesel geben.«

»Vielleicht war der Vorrat gerade alle«, meint Gabriel.

»Aber dann müsste es leere Fässer oder so was geben.«

»Ich glaube, der Dieselvorrat ist gestohlen worden«, sagt David. »Ganz sicher ist jemand hier gewesen und hat den ganzen Tank geklaut.«

Ich nicke. »Das würde alles erklären.«

»Vielleicht sind Benzin und Diesel knapp geworden«, sagt David.

»Und was machen wir jetzt?«, frage ich. »Ohne Diesel ist das hier ja die pure Steinzeit.«

Die Dunkelheit senkt sich schwer wie ein alter Theatervorhang herab. Ringsum wird es schwarz. Nicht so wie an den bisherigen Abenden, als wir die Umrisse der Bäume, der Gebäude auf dem Hof und der Landschaft noch erkennen konnten. Dieses Dunkel ist absolut, unerbittlich und bedrückend. Wir tasten uns vor, berühren uns immer wieder gegenseitig mit den Händen, um uns zu vergewissern, dass alle noch da sind und niemand in dieses beängstigende schwarze Meer hinausgeirrt ist.

»Die Erde scheint von einer Dunstschicht abgeschirmt zu werden«, sage ich. »Darum leuchten auch keine Sterne.«

»Aber was ist mit dem Mond?«, sagt Dinah. »Den müsste man doch sehen.«

»Der ist vielleicht runtergefallen«, sagt David.

»Hör auf!«, faucht Dinah.

»Aber es ist echt verdächtig«, murmelt Gabriel. »Der Mond müsste doch zu sehen sein.«

Im Morgengrauen werde ich von einem durchdringenden Schrei geweckt. Erst glaube ich, dass er aus dem Haus kommt. Ich richte mich im Bett auf und lausche. Ich muss an das weinende Kind denken, das ich neulich gehört habe. Das Weinen klang damals, als käme es von unten. Aber jetzt ist alles wieder still. Die anderen schlafen, nur Gabriel bewegt sich unruhig im Bett, als würde er gleich aufwachen. Als ich den schrillen Schrei erneut höre, einen Schrei, der klingt, als hätte jemand Angst oder schlimme Schmerzen, ahne ich, was es ist. Ich stürze aus dem Bett und die Treppe hinunter zur Haustür und öffne sie.

Die Nacht löst sich allmählich in dunkelgraue umherschwebende Schleier auf. Es ist fast unmöglich, etwas zu erkennen. Ich bleibe draußen stehen. Von dem Feld, das an den Hof angrenzt, kommen Geräusche, die mich an murmelnde Stimmen erinnern, bis mir aufgeht, dass es sich um trampelnde Füße handeln könnte. Füße oder Hufe, das lässt sich nicht unterscheiden. Vielleicht findet irgendwo dort draußen der Krieg statt.

Es ist so kalt, dass ich erschaure. Da ertönt der Schrei wieder. Noch lauter und schriller als je zuvor. Ich halte die Hände wie einen Trichter an den Mund und rufe, so laut ich kann.

»Tüchtig! Hier bin ich!«

Nach meinem Ruf wird es ganz still. Die murmelnden Füße halten an. Ich rufe noch einmal.

»Tüchtig, komm her!«

Dann lausche ich. Endlich kommt seine Antwort, weit entfernt.

»Ööuuf, ööufff!«

»Ja, komm her, mein Schweinchen!«, rufe ich voller Freude. »Komm zu Frauchen!«

Er antwortet sofort. Jetzt klingt es schon etwas näher, so als wäre er zu mir unterwegs. Ich rufe immer wieder, damit er zwischen den grauen Schleiern den Weg findet. Schließlich höre ich seine Hufe im Garten über den Boden trommeln.

»Bravo, Tüchtig, komm her zu Frauchen!«

»Ööööuuuf, ööööuuuf!«

Ich bücke mich, um Tüchtig zu umarmen, höre aber, wie er kurz vor mir stehen bleibt.

»Öff! Öff!«, ruft er.

»Was ist denn? Komm schon!«

Aber Tüchtig zögert. Inzwischen kann ich ihn sehen. Die schweren Schleier lösen sich allmählich auf. Es ist kurz vor Sonnenaufgang. Ich spüre, dass die nächtliche Kälte allmählich nachlässt. Tüchtig späht zu den Feldern hinüber.

»Öff! Öff!«, schreit er.

»Was ist denn, Wutziwutz? Was willst du mir denn erzählen?«

Ich durchquere den Hof und den Garten und spähe dabei über die Hecke. Dort draußen ist noch jemand. Jemand, der Tüchtig die herzzerreißenden Schreie entlockt hat.

Plötzlich kracht etwas weiter hinten durch die Hecke. Erst traue ich meinen Augen nicht. Aber als das Tier durch den Garten auf Tüchtig zugaloppiert, sehe ich deutlich, was es ist. Noch ein Schwein! Genauso behaart und zottelig wie Tüchtig. Das neue Tier bleibt bei Tüchtig stehen. Die beiden beschnuppern sich und grunzen im Chor. Dann schaut Tüchtig zu mir her.

»Na, so was, Tüchtig, hast du einen Kumpel gefunden! Ist ja super! Bring ihn her, damit ich ihn begrüßen kann!«

Tüchtig sieht das andere Schwein an. Dann rennt er auf mich zu und schaut sich immer wieder um. Doch das andere Tier bleibt stehen.

»Da bist du ja, Tüchtig, mein Guter! Wo hast du denn gesteckt? Wenn du wüsstest, was für Sorgen ich mir um dich gemacht habe!«

»Ouuuöööf!«, sagt Tüchtig und hebt den Kopf, damit ich ihn überall kraulen kann.

Das neue Schwein beobachtet uns genau und verfolgt jede einzelne meiner Bewegungen.

»Komm her und lass dich begrüßen!«, rufe ich. »Hier bist du sicher.«

Doch das Schwein bleibt stehen. Ab und zu dreht es den Kopf und späht durch die Hecke in Richtung Felder. Inzwischen wird es schnell hell. Aber obwohl ich mir Mühe gebe, kann ich nicht erkennen, wonach das andere Schwein Ausschau hält. Ist es ein anderes Tier? Oder sind da mehrere andere Tiere? Eine Herde, von der die beiden Schweine verfolgt worden sind? So wird es wohl sein. Das andere Schwein sieht wieder auf die Felder hinaus.

»Komm her, Schweinchen!«, locke ich.

Doch das Schwein bleibt stehen.

»Wovor hast du denn Angst? Ist da jemand, der dich auffressen will?«

Ich überlege kurz. »Bleib da!«, sage ich und laufe rasch in die Küche, um eine Handvoll Muscheln zu holen. Als ich herauskomme, stehen beide Schweine vor der Veranda. Als Tüchtig die Muscheln sieht, grunzt er zufrieden.

»Das hier schmeckt dir, nicht wahr?«, sage ich und gebe ihm ein paar, die er sofort verschlingt.

Das andere Schwein folgt den Muscheln mit den Augen. Es ist offensichtlich genauso hungrig wie Tüchtig.

»Kommt mit, dann gibt's mehr!«, sage ich, bewege mich rückwärts in Richtung Stall und werfe ihnen dabei Muscheln zu, worauf sie mir folgen. Als ich immer noch rückwärts in den Stall gehe, sind die Schweine so mit den Muscheln beschäftigt, dass sie nicht darauf reagieren, sondern den Leckereien hingebungsvoll bis in die Box folgen.

»Hier seid ihr sicher«, sage ich und schiebe unter dem Einsatz all meiner Kräfte die Boxentür zu.

Als ich zurückkomme, steht Gabriel auf der Veranda. »Hast du noch eins erwischt?«, sagt er und lacht.

»Ist doch super, oder?«

Er nickt. »Das Neue sieht molliger aus«, sagt er.

»Vergiss es!«, sage ich. »Der Kumpel von Tüchtig wird nicht angerührt!«

»Vorhin war noch irgendwas draußen auf dem Feld«, sagt er.

»Ich weiß«, sage ich. »Ich glaube, irgendein Rudel war hinter den beiden her.«

»Ein Rudel?«

Ich nicke und sehe auf die Felder hinaus, die jetzt in scharlachrotem Morgenlicht baden.

»Vielleicht Wölfe«, sage ich und gehe ins Haus.

»Es gibt noch mehr Schweine, ist das nicht super?«, sage ich. »Das muss ja bedeuten, dass hier irgendwo noch andere Tiere leben.«

Plötzlich bin ich so guter Laune wie schon lange nicht mehr. Das neue Schwein hat mir die Hoffnung zurückgebracht. Wenn es Schweine gibt, muss es doch auch Pferde, Kühe und Hühner geben. Tiere, die aus der Gefangenschaft geflohen sind und jetzt hilflos umherirren, falls sie in dieser Hitze überhaupt überleben.

Wir gehen in die Küche. Die Tür ist nicht abgeschlossen. Die Familie sitzt um den Tisch, unverändert stumm.

»O nein!«, seufzt Dinah. »Können wir sie nicht woanders hintun? Ich halt's nicht mehr aus, sie immer hier rumsitzen zu sehen.«

Wir schauen Dinah an. Keiner von uns verspürt die geringste Lust, die tote Familie irgendwohin zu transportieren. Dinah zuckt die Schultern. »Hab nur Spaß gemacht.«

»Mann, ich hab echt Kohldampf«, seufzt David.

Ich sehe mich in der Küche um. »Irgendwo müsste es eine Speisekammer geben«, sage ich. »Meine Oma hatte eine, in die man reingehen konnte, groß wie ein Zimmer, mit Regalen vom Boden bis zur Decke. Und die Regale waren immer voller Dosen, Einmachgläser und Flaschen. In einer Holzkiste auf dem Boden waren Kartoffeln für ein ganzes Jahr. Man weiß nie, was passiert, hat Oma immer gesagt.«

»Stimmt«, sagt Gabriel. »Irgendwo müssen sie ihr Essen aufbewahrt haben.«

»Ja, sie müssten wenigstens einen Vorratskeller haben«, sage ich. »Das hat man immer auf dem Land.«

Ich inspiziere den Küchenboden Stück für Stück, kann aber wieder keine Anzeichen einer Luke in den Bodenbrettern finden.

»Unterm Tisch!«, sagt Dinah plötzlich. »Hast du da schon nachgeschaut?«

Ich schüttle den Kopf. »Der Küchentisch hat doch bestimmt schon immer dort gestanden«, sage ich.

»Aber genau dort könnte es eine Luke geben!«

Ich betrachte den gestreiften Flickenteppich, der unterm Tisch liegt. Sehe die Katze und den Hund, die darauf liegen. Ja, dort könnte sich natürlich eine Luke verbergen. Aber eine Luke unterm Küchentisch?

»Das kommt mir unpraktisch vor«, sage ich zweifelnd.

»Aber perfekt, wenn man sie verstecken will«, sagt David.

Ich nicke.

»Das ist die einzige Stelle, wo wir noch nicht gesucht haben«, sagt Gabriel.

»Das geht auch nicht«, sage ich.

»Doch. Man braucht bloß den Teppich wegzuziehen, dann sieht man den Fußboden«, sagt David.

»Aber es liegen Tiere darauf«, wende ich ein.

David lässt sich nicht aufhalten. Er kniet nieder, packt den

Flickenteppich und beginnt vorsichtig daran zu ziehen. Sachte gleitet der Teppich unter dem Tisch hervor. Die Katze und der Hund gleiten mit, unverändert unbeweglich.

»Helft mir ziehen!«, sagt David.

Gabriel kniet sich ebenfalls hin und ergreift den Teppichrand. Mit vereinten Kräften ziehen sie den Teppich hervor. Es sieht seltsam aus, als die beiden Tiere über den Küchenboden angerutscht kommen. Komisch und gleichzeitig schrecklich. Dinah und ich bücken uns und spähen unter den Küchentisch. An der Stelle, wo der Teppich gelegen hat, ist eine rechteckige, in die Bretter eingefräste Linie zu sehen. Am einen Ende der Linie ist ein kleiner Metallring in den Boden versenkt. Ich weiß, was das bedeutet.

»Hier ist sie!«, rufe ich aus.

»Hab ich doch gleich gesagt!«, jubelt David.

»Aber sie lässt sich nicht öffnen«, sage ich.

»Warum nicht?«

»Weil der Tisch im Weg steht. Um die Luke zu öffnen, müssten wir alles darüber entfernen.«

David überlegt kurz.

»Wir ziehen nur die Stühle weg«, schlägt Gabriel vor. »Dann können wir den Tisch wegstellen.«

Ich schüttle den Kopf. »Das geht nicht.«

»Warum nicht?«

»Weil sie sich an den Händen halten«, sage ich.

Wir stehen schweigend da und denken nach.

»Es geht trotzdem«, bemerkt Gabriel schließlich.

»Wie denn?«

»Wir brauchen die Toten nicht zu bewegen. Wenn einer

von uns unter den Tisch kriecht, kann er die Luke weit genug öffnen, um hinunterzuschlüpfen.«

Ich gehe in die Hocke und linse unter den Tisch. »Vielleicht«, sage ich. »Aber dann müssen wir den Tisch ein wenig nach rechts verschieben.«

»Wäre einen Versuch wert«, meint David.

»Also, ich geh da nicht runter!«, erklärt Dinah mit Nachdruck.

»Ich auch nicht!«, sage ich und stehe wieder auf. Plötzlich fällt mir die Nacht ein, als ich ein Kind weinen hörte, und gleich wird mir wieder unheimlich zumute. Darum sage ich: »Wir müssen nach den Schweinen schauen. Sonst kriegen die in dieser Hitze noch einen Kollaps.«

Bevor wir ins Freie gehen, ziehen wir uns Sachen an, die wir in einem Flurschrank finden, alte Mäntel, Jacken und Overalls. Ich schlüpfe in einen blauen Overall und setze eine schwarze Schildmütze auf. Das müsste als Sonnenschutz genügen.

»Hoffentlich kriegen sie bei unserem Anblick keinen Schreck«, sage ich.

Dann gehe ich zum Stall, öffne das Tor, laufe schnell zur Box und spähe über die Bretterwand.

»Hallo, Tüchtig, geht's dir gut in der Hitze? Und deinem Kumpel auch?«

Tüchtig sieht mich mit seinen klugen Augen an. »Uuuööőf«, sagt er.

»Das neue Schwein sieht prima aus«, sagt David.

»Ich glaube, es ist jünger«, sage ich.

»Und dicker«, sagt David. »Das können wir jederzeit essen.«

Ich schüttle den Kopf. »Wenn wir hierbleiben müssen, sollten wir dieses Schwein sogar besonders gut pflegen!«

»Warum denn das? An dem hätten wir doch wochenlang zu futtern!«

»Weil es im Gegensatz zu Tüchtig ein weibliches Schwein ist«, sage ich.

Dinah stellt den beiden Schweinen einen Eimer Wasser hin.

»Und wie soll die Dame heißen?«, fragt sie.

»Doris«, antworte ich, ohne eine Ahnung zu haben, woher der Name mir zugeflogen ist.

»Cool«, sagt David.

Wir untersuchen das Feld an der Stelle, wo die Schweine aufgetaucht sind, und sehen dort ihre Spuren im gelben Schlick. Dann gehe ich weiter in die Richtung, aus der ich die anderen Geräusche gehört habe. Dort suche ich nach Pfotenabdrücken im Boden, von Wölfen, Füchsen oder Luchsen. Vielleicht gibt es hier auch verwilderte Hunde, denke ich. Doch der Boden verrät nichts dergleichen. Erst als ich zu einer kleinen Anhöhe komme und sie umrunde, entdecke ich, dass der Boden an der Rückseite voller Spuren ist. Nicht von Pfoten, sondern von ... *Füßen!* Von kleinen Füßen. Ich bleibe stehen und starre sie verblüfft an. Hier ist die Erde so zertrampelt, als hätten viele Personen sehr lange und sehr eng nebeneinander auf einem Fleck gestanden. Ich rufe die anderen.

»Hier ist jemand gewesen!«

Als die anderen den kleinen Hügel umrundet haben, bleiben sie jäh stehen und starren den zertrampelten Erdboden an.

Niemand sagt etwas.

»Könnten die Spuren vielleicht von uns stammen?«, fragt Dinah schließlich.

Gabriel schüttelt den Kopf. »Hier sind wir nie gewesen«, sagt er. »Jedenfalls nicht oft.«

»Vielleicht sind das irgendwelche Affen«, meint David.

»Oder Wilde«, sage ich und setze versuchsweise einen Fuß in einen der Abdrücke. »Oder noch eine Gruppe von solchen wie wir.«

Die Entdeckung der mysteriösen Spuren verändert unser Verhalten. Es ist, als sähen wir endlich ein, dass das hier Realität ist. Dass wir etwas erleben, das sich genau jetzt abspielt. Alles wird für uns wirklicher. Dieses gespenstische Gefühl, das uns bisher im Griff gehalten hat, lässt nach. Ich weiß nicht, ob wir dadurch hoffnungsvoller oder ängstlicher werden. Aber es ist, als erwachten wir aus einem langen traumähnlichen Dämmerschlaf. Auf einmal handeln wir entschiedener. Bewegen uns bewusster, aber auch vorsichtiger. Wir beobachten die Umgebung und spähen über die Felder. Wir reden und denken anders, sind nicht mehr mit einer toten Familie und zwei Schweinen allein hier. Vielleicht gibt es noch mehr Menschen wie uns. Menschen, die auf der Jagd nach Nahrung unterwegs sind. Menschen die sich zu Gruppen zusammengeschlossen haben, um zu überleben.

Die große Frage ist: Sind es Freunde oder Feinde?

Am Abend koche ich ein weiteres Mal die gleiche wässrige Muschelsuppe.

»Schmeckt echt gut«, sagt David und schiebt sich einen Löffel in den Mund.

»Ich wüsste zu gern, ob uns jemand zum Narren hält«, sagt Dinah und wirft einen Blick zu der toten Familie hin.

»Wir müssen uns die Luke vornehmen«, sage ich. »Dort unten gibt es vielleicht irgendwelche Lebensmittel.«

Der Hund und die Katze liegen immer noch mitten im Zimmer auf dem Flickenteppich. Es wäre nicht besonders schwierig, unter den Tisch zu kriechen und in den Keller zu spähen. Nicht schwierig, aber ziemlich unangenehm. Keiner von uns hat dazu Lust.

»Wir warten bis morgen«, sagt Dinah und schaut aus dem Fenster. Draußen senken sich schmutzig braune Schleier herab und hüllen uns und den Hof in eine unheimliche, kompakte Finsternis.

»Wozu?«, sage ich. »Unten im Keller ist es morgen genauso dunkel.«

»Wie sollen wir dort überhaupt was sehen?«, fragt Gabriel.

»Mit dem Feuerzeug«, sagt David.

»Das ist fast leer«, sagt Dinah. »Und wir brauchen es zum Kochen.«

»Vielleicht kann man sich mit den Händen vorantasten«, sage ich. »Und nur im Notfall das Feuerzeug benützen. Ein Mal oder so.«

»Klingt nicht unbedingt verlockend«, sagt Dinah.

»Okay, ich mach's!«, sage ich plötzlich. Keine Ahnung, was in mich gefahren ist. Vielleicht ist es die Erinnerung an Omas Keller, die mir Mut verleiht. Oder es ist die Einsicht, dass irgendwas passieren muss, damit wir weiterkommen.

»Du bist echt verrückt«, sagt Dinah.

»Ich weiß«, sage ich.

Gemeinsam schieben die anderen den Tisch ein Stück zur Seite, damit die Bodenluke direkt darunter zu liegen kommt. Ich hocke unter dem Tisch und folge dem Tischbein mit den Fingern. Irgendwann stoße ich gegen ein anderes Bein, wahrscheinlich das des Vaters, versuche es aber zu ignorieren.

»Stopp!«, rufe ich. »Das reicht.«

Unterm Tisch ist es dunkel, aber ich finde ohne weiteres den Metallring, der in den Boden versenkt ist, und klappe ihn mit den Fingern hoch.

»Wie läuft's?«, fragt Gabriel.

»Ich versuch sie jetzt zu öffnen«, sage ich, packe den Ring mit festem Griff und ziehe aus Leibeskräften daran. Nichts bewegt sich.

»Das Ding ist verdammt schwer«, flüstere ich. »Vielleicht ist die Luke zugenagelt.«

Ich ruhe mich kurz aus, bevor ich den Ring mit neuen Kräften packe. Plötzlich scheint sich die Falltür über der Luke ein klein wenig nach oben zu bewegen. Doch dann gelingt es mir nicht, sie oben zu halten, ich muss sie loslassen. Mit einem schweren Seufzer fällt sie zurück.

»Und?«, fragt David.

»Sie ist zu schwer«, sage ich. »Ich glaube, man muss stehen, um sie öffnen zu können.«

»Vielleicht sollte man was dazwischenklemmen?«

»Was denn?«

»Ein Stück Holz zum Beispiel?«

»Vielleicht«, sage ich.

»Das kriegen wir hin«, sagt Dinah.

Ich höre sie in der Küche rumoren. Sie stolpert mit einem Fluch über den toten Hund, dann höre ich ihre Stimme ganz in der Nähe.

»Wenn du die Falltür ein Stück anhebst, schieben wir das hier dazwischen«, sagt sie.

»Okay, ich versuch's.«

Ich rutsche ein Stück seitwärts, um den Metallring besser greifen zu können. Dann packe ich mit beiden Händen zu und ziehe daran.

»Noch ein kleines Stück!«, sagt David.

Ich beiße die Zähne zusammen und ziehe an dem Ring, bis mir meine eigenen Arme im Weg sind.

»Ich kann nicht mehr«, krächze ich.

»Ist gut so. Ich hab's untergeschoben. Du kannst loslassen.«

Es klappt, und als ich hinkrieche und mein Gesicht an den entstandenen Spalt halte, spüre ich einen kalten Luftstrom an der Wange.

»Dort unten bläst ein Wind«, sage ich.

In den Keller zu gelangen ist doch schwieriger, als ich gedacht habe. Die Falltür stößt an die Unterkante des Tisches, und man muss sie mit den Armen hochhalten, während man sich durch die nicht sehr große Öffnung schlängelt. Dazu sollte man stark und gelenkig sein, und ich bezweifle, dass ich das schaffe. Aber weder David noch Gabriel sind daran interessiert, es zu versuchen.

»Na gut, ich mach einen Test«, sage ich.

Die Falltür ruht auf einem Schneidebrett, das David daruntergeschoben hat. Ich packe sie an der Vorderkante und hieve sie vorsichtig hoch, während ich mich gleichzeitig drehe, um die Beine in die entstandene Öffnung zu bringen. Als ich bis zu den Schienbeinen drinstecke, kann ich die Falltür nicht mehr halten und muss sie ablassen, bis sie auf meine Knie zu liegen kommt. Dann taste ich mit den Füßen so lange herum, bis ich eine Treppenstufe spüre.

»Ich glaube, das geht«, keuche ich. Jetzt habe ich einen besseren Griff, weil ich so nah dransitze und meine Füße sich auf die Stufe stützen können. Ich drücke die Falltür so weit wie möglich nach oben und zwänge meinen ganzen Körper darunter. Kurz verlieren meine Füße den Halt, doch dann gelingt es mir, sie auf die Treppe zurückzubringen und ein paar Stufen hinabzusteigen. Langsam senke ich die Falltür über mir.

»Ich mach jetzt zu, ist das Schneidebrett noch da?«, flüstere ich.

»Augenblick«, sagt David und schiebt es wieder an seinen Platz. »Jetzt kannst du loslassen.«

Die Falltür landet mit einem dumpfen Aufprall auf dem Brett. Ich ruhe erst mal meine Arme aus. An meinem Rücken spüre ich die Treppe. Ein kalter Luftstrom bläst mir ins Gesicht. Mein Herz klopft heftig. Nichts ist zu hören, es ist ganz still. Dann steigt mir ein leicht feuchter Geruch in die Nase. Ja, denke ich, ungefähr so hat es in Omas Vorratskeller gerochen. Vorsichtig lasse ich mich an der Treppe nach unten gleiten. Als meine Füße den Boden erreicht haben, bleibe ich lange regungslos stehen. Meine Beine zittern. Mit der einen Hand taste ich in der Gesäßtasche nach dem Feuerzeug. Als ich es berühre, fühle ich mich gleich etwas ruhiger. Aber vorerst will ich es nicht benützen, sondern versuche meine Augen an die Dunkelheit zu gewöhnen. Ich spitze die Ohren, höre meinen eigenen Atem und das unruhige Klopfen meines Herzens. Aber auch ein vages Geräusch, das wie ein fernes Tropfen klingt. Ein Geräusch, das so schwach ist, dass es ab und zu völlig verschwindet.

»Ist da irgendwas?«, flüstert von oben Dinahs Stimme.

Als ich den Kopf drehe und zur Luke hinaufspähe, kann ich als schmale Lichtstreifen ihre Umrisse erkennen.

»Ich weiß nicht«, antworte ich leise.

Dann strecke ich die Hände aus und taste mich langsam durch den Keller. Erst taste ich ins Leere, doch nach ein paar Schritten berühre ich eine Wand. Meine Finger suchen die kalte Oberfläche ab, bis sie auf etwas stoßen, das aus Holz zu sein scheint. Ein Regal! Genauso hatte ich mir das vorgestellt. Ich bewege mich seitwärts und suche mit den Händen ein Regalbrett ab. Es ist leer. Ich lasse mich auf die Knie sinken und taste das Regalbrett darunter ab, doch auch das ist leer, genau wie das unterste.

Enttäuscht richte ich mich auf, drehe mich um und untersuche die übrigen Wände. An der gegenüberliegenden Wand befinden sich die gleichen Regale, die genauso leer sind. An der dritten Wand, der Treppe gegenüber, sind keine Regale. Ich spüre den kalten Luftstrom, der meine Haare leicht flattern lässt. Kommt der Wind von hier? Ich bleibe stehen, um dem nachzuspüren, und da ist mir, als würde ich das ferne Tropfen wieder hören. Meine Hände streichen über die Wand. Sie scheint aus Metall zu sein. Als ich dagegenklopfe, hallt es so laut, dass ich erschrecke. *Dong, dong, dong!*, dröhnt es durch den Keller.

»Was ist?«, flüstert Dinah oben aus der Küche.

»Nichts«, flüstere ich. »Hier gibt's nichts.«

Doch im selben Moment, als ich die Treppe nach oben klettern will, stößt mein Fuß auf dem Boden gegen etwas Weiches, Haariges. Ich erstarre. Dann spüre ich wieder, dass sich etwas Weiches, Haariges direkt an meinem Bein befindet. Mit einem schrillen Schrei stürze ich mich auf die Treppe, klettere nach oben, stoße die Falltür auf und knalle mit dem Kopf dagegen und beim Herausklettern noch einmal gegen den Tisch. Einer der Stühle fällt krachend um. Ohne mich darum zu scheren, werfe ich mich auf den Fußboden und lasse die Falltür einfach hinter mir zufallen. Mit einem dumpfen Knall kracht sie herunter.

»Was ist?«, fragt Dinah. »Was ist passiert?«

»Da unten sind Ratten!«, keuche ich.

»Ach du Scheiße! Ist ja voll widerlich!«, ruft David aus.

»Du hast einen der Zwillinge umgeworfen«, sagt Gabriel.

»Kommt, schnell raus hier!«, rufe ich, und die anderen folgen mir, als ich aus der Küche renne und die Küchentür hinter mir zuschlage.

In dieser Nacht liege ich lange hellwach in dem Doppelbett, während die anderen fest schlafen. David redet im Schlaf, aber ich höre ihn kaum, weil ich von dem Erlebnis im Keller so erfüllt bin und es in Gedanken hin und her wende. War es tatsächlich eine Ratte, die mich berührt hat? Jetzt, sicher und geborgen bei den anderen im Bett, bin ich mir nicht mehr so sicher. Vielleicht hab ich mir das nur eingebildet. Als ich zu diesem Schluss gekommen bin, schlafe ich endlich ein.

Ich stehe in Entenhausen auf dem Marktplatz, als Gustav Gans vorbeikommt. Ich rufe ihm ein Hallo zu, und er fragt, ob ich ihn in die Zeit der Wikinger begleiten will. Er wird mit Donald und den Neffen dort hinreisen.

»Jeder von uns fährt mit einer eigenen Zeitmaschine«, erklärt er.

»Ihr macht doch hoffentlich nicht schon wieder eine Wettfahrt?«, frage ich.

Gustav zwinkert mir zu. »Wir wollen einen vergrabenen Schatz suchen. Wenn du schlau bist, fährst du mit mir in meiner Maschine!«, sagt er. Dann verstummt er, sieht sich um und zieht ein Blatt Papier aus der Tasche. »Ich hab eine Karte gefunden«, flüstert er. »Die Wettfahrt ist schon gewonnen.«

Ich werfe einen Blick auf die Karte und präge sie mir blitzschnell ein. Dann sage ich, dass ich mit Donald fahre, weil er mir von allen Bewohnern Entenhausens immer der liebste gewesen ist.

Als die Zeitmaschine gerade starten will, kommt Daniel Düsentrieb angerannt. Er hält etwas in der Hand. »An Donalds Maschine fehlt ein wichtiges Teil!«, ruft er.

Aber es ist zu spät. Wir sind schon gestartet.

»Ihr fahrt in die falsche Richtung!«, ruft Daniel Düsentrieb und winkt mit einer großen Schraube.

Donald sieht mich beunruhigt an.

»Vielleicht landen wir jetzt in der Zukunft«, sage ich. »Aber keine Angst. Dort kenne ich mich aus.«

Als wir gelandet sind, höre ich Pferde, die auf uns zu galoppieren. Das überrascht mich, dann damit hatte ich nicht gerechnet.

»Wo sind wir?«, fragt Donald.

»Ich weiß nicht genau«, sage ich. »Möglicherweise in der Zeit der Pferde.«

Als ich das sage, höre ich die Pferde wiehern, und da merke ich, dass ich wieder im Doppelbett liege. Neben mir murmelt David seine unverständlichen Sprüche. Da höre ich es wieder. Pferde, die wiehernd vorbeigaloppieren. Ich setze mich im Bett auf. Jetzt ist es noch deutlicher. Es klingt, als wären sie im Garten.

Ich packe Dinah am Arm und schüttle sie fest.

»Wach auf!«, sage ich. »Draußen sind Pferde!«

Aber bis Dinah endlich aufgewacht ist, sind die Pferde verschwunden. Obwohl wir lange still dasitzen, hören wir nichts mehr von ihnen. Dinah sieht mich fragend an. Da lasse ich mich nach hinten ins Bett fallen und schlafe wieder ein.

Am Morgen finden wir zunächst keine Pferdespuren, jedenfalls nicht im Garten, obwohl ich mir fast sicher bin, dass von dort die Geräusche kamen. Aber hinter der Hecke entdecken wir sie dann doch. Es sind nicht ganz so viele Spuren, wie ich erwartet habe. Aber fünf oder sechs Pferde müssen hier gewesen sein.

»Cool, eine Herde wilder Pferde«, sagt David.

»Wär doch toll, wenn wir die einfangen könnten«, meint Gabriel.

»Vielleicht sind es die Pferde, die den Zwillingen gehört haben«, sage ich.

Bei diesen Worten fällt mir plötzlich der Aufprall auf den Küchenboden wieder ein. Der Aufprall, den ich gehört habe, als ich aus dem Keller geschossen kam. Als ich den einen Zwilling umwarf.

»Sollten wir nicht lieber erst in der Küche aufräumen«, schlage ich vor.

Ich möchte wissen, ob der Zwilling noch auf dem Boden liegt oder inzwischen schon wieder am Tisch sitzt. Aber als wir in die Küche kommen, ist alles so, wie wir es am Abend zurückgelassen haben. Der Hund und die Katze liegen mitten in der Küche auf dem Flickenteppich, und neben dem Tisch liegt der umgeworfene Stuhl mit dem einen Zwillingsmädchen.

Als ich sie sehe, bleibt mir die Luft weg. Ihr Arm ist in der Mitte abgebrochen, ihre Hand mit einem Teil des Unterarmes steckt immer noch in der Hand der Mutter. Ein schrecklicher Anblick. Ich halte mir den Mund zu. Schwarze Augenhöhlen starren mich vorwurfsvoll an. Schnell wende ich mich ab. Dinah hat es auch gesehen, sie legt die Arme um mich und fängt an zu weinen. Gleichzeitig brüllt David: »Scheiße, ist das eklig!«

Er und Gabriel gehen langsam zu dem Zwilling hin.

»Schaut ihr nicht in die Augen!«, flüstere ich. Ich selbst starre neben dem Zwilling auf den Boden. »Da müsste doch Blut sein, oder?«

Die anderen sehen sich suchend um.

»Sie ist vielleicht total vertrocknet«, sagt Dinah schließlich. »Wie diese Mumien in den Pyramiden. Die sind viele Tausend Jahre alt und sehen fast lebendig aus.«

Ich nicke. Ja, das wäre möglich. Aber ich habe noch eine andere Theorie. »Wenn nicht jemand dahintersteckt, der all das hier inszeniert hat«, sage ich. »Dann wären sie nämlich künstlich hergestellt.«

»In dem Fall aber sehr gelungen!«, sagt Gabriel, während er nachdenklich die Mutter mustert.

»Aber warum …«, sagt David. »Warum sollte das jemand gemacht haben?«

»Um zu zeigen, dass das Haus bewohnt ist?«, schlage ich vor.

»Ja«, sagt Dinah. »Um zu zeigen, dass es schon besetzt ist.«

Ich muss daran denken, wie sehr ich erschrocken bin, als ich die Familie zum ersten Mal sah und merkte, dass sie tot war. Direkt nach unserer Ankunft.

»Aber warum?«

»Vielleicht gibt es irgendetwas hier im Haus, das jemand für sich behalten will«, überlege ich.

Aber ich höre selbst, wie abwegig das klingt. Was könnte das in diesem verlassenen Haus schon sein?

»Das, was hier läuft, kommt mir jedenfalls nicht geheuer vor«, sagt Dinah.

»Irgendjemand will uns vielleicht verarschen«, sagt Gabriel.

David nickt. »Um uns abzuschrecken, damit wir verschwinden.«

»Das wäre ja auch fast gelungen«, sage ich.

Ratlos stehen wir in der Küche und wissen nicht, was wir tun sollen.

»Werfen wir sie doch einfach in den Keller!«, sagt David schließlich.

»Ja, dann brauchen wir sie nicht mehr zu sehen«, sagt Dinah.

Erst kommt mir der Vorschlag sogar vernünftig vor, doch dann merke ich, dass das falsch wäre. Es widerstrebt mir, die Familie in den schwarzen Keller hinunterzutragen. Irgendetwas ist mit ihnen. Mit ihren Augen.

»Nein, wir müssen versuchen, den Arm zu reparieren«, entscheide ich.

»Ist vielleicht keine schlechte Idee«, sagt Gabriel. »Wenn wir den Arm in Ordnung bringen, kann sie wieder am Tisch sitzen.«

»Aber wozu soll das gut sein?«, will David wissen.

»Es zeigt, dass dieses Haus hier bewohnt ist«, erklärt Gabriel. »Falls noch irgendwelche anderen herkommen sollten.«

»Die, deren Spuren wir gestern gesehen haben!« Ich nicke zustimmend. »Die Familie so zu benützen, wie es ursprünglich gedacht war, ist bestimmt das Cleverste.«

Also durchsuchen wir das ganze Haus nach Klebstoff. Wir öffnen sämtliche Schränke, durchwühlen alle Schubladen, schauen in Dosen, Schüsseln und Kannen, aber nirgends finden wir Klebstoff. Erstaunlich, dass etwas so Selbstverständliches wie eine Tube Klebstoff so erwünscht und ersehnt sein kann. Zu Hause hatten wir die Tube immer in einem der Küchenschränke in einem Plastikbecher stehen. Ohne zu überlegen, öffnete man den Schrank, nahm sich die Tube und klebte, was zu kleben war.

Immerhin finden wir ein paar andere Dinge: eine Mullbinde und eine Tüte trockene Körner. In einer Keramikvase im Flur liegen inmitten von Schlüsseln und Stiften zwei Kerzenstummel und eine kleine Streichholzschachtel.

»Schaut mal, was ich gefunden habe!«, rufe ich und schiebe die Schachtel vorsichtig auf. Ein paar Streichhölzer liegen noch darin. Wenn sie funktionieren, werden wir sie gut gebrauchen können.

»Super!«, sagt David und nimmt die Schachtel an sich.

Gabriel und Dinah gehen in die Werkstatt, um dort nach Klebstoff zu suchen. Kurz darauf kommen sie wieder. Mit leeren Händen. »Vielleicht können wir uns selbst eine Art Leim zusammenrühren«, schlägt Dinah vor.

»Dieser Schmierkram, der an den Bäumen hängt, wäre einen Versuch wert«, sage ich.

Aber leider ist der Schmierkram schon erstarrt und ungefähr so klebrig wie alter Kaugummi.

»Möchte bloß wissen, was das eigentlich ist«, sagt Gabriel und bricht ein durchsichtiges Stück auseinander, das er in der Hand hält. »Erinnert fast an Harz, wird aber vom Regen gebildet.«

Schließlich finden wir ein paar Klumpen, die noch leicht klebrig sind. In der Küche zerbröseln wir sie und verteilen den Notkleister auf dem gebrochenen Arm des Zwillings. Gabriel hält beide Teile in den Händen. Das sieht makaber aus. Der Arm ist so naturgetreu, dass man ihn unweigerlich für einen Teil eines echten Menschen halten muss. Dann drückt Gabriel beide Teile aneinander, und Simsalabim ist der Zwilling wieder ganz.

»Hoffentlich hält das«, sagt David und betrachtet das Mädchen.

Wir setzen es wieder auf den Stuhl und schieben ihn so an den Tisch, dass der Arm genau an den Teil passt, der noch in der Hand der Mutter steckt. Doch jetzt merken wir, dass die durchsichtige Schmotze doch nichts taugt. Der Arm sackt ab, als wir ihn andrücken wollen.

»Versuchen wir's mit dieser Mullbinde«, schlägt Dinah vor. »Wenn wir den Arm damit fest umwickeln, bleibt er vielleicht sitzen.«

Dinahs Idee erweist sich als ausgezeichnet. Gemeinsam halten wir den Arm fest, während sie ihn mit der Mullbinde umwickelt. Als wir fertig sind, sieht alles wieder sehr echt aus.

»So ist es fast noch besser«, sage ich. »Es sieht aus, als hätte sie sich am Arm verletzt.«

Dinah nickt. »Ja, als wäre sie vom Pferd gefallen.«

»Sollen wir den Hund und die Katze wieder unter den Tisch ziehen?«, frage ich.

Wenn ich jetzt, bei Tageslicht und zusammen mit den anderen, an das unheimliche Erlebnis im Vorratskeller denke, kommt es mir nicht mehr ganz so schlimm vor. Aber es wäre eine Erleichterung, die Luke im Boden nicht mehr sehen zu müssen.

»Wenn wir nicht noch mal nachschauen wollen, jetzt, wo wir Kerzen haben«, sagt Gabriel. »*Ich* kann runtergehen.«

»Lass uns doch alle gemeinsam runtergehen«, sage ich. «Wenn wir den Tisch und die Stühle wegschieben, lässt sich die Luke ganz öffnen.«

»Passt auf, dass der Arm nicht abfällt!«, sagt Gabriel, als wir den Tisch und die Stühle langsam und sehr vorsichtig zur Seite schieben.

Plötzlich müssen wir lachen. Ich glaube, es ist David, der damit anfängt, und bald lachen wir alle vier aus vollem Hals über die absurde Bemerkung, ja, über die ganze unwirkliche Situation. Alles, was schiefgehen kann, ist schon schiefgegangen, da ist es unerhört befreiend, über den ganzen Schlamassel zu lachen.

»Hilfe, ich glaub, ich sterbe!«, lacht Dinah und hält sich den Bauch.

»Tu das lieber nicht!«, japse ich. »Das wird zu eng am Tisch!«

Dinah heult auf und lacht noch heftiger, bis ihr die Tränen übers Gesicht laufen.

Als wir uns endlich wieder beruhigt haben, ist es wie nach einem reinigenden Bad. Wir haben einen Funken Hoffnung zurückerhalten. Vielleicht wird doch noch alles gut, irgendwie. Immerhin leben wir.

Ohne den Tisch ist es ein Kinderspiel, die Luke zu öffnen. David zieht die Falltür an dem Metallring hoch und klappt sie nach hinten, damit sie offen bleibt. Wir beugen uns vor und spähen hinunter. Das Tageslicht strömt herein, und ich sehe die beiden Regale an den Wänden. Sie sind leer, ich habe mich nicht getäuscht. Neben der Treppe hängt ein Seil mit einem Griff daran. Das habe ich gestern nicht bemerkt.

»Spürt ihr den Luftzug?«, fragt Dinah.

»Der war gestern auch da«, sage ich. »Dort unten bläst von irgendwoher ein kalter Wind.«

»Wie ist das möglich?«, fragt Gabriel.

»Kommt, wir gehen runter und schauen nach!«, sagt David. »Irgendwo muss es eine Öffnung oder so was geben.«

»Einen Moment noch!«, sage ich und halte Ausschau nach dem, was gestern mein Bein gestreift hat. Aber von einer Ratte ist dort unten nichts zu sehen.

Also nicke ich David zu, der die Treppe hinunter verschwindet. Gabriel folgt ihm, dann ich. Ich sehe Dinah an, die noch in der Küche steht.

»Kommst du?«

Sie zögert. »Okay.«

Diesmal ist es unten im Keller ganz anders. Die unheimliche Stimmung ist verflogen. Jetzt sehe ich, dass es ein ganz normaler Vorratskeller ist. Wir treten an die eine Wand mit den Regalen. Als ich mich vorsichtig bücke und unter das unterste Regal schaue, sehe ich etwas dort liegen. Ein kleines zottiges Tier, das zu schlafen scheint.

»Hier ist es ja!«, flüstere ich.

Das schlafende Tier erinnert an nichts, was ich kenne. Es ist definitiv keine Ratte. Ich stupse es vorsichtig, dann ziehe ich es hervor.

»Aber ... das ist ein Stoffhund!«

Die anderen kommen her und schauen ihn an. Der Hund ist alt, schmutzig und abgewetzt. David drückt ihn auf den Bauch. »Ein Kuscheltier«, sagt er.

»Aber wie kommt das hierher?«, fragt Dinah.

»Genau«, sage ich. »Das ist doch unerklärlich. Wie ist ein alter Stoffhund in diesem Keller gelandet?«

Da spüre ich den kalten Luftzug auf meinem Gesicht und versuche zu verstehen, woher er kommt. Als ich mich umdrehe, schlägt mir etwas Kaltes gegen die Wange. Es ist der Griff, der an einem Seil herabhängt.

»Wozu soll der denn gut sein?«, sagt Gabriel, greift mit der Hand danach und zieht versuchsweise daran. Nichts passiert.

»Vielleicht soll man sich nur daran festhalten«, sage ich.

»Das hier sieht fast wie eine Tür aus.« David tritt heftig gegen die Metallwand gegenüber der Treppe. Ein hohles Dröhnen ist zu hören, wie von einem riesigen Gong.

»Warum gibt es hier eine Wand aus Eisen, wenn alle anderen aus Stein sind?«, sagt er.

»Weil sich etwas dahinter befindet«, sage ich auf gut Glück. »Wer weiß, vielleicht lässt sie sich öffnen, wenn man an dem Griff zieht.«

Gabriel zieht erneut daran. Er hängt sich mit seinem ganzen Gewicht daran, ohne dass etwas geschieht.

»Der Wind scheint von dort zu kommen«, sage ich und nicke zu der Eisenwand hin. Als ich meine Hand darauflege und dem Spalt zwischen Eisen und Steinmauer folge, spüre ich, dass meine Vermutung zutrifft.

»Hier zieht es ganz deutlich«, sage ich und nehme meine

Hand weg. Dann fällt mir das Geräusch ein, das ich zu hören geglaubt habe. »Seid mal kurz still! Gestern hab ich hier was tropfen gehört.«

Tatsächlich, als wir ganz still dastehen, hört man das ferne, regelmäßige Tropfen von Wasser.

»Hinter dieser Wand muss sich irgendetwas verbergen«, sagt Gabriel.

»Vielleicht ein Geheimgang«, sage ich.

»Wozu hat man so was in einem Vorratskeller?«, fragt David.

»Wenn man fliehen muss, ist ein Geheimgang natürlich perfekt«, meint Dinah.

»Genau«, sage ich. »Vielleicht waren hier früher schon mal unsichere Zeiten.«

Als wir zu den Schweinen hinausgehen, merken wir, dass das Wetter schon wieder umschlägt. Die Sonne ist hinter einer Wolkenbank verschwunden, und das empfinde ich zunächst als Segen, denn plötzlich ist die Temperatur hier draußen viel angenehmer. Fast wie früher an einem normalen bedeckten Sommertag. Doch dann kommen immer mehr Wolken und türmen sich zu hohen Bergen am Himmel auf. Die Wolken sind weder weiß noch grau, sondern dunkelblau.

Gabriel schaut an den Himmel. »Gleich fängt es wieder an zu regnen«, meint er.

»Oder ein Unwetter zieht auf«, sage ich.

»Das kommt doch aufs Gleiche raus«, sagt Dinah.

Tüchtig und Doris grunzen laut, als sie uns vor der Tür hören.

»Wenn sie sich paaren, kriegen wir eine Menge Ferkel«, sagt David.

»Schlaues Kerlchen! Bist du da etwa ganz allein drauf gekommen?«, sage ich.

»Okay, okay!« David hebt die Hände.

Dinah sieht mich fragend an. »Wozu brauchen wir die Ferkel?«

»Schinken«, sage ich. »Speck, Koteletts, Fleischbällchen, Würstchen, Kassler und so weiter.«

»Hör auf, ich sterbe!«, seufzt Dinah.

»Die Schweine sind unsere Chance«, erkläre ich. »Wenn sie Junge kriegen, kommen wir hier vielleicht über die Runden.«

Die Wolken über unseren Köpfen werden allmählich dunkelviolett. Wir bleiben eine Weile stehen und schauen die Wolkentürme am Himmel an. Es sieht aus wie auf einem alten Gemälde. Das Einzige, was fehlt, sind ein paar mollige Engelchen, die auf uns herunterschauen.

David bringt geflochtene Körbe aus dem Stall, vermutlich alte Kartoffelkörbe. Damit begeben wir uns zum Ufer, um Muscheln zu sammeln und vielleicht Fische zu fangen. Die Körbe sind so groß, dass man kleine Kinder darin tragen könnte. Oder Schweine, denke ich und bereue fast, dass wir Tüchtig und Doris nicht mitgenommen haben. Wir tragen die Körbe an geflochtenen Griffen zwischen uns. Ich betrachte die öde Landschaft, die sich zwischen dem Hof und dem Meer erstreckt. Irgendwann hat man hier vielleicht Kartoffeln angepflanzt. So wie der Boden jetzt aussieht, fällt es allerdings schwer, sich das vorzustellen. Wir weichen klebrigen gelben Schlickansammlungen aus, die wie große Schlammpfützen vom Regen übrig geblieben sind, und gehen im Zickzack oder in langen komplizierten Schleifen. Als ich zum Meer schaue, hängt über der Küste ein weißer Vorhang aus Vögeln.

Ich bleibe stehen und kneife die Augen zu. Da stimmt doch was nicht, denke ich. Dann geht mir auf, was es ist.

»Red Bull ist nicht mehr da!«, rufe ich aus.

»Was?« David schaut zum Wall.

»Gestern war er doch noch da, oder?«, frage ich.

Gabriel nickt.

»Vielleicht ist er zusammengebrochen«, sagt Dinah.

Als wir näher kommen, sehen wir, dass sie recht hat. An der Stelle, wo Red Bull gestanden hat, liegen nur noch die Bretter. Der rote Stein ist verschwunden, und erst nach einiger Suche sehen wir ihn unten am Strand.

»Er muss runtergerollt sein«, sage ich.

An mehreren Stellen sind die Rindenstricke gerissen.

»Vielleicht, weil die Sonne sie so ausgetrocknet hat«, sagt David.

Ich sammle die Strickreste ein. Sie scheinen überall an der gleichen Stelle gerissen zu sein. Und die Kanten sind scharf, als wären sie durchgeschnitten worden.

»Ob das nicht doch jemand mit Absicht gemacht hat?«, überlege ich laut.

»Wer denn?«

»Vielleicht jemand, dem er nicht gefallen hat.«

David und Gabriel mustern die Strickreste.

»Sieht fast so aus«, sagt Gabriel.

Ich sehe mich um, spähe am Ufer entlang und dann in die Richtung, wo der Hof liegt. Dass jemand unsere SOS-Statue sabotiert hat, ist eine bedrohliche Vorstellung.

»Aber wir bauen ihn doch wieder auf?«, frage ich.

»Logo«, sagt David.

»Wir holen Stricke vom Hof«, sagt Gabriel und macht sich mit Dinah auf den Weg, während David und ich Muscheln sammeln. Es gibt reichlich davon, vor allem von der kleineren weißen Sorte, die wir schon die ganze Zeit gesammelt haben. Die beiden Körbe werden schnell voll. Ein Glück, dass wir das Meer haben, denke ich. Die Körbe sind schwer, wir tragen sie einzeln an Land und stellen sie ans Ufer. Dann waten wir sehr langsam durchs Wasser und halten Ausschau nach Fischen. Aber außer winzigen Fischlein, die uns um die Beine flitzen, finden wir nichts. Also setzen wir uns kurz zum Ausruhen aufs Floß. Gut, dass es noch da liegt.

Dann taucht Gabriel auf dem Wall auf und winkt uns mit einem Strick. David sammelt auf dem Rückweg den roten Stein ein und bringt ihn mit hinauf. Jetzt, wo wir richtige Stricke haben, geht es schnell, die Figur wieder aufzubauen. Wir machen sie genau gleich wie letztes Mal und binden den roten Stein in der Mitte der beiden Arme fest.

»Er sieht haargenau so aus wie vorher«, sagt David, als wir den neuen Red Bull betrachten.

»Hoffentlich bringt er uns diesmal mehr Glück«, sage ich und blicke aufs blauschwarze Meer hinaus. »Ist doch seltsam, dass keine Schiffe hier vorbeifahren.«

Dinah ritzt eine kurze, knappe Nachricht in das eine Bein der Statue: »DON'T TOUCH!«

»Mach auch noch einen Totenkopf!«, sagt David. »Falls sie kein Englisch verstehen.«

Dinah nickt und ritzt einen bedrohlichen Schädel mit zwei gekreuzten Knochen in das Brett.

»Stark!«, sage ich. »Wer das nicht kapiert, muss echt beknackt sein.«

Als wir mit den vollbeladenen Körben zurückwandern, fängt es an zu regnen. Zuerst fallen nur einzelne Tropfen, doch die sind so groß wie Trauben und tun weh, wenn man von ihnen getroffen wird. Wir laufen schneller, müssen aber immer wieder stehen bleiben, um uns auszuruhen. Sekunden, bevor es richtig losschüttet, schaffen wir es auf die Veranda. Die Tropfen fallen dicht und heftig.

»Noch mal Glück gehabt!«, sagt Dinah.

»Bestimmt wird es jetzt eine Weile regnen«, sage ich.

In der Nacht kommt endlich wieder Gun-Helen. Sie steht vor der Haustür und klopft, und als ich runterrenne und sie hereinlasse, sehe ich, dass sie total durchnässt ist.

»Ihr habt ja ein fürchterliches Wetter!«, sagt sie.

»Du kannst deine nassen Sachen hier aufhängen«, sage ich und deute auf die Haken an der Wand.

Dann helfe ich ihr aus der nassen Kostümjacke und hänge sie an einen Haken. Um den einen Arm hat sie einen dicken Verband.

»Hast du dich verletzt?«, frage ich.

»Ach was, das ist nichts«, sagt sie.

Sie bleibt vor dem Flurspiegel stehen und zupft sich die Haare zurecht. Dabei stößt sie den Arm mit dem Verband an, worauf der abgeht und klappernd auf den Boden fällt. Vor der Küchentür bleibt er liegen.

»Hoppla!«, sagt sie. »Das passiert mir immer wieder. Ich bin so steif und unbeweglich.«

Sie bückt sich und steckt den Arm mit geübtem Griff wieder fest. Dann kehrt sie zum Spiegel zurück.

»Kannst du tatsächlich etwas darin erkennen?«, sage ich.

»Wie geht's dir, Judit?«, sagt sie und legt den Arm um mich.

»Nicht besonders toll«, sage ich wahrheitsgemäß. »Fast alles ist beschissen.«

»Und David?«

»Ihm geht's genauso.«

»Ihr seid doch noch zusammen?«

Ich hebe die Schultern. »Hier ist das anders. Man denkt irgendwie nicht an so was.«

»Bestimmt wird alles bald besser.«

Ich überlege kurz, dann sage ich: »Weißt du noch, dieser Abend im Vogelnest, als es fast genauso schlimm geregnet hat wie jetzt?«

»Sicher weiß ich das noch.«

»Das kommt mir so weit weg vor.«

»Das war eine andere Zeit.«

»Ich weiß«, sage ich.

Wir stehen schweigend im Flur. Dann fällt mir ein, dass ich sie etwas ganz anderes fragen muss.

»Weißt du, wer Red Bull zerstört hat?«

Doch da lacht Gun-Helen so laut, dass ich aufwache.

Mir ist übel. Dann merke ich, dass kalte Luft durchs Zimmer weht. Das ganze Bett schaukelt. Ich packe den Bettrand, um nicht rauszufallen. Mist, denke ich. Was ist denn jetzt schon wieder los? Ich habe das Gefühl, wieder auf dem Floß zu sein, höre aber kein Wasser, nur den Wind, der das Bett hin und her wirft. Jetzt klammere ich mich mit beiden Händen fest und versuche den anderen zuzurufen, sie sollen aufpassen. Aber ich weiß nicht, ob sie das hören. Da merke ich, dass der Wind seinen Ton verändert hat, er bläst nicht mehr, sondern klingt eher wie Kinder, die lachen. Das Gelächter wird immer lauter, und ich halte mir die Ohren zu. Die Kinder schreien vor Lachen, dann verstummen sie plötzlich. Es wird ganz still. Erschöpft sinke ich ins Bett zurück und schlafe sofort ein.

Es gießt wieder wie aus Kübeln. Draußen ist nichts mehr zu erkennen. Die Welt könnte genauso gut einen Meter vor dem Haus aufhören, wir würden keinen Unterschied merken. Mittwoch, den 14. Marzo, lese ich vom Kalender ab.

Plötzlich reißt sich David die Kleider vom Leib und stürzt sich mit lautem Geheul von der Veranda in den peitschenden Regen. Dort verschwindet er sofort, und das Dröhnen des Regens ertränkt sogar sein Geheul.

»David!«, schreie ich. »David! Verdammt nochmal, David!«

Aber David reagiert nicht. Wie wild rast er in den herabstürzenden Wassermassen im Kreis herum.

»Komm zurück!«, schreie ich.

Da springt er wieder auf die Veranda, genauso schnell wie er zuvor verschwunden ist, schüttelt heftig den Kopf und spritzt alles voll, was nicht schon vorher nass war, das heißt, vor allem mich.

»Du spinnst ja total«, sage ich.

Am Nachmittag ist das Wasser ein gutes Stück gestiegen. Die Veranda steht unter Wasser, und es sickert schon unter der Haustür herein. Wir haben versucht, sie mit Streifen abzudichten, die wir von einem Leintuch abgerissen haben. Aus irgendeinem Grund muss ich an die Ratten denken.

»Kein Wunder, dass die oben auf dem Heuboden hausen«, sage ich.

»Wer?«, fragt Dinah.

»Die Ratten.«

Dinah nickt.

»Wenn es so weitergeht, ertrinken wir noch«, sage ich.

»Vor diesen Ratten müssen wir uns in Acht nehmen«, brummt Gabriel.

»Warum?«

»Die haben jetzt wohl nicht mehr viel zu fressen, außer ...«

»Außer?«

»Außer uns und ...«

»Die Schweine!«, rufe ich aus. »Wir müssen Tüchtig und Doris retten!«

»Denen geht es bestimmt gut«, sagt Gabriel, um mich zu beruhigen.

»Aber wir haben die Stalltür offen gelassen«, sage ich. »Falls Lady zurückkommen sollte.«

Gabriel schüttelt den Kopf. »Ich hab sie zugemacht, als wir die Stricke geholt haben«, sagt er.

Ich stoße einen Seufzer der Erleichterung aus. »So ein Glück!«

»Wo die Pferde wohl sind?«, sagt Dinah. »Die müssen doch irgendwo Schutz gefunden haben.«

»Bei diesem Wetter kann niemand draußen sein«, sage ich. »Es gibt bestimmt viele verlassene Höfe. Vielleicht haben sie irgendwo einen ganzen Stall für sich allein.«

»Ich kapier einfach nicht, warum wir keine Menschen sehen«, sagt Dinah.

»Ist doch möglich, dass die Gegend hier kaum bewohnt war«, meint Gabriel.

»Aber irgendwen muss es doch geben?«

»Wir haben ja diese Spuren gesehen«, sage ich.

Das, was dann geschieht, ist so seltsam, dass mir fast das Herz stehen bleibt.

Plötzlich klopft es an der Haustür! Ein lautes, energisches Klopfen, das durch den lärmenden Regen deutlich zu hören ist. Ich schnappe nach Luft. Kann das sein? Dann hört das Klopfen auf. Nur der Regen rauscht weiter.

»Was war das denn?«, flüstere ich.

»Jemand hat an die Tür geklopft«, keucht Dinah und sieht mich mit vor Schreck geweiteten Augen an.

»Wirklich?«, sage ich.

Gabriel steht auf. »Ich glaub schon.«

»Und was machen wir jetzt?«, flüstere ich.

»Aufmachen«, sagt Gabriel und geht zur Tür.

Als er sie öffnet, schlägt ein Schwall Wasser in den Flur. Ratlos steht er da und starrt in den Regen hinaus. Ich sehe dasselbe wie er. Da ist niemand.

»Hallo, ist da jemand?«, ruft Gabriel.

Niemand antwortet.

»Mach die Tür zu!«, schreit David und stürzt hin, um Gabriel zu helfen, sie wieder zuzuziehen.

Es regnet genau drei Tage und Nächte, dann hört es am Samstag, den 17. Marzo, abrupt auf. Wir sind vollkommen erschöpft. Das Erdgeschoss steht unter Wasser. Der toten Familie in der Küche reicht das Wasser bis an die Knie. Auf dem Boden schimmern die Flickenteppiche wie bunte Korallenriffe. Aus der Luke unterm Küchentisch blubbert es. Draußen ist alles in einen einzigen See verwandelt. Wasser, so weit das Auge reicht.

»Jetzt sollten wir unser Floß haben«, sagt David, als wir im Obergeschoss am Fenster stehen und auf den endlosen See draußen blicken.

»Oder ein Boot«, sage ich.

Gabriel nickt.

Dinah seufzt laut. Sie steht an der Wand und schlägt mit dem Hinterkopf dagegen. Steht nur da und schlägt mit dem Kopf gegen die Holztäfelung, immer wieder. In letzter Zeit geht es ihr schlecht. Schließlich wird die Klopferei unerträglich. Ich gehe zu ihr und lege die Arme um sie.

»Dinah, bitte hör auf!«, sage ich leise.

Sie sieht mich an. Ihre Augen sind schwarz. Plötzlich kommt es mir vor, als hätten sie fast die gleiche fließende Schwärze wie die Augen der toten Familie. Oh shit, denke ich, werden wir auch allmählich verwandelt? Sterben wir jetzt? Doch dann schiebe ich diesen unmöglichen Gedanken von mir.

»Ich will nicht länger hierbleiben«, sagt sie. »Am besten, wir hauen ab, sobald das Wasser sich verzogen hat.«

»Und wohin?«

»Einfach irgendwohin. Wir müssen andere Menschen suchen. Ich dreh durch, wenn wir noch länger hierbleiben!«

»Das haben wir doch schon besprochen«, wendet Gabriel ein. »Das kann gefährlich werden. Solange wir hierbleiben, sind wir vor dem Wetter geschützt.«

»Ist mir scheißegal, ob das gefährlich ist! Wenn ihr nicht mitkommt, mach ich's allein.«

Ich schweige erst mal. Dann sage ich: »Ich hab auch schon daran gedacht, dass wir fortgehen sollten. Zum Beispiel, um mehr Diesel zu besorgen. Irgendwo gibt es bestimmt Dörfer oder Städte, in denen Menschen leben.«

Gabriel sagt zunächst nichts. »Genau davor hab ich Angst«, bemerkt er dann leise. »Solange wir hierbleiben, sind wir einigermaßen sicher. Mit ein wenig Glück können wir hier sogar irgendwas anpflanzen.«

Dinah unterbricht ihn.

»In dem Wetter wächst überhaupt nichts!«, fährt sie ihn

an. »Wir können nicht einfach hierbleiben, bis wir auch verfaulen.«

Sie hat recht, denke ich. Laut sage ich: »Zwei von uns könnten als Kundschafter losziehen. Wenn man sich nur nachts bewegt, kann nicht viel passieren.«

Gabriel schüttelt den Kopf. »Das ist zu riskant«, sagt er. »Stell dir vor, hier passiert was, während zwei von uns unterwegs sind.«

David hat bisher ausnahmsweise den Mund gehalten. Jetzt dreht er sich zu Gabriel um. »Judits Idee ist nicht schlecht«, sagt er. »Judit und ich könnten als Kundschafter losziehen.«

»Wenn Judit geht, bleib ich auch nicht hier«, sagt Dinah schnell.

»Aber ich komm doch zurück!«

Gabriel sagt nichts. Er schaut aus dem Fenster. Er ist es gewöhnt, überstimmt zu werden. Bisher haben wir immer das getan, was Dinah gewollt hat. Das ist uns vielleicht gar nicht bewusst gewesen, aber sie hat tatsächlich über uns bestimmt. Weil sie die Klügste von uns war. Aber jetzt weiß ich nicht mehr so recht. Vielleicht wird sie allmählich krank.

»Wir müssen uns was trauen«, sage ich schließlich. »Sonst haben wir keine Chance. Wenn nichts passiert, müssen wir selbst dafür sorgen, dass was passiert.«

Gabriel dreht sich um und sieht mich an, bleibt lange so stehen und starrt mir in die Augen. Dann geht er ins Schlafzimmer und knallt die Tür hinter sich zu.

Am Nachmittag scheint das Wasser ein wenig gesunken zu sein. Im Erdgeschoss steht es fast zehn Zentimeter unter der dunklen Linie an der Wand.

»Ich versuche, zu den Schweinen zu kommen«, sage ich. »Sie müssen dringend gefüttert werden.«

»Ich komm mit«, sagt David.

»Dann zieh dir was an!«, sage ich und öffne die Tür zur Garderobe.

Als wir mit einem Korb voller Muscheln und Algen zwischen uns zum Stall waten, reicht uns das Wasser bis an die Schenkel. Hinter den Wolken bricht gerade die Sonne durch. Es ist warm, das Wasser dampft, und die Luft ist so feucht, dass es sich anfühlt, als würden wir durch eine riesige Sauna wandern. Der Traktor steht verlassen mitten im Wasser. Ich frage mich, ob er das wohl verträgt.

Als wir zum Stall kommen, sehen wir einen gewaltigen Regenbogen am Himmel. Er spannt eine funkelnde Brücke über uns, und wir bleiben stehen und schauen einfach nur die Farben an, die über uns an den Himmel gemalt werden – Rot, Orange, Violett und Gelb. Plötzlich geht mir auf, dass wir jetzt gerade zum ersten Mal so viele Farben in der Natur sehen. Ja, fast ist es so, als hätten wir außer dem Regenbogen bisher nichts gesehen, was noch so ist, wie es sein soll.

»Wow!«, sagt David. »Der ist ja echt riesig!«

»Hoffentlich bedeutet das Glück«, sage ich. »In Entenhausen gab es am Fuß des Regenbogens immer einen Topf voller Gold.«

»Wenn wir abhauen, folgen wir ihm«, sagt David und blinzelt zum einen Fuß des Regenbogens hinüber.

Ich nicke. Genau das hätte Gustav Gans auch getan.

In den Stall hineinzukommen erweist sich als unerwartet schwierig. Wir wollen die Tür möglichst nicht öffnen, damit nicht noch mehr Wasser eindringt. Die Schweine hören uns, als wir vor der Tür diskutieren, und beginnen laut und durchdringend zu grunzen.

»Schon gut, Tüchtig, jetzt kriegt ihr endlich was zu fressen!«, rufe ich.

Wir spähen durch die Fenster. Im Stall scheint das Wasser gleich hoch zu stehen wie bei uns im Wohnhaus. Vielleicht müssen wir eine Scheibe einschlagen, um hineinzukommen. Doch da zeigt David mir eine Luke im Giebel.

»Wenn du dich auf meine Schultern stellst, müsste es klappen«, sagt er.

Das wird eine wacklige Angelegenheit, aber zum Glück können wir uns an der Wand abstützen. Schließlich gelingt es mir, die Luke zu öffnen und hineinzukriechen. Das Geschrei der Schweine wird immer schriller. Ich versuche, beruhigend auf sie einzureden, doch das bewirkt gar nichts. Natürlich sind sie halb verhungert.

»So, jetzt gibt's was Gutes«, rufe ich ihnen zu, als ich zur Box wate.

In der Box ist sehr viel weniger Wasser als im übrigen Stall, da haben wir ein Riesenglück gehabt. Es steht nur ein paar Zentimeter hoch. Ich hieve Muscheln und Algen zu den Schweinen hinein und sehe, wie sie sich daraufstürzen.

»Der blöde Regen hat jetzt aufgehört«, berichte ich ihnen.

Am Nachmittag durchbricht die Sonne endgültig die dunkle Wolkendecke. Plötzlich erstrahlt alles. Es funkelt und glänzt, und die Farben des Regenbogens sprühen von der magischen Brücke über unseren Köpfen. An den Bäumen hängen gelbglänzende Stränge aus klebrigem Zeug. Es ist fast schön, und einen Augenblick lang fühlt sich alles verändert an. Wie an einem Tag im Vorfrühling, wenn der Schnee schmilzt, die Eiszapfen tropfen und die Meisen geigen. Wie an einem Tag, an dem das Leben wieder anfängt. Ich spüre ein Kribbeln und Kitzeln in der Magengegend, ja, ich bin beinahe froh! Plötzlich kommt wieder Hoffnung auf. Vielleicht werden wir das hier doch irgendwie schaffen!

»Wir packen das, Dinah!«, rufe ich durch die geschlossene Schlafzimmertür. »Das Wetter wird schon besser. Bald können wir vielleicht was anpflanzen.«

Sie antwortet nicht. Ich versuche, mir keine Sorgen zu machen, doch das ist nicht leicht. Dinah ist diejenige, die uns gerettet hat, aber jetzt scheint sie sich total ausgeklinkt zu haben. Wenn es ihr früher in der Schule ähnlich schlecht ging, hat es ein paar Tage gedauert, bis sie wieder auf dem Damm war.

Aus dem Fenster sehe ich, wie das Wasser weiter sinkt. Auf den Feldern schauen schon vereinzelte Inselchen heraus.

»Der Regenbogen hat nur vier Farben«, sagt Gabriel.

»Kein Wunder«, sage ich.

»Vielleicht können wir in ein paar Tagen aufbrechen«, sage ich dann zu David.

Er nickt.

»Aber nicht ohne mich«, sagt Dinah, die inzwischen aus dem Schlafzimmer gekommen ist.

»Irgendjemand muss aber hierbleiben«, sage ich. »Und wir können Gabriel nicht allein lassen.«

»Warum nicht?«, sagt sie.

»Weil niemand hier allein sein soll!«, sage ich.

»Aber wir kommen ja bald zurück«, meint David.

Dinah schüttelt entschieden den Kopf.

»Wenn hier jemand irgendwohin aufbricht, dann sind das Judit und ich!«, sagt sie und wirft David einen eisigen Blick zu. »Du bleibst mit Gabriel hier und verteidigst den Hof!«

David wendet den Blick ab und flucht leise vor sich hin. Dann spuckt er auf den Boden und geht davon.

DER LETZTE TEIL

Eine Welt ist jeder Mensch, bevölkert
von blinden Geschöpfen in dunklem Aufruhr
gegen das Ich den König der über sie herrscht.
In jeder Seele tausend Seelen gefangen
in jeder Welt tausend Welten verborgen
und diese blinden, diese unteren Welten
sind wirklich, voll Leben, wenn auch unausgetragen,
so wahr ich wirklich bin.

Gunnar Ekelöf

5. SZENE. AUSSENAUFNAHME. DÄMMERUNG. VOR DEM HAUS. ÜBER DEM HOF LIEGT EIN SCHMUTZIG BRAUNES LICHT.
JUDIT, DINAH, DAVID, (GABRIEL).

GABRIEL (NICHT IM BILD)
Okay, also tschüs dann ...

DAVID
Was soll der Scheiß, das klappt doch nie!

DINAH
Klar tut's das!

JUDIT
Hört mit dem Gestreite auf. Komm, wir gehen los, Dinah!

GABRIEL (NICHT IM BILD)
Seid vorsichtig!

Dinah dreht sich zur Kamera um und zieht das scharfgeschliffene Messer heraus. Sie steckt es quer in den Mund und hält es mit den Zähnen fest.

DINAH (UNDEUTLICH)
Keine Bange, Gabriel. Wir packen das.

JUDIT
Passt gut auf Tüchtig und Doris auf!

Judit und Dinah überqueren den Platz vor dem Haus im Laufschritt. Vor der verdorrten Hecke bleiben sie stehen und drehen sich um.

JUDIT (RUFT)
Vergesst den Kalender nicht!

Judit streckt eine geballte Faust in die Luft. Dann bahnen sie sich einen Weg durch die Hecke. Die Kamera folgt ihnen, bis sie in dem braunen Dunst verschwinden.

Als wir uns an diesem Abend auf den Weg machen, habe ich das Gefühl, das einzig Richtige seit langer Zeit zu tun. Ich bin froh, dass es Dinah ist, die mich begleitet, weil ich gern in ihrer Nähe bleiben will.

Wir laufen barfuß über die Felder, umschlossen von dem braunen Dämmerlicht. Ich weiß eigentlich nicht, warum wir rennen anstatt zu gehen, aber irgendwie fühlt sich das besser an. Als würden wir dadurch eine gewisse Distanz zu dem unangenehmen Licht gewinnen. Und als wäre es sicherer, sich schnell zu bewegen. Erst allmählich rennen wir langsamer, um Kräfte zu sparen. Nach einer Weile wird mein Atem ruhiger, meine Beine bewegen sich wie von selbst. Wir sind wie zwei Tiere, die durch die Dunkelheit jagen, zwei Hirsche, die über die weite Steppe mehr gleiten als laufen. Nein, keine Hirsche, Pferde. Wir sind zwei verwilderte Pferde, die ihre Herde suchen.

Als die Dämmerung in nächtliche Dunkelheit übergeht, können wir die Umrisse der Landschaft ringsum nur noch erahnen. Die Ebene scheint von kleineren Bergen umgeben zu sein. Die haben wir schon ab und zu vom Hof aus gesehen, jetzt haben wir vor, einen von ihnen zu erreichen und uns tagsüber in seinem Schutz aufzuhalten.

Ich schaue über die Schulter, kann aber nur die endlose Ebene erkennen. Den Hof hat die Dunkelheit verschluckt.

»Man kann den Hof nicht mehr sehen«, sage ich keuchend zu Dinah.

Sie schaut nach hinten. »Stimmt«, sagt sie. »Vielleicht, weil er so tief unten liegt.«

Unser Plan ist, unsere Position tagsüber anhand der Sonne zu bestimmen und uns nachts entsprechend voranzubewegen. Vom Hof aus haben wir die Richtung bestimmt, in der die Berge liegen müssen. Und wenn wir sie erreicht haben, sollten wir von dort aus bestimmen können, wo der Hof liegt, auch wenn wir ihn nicht sehen können. Dass der Hof am Meer liegt, müsste dabei hilfreich sein. Als wir das so geplant haben, kam es uns sehr plausibel vor. Aber jetzt, wo wir über die verlassene, dunkle Ebene gleiten, fühlt es sich anders an, so als würden wir uns in einem absoluten Vakuum bewegen. Hier gibt es gar nichts. Keine Laute von Tieren oder Vögeln, keine Gerüche, keinen Wind. Fühlt es sich so an, wenn alles zu Ende geht?, frage ich mich. Landet man in dieser Art Leere, wenn man stirbt?

Der Boden hier ist fester und trockener als beim Hof. Es gibt keine gelben Pfützen mehr, vermutlich ein Anzeichen dafür, dass wir uns bergauf bewegen. Dann geht es auf dem Heimweg wenigstens bergab, denke ich und versuche, die Unruhe zu verjagen, die wie eine kleine Maus in meinem Magen herumflitzt. Ich spähe in die Richtung, in der die Berge liegen müssten, kann aber nichts erkennen.

»Wie weit ist es noch?«, keucht Dinah.

Ich spähe in die Dunkelheit. »Ein paar Stunden«, rate ich.

Dinah bleibt stehen. »Ich muss was trinken«, murmelt sie.

Wir befreien uns gegenseitig von den Wassersäcken, die wir uns auf den Rücken geschnallt haben.

Sie trinkt langsam, lässt den Körper jeden einzelnen Tropfen aufsaugen. Jede von uns hat nur ein paar Liter dabei, daher müssen wir sparsam damit umgehen.

»Allmählich gewöhnt man sich an den Geschmack«, sage ich und verziehe das Gesicht.

Sie nickt, sieht mich prüfend an. »Hoffentlich sind wir dort, bevor es hell wird«, sagt sie.

Wir wissen beide, dass dies eine Voraussetzung fürs Überleben ist, denn wenn es uns nicht gelingt, Schutz zu suchen, bevor die Sonne aufgeht, sind wir verloren.

Ein Vogel hat in Omas Himbeerkorb ein Nest gebaut. Sie hat den Korb immer an einem Haken unterm Verandadach hängen, und als sie ihn eines Morgens herunterholt, liegt ein Ei darin. Sie ruft nach mir, und als ich angerannt komme, zeigt sie mir das Ei in dem Korb. Ich sehe ein blaugrünes Ei, das in einem Nest aus kleinen Zweigen liegt. Omas Gesicht leuchtet vor Freude. Unendlich behutsam hängt sie den Korb wieder an den Haken.

»Jetzt schleichen wir uns ganz leise davon, damit der Vogel seine Ruhe hat«, flüstert sie.

Geduckt wie zwei Indianer huschen wir über die Veranda und ins Haus. Dort verstecken wir uns hinter den Vorhängen am Küchenfenster und spähen hinaus. Ich sehe einen schwarzbraunen Vogel durch den Garten fliegen und auf dem Verandageländer landen. Dann schwingt er sich hinauf in den Korb. Oma lacht zufrieden.

»Das ist eine Amsel. Ich hab sie ab und zu in meinem Beet gesehen.«

»Legen sie immer nur ein Ei?«

»Wenn wir Glück haben, werden es noch mehr. Dann legt sie jeden Morgen eins.«

Wir wachen über den Himbeerkorb, als läge ein Schatz darin. Und für uns ist es auch einer. Vor allem für Oma. Sie freut sich so sehr über das Ei in dem Korb. Ab und zu sehen wir den schwarzbraunen Vogel. Wenn er brütet, schauen nur der Schnabel und der Schwanz aus dem Korb. Dann schleichen wir so leise wie möglich vorbei.

»Wie lange dauert es, bis Junge ausschlüpfen, Oma?«

»Ungefähr zwei Wochen.«

Aber die Amsel brütet länger in ihrem Korbnest. Zwei Wochen vergehen und drei und vier. Oma ist nicht mehr so froh, das merke ich. Eines Tages merken wir, dass die Amsel den Korb verlassen hat. Als Oma ihn herunternimmt, sehe ich das Ei darin. Nur ein einziges.

»Warum ist da kein Junges rausgeschlüpft?«

»Ich glaube, weil es kein Amselmännchen gibt.«

Die Amsel in Omas Garten ist der letzte richtige Vogel, an den ich mich erinnern kann. Als die Amsel aufgab, war es, als wäre auch in Oma etwas erloschen. Danach waren nur noch Schwäne übrig und vereinzelte Tauben, die sich auf den Dachböden versteckten.

Ich habe keine Ahnung, wie lange wir schon unterwegs sind. Wir laufen wie in Trance, unsere Beine bewegen sich wie von selbst, ohne die geringste Anstrengung, ähnlich wie bei rennenden Tieren. Aber die Berge sind immer noch nicht näher. Es ist, als würden sie sich im selben Takt zurückziehen, wie wir uns auf sie zu bewegen. Oder als wäre ihr Bild nur eine Täuschung gewesen.

Dinah läuft dicht hinter mir, wie mein eigener Schatten. Ich höre ihren Atem und spüre ihn manchmal an meinem Nacken. Der kühle Hauch, der mich da berührt, ist das einzige Anzeichen von Leben in dieser endlosen Wüste. Es ist wie ein Albtraum, denke ich. All das hier ist wie ein einziger langer Albtraum.

»Da vorne ist doch was!« Dinah hat mich eingeholt und läuft jetzt neben mir her.

Ich schaue mich suchend um, bis ich verstehe, was sie meint. Ja, da ist etwas. Es sieht aus, als würde es sich bewegen.

»Ist das ein Tier?«, frage ich.

Dinah läuft schweigend an meiner Seite. Man kann unmöglich ausmachen, was es ist. Etwas Dunkles, das eine Nuance heller ist als die nächtliche Dunkelheit und sich in eine andere Richtung bewegt als wir. Wie ein kreuzendes Schiff draußen auf dem Meer.

»Wenn, dann muss es eine Herde sein«, sagt Dinah schließlich.

»Vielleicht sind das diese Pferde?«

Wir beobachten die verschwommenen Umrisse, bis sie von der Dunkelheit ausgelöscht werden. Kurz bilde ich mir ein, dass es wie eine Schar Menschen aussieht, die irgendwohin unterwegs ist. Nur dass diese Menschen kleiner aussehen als wir.

»Möchte nur wissen, wie lange es noch dauert, bevor es hell wird«, murmelt Dinah.

Als sie das sagt, geschieht etwas Seltsames. Ich hebe den Kopf, um nach Anzeichen von Morgendämmerung Ausschau zu halten, und da sehe ich die dunklen Berge nicht weit vor uns. Es ist wie Zauberei.

»Was zum ...«

Dinah hat es auch gesehen. »Wie ist das denn passiert?«, sagt sie und wird langsamer.

Ich spähe zu dem Berg, der uns am nächsten liegt. Er erinnert an etwas, das man als kleines Kind im Kindergarten aus Knete gemacht haben könnte. Nichts als ein Klumpen, mit ein paar Abdrücken von Fingern und Daumen.

Vielleicht sehen wir, dass wir uns den Bergen nähern, weil es unmerklich heller wird?

»Ich glaube, wir schaffen es gerade so«, sage ich.

Jetzt treten die Berge deutlicher hervor. Sie liegen regelmäßig verteilt, wie Kugeln in einem Spiel. Alle sehen ungefähr gleich aus. Gleich karg, knollig und ungastlich.

»So ungefähr stelle ich mir Planeten im Weltraum vor«, sage ich.

»Vielleicht sieht es auf der anderen Seite besser aus«, meint Dinah.

»Das tut es bekanntlich immer«, sage ich und versuche zu lachen.

Genau das ist einer der Gründe, warum ich so gern mit Dinah zusammen bin. Ihr Optimismus ist ansteckend und tut uns allen gut. Hoffentlich kann ich ihr helfen, wenn sie sich wieder elend fühlt.

»Mama, guck mal!«

Ich komme durch den Garten angestürmt. Es regnet in Strömen, doch das merke ich nicht. Ich bin mit Hans in der Schwimmschule gewesen. Jetzt halte ich einen Schatz in der geschlossenen Hand und fließe fast über vor Stolz und Glück.

»Mama, guck mal!«

Mama steht am Fenster. Der Regen strömt über die Glasscheibe und verzerrt ihr Bild kaleidoskopartig, wie ein Porträt von Picasso. Ich winke mit meiner geschlossenen rechten Hand. Aber obwohl sie mich anschaut, spüre ich, dass sie durch mich hindurchsieht.

»Mama, ich kann jetzt tauchen!«

Stolz halte ich die blaue Steinkugel hoch, die Hans auf den Grund des Schwimmbeckens gelegt hatte. Nach zahllosen Versuchen ist es mir endlich gelungen, sie heraufzuholen.

»Mama, guck mal!«

Da scheint sie langsam aufzuwachen.

»Mach bitte die Tür zu, es zieht«, murmelt sie, dreht sich um und geht in die Küche.

6. SZENE. INNENAUFNAHME. DIE KÜCHE. TAGESLICHT. DAVID, (GABRIEL).

David steht am Küchentisch. Neben ihm ist ein großer Hammer zu sehen. Die tote Familie sitzt am Tisch. David greift den Hammer, der an der Kante des Tisches lehnt, dann hebt er den Blick.

DAVID

Bist du fertig?

GABRIEL (NICHT IM BILD)

Okay.

David bückt sich und kriecht unter den Tisch.

6. SZENE. FORTSETZUNG. INNENAUFNAHME. DER VORRATSKELLER. SUBJEKTIVE KAMERA. DAVID, (GABRIEL).

Eine wacklige Handkamera klettert die Treppe in den Vorratskeller hinunter. Ab und zu verdecken Davids lange Haare das Bild. Als David unten angekommen ist, verschwindet er. Das Bild ist jetzt mehr oder weniger schwarz. Ein Streichholz wird angezündet. In dem aufflammenden Licht stellt David einen Kerzenstummel auf ein Holzregal. Dann nimmt er den Hammer in beide Hände.

DAVID
Auf los geht's los!

David schwingt den Hammer über den Kopf und schlägt ihn dann mit großer Kraft gegen die Eisentür, die ohrenbetäubend dröhnt. Er schlägt immer wieder zu. Das Dröhnen ist fast unerträglich. Plötzlich ist ein metallisches Klicken zu hören. Irgendetwas zerbricht.

GABRIEL (NICHT IM BILD)
Was ist passiert?

DAVID
Schätze, jetzt lässt sie sich öffnen.

David tritt an die Eisentür und stemmt sich dagegen, worauf die schwere Tür mit einem schwachen Knirschen aufgleitet.

GABRIEL (NICHT IM BILD)
Mann, ist ja echt der Wahnsinn!

Während wir uns den Bergen nähern, löst sich die nächtliche Dunkelheit allmählich auf, und dünne Schleier aus grauem Licht hängen wie zerrissene Vorhänge in der Luft. Die Sicht wird wieder schlechter. Mir strömt der Schweiß übers Gesicht. Hinter mir höre ich Dinah keuchen.

»Jetzt ist es nicht mehr weit«, sage ich.

Ich peile den nächstgelegenen Berg an und schließe die Augen, um sie vor dem anstrengenden Licht zu schonen. Meine Füße trommeln automatisch gegen den harten Boden. Ich bin total erledigt, nur mein Wille treibt mich noch an. Der Lebenswille. Ich will nicht hier sterben und wie ein verdorrter Kadaver in dieser sterilen Wüste liegen bleiben. Ich will noch ein Weilchen leben.

»Wir schaffen es«, keucht Dinah mir ins Ohr. »Wir schaffen es!«

Blinzelnd erkenne ich, dass wir fast am Fuß des Berges angelangt sind. Der Berg ist grau, durchzogen von helleren, fast sandfarbenen Partien. Er scheint vollkommen kahl zu sein, ich sehe keine Büschel aus verdorrtem Unkraut, keine vertrockneten Büsche, keine toten Äste oder altes Laub auf dem Boden. Das brauche ich gar nicht erst zu erwähnen, weil ich weiß, dass Dinah es schon gesehen hat. Stattdessen keuche ich: »Wollen wir nach oben?«

»Klar.«

Der Untergrund wird weicher und nachgiebiger, während wir langsam hinaufklettern. Die Füße sinken leicht ein, federn irgendwie. Nicht sehr, aber mein ganzer Körper registriert den Unterschied. Nach der harten, stummen Ebene ist es eine Wohltat. Was das wohl zu bedeuten hat? Ist es ein Anlass zur Hoffnung? Das möchte ich zu gerne glauben, nachdem alles andere, worauf wir gehofft haben, nicht eingetreten ist. Ich spüre die ersten Sonnenstrahlen heiß im Nacken. Panik kriecht in mir hoch. Wie sollen wir hier Schutz finden, auf einem Berg, der an einen vertrockneten Teigklumpen erinnert? Ich höre Dinahs Schritte, die langsamer werden.

»Der Berg kommt mir künstlich vor«, keuche ich und bleibe stehen.

Dinah beugt sich vornüber und stützt sich mit den Händen auf die Schenkel.

»Mannomann, bin ich k.o.!«, stöhnt sie.

Wir stehen lange nur da und verschnaufen. Dann trinken wir etwas. Als ich weitergehe, merke ich, dass meine Beine weich sind wie Spaghetti und unter mir nachgeben wollen. Ich packe Dinah am Arm, um nicht umzufallen.

»Was ist mit dir?«, fragt sie.

»Gummibeine«, erkläre ich. »Keine Angst.«

»Schaffst du es?«

Ich schaue nach oben. Wir haben ungefähr die Hälfte des Aufstiegs hinter uns. Auch die Sonne hat es bald geschafft. Die Berge ringsum baden schon im Licht. Dampf steigt von ihnen auf.

»Glaubst du, auf der anderen Seite ist es anders?«

»Das *muss* es sein …«

Im selben Moment, als sie das sagt, merke ich, dass sie irgendwie schief auftritt. Sie schreit auf vor Schmerz, schwankt, und ich fange sie auf.

»Was ist passiert?«

»Ich bin auf was getreten, mein Fuß tut irre weh.«

Als ich mich bücke, um ihren Fuß zu untersuchen, sehe ich, dass der Boden darunter nachgegeben hat.

»Du bist in ein Loch getreten«, sage ich. »Versuch mal, den Fuß anzuheben!«

Langsam hebt sie den Fuß, und als ich ihn in die Hand nehme, sehe ich, dass er rot ist von Blut. Es scheint aus einer Wunde an der Fußsohle zu kommen.

»Du blutest ein bisschen«, sage ich. »Das haben wir gleich!«

Vorsichtig stelle ich Dinahs Fuß wieder ab. Dann ziehe ich meine oberste Kleiderschicht aus, packe mein Hemd mit beiden Händen, reiße einen Streifen ab und wickle ihn um Dinahs Fuß. Um den Knöchel knote ich den Streifen fest.

»Hoffentlich hält das eine Weile«, sage ich.

Dinah macht einen Versuch, den Fuß zu belasten.

»Das tut weh«, sagt sie.

»Du musst dich an irgendwas geschnitten haben«, sage ich und suche mit der Hand in der eingesunkenen Erde. Meine Finger spüren etwas Hartes, aber als ich es herausziehen will, merke ich, dass es festsitzt.

»Hier ist was«, sage ich. »Es fühlt sich an wie Metall.«

Vorsichtig grabe ich mit den Fingern um den Gegenstand. Der Boden ist locker und bröselig. Dann gelingt es mir, das Ding herauszuholen. Ich halte es hoch.

»Eine Dose!«, rufe ich erstaunt aus.

Dinah sinkt neben mir in die Hocke, nimmt mir die Dose aus der Hand und wendet sie hin und her.

»Sieht aus wie eine alte Konservendose«, sagt sie schließlich.

Ich spähe in die kleine Grube, taste mit der Hand im lockeren Sand und stoße an einen weiteren harten Gegenstand, den ich mit einiger Mühe heraushole.

»Noch eine«, sage ich, reiche Dinah die Dose und stecke die Hand wieder in die Erde. Fast sofort wird sie wieder fündig.

»Hier scheint es jede Menge davon zu geben«, sage ich und angle ein längliches Exemplar herauf.

»Eine Spraydose«, sagt Dinah.

Wir schauen in die Grube, die inzwischen größer geworden ist. Mehrere Sachen ragen aus dem Sand. Ich sehe den Hals einer Flasche und etwas, das an eine Plastiktüte erinnert.

»Weißt du, was ich glaube«, sagt Dinah. »Ich glaube, wir sind auf einem Müllberg gelandet.«

7. SZENE. INNENAUFNAHME. UNTERIRDISCHER GANG.
DAS GERÄUSCH VON BLASENDEM WIND.
DAVID, (GABRIEL).

Das Bild ist schwarz. Man hört scharrende Schritte und leicht heulenden Wind. Dann auch etwas, das an tropfendes Wasser erinnert.

GABRIEL (NICHT IM BILD)
Siehst du was?

DAVID
Nicht die Bohne.

GABRIEL (NICHT IM BILD)
Ich schalte aus.

8. SZENE. INNENAUFNAHME. UNTERIRDISCHER GANG. WINDGERÄUSCHE. WASSER TROPFT. DAVID, (GABRIEL).

Das Bild ist schwarz. Das Geräusch einer Streichholzschachtel, die geöffnet, und eines Streichholzes, das angezündet wird. Es flammt auf. Davids Gesicht ist im Lichtschein schwach erkennbar. Er zündet einen Kerzenstummel an, der beinahe sofort wieder erlischt.

DAVID
Verdammter Mist!

9. SZENE. UNTERIRDISCHER INNENRAUM. DAVID, (GABRIEL).

Das Bild ist schwarz. Das Geräusch von tropfendem und rieselndem Wasser vermischt sich mit dem von Gabriels schwerem Atem.

DAVID
Hier hat sich was verändert.

GABRIEL (NICHT IM BILD)
Was denn?

DAVID
Ich weiß nicht recht, aber es wird geräumiger.

GABRIEL (NICHT IM BILD)
Das Wasser muss ganz in der Nähe sein.

Erneut ist das Geräusch von einem Streichholz zu hören, das angezündet wird. Davids Gesicht wird im Lichtschein sichtbar. Er zündet den Kerzenstummel an und hält ihn vor sich hin.

DAVID (STÖSST EINEN PFIFF AUS)
Das hier ist ja eine Art Zimmer!

Die Kamera schwankt, als Gabriel sich vorwärtsbewegt.

GABRIEL (NICHT IM BILD)
Warte auf mich!

DAVID
He, das Zimmer ist ja voller Sachen!

Davids Nacken füllt das Bild aus. Dann bewegt sich die Kamera, bis eine Wand erkennbar wird. Vor der Wand befinden sich ein Stapel Wolldecken, ein paar Holzkisten, ein Strick.

GABRIEL
Wohnt hier jemand?

Plötzlich erlischt die Kerze, es wird dunkel.

GABRIEL (FLÜSTERT)
Was war das?

DAVID (FLÜSTERT)
Ich glaube, da kommt jemand.

Wieder trinken wir mit sparsamen Schlucken. Die Sonne wärmt bereits. Bald wird sie heiß wie eine Schweißflamme sein. Dinah fängt wieder an zu graben und wirft einen neuen Gegenstand aus der Grube. Er sieht aus wie ein Toaster. Ich lege ihn auf den Haufen hinter uns. Nachdem Dinah mehrere Dosen voll Sand herausgeschaufelt hat, packt sie etwas mit beiden Händen und zieht daran.

»Es steckt fest. Hilf mir!«

Ich packe mit festem Griff ein Metallrohr und ziehe aus Leibeskräften. Als der Gegenstand endlich freikommt, falle ich nach hinten.

»Ein Liegestuhl!«, ruft Dina aus und wirft ihn auf den Haufen. Dann kriecht sie halb in die Grube und benutzt eine Dose als Schaufel. Ich nehme sie gefüllt entgegen und leere sie aus.

»Ich glaube, das hier ist ein Fahrrad«, ächzt sie, stellt die Dose weg und gräbt schweigend und verbissen mit der Hand weiter. Der Sand stiebt hinter ihr auf, als wäre sie ein großes scharrendes Tier. Dann bleibt sie vornübergebeugt sitzen, um zu verschnaufen.

»Da haben wir's«, sagt sie schließlich und hebt ein Dreirad in die Höhe.

»Wie groß ist die Grube jetzt?«

»Nicht groß genug.«

»Lass mich weitergraben!«

Dinah krabbelt aus der Grube und streckt sich auf dem Rücken aus, während ich hineinsteige und losgrabe. Schon kurz darauf stoße ich auf etwas Hartes, und nach einigem Wühlen gelingt es mir, einen Computer freizulegen, den wir gemeinsam herausziehen.

»Ich glaube, man kann schon fast reinkriechen«, sage ich und lasse mich in die Grube gleiten. Es ist jetzt eine kleine Höhle, gerade groß genug für eine Person. Nach einigen Verrenkungen kann ich mit der Dose weitergraben.

»Hier gibt's ja fast alles«, rufe ich aus und werfe einen Wasserkocher ins Freie.

Eine Zeitlang geht mir das Graben danach leichter von der Hand. Dann stoße ich auf ein großes Stück Plastik, mit dem ich zu kämpfen habe. Als es endlich freigeschaufelt ist, bin ich schweißnass.

»Ein Wachstuch«, ächze ich und zerre einen Zipfel zu Dinah hinauf.

»Wenn wir nur eine richtige Schaufel finden würden«, sagt sie und zieht das Tuch nach oben.

»Oder eine größere Dose«, murmle ich und grabe weiter. An der freigelegten Stelle ragt noch etwas Weiches aus der Erde. Als ich es herausziehe, begreife ich zunächst nicht, was es ist.

»Irgendein Lumpen«, sage ich und werfe es Dinah zu.

Sie fängt es auf und ruft: »Aber das ist ja eine Stoffpuppe!«

Da höre ich auf zu graben und ruhe meine Arme aus. Schließlich hieve ich mich aus dem Loch.

»Eine Puppe?«

»Ja, schau doch!«, sagt Dinah und klopft die Puppe aus, dass der Sand nur so fliegt.

Als ich die schmutzige Puppe sehe, die Dinah am einen Arm festhält, muss ich plötzlich weinen. Bevor ich weiß, wie mir geschieht, schießen mir die Tränen aus den Augen.

Ich sitze in meinem Zimmer und spiele mit Klara-Bella, meiner schönsten Puppe. Aber Klara-Bella ist unartig gewesen, darum muss sie jetzt ins Bett. Ich ziehe ihr die Jacke und den Rock aus und klatsche ihr energisch auf den Po, bevor ich sie ins Puppenbett stecke.

»Da bleibst du jetzt liegen und denkst darüber nach, wie du dich gegenüber deiner Mama benommen hast!«, sage ich streng.

Dann gehe ich zu meinem eigenen Bett, wo Pompom zusammengerollt liegt.

»Wir gehen jetzt spazieren«, sage ich zu ihm. »Aber vorher musst du natürlich was anziehen.«

Pompom sieht mich misstrauisch an, findet sich aber mit der unsanften Behandlung ab, als ich ihn in Rock und Jacke stecke. Dann nehme ich ihn auf den Arm und schleppe ihn zum Puppenwagen.

»Und schön brav liegen bleiben!«, sage ich und decke ihn zu. Doch da protestiert Pompom und versucht, aus dem Wagen zu schlüpfen.

»O nein, mein Lieber!«, sage ich streng, worauf Pompom sich allmählich beruhigt, sich wieder hinlegt und mich verwundert anstarrt.

Dann schiebe ich den Wagen aus dem Zimmer und durch das Wohnzimmer, zur offenen Terrassentür hinaus, durch den Garten und durch das Gartentor. Dort überquere ich die befahrene Straße, wo die Autos wegen mir bremsen müssen, und spaziere aus der Stadt.

Ich gehe am Straßenrand und schiebe den Wagen vor mir her. Stolz sage ich mir, ich bin ein großes Mädchen, fast erwachsen. Hohe gelbe Blumen folgen mir mit erstaunten Blicken. Autos brausen an mir vorbei. Ab und zu wird eines langsamer und kriecht neben mir her. Ich merke, dass ich angestarrt werde. Als die Stadt ein gutes Stück hinter mir liegt, macht Pompom plötzlich einen Satz aus dem Wagen. Ohne sich umzudrehen, rennt er davon und verschwindet.

Da setze ich mich an den Straßenrand und weine, bis ein Streifenwagen neben mir anhält. Zwei Polizisten steigen aus, ein Mann und eine Frau, und kommen langsam zu mir her. Die Frau geht neben mir in die Hocke.

»Du bist doch die kleine Judit, nicht wahr?«

Ich nicke und weine noch mehr.

»Aber was machst du denn hier, Schätzchen? Bist du etwa von zu Hause ausgerissen?«

Erst als die Polizistin das ausspricht, geht mir auf, was ich getan habe. Ich schniefe ein paar Mal, dann sehe ich sie an und nicke ernst.

10. SZENE. UNTERIRDISCHER INNENRAUM.
DAVID, GABRIEL.

Es ist stockdunkel. Im Hintergrund Wassergeräusche. Dann das Geräusch eines Streichholzes, das angezündet wird. David zündet den Kerzenstummel an. Er hält ihn in so in der Hand, dass sein Gesicht von unten beleuchtet wird.

DAVID
Nein, war wohl doch nichts.

GABRIEL
Oder vielleicht ein Tier?

DAVID
Ob die Ratten wohl diesen Gang benützen?

Die Kamera erzittert, als Gabriel die Schultern zuckt.

GABRIEL
Haben die nicht eigene Gänge ...

David beginnt, die Sachen in dem Raum zu durchwühlen. Er hebt eine abgewetzte Decke hoch.

DAVID
Könnte sein, dass hier jemand übernachtet.

GABRIEL

Oder sich versteckt.

David wirft die Decke zurück, bleibt regungslos stehen, lauscht. Das Geräusch von tropfendem und rieselndem Wasser klingt jetzt ganz nah.

DAVID (DEUTET MIT DEM KOPF IN DIE EINE ECKE)

Es klingt, als käme es von dort.

Die Kamera zuckt kurz. Dann bewegt sie sich schaukelnd vorwärt. Im flackernden Licht lassen sich Davids Umrisse erkennen. Manchmal wird die Kamera an die zerklüftete Decke des unterirdischen Ganges gerichtet.

GABRIEL (NICHT IM BILD)

Siehst du was?

DAVID

Absolut nichts.

Die schaukelnde Wanderung geht weiter. Schritte scharren über den Boden. Plötzlich niest Gabriel, worauf die Kamera ruckelt. David dreht sich um. Dann geht er weiter. Nach einiger Zeit bleibt er stehen und hebt den Arm. Das Wassergeräusch ist jetzt sehr deutlich zu hören.

DAVID

Da vorne ist was.

GABRIEL
Was denn?

DAVID
Sieht aus wie Wasser.

David geht wieder weiter, die Kamera bleibt dicht bei ihm und versucht ihm über die Schulter zu schauen. Plötzlich lässt sich David auf die Knie fallen und legt das letzte Stück kriechend zurück. Dann verschwindet er aus dem Bild. Wir hören nur seine Stimme.

DAVID (ENTFERNT)
Hier ist ein unterirdischer Bach!

Als die Höhle groß genug geworden ist, rutschen wir beide hinein. Das Eingangsloch ist eng, aber wenn man sich erst mal hineingeschlängelt hat, wird es geräumiger. Wir breiten das Wachstuch wie ein Dach über die Öffnung. So abgeschirmt, scheint die Sonne nur noch wie eine schwache Glühbirne. Es ist eng, aber gemütlich, wie in einem kleinen Vogelnest. Dinah hält die Stoffpuppe im Arm und schläft fast sofort ein. Ich selbst liege lange wach. In der Stille höre ich gedämpfte Geräusche aus dem Müllberg. Es raschelt, zischt und rumort, als läge ein schlafender Riese in dem Berg. Nie hätte ich gedacht, dass eine Müllhalde so klingen kann. Welch ein Glück, dass wir hier gelandet sind! Es ist warm, aber durchaus erträglich. Doch dann fällt mir ein, dass Ratten sich gern an solchen Orten aufhalten, und gleich fühlt sich alles nicht mehr so gut an.

Dinah bewegt sich unruhig im Schlaf. Ab und zu murmelt sie etwas Unverständliches. Plötzlich fährt sie auf und packt mich am Arm.

»Was war das?«, sagt sie.

»Was denn?«

Da sinkt sie wieder zurück und liegt lange schweigend da.

»Mir geht's nicht besonders gut«, sagt sie schließlich.

»Ich weiß«, sage ich.

»Erzähl mir was Schönes!«

»Was denn?«

»Einfach irgendwas.«

Zuerst muss ich an den Vogel in Omas Himbeerkorb denken, doch die Geschichte hat ein zu trauriges Ende. Dann überlege ich lange, ohne dass mir etwas einfallen will. Also sage ich einfach: »Meine Oma gehört zu den Quäkern.«

Da lacht Dinah doch tatsächlich und sieht mich an. »Quäker«, wiederholt sie. »Machen die quak, quak, oder was?«

»Quäker, das ist eine Art Religion, glaube ich. Aber es gibt nur ganz wenig Quäker, sie haben nicht mal eine eigene Kirche. Und auch keine Pfarrer. Sonntags versammeln sie sich zum Gottesdienst, aber da ist keiner, der predigt. Stattdessen sitzen sie eine Stunde still beisammen und denken.«

»Woran denn?«

»Ich weiß nicht so genau. Oma sagt immer, sie denkt gute Gedanken. Sie sagt, das sei die Religion der Quäker, dass man Gutes denken und tun soll. Anderen helfen, anstatt nur an sich selbst zu denken. Aber eigentlich heißen sie gar nicht mehr Quäker. Oma nennt sie ›Die Freunde‹ oder ›Die Gesellschaft der Freunde‹. Hast du schon mal was davon gehört?«

Dinah schüttelt den Kopf. »Aber es erinnert irgendwie an den Club, den wir in der Schule gegründet haben«, sagt sie. »Der Grüne Kreis, weißt du noch?«

Ich nicke.

Eine Zeitlang liegen wir schweigend da. Der Müllberg unter uns knurrt vor sich hin. Ich denke an lauter Sachen, an die ich lieber nicht denken würde. An all das, was in letzter Zeit passiert ist. Und daran, was jetzt gerade passiert, nämlich dass wir uns in einen Müllberg eingegraben haben, damit die Sonne uns nicht den Garaus macht. Allmählich brummt mir der Kopf.

»Glaubst du, wir kommen hier jemals lebend raus?«, frage ich Dinah.

»Ist doch klar!«, antwortet Dinah schnell.

»Gut«, sage ich. »Das wollte ich nur hören.«

»Hier«, sagt sie und gibt mir die Stoffpuppe.

Ich nehme die Puppe in den Arm und drücke sie an mich. »Du darfst Klara-Bella heißen«, sage ich.

11. SZENE. IN DEM UNTERIRDISCHEN GANG. LAUTES GERÄUSCH VON FLIESSENDEM WASSER. DAVID, (GABRIEL).

David sitzt an dem unterirdischen Wasserlauf, dem Bach. Neben ihm auf einem Felsabsatz brennt der Kerzenstummel. Die Kamera folgt dem Wasser, bis der Bach direkt in den Fels hinein verschwindet. David beugt sich vor, nimmt ein bisschen Wasser in die gewölbte Hand und kostet es vorsichtig.

DAVID

Das schmeckt ja genau wie normales Wasser …

GABRIEL

Echt?

DAVID (TRINKT MEHR DAVON)

Mann, das schmeckt total gut! Das ist richtiges Wasser! Komm her und versuch's mal!

Es wird schwarz, als die Kamera ausgemacht wird.

**12. SZENE. INNENAUFNAHME. IM TUNNEL.
DAVID, (GABRIEL).**

David setzt die Wanderung durch den Gang fort.

DAVID

Da vorne ist was …

GABRIEL (NICHT IM BILD)

Was denn?

DAVID

Ich glaube, es wird irgendwie heller!

Das letzte Stück legt David kriechend zurück. Als die Kamera ihm folgt, wird es dunkel. Aber bald darauf dringt Licht in den Gang, und schon wenige Sekunden später verschwindet David ins Tageslicht hinaus.

DAVID (NICHT IM BILD, ENTFERNT)
Ich bin draußen!

13. SZENE. AUSSENAUFNAHME. TAG. AUF DEM GROSSEN WALL. EIN KONZERT AUS VOGELSCHREIEN. DAVID, (GABRIEL).

David steht vor dem großen Wall und schaut daran hoch. Die weißen Vögel schweben wie Wolken am Himmel. Von einer Stelle auf dem Wall steigt Rauch auf.

DAVID
Was zum Teufel …

GABRIEL (NICHT IM BILD)
Haben die etwa Red Bull abgefackelt?

David klettert den Wall hinauf, und die Kamera folgt ihm ruckelnd. Als er oben angelangt ist, dreht er sich zur Kamera um.

DAVID
Sie haben ihn verbrannt!

Dann kommt die Kamera auch herauf. Die Stelle, wo die Holzstatue gestanden hat, ist leer. Nur der Haufen verkohlter Bretter ist zu sehen, von dem der Rauch aufsteigt.

GABRIEL (NICHT IM BILD)
Wer kann das nur gewesen sein?

David zieht das scharfe Messer aus der Scheide und hält es vor die Kamera.

DAVID
Jetzt herrscht Krieg!

14. SZENE. AUF DEM DAMM. GROSSAUFNAHME. ABDRUCK IM BODEN. VOGELGESCHREI. DAVID, GABRIEL.

Rings um die abgebrannte Statue sind Fußabdrücke zu sehen. Die Kamera fährt um die Feuerstelle. Der Boden ist von zahlreichen auffallend kleinen Fußabdrücken zertrampelt. David legt seine Hand neben einen der Fußabdrücke, sie ist ungefähr genauso groß.

GABRIEL (NICHT IM BILD)
Wer um Himmels willen kann das nur gewesen sein?

Die Kamera macht einen Schwenk. David sitzt auf dem Damm und sieht die Fußabdrücke an. Dann hebt er den Blick und schaut auf die Gegend innerhalb des Walls.

DAVID
Da sind sie!

Die Kamera wackelt, als Gabriel zu David hinrennt. Dann späht die Kamera übers Land, bis sie eine Reihe kleinwüchsiger Menschen entdeckt, die nebeneinanderstehen und direkt in die Kamera schauen.

GABRIEL
Was sind denn das für welche?

DAVID
Die sehen fast wie Wilde aus.

GABRIEL (NICHT IM BILD)
Wie Eingeborene.

Der Vorderste in der Reihe schwingt einen Stock, dann macht er kehrt und rennt los. Die anderen folgen ihm. Sie rennen hintereinander landeinwärts.

DAVID (AUSSERHALB DES BILDES)
Hallo! Was zum Henker macht ihr da? Kommt zurück!

GABRIEL (NICHT IM BILD)

Sie hauen ab!

DAVID

Wenn sie nur nicht über den Hof herfallen!

@@

Als ich aufwache, fängt es an zu dämmern. Zuerst begreife ich gar nicht, wo ich mich befinde. Ich war weit weg, in einem Traum von Omas Garten. Jetzt merke ich, wie eng wir liegen. Mein Rücken schmerzt. Dann sehe ich die schmutzige Puppe in meinen Armen. Die ganze wahnwitzige Wirklichkeit stürzt auf mich ein. Schnell schließe ich wieder die Augen und versuche, in Omas Garten zurückzukehren. Ich will wieder einschlafen und weiterträumen. Doch das geht nicht. Also liege ich mit geschlossenen Augen da und denke: Was für ein Glück, dass wir noch unsere Träume haben! Wenn das Dasein unerträglich wird, kann man immer noch versuchen einzuschlafen.

Nach einer Weile nehme ich die Puppe und kitzle Dinah mit dem einen Puppenarm an der Nasenspitze. Sie versucht, ihn mit der Hand wegzuscheuchen.

»Wach auf!«, sage ich. »Bald ist es dunkel.«

»Ich hab solche Kopfschmerzen«, murmelt sie.

»Das ist die Wärme«, sage ich.

Dinah nickt. »Ich hab mir was überlegt«, sagt sie.

»Was denn?«

»Wenn alle diese Berge Müllberge sind, muss es eine Stadt in der Nähe geben, nicht wahr?«

»Oder es hat mal eine gegeben. Die Menschen sind vielleicht alle tot.«

Dinah nickt und reibt sich die Augen. »Aber auch dann müsste die Stadt ja noch da sein?«

»Oder die Menschen leben noch«, sage ich.

»Möglich.«

»Was wäre am besten?«

»Dass sie leben, natürlich.«

»Ich hab Angst, Dinah.«

»Ich auch.«

Wir teilen die letzten Muscheln. Ich kaue so lange wie möglich an jedem einzelnen Bissen. Sie schmecken komisch. Hoffentlich verderben wir uns jetzt nicht den Magen. Dann ziehen wir das Wachstuch weg und kriechen aus unserer Höhle, wie zwei Tiere, die soeben aufgewacht sind und sich auf die Jagd begeben wollen. Es ist fast dunkel, aber die Luft ist so klar, dass wir eine gute Fernsicht haben. Wir breiten das Wachstuch wieder über das Loch und bedecken es mit einem Teil des ausgegrabenen Mülls.

»Für den Fall, dass wir zurückkommen müssen«, sage ich.

»Komm, lass uns ganz raufklettern!«, schlägt Dinah vor.

Langsam steigen wir den Berg hinauf. Nachdem wir jetzt wissen, woraus er besteht, achten wir darauf, wohin wir unsere Füße setzen. Als wir den Gipfel erreicht haben, stehen wir lange schweigend da und blicken auf das jenseitige Land hinaus.

»Wahnsinn!«, sagt Dinah schließlich.

15. SZENE. AUSSENAUFNAHME. AUF DEM HOF VOR DEM HAUS.
DAVID, (GABRIEL).

Die Kamera folgt David, der sich zum Wohnhaus schleicht. Er hält das Messer in der Hand. Als er das Haus erreicht, bleibt er stehen und schaut sich um. Ein paar Sekunden später nickt er der Kamera zu und geht weiter zum Küchenfenster. Vorsichtig späht er hinein. Dann wendet er den Kopf.

DAVID
Da ist jedenfalls niemand.

GABRIEL (NICHT IM BILD)
Checken wir sicherheitshalber auch den Stall.

16. SZENE. AUSSENANSICHT/INNENANSICHT. DER STALL.
DAVID, (GABRIEL).

David steht vor der Stalltür. Er öffnet sie langsam und späht hinein. Dann signalisiert er etwas mit dem Arm und schlüpft durch die Tür. Die Kamera folgt ihm. Plötzlich ist das Grunzen von Doris und Tüchtig zu hören. David geht zur Box und schaut hinein. Dann dreht er sich zur Kamera um.

DAVID
Hier sind sie nicht gewesen.

GABRIEL (NICHT IM BILD)
Ein Glück.

17. SZENE. AUSSENAUFNAHME VOR DEM STALL.
DAVID, (GABRIEL), DIE ANDEREN.

Die Kamera folgt David aus der Stalltür. Als er auf den Hof kommt, erstarrt er.

DAVID
Was zum ...

Die Kamera zoomt auf den Platz vor dem Stall, wo eine Reihe kleinwüchsiger Personen stehen. Ihre Kleider sind schmutzig und zerrissen. Sie haben zottige, verfilzte Haare und folgen David mit dunklen, blauschwarzen Augen.

DAVID
Wer seid ihr?

Die Kleinwüchsigen starren David verbissen an, ohne etwas zu sagen. Ihre Gesichter sind sonnenverbrannt und von Schmutz bedeckt, der in alle Hautfalten und Poren eingedrungen ist.

DAVID
Was wollt ihr?

Keiner antwortet. Aller Augen sind auf David gerichtet. David schweigt eine Zeitlang, als müsste er überlegen.

DAVID

Warum habt ihr Red Bull abgefackelt?

Als ich die Ruinen hinter den Bergen sehe, fange ich an zu weinen. Das ist der endgültige Beweis dafür, dass alles zum Teufel gegangen ist. Was einmal eine Stadt war, ist jetzt ein einziges Chaos aus zerstörten Gebäuden und Schutt. Weit und breit nicht ein einziges unbeschädigtes Haus.

»Es sieht aus, als wäre ein Orkan durchgezogen«, meint Dinah.

Das denke ich auch. Nur ein Orkan kann so großen Schaden anrichten.

»Oder ein Krieg«, fügt Dinah hinzu.

Ich betrachte das, was einmal die Stadt gewesen ist. Vielleicht keine Großstadt, sondern eine ganz normale, nicht allzu große Stadt. Mit Einkaufszentren, Schulen, Cafés, Parks, Sportplätzen. Ich denke an die Stadt, aus der wir kommen. An die Schule, an der wir waren, das Vogelnest. Ich denke an Gun-Helen, den Ganser und Red Bull. Ich denke an meine Eltern. Ich denke an Omas Haus draußen am Stadtrand. Dies könnten die Ruinen genau dieser Stadt sein. Unserer Stadt. Die Größe stimmt.

»Trauen wir uns näher ran?«

Dinah nickt. »Aber vorsichtig. Irgendwo muss es Menschen geben. Schließlich sterben nicht alle in einem Orkan.«

»Woher weißt du das?«

»Das weiß ich einfach. Dächer werden abgedeckt, und Häuser stürzen ein. Aber viele überleben.«

»Wenn nicht noch mehr Katastrophen dazukommen«, sage ich. »Zuerst ein Orkan und dann ein Krieg. Oder eine dieser Pandemien. Wie die Pest damals.«

Lange stehen wir da und betrachten das Bild der Zerstörung, als versuchten wir uns daran zu gewöhnen und den Gedanken an das, was hier passiert sein könnte, zu akzeptieren. Dann beginnen wir den Abstieg vom Berg. Dabei lassen wir uns Zeit. Manchmal versinken unsere Füße im lockeren Sand. Als wir wieder unten in der Ebene sind, ist es dunkel.

»Ich friere«, sage ich.

»Wir müssen rennen«, erklärt Dinah. »Das ist die einzige Möglichkeit, warm zu bleiben.«

»Kommt dein Fuß damit klar?«

Dinah nickt. »Das muss er!«

Es tut gut, wieder zu rennen. Irgendwie fühlt es sich an, als würde das Gehirn gelüftet, als könnte man die schrecklichen Gedanken ein wenig auf Abstand halten. Aber als wir uns der Stadt nähern, werden wir langsamer und bewegen uns nur noch im Schritttempo. Und je deutlicher sich die Ruinenstadt vor uns ausbreitet, desto entsetzlicher wird die Wirklichkeit. Ich muss an Bilder von zerbombten Städten aus dem Zweiten Weltkrieg denken, die ich gesehen habe. Daran erinnert mich das hier.

»Ich kann mir nicht vorstellen, dass hier noch Menschen leben«, sage ich.

Dinah antwortet nicht.

»Schau mal!«, sagt sie dann. »Hier war bestimmt mal eine Straße.«

Wir treten näher, und ich sehe, dass Dinah recht hat. Von dem, was früher einmal die Straße in die Stadt war, sind nur noch Bruchstücke übrig. Der Rest ist ein Durcheinander von abertausend schwarzen Puzzleteilchen aus Asphalt.

Wir versuchen der Straße zu folgen, geben es aber schnell wieder auf. Es ist, als hüpfte man im Frühling auf den Eisschollen eines Flusses umher. Sich am Straßenrand vorwärtszubewegen ist einfacher.

Wenig später hören wir ein Geräusch. Nach der langen Stille versetzt es uns einen Schock. Erst erstarren wir, dann lassen wir uns zu Boden sinken.

»Da ist jemand«, flüstere ich.

»Pssst!«, macht Dinah und starrt unverwandt auf einen Komplex von Ruinen, die weniger als hundert Meter von uns entfernt sind.

War das, was wir gehört haben, eine Stimme? Eine dunkle Männerstimme, die etwas rief? Ich glaube, ja. Aber *was* die Stimme rief, habe ich nicht verstanden. Da höre ich es erneut. Ein Mann ruft etwas. Aber ich verstehe nicht, was. Ich lege die Hand auf Dinahs Arm. Warum, weiß ich nicht.

»Komm!«, flüstere ich und deute mit dem Kopf auf ein eingestürztes Haus.

Geduckt laufen wir dorthin und verbergen uns hinter den Resten einer Mauer. Gerade, als wir uns dort hinkauern, höre ich die Stimme noch einmal. Inzwischen ist sie dicht neben uns. Wieder ruft ein Mann etwas, das ich nicht verstehe. Vorsichtig richte ich mich auf und spähe über die Mauer. Da sehe ich den Mann. Er steht auf den Überresten der ehemaligen Straße. Er trägt eine schwarze Lederjacke, deren Nieten im Schein einer Taschenlampe glänzen. Auf dem Rücken der Jacke sehe ich große Zeichen, die mir nichts sagen. Irgendwie erinnert er an ein Mitglied einer Rockerbande. Dann ruft er noch einmal, und jetzt wird mir klar, warum ich nichts verstehe: Er spricht eine fremde Sprache. Und plötzlich bemerke ich etwas, das von seiner Schulter herabhängt. Obwohl ich so etwas noch nie gesehen habe, begreife ich sofort, dass es eine Waffe sein muss.

17. SZENE. FORTSETZUNG. AUSSENAUFNAHME. VOR DEM STALL.
DAVID, (GABRIEL), DIE ANDEREN.

Die Kamera wandert an der Reihe der kleinwüchsigen Menschen entlang. Das Bild wird unscharf, als Gabriel die Gesichter heranzoomt. Dann gelingt es ihm, das Bild scharf zu stellen. Die Kamera bewegt sich von einem Gesicht zum andern. Es sind lauter Kindergesichter, aber sie sind so zerfurcht und müde, dass sie wie die von alten Menschen aussehen. Alle haben fast identische Augen. Rund wie Glaskugeln und dunkel blauschwarz.

GABRIEL (NICHT IM BILD, MURMELT)
Das sind ja nur Kinder …

DAVID

Do you understand what I say?

Niemand in der Reihe scheint auf Davids Worte zu reagieren.

GABRIEL (NICHT IM BILD)

Das sind doch bloß kleine Kinder.

DAVID

I am David.

David zeigt auf sich selbst.

DAVID

Da-vid.

David dreht sich zur Kamera um und zeigt darauf.

DAVID

Gabriel. Ga-bri-el.

Stille.

Die Gesichter in der Reihe bleiben ausdruckslos. Doch dann bewegt sich ein Junge in der Mitte. Er scheint ein wenig älter zu sein als die anderen und hat schwarze, fast schulterlange, verfilzte Haare. Der Junge hält einen langen Holzstab in der Hand. Er tritt vor die anderen hin und sagt etwas.

BENJAMIN

Ben-ja-min.

Erneute Stille. Dann streckt David den rechten Arm aus und macht einen Schritt auf Benjamin zu.

DAVID

Friends!

Die Reaktion lässt nicht lange auf sich warten. Benjamin hebt drohend seinen Stab, dann brüllt er etwas, das wie ein Kriegsruf klingt, und rennt auf den Garten zu.

BENJAMIN

Aoooaoooaooo!

Die ganze Schar rennt hinter ihm her. Die Kamera folgt ihnen durch den Garten. Die Gestalt am Ende der Schar trägt etwas unterm Arm. Dann verschwinden sie durch die Hecke.

@@

Der Mann mit der Waffe scheint auf jemanden zu warten. Er wandert unruhig auf und ab. Was macht er hier?, denke ich. Ist er ein Wächter? Und wenn, was bewacht er dann? Plötzlich taucht noch ein Mann auf. Er trägt genau die gleichen schwarzen Kleider und sieht fast wie eine Kopie des ersten aus. Die Männer sprechen offensichtlich miteinander, aber ich kann keine Worte unterscheiden. Dann gehen sie zusammen weg und verschwinden hinter einem Gebäude.

Wir sitzen an die eingefallene Mauer gelehnt.

»Sollen wir versuchen weiterzulaufen?«, flüstert Dinah.

Im selben Augenblick, als ich ihr zunicke, höre ich es. Zuerst verstehe ich überhaupt nicht, was es ist. Es dauert lange, bis mein Gehirn es zu identifizieren vermag. Vielleicht, weil es so unerwartet ist. Es klingt wie Gesang. Es klingt wie eine große Schar Menschen, die singt. Wie ein großer Chor. Doch der Gesang ist gedämpft, schwer, monoton. Wie etwas, das man singt, wenn man eine Arbeit verrichtet, die sehr eintönig und anstrengend ist.

Ich werfe Dinah einen Blick zu. Sie sieht genauso verblüfft und erschrocken aus wie ich selbst vermutlich auch.

»Es scheint von unten zu kommen«, flüstert sie. »Aus einem Keller oder so.«

Wir sitzen schweigend an der Mauer, lauschen und versuchen zu verstehen, was das ist. Versuchen, Worte zu unterscheiden. Aber der Text ist unverständlich, erinnert mehr an eine wortlose Litanei.

»Sollen wir versuchen, näher ranzukommen?«

Ich richte den Oberkörper vorsichtig auf und werfe einen Blick auf die Stelle, wo die beiden Männer gestanden haben. Sie ist leer. Auch als ich mich umschaue, bleiben sie spurlos verschwunden. Ich sehe nur eingestürzte Häuser, Berge aus alten Ziegelsteinen und zerschmetterten Betonblöcken, große schmutzige Plastikbahnen, verbogene Blechteile, die einst Autos gewesen sind, geknickte Holzbalken, deren Enden wie gebrochene Knochen abstehen, Berge aus umgepflügtem Asphalt. Und aus diesem Chaos strömt immer noch der dumpfe, ernste Gesang. Ich bilde mir ein, dass er jetzt schwächer klingt. Dann spähe ich erneut zu der Stelle, wo die Männer waren, doch die bleiben verschwunden. Als ich Dinah anschaue, nickt sie.

»Okay«, flüstere ich.

Wir bewegen uns sehr langsam in die Richtung, aus der unserer Meinung nach der Gesang kommt. Unterwegs bleiben wir immer wieder stehen, halten Ausschau nach den beiden Männern und lauschen auf andere Geräusche. Als wir bei einem Gebäude ankommen, das früher einmal eine große Fabrik gewesen sein muss, glaube ich zu hören, dass der Gesang an Lautstärke zugenommen hat. Vor den Überresten der Fabrik liegt ein hoher, langer Zaun aus Maschendraht, verknäuelt wie ein altes Fischernetz. Von irgendeinem Punkt dahinter scheint der Gesang zu kommen. Das flüstere ich Dinah zu.

Sie antwortet nicht. Stattdessen legt sie mir eine Hand auf den Arm und deutet mit einem Kopfnicken auf die eine Seite des zerstörten Gebäudes. Dort steht ein Hund. Ein riesiger schwarzbrauner Hund. Er hat uns gesehen und folgt uns mit dem Blick. Ich erkenne die Rasse.

»Ein Pitbull«, stöhne ich und erstarre.

Wir stehen regungslos da und glotzen den Hund an. Er glotzt zurück und zeigt uns die Zähne. Ich nehme an, dass er uns anknurrt, aber der Abstand ist zu groß, als dass wir es hören könnten. Ist er auch groß genug, damit wir uns rechtzeitig in Sicherheit bringen können? Das weiß ich nicht. Aber wenn wir davonzurennen versuchen, wird der Hund sofort hinter uns herstürzen, davon bin ich überzeugt.

»Was machen wir jetzt?«, flüstert Dinah.

»Irgendwo raufklettern?«, schlage ich vor.

Wir sehen uns um. Die Stein- und Schutthaufen taugen nichts. Die wenigen Hauswände, die noch stehen, wären vielleicht hilfreich, sind aber zu weit weg. Das Riesenknäuel aus Maschendrahtzaun ist die einzige Alternative.

»Schaffen wir's, da drüberzurennen?«, frage ich und deute mit einem Kopfnicken auf das Gewirr aus Draht und Eisenstangen.

Dinah schüttelt den Kopf. »Keine Chance!«, sagt sie.

Ich überlege kurz. Dann lasse ich mich auf die Knie sinken. Wenn ich schon sterben und von einem ausgehungerten Pitbull aufgefressen werden soll, soll es wenigstens würdevoll geschehen.

»Komm her, Hundilein!«, sage ich und versuche freundlich und zugleich bestimmt mit ihm zu reden. Das haut nicht hin. Ich höre selbst, dass ich total verängstigt klinge.

Der Hund weiß offensichtlich nicht, was er davon halten soll, und glotzt uns weiterhin an.

»Na, komm schon her!«, wiederhole ich. »Wir sind doch deine Freunde. Komm schon! Braves Hundi!«

»Du spinnst«, zischt Dinah.

Der Hund legt den Kopf schief. Er scheint nachzudenken. Das macht mir Mut.

»Komm her!«, rufe ich so energisch wie möglich. »Komm zu Frauchen!«

Gleichzeitig bewege ich mich langsam auf den Hund zu. Er betrachtet mich verblüfft. Wenigstens sieht es in meinen Augen so aus. Ich rede die ganze Zeit auf ihn ein, senke aber die Stimme und versuche, sie freundlich klingen zu lassen.

»Magst du ein bisschen Wasser?«

Ich bleibe stehen, nehme den Wassersack ab und gieße ein wenig Wasser in meine gewölbte Hand. Dann gehe ich in die Hocke. Vor allem, weil meine Beine mich nicht länger tragen. Sie weigern sich einfach, dem durchgeknallten Einfall meines Gehirns zu gehorchen, sich dieser schwarzbraunen Bestie zu nähern. Der Hund könnte mich innerhalb einer einzigen Sekunde anspringen und totbeißen.

Was dann passiert, erstaunt mich dann doch. Im selben Moment, als ich in die Hocke sinke, beginnt der Hund auf mich zuzugehen. Als ich schon glaube, vor Entsetzen sterben zu müssen, merke ich, dass er vorsichtig mit dem Schwanz wedelt. Ich versuche etwas zu sagen, aber mein Mund streikt ebenfalls. Er bewegt sich auf und ab, aber ohne einen Ton zu erzeugen.

Der Hund kommt direkt auf mich zu. Mein Herz pocht so laut, dass er es unbedingt hören muss. Dabei soll man bei solchen Hunden doch angeblich energisch auftreten. Stark und deutlich sein und nicht wie ein kleiner Frosch dahocken und nach Luft schnappen. Doch das scheint den Hund nicht zu kümmern. Er kommt zu mir her, schlabbert schnell das Wasser aus meiner zitternden Hand und bohrt mir dann seinen dicken Pitbullschädel in den Schoß, dass ich fast nach hinten umkippe. Da dringen endlich ein paar Worte aus mir heraus.

»Aber hallo, mein Guter!«, murmle ich und kraule ihn vorsichtig am Hals.

@@

18. SZENE. AUSSENAUFNAHME. VOR DEM WOHNHAUS. DAVID, GABRIEL.

Das Bild zeigt die Veranda. An der Stelle, wo der Kalender hing, steckt nur noch ein gekrümmter Nagel in der Wand. David steht mit dem Rücken zur Kamera und sieht die leere Stelle an.

DAVID
Sie haben ihn geklaut!

Gabriel kommt zu David her und streicht mit der Hand über die Stelle, wo das Brett angebracht war.

GABRIEL
Sie sabotieren uns, wo sie können.

DAVID
Aber was wollen sie eigentlich?

GABRIEL
Vielleicht wollen sie uns einfach Angst machen.

19. SZENE. INNENAUFNAHME. TAGESLICHT. IM STALL. DAVID, (GABRIEL).

David ist im Stall bei Tüchtig und Doris. Er nagelt ein Brett quer über eins der Fenster. Andere Fenster sind schon vernagelt. David steigt von der Leiter und geht zur Tür. Er klemmt ein langes Brett unter den Türgriff und macht den Test: Die Tür lässt sich nicht mehr bewegen.

20. SZENE. AUSSENAUFNAHME. AUF DER VERANDA. DAVID, GABRIEL.

David und Gabriel sitzen auf der Veranda. David spitzt mit dem Messer einen langen Stab an. Die Holzspäne stieben durch die Luft. Gabriel schaut zur Kamera herüber, wie um sich zu vergewissern, dass sie stabil steht.

GABRIEL

Glaubst du, sie kommen zurück?

DAVID

Natürlich.

GABRIEL

Wann?

DAVID (ZUCKT DIE SCHULTERN)

Das kann jederzeit sein ...

GABRIEL

Ich wüsste zu gern, warum sie das Brett mitgenommen haben.

David befühlt den Stab. Die Spitze sieht scharf aus. Dann rammt er das Messer mit einer schnellen Bewegung ins Verandageländer. Dort steht es und vibriert, während David auf die Felder hinausblickt.

DAVID

Nächstes Mal werden sie es nicht so einfach haben.

@@

Nachdem mein Herz sich ein wenig beruhigt hat, streiche ich dem Hund über den Kopf. Erst sieht er mich fragend an, doch es scheint ihm zu gefallen.

»Ich bin deine Freundin, verstehst du«, sage ich. »Willst du noch etwas Wasser?« Ich gieße noch mehr in meine Hand, und der Hund schlabbert es sofort auf.

»Du spinnst ja total«, höre ich Dinah hinter mir sagen.

»Komm her und sag Pitt hallo!«, sage ich.

»Nie im Leben.«

»Aber du bist doch gar nicht gefährlich, stimmt's?«, sage ich zu dem Hund und streichle ihm weiterhin den Kopf. Ich sehe, dass er nicht ganz so groß ist, wie ich anfangs dachte. Sein Körper ist eingefallen, und unterm Fell zeichnen sich die Rippen ab. »Er ist völlig ausgehungert«, stelle ich fest. »Komm mit, dann darfst du meine Freundin begrüßen!«, sage ich zu ihm und richte mich mit immer noch zitternden Beinen auf. »Komm mit, Hundi!«

Der Hund wedelt mit dem Schwanz und schaut zu mir hoch. »Braver Hund!«, sage ich und gehe auf Dinah zu. Sie steht ganz still da, die Arme an die Seiten gepresst.

»Er ist fast kein bisschen gefährlich«, sage ich.

Der Hund beschnuppert Dinah vorsichtig und geht einmal um sie herum. Dann schaut er zu ihr hoch, als würde er sich fragen, warum sie ihn nicht streichelt.

»Tu doch was!«, fordere ich sie auf.

Sie streicht ihm sachte über den Rücken. Der Hund wedelt mit dem Schwanz.

»Ist dir klar, wie hilfreich er für uns sein kann?«, sage ich.

»Aber er muss doch jemandem gehören. Garantiert gehört er diesen Männern, die wir vorhin gesehen haben.«

Ich hebe die Schultern. »Schätze, er will lieber bei uns sein. Er scheint schon lange nichts mehr zu fressen bekommen zu haben. Stimmt doch, Pitt, du willst lieber mit uns kommen, oder?«

Der Hund sieht mich an, dann bellt er.

»Na bitte!«, sage ich zu Dinah.

Sie schaut sich ängstlich um.

»Aber Pitt passt irgendwie nicht zu ihm«, wendet sie schließlich ein.

»Nein«, gebe ich zu. »Er soll Devil heißen.«

»Devil?«

Ich nicke und sehe sie verschwörerisch an. »Das ist der Hund vom Phantom.«

Der Gesang ist nicht mehr zu hören, und obwohl wir noch lange in den Überresten des Fabrikgebäudes suchen, finden wir keine Öffnung oder Tür, die in irgendeinen unterirdischen Raum führen könnte.

»Ist es möglich, dass wir uns das nur eingebildet haben?«, fragt Dinah schließlich.

Ich schüttle den Kopf. So kam es mir nicht vor. Es hat sich ganz wirklich angehört. Aber inzwischen weiß ich es auch nicht mehr so genau.

»Gehen wir weiter?«, schlage ich vor, weil mir sonst nichts einfällt.

Als wir gehen, kommt Devil hinter uns her. Ich drehe mich um und lobe ihn, worauf er mit dem Schwanz wedelt. Die Dunkelheit verhüllt einen Teil der verwüsteten Welt um uns herum, aber ausgerechnet diese Nacht ist aus unerfindlichen Gründen klar genug, um uns die Ausmaße der Verwüstung deutlich vor Augen zu führen. Dann bemerke ich einen schwachen Schein, der von der Dunkelheit reflektiert zu werden scheint. Es ist, als läge ein dünner Schleier aus blassem, gespenstischem Licht über der Stadt.

Die Straße, der wir zu folgen versuchen, wird von den Ruinen früherer Einfamilienhäuser gesäumt. An den meisten fehlen die Dächer. Ab und zu hängen auch große Blechdächer an den Wänden herab, dann sieht es aus, als wäre jemand mit einem riesigen Dosenöffner unterwegs gewesen. Von den Gärten ist fast nichts übrig geblieben. Bäume, Gartenmöbel, Schaukeln, Hollywoodschaukeln, Gartengrille, Zäune, alles, was zu einem Garten gehört, wurde weggeschwemmt und liegt irgendwo auf den schlammverschmierten Schutthaufen. Aus einem davon schauen mehrere verbogene Fahrräder heraus. Die demolierten Autowracks am Straßenrand sind so plattgedrückt, dass sie an zertretene Käfer erinnern.

Wir bewegen uns so vorsichtig wie möglich, immer auf der Hut. In regelmäßigen Abständen halten wir an, um zu horchen. Von dem Gesang ist nichts zu hören. Und die beiden Männer sind von den Ruinen verschluckt.

»Das hier scheint eine schöne Wohngegend gewesen zu sein«, bemerkt Dinah.

Ich nicke. Dinahs Worte lassen mich unwillkürlich an Omas Garten denken. Ich frage mich, ob ihr Garten auch verwüstet worden ist. Als ich es mir genauer überlege, wird mir bewusst, dass meine Gedanken an Oma noch durch etwas anderes hervorgerufen werden: Irgendetwas hier erinnert mich daran, wie es in ihrem Stadtteil ausgesehen hat. Die Häuserruinen sahen früher wahrscheinlich ganz ähnlich aus wie Omas Haus. Als ich mich jetzt umsehe, tue ich es mit neuen Augen und merke bald, dass noch mehr an Omas Gegend erinnert.

»Hier sieht es fast so aus wie da, wo meine Oma gewohnt hat«, sage ich. »Vielleicht ist das hier unsere Stadt!«

Es ist der Gedanke, den ich schon beim ersten Anblick der Trümmerwüste hatte. Dinah schüttelt den Kopf, sagt aber nichts.

Verbogene Armiereisen ragen aus den Mauern. In manche Häuser können wir hineinschauen, als wären sie Puppenstuben. Dort stehen die Möbel noch genauso da, wie sie gestanden haben müssen, als die Katastrophe, die alles vernichtet hat, passierte. Ich sehe Wohnzimmer mit Fernseher und Sitzgruppe, Küchen mit Herd, Spülmaschine und Esstisch, ein Bad, dessen Toilette aus der Wand ins Freie ragt, Schlafzimmer mit ungemachten Betten, Mädchenzimmer mit rosa Tapeten und Jungenzimmer mit Fußballbildern an den Wänden. Nur die Menschen fehlen. Wo die jetzt wohl sind? Sind sie etwa alle tot? Oder konnten sie rechtzeitig fliehen?

Wir klettern über Berge aus Beton und Backsteinen. An einer Straßenkreuzung sehen wir ein Straßenschild, das so verbogen ist, dass es fast einen Knoten geschlagen hat. Dinah geht hin und versucht es zu entziffern, obwohl es zusätzlich auch noch auf dem Kopf steht.

»L-i-n-e-w-g?«, buchstabiert sie.

Ich bücke mich und sehe mir das Schild an. »Vielleicht Linnéweg«, sage ich. »So hieß die Straße, in der meine Oma gewohnt hat!«

Ich sehe mich um. Betrachte die Ruinen ringsum und versuche, mir ins Gedächtnis zu rufen, wie es in Omas Wohngegend ausgesehen hat. Als Opa starb, verkaufte Oma den kleinen Bauernhof an die Gemeinde, weil sie zu alt war, um ihn allein zu bewirtschaften. Auf den Äckern wurden bald darauf Reihenhäuser gebaut. Oma selbst kaufte sich das rote Holzhaus mit dem kleinen Garten, das wir jetzt suchten.

»Ja, das könnte tatsächlich die Straße sein«, sage ich schließlich. »In dem Fall müsste ihr Haus dort hinten stehen.«

Dinah wirft mir einen skeptischen Blick zu.

»Ich weiß«, sage ich und zucke die Schultern. »Aber einen Versuch ist es doch wert?«

Dinah nickt, worauf wir in das einbiegen, was früher einmal Omas Straße gewesen sein könnte. Ich weiß, dass ihr Haus am Ende der Straße lag, an einer Wendeplatte. Je näher wir kommen, desto stärker wird meine Überzeugung, dass es tatsächlich die Straße ist. Ich glaube die Häuser wiederzuerkennen, sie stimmen einigermaßen mit den Bildern überein, die ich im Kopf habe. Als wir das, was ich für das letzte Haus halte, erreichen, sage ich zu Dinah: »Hier ist es! Das hier war mal das Haus meiner Oma!«

Dinah starrt die Reste des Hauses und des Gartens an. »Unglaublich!«, sagt sie.

»Ich weiß«, sage ich. »Wir müssen ein sagenhaftes Glück gehabt haben!«

Dinah schüttelt den Kopf. »So was gibt's doch einfach nicht!«

»Oder es ist mehr als Glück«, sage ich. »Mir ist fast so, als hätte uns etwas hierhergeführt.«

Devil springt über einen Schutthaufen und läuft in Omas ehemaligen Garten. Wir klettern hinterher. Ich sehe sofort, dass alles zerstört ist. Das Haus selbst ist fast vollkommen verschwunden, der größte Teil des Gartens ist weggeschwemmt. Nur der kleine Gartenschuppen ist noch da. Er liegt halb umgekippt oben auf einem Haufen Gerümpel. Bei seinem Anblick muss ich plötzlich daran denken, wie es war, als ich klein war und Oma und ich im Frühling im Gartenbeet Samenkörner aussäten. Sie hatte das Beet umgegraben und so fein gerecht, dass die Erde weich und glatt dalag, wie eine dunkle Haut. Oma nahm einen Rechenstiel und zog damit gerade Linien im Beet, und ich kam hinterhergekrochen und steckte Samenkörner in die Erde, aus denen Bohnen, Gurken, Mohrrüben, Salat und Auberginen wachsen würden. Wenn wir damit fertig waren, tranken wir immer auf der Bank vor dem kleinen Schuppen Kaffee.

»Das da ist Omas Gartenschuppen«, sage ich und deute auf den Schuppen, als wäre er etwas ganz Besonderes.

Als ich das sage, fällt mir noch etwas ein. In dem Schuppen gab es einen Wandschrank, den Oma als ihren Samenschrank bezeichnete. Dort bewahrte sie alle Samenkörner auf, die sie im Herbst einsammelte und die wir im kommenden Frühjahr aussäen wollten. Womöglich war der Samenschrank noch da!

Ich erzähle Dinah davon, und das weckt ihren Eifer. »Wär ja toll, wenn wir den finden könnten!«, sagt sie.

»Komm, Devil!«, sage ich. »Hilf uns nach Omas Samenkörnern suchen!«

Dann klettern wir an dem Haufen aus Brettern und Steinen zu dem Schuppen hoch, der wie weggeworfen daliegt. Devil scharrt mit den Pfoten an der Tür und versucht, sie zu öffnen. Er bellt dabei.

»Was ist denn, Devil? Ist da drinnen was?«

Dinah und ich packen die morsche Tür und zerren daran, bis es uns schließlich gelingt, sie aufzureißen. Als wir in die dunkle Öffnung schauen, merke ich, dass sich tatsächlich etwas in dem Schuppen befindet. Zuerst bilde ich mir ein, es sei ein Mensch. Ein Kind, das sich versteckt oder Schutz gesucht hat. Das ist mein erster Gedanke. Ich packe Devil am Nackenfell. Aber schon in der nächsten Sekunde geht mir auf, wie sehr ich mich geirrt habe, denn plötzlich bewegt sich der Boden im Schuppen, er scheint zu schwanken und herauszufließen. Gleichzeitig höre ich lautes Fiepen und schrille Schreie. Da sehe ich, was es ist: Aus dem Schuppen strömt eine Flut von Ratten. Die Tiere sind erregt und aggressiv, sogar Devil zuckt zurück, als sie herausgestürzt kommen.

»Pfui Teufel!«, schreie ich und werfe mich auf die Seite.

Dinah lässt sich Hals über Kopf von dem Haufen hinunterfallen und bleibt unten liegen. Ich weiß nicht, wie viele Ratten es sind, merke aber, dass es weniger sind, als ich zuerst dachte. Kurz darauf ist der Schuppen leer, und ich sehe die letzten Ratten zwischen den Steinen verschwinden.

Was haben sie dort drin gemacht? Als ich vorsichtig hineinspähe, kann ich nichts erkennen, was als Erklärung dienen könnte. Doch dann entdecke ich ein Loch in der Wand, die halb zum Boden geworden ist, und als ich den Kopf in den Schuppen strecke, sehe ich, dass sich unter dem Loch ein Gang befindet.

»Vielleicht haben sie hier gewohnt«, sage ich matt.

Dinah antwortet nicht. Sie sitzt jetzt unten neben dem Schutthaufen und starrt hinter den Ratten her, wie gelähmt, ungefähr so wie David.

»Los, komm!«, sage ich, klettere vorsichtig in den Schuppen und suche den Raum nach Omas Samenschrank ab.

»Da ist er!« Ich deute in eine Ecke. »Er ist runtergefallen und steht auf dem Kopf, aber das muss er sein.«

Dinah kommt mir tatsächlich nach und hilft mir, den Schrank umzudrehen. Doch als ich die Schranktüren öffne, sinkt meine Hoffnung. Wasser ist in den Schrank eingedrungen, und die Wände sind weiß von Schimmel. Nirgends eine Spur von den Tüten, in denen Oma die Samenkörner aufbewahrte. Vielleicht haben sie sich aufgelöst. Der Boden des Schranks ist mit dickem, braunem Matsch bedeckt.

»Alles scheint zerstört zu sein«, stelle ich enttäuscht fest.

Doch als ich das sage, fällt mir plötzlich die Auberginenschachtel ein, ein schönes Holzkästchen, in dem Oma die Auberginensamen aufbewahrte. Zum Spaß sagte sie immer, Samenkörner, die so wertvoll seien, müssten in einem besonders feinen Kästchen liegen. Aufgeregt wühle ich im Matsch.

»Hier ist es!«, rufe ich aus.

Als ich es schüttle und höre, dass es darin rasselt, werde ich so glücklich, dass mir fast das Herz stehenbleibt.

»Hörst du das?«, rufe ich Dinah zu. »Die Samenkörner sind noch da!«

Den Schlüssel für das Kästchen finde ich natürlich nicht. Ich weiß, dass Oma ihn immer an einen kleinen Haken im Schrank gehängt hat. Aber der Haken ist nicht mehr da, und obwohl meine Finger den Matsch unten im Schrank immer wieder durchpflügen, kann ich ihn nicht finden.

»Wir müssen es eben später aufbrechen«, sage ich und stelle das Kästchen behutsam ab. Devil schnuppert schwanzwedelnd daran. Ich umarme ihn. »Wir sind gerettet«, sage ich.

»Glaubst du wirklich, dass wir die Körner zum Wachsen bringen können?«, fragt Dinah.

Ich zucke die Schultern. »Vermutlich nicht.«

Dann sehe ich mich in dem verwüsteten Garten um und spüre, dass ich schnell weg will. Als mir bewusst wird, dass es tatsächlich Omas Haus ist, das wir gefunden haben, verstehe ich auch, was das heißt: Wenn hier Omas Haus stand, muss das Vogelnest auf der anderen Seite der Stadt gewesen sein. Und unser eigenes Haus stand ungefähr in der Mitte. Ich begreife nicht, wie das überhaupt möglich ist, und mir fehlt die Kraft, mir vorzustellen, was es zu bedeuten hat.

»Ich finde, wir hauen lieber ab«, sage ich. »Es wird bald hell.«

»Wohin denn?«, fragt Dinah. »Weiter in die Stadt hinein?«

»Nein, kehren wir lieber um. Wir müssen David und Gabriel hierher mitnehmen.«

Dinah nickt. »Also zurück zum Müllberg?«

Ich nicke. »Komm, Devil, wir verlassen diesen schrecklichen Ort.«

In dieser Nacht habe ich eingesehen, dass der menschliche Körper mit Sperren ausgestattet ist, die uns helfen, das Allerschlimmste zu ertragen. Ich glaube, das gilt sowohl für körperlichen als auch für seelischen Schmerz. Hier war es die grauenhafte Einsicht in das, was den Menschen in der Stadt wahrscheinlich widerfahren war, die von den Sperren auf Abstand gehalten wurde. Ich dachte an Oma, an meine Eltern, an Gun-Helen, Red Bull und den Ganser. Ich dachte an die Menschen, die so eigenartig dumpf gesungen hatten. Aber es war, als könnten diese Gedanken nicht in mich eindringen, als müssten sie einen Abstand einhalten, der es mir möglich machte, sie zu ertragen. Ich handelte wie ein Roboter. Tat, was ich tun musste, ohne zu wissen, woher ich die Kraft dazu nahm. Vielleicht ist es ein uraltes biologisches Überbleibsel, das bei solchen Krisen in uns aktiviert wird.

Als wir uns wieder dem Hof nähern, habe ich das Gefühl, als wären wir sehr lange weg gewesen. Ähnlich wie früher, wenn man nach den Sommerferien in die Stadt zurückkehrte und alle vertrauten Dinge und Menschen einem ein wenig fremd und anders vorkamen. Als ich die Gebäude wie dunkle Kulissen zwischen den ausgedehnten Feldern auftauchen sehe, ist es, als sähe ich sie zum ersten Mal. Vielleicht liegt das auch daran, dass ich den Hof jetzt aus einer neuen Richtung sehe, und vor allem: aus einer neuen Perspektive. Ich trage das Wissen darüber, was wahrscheinlich in der Stadt passiert ist, wie einen schweren Stein in mir, und der kleine Hof in der Ebene erscheint mir fast wie eine unwirkliche Idylle. Ich denke an Doris und Tüchtig und daran, wie gut es uns ergangen ist, trotz allem. Mir ist klar, dass wir großes Glück gehabt haben. Irgendetwas scheint unser Geschick zu steuern, es ist, als hielte jemand eine schützende Hand über uns. Ich erinnere mich an das Bild, das in Omas Schlafzimmer hing. Zwei kleine Kinder waren darauf zu sehen, die Hand in Hand auf einem morschen Steg eine tiefe Schlucht überquerten. Das sah echt gefährlich aus. Aber hinter den Kindern schwebte ein Schutzengel, und wenn man den ansah, wurde einem klar, dass den Kindern niemals etwas zustoßen würde.

So ein Gefühl habe ich in letzter Zeit manchmal gehabt. Als hätte ich einen solchen Engel hinter mir.

Und jetzt habe ich noch einen Engel. Ich meine natürlich Devil, der einen halben Schritt hinter mir hertrabt. Er bewegt sich wie mein Schatten, und wenn ich seinen ruhigen Atem höre, verstehe ich nicht, wie ich jemals ohne ihn habe sein können. Dinah läuft an meiner Seite. Sie atmet schwer und hinkt leicht wegen ihres verletzten Fußes. Ihr Gesicht ist blass, glänzend von Schweißtropfen, die in der kalten Nachtluft zu erstarren scheinen und sich wie eine Plastikfolie über die Haut legen. Nach den langen Strecken, die wir nachts zurückgelegt haben, und den Tagen in der engen, heißen Höhle im Müllberg sind wir erschöpft.

»Ob sie wohl schlafen?«, schnaufe ich.

Dinah nickt, sagt aber nichts.

Ich spähe zum Hof. Er wirkt so friedlich, als würde er ebenfalls schlafen. Nachts sehen tote Bäume aus wie ganz normale Bäume. Die riesige Ulme vor dem Haus erinnert an einen Riesen mit dicken Armen, der vor dem Haus Wache hält. Je näher wir kommen, desto deutlicher glaube ich zu sehen, dass etwas an dem Baum hängt. Ich fixiere es lange, kann aber nicht erkennen, was es ist.

»Hängt da was?«, sage ich und versuche hinzudeuten, indem ich den Kopf vorstrecke, ungefähr wie ein Fußballspieler, der köpfen will.

Dinah hebt den Blick und läuft weiter, ohne etwas zu sagen.

»Ich kann nichts sehen«, sagt sie schließlich.

Wir werden langsamer, bewegen uns eine Zeitlang im Schritttempo, ohne zu sprechen. Ich versuche zu erkennen, was es sein kann, das da von einem Ast des Baumes herabbaumelt. Dann kommt die Kälte angeschlichen, streicht uns wie eine eisige Hand über den Rücken, und wir fallen wieder in den Laufschritt. Nach einer Weile glaube ich zu erkennen, was dort am Baum hängt, aber der Gedanke ist so abwegig, dass ich ihn für mich behalte. Erst als wir so nahe am Hof sind, dass es ganz eindeutig ist, bleibe ich stehen, lege Dinah die Hand auf den Arm und flüstere: »Im Baum hängen zwei Menschen, Dinah!«

Dinah starrt zur Ulme hinüber. Ich bin mir ganz sicher. An dem Baum hängen zwei menschliche Körper und baumeln an je einem Strick. Sie zeichnen sich wie schwarze Silhouetten am Himmel ab. Es sieht fast schön aus und ist absolut grauenhaft.

»Was ist da passiert?«, sagt Dinah leise.

Ich antworte nicht. Einerseits, weil ich natürlich nicht weiß, was passiert ist. Andererseits, weil mir eine andere, wichtigere Frage durch den Kopf geht: *Wer* hängt da eigentlich am Baum?

»O Gott, wenn das jetzt David und Gabriel sind!«, flüstert Dinah.

Wieder antworte ich nicht. Einerseits, weil ich natürlich nicht weiß, ob es David und Gabriel sind. Aber auch, weil ich denke: Wer könnte es sonst sein?

21. SZENE. AUSSENAUFNAHME. NACHT. AUF DEM HOF.
JUDIT, DINAH, (DAVID, GABRIEL).

Zwei dunkle Schattengestalten bewegen sich über die weite Ebene. Direkt hinter ihnen ist ein Tier erkennbar.

DAVID (NICHT IM BILD)
Jetzt kommen sie!

GABRIEL (NICHT IM BILD)
Was bringen sie denn da mit?

DAVID (NICHT IM BILD)
Sag bloß nicht, dass sie noch ein Schwein gefunden hat ...

GABRIEL (NICHT IM BILD)
Sieht fast so aus.

Die Schattengestalten bleiben stehen. Die eine deutet auf den Hof.

DAVID
Jetzt sehen sie die Toten!

Wir stehen da und schauen zum Hof. Devil spürt, dass wir fast am Ziel sind, und rennt schwanzwedelnd um uns herum. Er will, dass wir weitergehen. Aber ich kann den Blick nicht von den Menschen am Baum abwenden. Es sieht aus wie auf einem alten Gemälde oder wie eine Szene aus einem Horrorfilm. Da höre ich, dass Devil zu knurren anfängt.

»Jemand ist auf dem Hof«, flüstert Dinah. »Sie stehen vor der Veranda.«

Als ich in die Richtung schaue, in die sie zeigt, sehe ich sie. Drei Personen stehen mitten auf dem Hof. Devil beginnt, dumpf und drohend zu bellen. Als ich das höre, fühle ich mich gleich ruhiger. Solange wir Devil haben, wird niemand uns etwas tun.

Allmählich erkenne ich, dass die dritte Person keine Person ist, sondern etwas Eckiges, ein Bündel Bretter vielleicht.

»Aber das sind doch David und Gabriel«, stoße ich erleichtert aus. »Hallo!«, rufe ich dann und strecke einen Arm in die Höhe.

»Hallo!«, antwortet Davids vertraute Stimme.

Als wir die hören, rennen wir los. Devil scheint begriffen zu haben, dass das unsere Freunde sind. Sein Gebell klingt auf einmal ganz anders.

»Hallo!«, rufe ich noch einmal aus purer Erleichterung. »Wir sind's bloß!«

Devil rennt voraus, auf David zu, und untersucht seine Beine minutiös nach jedem noch so schwachen Geruch. David hält still, steif wie ein Stock.

»Shit, was ist das denn für ein Monster?«, sagt er erleichtert, als Devil auf Gabriel zusteuert.

»Devil ist fast kein bisschen gefährlich«, erkläre ich.

»Wo findest du nur all diese Viecher!«, sagt David.

»Hab mir gedacht, wir könnten einen Wachhund brauchen!«, sage ich.

Inzwischen ist auch Gabriel untersucht und gebilligt worden. Erleichtert stößt er einen Seufzer aus.

»Echt genial, Judit. Wir haben nämlich tatsächlich ein paar kleinere Probleme.«

»Das haben wir gemerkt«, sage ich und schaue zu dem Baum. »Wer ist das denn?«

Da müssen David und Gabriel beide lauthals lachen.

»Das sind doch nur der Vater und die Mutter«, sagt David.

»Als eine Art Warnung«, erklärt Gabriel.

»Wovor?«

»Dass es gefährlich ist, sich diesem Hof zu nähern«, sagt David. »Wer das wagt, tut es auf eigene Gefahr.«

»Das gilt dieser Kinderbande, die uns terrorisiert«, fügt Gabriel hinzu.

»Was soll das heißen – Kinderbande?«, frage ich verblüfft.

»Da zieht so eine Schar Kinder durch die Gegend. Sie haben Red Bull abgefackelt.«

»Ist das wahr?«, fragt Dinah.

Gabriel nickt. »Den Kalender haben sie auch geklaut.«

»O nein!«, stöhne ich. »So was Fieses. Jetzt kommt alles wieder durcheinander.«

»Was sind das für Kinder?«, fragt Dinah.

David zuckt die Schultern. »Erst haben wir gedacht, sie sind eine organisierte Bande oder so was, weil sie sich auch so benehmen. Aber inzwischen nehmen wir an, dass es sich nur um verwilderte Kinder handelt.«

»Verwilderte Kinder«, wiederhole ich. »Na, das wird ja immer geheimnisvoller.« Dann fällt mir das Kästchen mit den Samenkörnern ein, das wir bei Oma gefunden haben. Ich lege den Sack ab und öffne ihn.

»Schaut mal!«, sage ich und schüttle das Kästchen vorsichtig. »Das ist voller Samenkörner!«

»Cool, Judit! Wo hast du das denn gefunden?«

»Ich finde, wir sollten sie wieder runterholen«, sage ich und zeige auf den Mann und die Frau im Baum. »Jetzt, wo wir Devil haben, der uns bewacht.«

Gemeinsam lassen wir die beiden Toten herab, tragen sie behutsam auf die Veranda und setzen sie dort auf die Gartenstühle. Dann tragen wir die Zwillinge aus der Küche und setzen sie neben die Eltern. Es sieht aus wie eine ganz normale Familie, die zum Nachmittagskaffee auf der Veranda sitzt.

DIE VERWILDERTEN KINDER

Den ganzen folgenden Tag mühe ich mich mit dem Gemüsebeet ab. Devil und Dinah helfen mir. Wir zerschlagen die harten Erdschollen, die der Pflug umgewendet hat, und zerkleinern sie Stück für Stück mit dem Rechen, eine schweißtreibende Arbeit. Immer wieder werfe ich dem Traktor einen wütenden Blick zu, der leblos neben dem Beet steht. Aber als wir fertig sind, ist das Ergebnis besser, als ich zu hoffen gewagt habe. Die hellbraune Erde liegt fast eben da, porös und luftig. Nicht so wie richtiger Humus, aber immerhin so gut, wie es bei diesen chaotisch durchmischten Erdschichten überhaupt möglich ist.

Wird hier etwas wachsen können? Das weiß ich nicht. Aber ich hoffe, dass es den Auberginen gelingen wird. Oma hat immer gesagt, das seien einmalige Pflanzen.

Das Samenkästchen steht neben dem Beet. Ich ziehe einen langen Schraubenzieher aus der Gesäßtasche, zwänge ihn unter den Deckel und stemme ihn auf. Es knirscht, und nach ein paar Sekunden fliegt der Deckel mit einem kleinen Knall davon.

»Bravo!«, ruft Dinah aus.

Vorsichtig leere ich die Samenkörner in meine gewölbte Hand.

»Hier ist noch ein Zettel«, sage ich und falte ein Blatt Papier auseinander, das zusammengefaltet auf dem Boden der Schachtel lag. Es ist eine Zeichnung, die ich als kleines

Mädchen gemacht habe und die Oma und mich im Garten darstellt. Ich zeige sie Dinah.

Sie lächelt über die kindliche Zeichnung. »Die bringt garantiert Glück!«, sagt sie.

»Du darfst die Furchen machen«, sage ich und zeige ihr, wie sie den Rechenstiel ziehen muss.

Als wir fertig sind, sieht das Beet aus wie ein frisch gemachtes Bett. Hier schlafen hundert Auberginen, denke ich. Hoffentlich wollen sie aufwachen. Laut sage ich: »Die Zeichnung kommt hierhin«, und stecke das Papier mit einem dünnen Hölzchen in das eine Ende des Beetes.

Manche fremde Menschen, denen man in neuen Umgebungen begegnet, können Personen, die einem vertraut sind, fast erschreckend ähnlich sehen. Als wären alle nur Spiegelbilder.

Dieses Gefühl überkommt mich, als ich Benjamin sehe. Ich bin mir nämlich fast sicher, dass ich ihn schon einmal gesehen habe. Ich weiß nur nicht, wo.

Als David schreit: »Jetzt kommen die Rotznasen!«, habe ich die Kinder schon längst erblickt. Sie haben von hinter der Hecke zugeschaut, wie Dinah und ich das Beet bestellt haben. Als wir fertig sind, kommen sie aus ihrem Versteck, und da erst werden sie von David entdeckt. Sie stehen in einer langen Reihe nebeneinander, eine ganze Bande kleiner Kinder. Windzerzaust, sonnenverbrannt, rotzverschmiert und voller Schürfwunden. Ihre Kleider starren von Schmutz und hängen in Lumpen an ihnen herab. Ein paar der älteren tragen hölzerne Speere, die an den Enden angespitzt sind. Einer von ihnen hat einen Bogen um die Schulter gehängt.

Die Kinder starren Devil an. Er hat sich hingelegt und schlägt abwartend mit dem Schwanz, als wäre er vom Anblick all dieser kleinen Schmutzfinken überwältigt.

Ich frage mich, was sie wohl hinter sich haben, woher sie kommen und wie sie hier gelandet sind. Manche von ihnen sind so klein, dass sie eigentlich noch im Sandkasten sitzen müssten. Ich erinnere mich noch, wie ich selbst in dem Alter war und Opa mir einen hölzernen Fisch auf Rädern schenkte, den ich auf Schritt und Tritt an einer Schnur hinter mir herzog. Wenn der Untergrund so uneben wurde, dass der Fisch nicht weiterkam, setzte ich mich hin und weinte, bis irgendein Erwachsener sich erbarmte und mich und den Fisch an eine geeignetere Stelle trug. Nachts schlief der Fisch unter meinem Bett. In diesem Alter ungefähr sind die meisten Kinder. Eigentlich sollten sie mit Legosteinen bauen und Fußball spielen, Gummibärchen kauen und Apfelsaft trinken und bei spannenden Vorlesegeschichten über Füchse und Kaninchen einschlafen.

Ich merke, dass Benjamin mich auch wiedererkennt, und erst kommt es mir vor, als lächelte er mir zu, aber als David und Gabriel mit lautem Geschrei angerannt kommen, erstarrt er, und sein Gesicht nimmt einen ernsten Ausdruck an, der mir fremd ist.

»Stop there!«, schreit David. »We want to talk to you.«

Benjamin verzieht keine Miene, und auch keins der anderen Kinder rührt sich.

»You have stolen our days«, sagt Gabriel. »We want to have them back.«

Ich nicke, als er das sagt, damit Benjamin versteht, dass es wichtig ist, aber er sieht nicht so aus.

»What have you done with them?«, sagt David.

Die ganze Szene erinnert an einen alten Western. Fehlt nur noch, dass der Sheriff auftaucht und eine Schießerei verhindert. Nach einer Weile geht mir auf, dass ich der Sheriff sein könnte. Also hebe ich die Hand.

»Wait a minute!«, murmle ich.

Devil erhebt sich und reckt sich mit laut hörbarem Gähnen. Ich wende mich direkt an Benjamin.

»We don't want any trouble«, sage ich leise. »But we have to have the days back.«

»I don't speak english«, sagt Benjamin ernst.

»What do you dann speak?,« sage ich.

Benjamin schweigt. Ich sehe, dass er nachdenkt.

»Darf man den Hund streicheln?«, sagt er schließlich.

»Na klar«, sage ich, und wie auf Kommando stürzen sich die Kinder auf Devil und streichen ihm übers Fell. Dabei stellen sie sich etwas ungeschickt an, wie Kinder eben, die noch nie ein eigenes Tier gehabt haben.

Ich gehe neben einem der jüngsten in die Hocke, einem Mädchen mit aufgeschürften Knien und struppigen braunen Haaren.

»Dann seid ihr es wohl gewesen, die hier auf dem Hof euren Spuk mit uns getrieben habt?«, sage ich.

Am Abend versammeln wir uns auf dem Hof vor der Veranda. Die Kinder haben den Kalender zurückgebracht. Dinah hält das Messer in der Hand und ritzt das Datum des Tages ein. Ich brülle, so laut ich kann:

»Alle herkommen!«

Die Kinder kommen sofort, halten aber gehörigen Abstand. Nur das Mädchen mit den aufgeschürften Knien rennt zu mir her und umklammert meine Beine, während sie unablässig die tote Familie auf den Gartenmöbeln anstarrt. Mir ist klar, dass die Kinder sich vor ihnen fürchten.

David hebt den Arm. Es wird ruhiger. Er wartet, bis es ganz still ist.

»Das hier ist unsere Zeit«, sagt er und deutet auf das Brett. »Was auch geschieht, die werden wir behalten.«

Er verstummt und deutet mit einem Kopfnicken auf mich.

»Was für ein Tag ist heute, Judit?«

Ich zeige auf das Brett und sage: »Dienstag, der zwanzigste Marzo, anno eins.«

Die Kinder starren das Brett an, kapieren aber offensichtlich null.

»Kennt ihr die Tage?«

Der Junge namens Benjamin schüttelt den Kopf.

»Morgen ist Mittwoch«, sage ich. »Das werdet ihr merken, weil das ein ganz anderer Tag ist. Und dann kommt der Donnerstag, der ist auch einfach.«

»Wie heißt der noch mal, den wir heute haben?«, fragt das kleine Mädchen.

»D-i-e-n-s-t-a-g«, sage ich. »Das ist ein guter Tag. Einer der besten.«

Das Mädchen sieht mich an und nickt eifrig. »D-i-e-n-s-t-a-g«, wiederholt sie.

»Gut«, sage ich.

Das kleine Mädchen mit den aufgeschürften Knien folgt mir so dicht auf den Fersen, dass sie mir jedes Mal, wenn ich stehen bleibe, in die Hacken läuft. Wenn ich mich dann umdrehe und sie ansehe, schaut sie weg und tut so, als würde sie etwas suchen. Manchmal wird sie von langen, trockenen Hustenanfällen geschüttelt. Dann knie ich mich neben sie und nehme sie in den Arm. Ihr ganzer Körper besteht vor allem aus Knochen und Schmutz, und es ist, als wären es nur die verdreckten, schmutzstarrenden Kleider, die sie aufrecht halten.

»Bist du krank?«, frage ich.

Das Mädchen schüttelt den Kopf, sagt aber nichts.

»Wie heißt du?«

Die Kleine antwortet mit einem erneuten kurzen Kopfschütteln.

»Weißt du deinen Namen nicht mehr?«

Sie schüttelt den Kopf.

»Aber irgendwie wirst du doch genannt?«

Erneutes Kopfschütteln.

Behutsam fahre ich mit der Hand über den Wundschorf auf einem ihrer Knie.

»Tut das weh?«

Sie hustet kurz und schüttelt den Kopf.

Ich gleite mit der Hand an dem dünnen Bein entlang bis

zum Fuß. Die Haut ist rau und voll vertrocknetem Blut und schlecht verheilten Wunden. Ihre Fußsohle fühlt sich hart an wie ein Panzer. Die Kleine reagiert nicht, als ich sie vorsichtig kneife.

»Ihr seid schon lange hier, hab ich recht?«, frage ich.

Sie nickt, und ich sehe, dass sie all ihren Mut zusammennimmt.

»Dürfen wir jetzt bei dir wohnen?«, fragt sie.

»Wo habt ihr denn bisher gewohnt?«

Sie zögert kurz. Dann hebt sie den Arm und zeigt über die Felder in die Richtung, wo die Ruinenstadt liegt.

»In der Stadt?«

Das Mädchen schüttelt den Kopf. »Im Abfall«, sagt sie.

»In den Ruinen? In dem, was von der Stadt übrig ist?«

Sie schüttelt wieder den Kopf. »Draußen«, sagt sie.

Ich überlege kurz.

»Habt ihr auf den Müllbergen gewohnt?«

Sie nickt.

»Dürfen wir jetzt bei dir wohnen?«, fragt sie.

Ich nicke, lege die Arme um das Kind und drücke es an mich. Nach einer Weile spüre ich, wie der kleine Körper sich langsam entspannt. Plötzlich fängt das Mädchen an zu weinen. Ich spüre, wie ihr Körper erzittert, bevor sie endlich losschluchzt. Sie schluchzt herzzerreißend, und ich bin mir fast sicher, dass ich genau dieses Weinen schon früher gehört habe.

»Jetzt bist du bei mir«, flüstere ich.

Als die Kleine nicht mehr weint, befreie ich mich vorsichtig von ihr, gehe ins Haus und hole den abgegriffenen Stoffhund. Ihr Gesicht leuchtet auf, als sie ihn sieht.

»Ich hab mir gleich gedacht, dass er dir gehört«, sage ich.

Benjamin unterscheidet sich von den anderen. Er verschwindet stundenlang auf langen Wanderungen über die Felder. Wenn er zurückkommt, sind seine Wimpern von der starken Sonne versengt. Einmal gehe ich zu ihm hin und lege ihm den Arm um die dünnen Schultern.

»Warst du das damals, der die Maiblumen verkauft hat?«, frage ich.

Da sieht er mich mit ernsten braunen Augen an und schüttelt den Kopf. »An die Zeit davor kann ich mich nicht erinnern.«

Ich schweige und blicke auf die Felder hinaus, wo vereinzelte vertrocknete Unkrautstängel wie Ausrufezeichen aus dem Boden ragen, als wollten sie die Verlassenheit der Landschaft unterstreichen. Es ist spät auf Erden, denke ich.

Benjamin ist vor allem mit zwei anderen ungewöhnlichen Kindern zusammen, die sich Hänfling und Vendela nennen und mir gleich ans Herz wachsen. Hänfling ist dünn und mager, ja, in dem intensiven Sonnenlicht wirkt er fast durchsichtig. Aber er sieht auf eine Weise lieb aus, wie nur wenige Menschen es tun. Irgendwie *gütig*. Vendela ist ein hochaufgeschossenes, dünnes Mädchen mit einem schmalen Gesicht und langen braunen Haaren, die ich ihr entwirrt und zu einem dicken Zopf geflochten habe. Dieser Zopf ist jetzt ihr ganzer Stolz, sie dreht sich immer wieder im Kreis, um einen Blick darauf zu erhaschen, wie eine Katze, die ihren eigenen Schwanz jagt. Vendela zwinkert mit den Augen, als wäre sie kurzsichtig und bräuchte eine Brille, aber nach einer Weile merke ich, dass es nur eine Eigenart von ihr ist, ein Tick.

Was Hänfling und Vendela von den anderen unterscheidet, ist nicht nur ihre ruhige Art, sondern auch ihr Aussehen. Sie haben helle, eisblaue Augen, was inmitten all dieser schwarzäugigen Kinder eigenartig wirkt.

Abends sitzen wir in der Küche am Tisch, den wir mit einem Brett verlängert haben, das Dinah in einem Schrank aufgestöbert hat. Gabriel zeigt Hänfling, wie die Kamera funktioniert, und nach einer Weile darf Hänfling sie selbst halten und eine kurze Sequenz in der Küche filmen. Hinterher schaut er fasziniert zu, als Gabriel die Szene für ihn abspielt. David, Dinah und ich sitzen während des Essens bei den Kindern. Das kleine Mädchen isst mit den Fingern und sieht mich dabei immer wieder mit einem breiten Lächeln an.

»Schmeckt's dir?«, frage ich.

Die Kleine hustet kurz, dann nickt sie.

»Ihr müsstet alle irgendwie heißen«, sage ich und schaue auf die Kinderschar. »Ihr braucht Namen. Versteht ihr das?«

Doch sie futtern weiter, ohne sich darum zu scheren, was ich sage. Ich seufze und überlege, dass wir ihnen vielleicht so eine Art Indianernamen geben könnten, solche, die man sich selbst ausdenkt. Kleine Wolke und Schneller Fuchs und so.

»Namen«, sage ich zu dem Mädchen. »Du brauchst einen Namen.«

Sie sieht mich an, lächelt und stopft sich gleichzeitig Muscheln in den Mund.

»J-u-d-i-t«, sage ich und deute auf mich selbst.

Das Mädchen nickt.

»D-i-e-n-s-t-a-g«, sagt sie dann mit ernstem Gesicht und deutet auf sich selbst.

In dieser Nacht erzählt Benjamin etwas von sich. Als Dinah und ich auf der Verandatreppe sitzen und uns unterhalten, kommt er zu uns heraus. Er könne nicht schlafen, sagt er.

»Wir auch nicht«, sage ich und lächle ihn an.

»Wo habt ihr euch eigentlich früher aufgehalten?«, fragt Dinah.

Erst schweigt er eine Weile und schaut zu der toten Familie, die hinter ihm sitzt. Dann beginnt er zu erzählen.

»Zuerst haben wir in einem Sammellager am Rand der Stadt gewohnt. Da waren vor allem Erwachsene, die meisten ungefähr gleich alt. Ältere Leute waren keine da, aber ziemlich viele Kinder.«

Er verstummt, überlegt.

»Was ist dann passiert?«

»Es gab viel Streit. Das Wasser ist ja pausenlos gestiegen. Alle hatten wahnsinnig Angst und versuchten, sich irgendwie zu retten. Viele sind gestorben. Die wurden dann ins

Wasser geworfen und davongespült. Orkane haben dann den größten Teil des Lagers zerstört, und als der Regen eine kurze Pause machte, sind die meisten in verschiedene Richtungen geflohen. Zum Schluss waren fast nur wir übrig.«

Benjamin verstummt und macht eine erschöpfte Geste in die Nacht hinaus.

»Was habt ihr dann gemacht?«

»Wir sind so lange geblieben, wie es was zu essen gab. Das Letzte, was wir dort gegessen haben, war ein kranker Hund. Den haben wir mit Steinen erschlagen und dann über dem Feuer gebraten. Als der Hund aufgegessen war, haben wir die wenigen verwendbaren Sachen eingesammelt, die noch im Lager waren, und sind gegangen. Nachts. Eine Weile haben wir uns dann noch in der Stadt aufgehalten. Dort gab es immer noch Menschen, aber die waren verrückt vor Hunger und Krankheiten, denen zu begegnen war lebensgefährlich. Wir haben in Verstecken zwischen den Ruinen geschlafen. Eine Zeitlang haben wir in einem Keller gewohnt, aber als der Regen wieder losging und das Wasser wieder stieg, sind wir in eine Schule umgezogen. Wir haben immerzu nach Essen gesucht. Manchmal hatten wir Glück und konnten was aufstöbern. Das war dann ein Fest. Sonst haben wir Ratten gejagt. Damals waren wir noch viel mehr als jetzt.«

»Was ist mit den anderen passiert?«

Benjamin schweigt eine Weile und streicht Devil über den Rücken, als wollte er sich für das entschuldigen, was er uns erzählt.

»Manche von ihnen sind gestorben.«

»Warum?«

»Wahrscheinlich sind sie krank geworden.«

»Wovon denn?«

Benjamin zuckt die Schultern. »Keine Ahnung.«

Jetzt schweige ich eine Weile. Dann stelle ich eine Frage, die mir lange auf der Zunge lag: »Als wir in der Stadt waren, glaubten wir, Menschen zu hören, die eine Art Arbeitslied gesungen haben. Wir dachten, sie arbeiten vielleicht in irgendeinem Keller. Weißt du was darüber?«

Benjamin zuckt die Schultern und hustet. »Keine Ahnung«, sagt er noch einmal. »Wir haben dann irgendwann beschlossen, die Stadt zu verlassen. Dort ist es lebensgefährlich. Aber eine Zeitlang haben wir auch hier auf dem Hof gewohnt.«

»Das hab ich schon vermutet«, sage ich.

Benjamin nickt. »Bis ihr gekommen seid«, sagt er mit einem schiefen Lächeln.

»Hast du mich damals ins Schlafzimmer gebracht, als ich in den Tunnel gestürzt bin?«

Benjamin nickt. »Wir haben die ganze Nacht gebraucht, um ihn zu reparieren«, sagt er.

»Und wo seid ihr dann abgeblieben?«

»Als wir gemerkt haben, dass wir euch nicht von hier verscheuchen konnten, sind wir wieder zu den Müllbergen zurück. Dort ging es uns gut. Man kann immer noch brauchbare Sachen finden. Und wir haben uns große Höhlen gegraben, die uns vorm Regen und der Sonne schützten. Nachts sind immer ein paar von uns in die Stadt, um Ratten zu jagen.«

Ich nicke.

»Und jetzt seid ihr wieder hier.«

Benjamin sieht mich an und gähnt. »Jetzt sind wir hier bei dir, Judit.«

»Gute Nacht, Benjamin!«, sage ich und küsse ihn auf die Stirn.

@@

22. SZENE. AUSSENAUFNAHME. MORGEN. VOR DEM HAUS.
DINAH, JUDIT, DAVID, GABRIEL, BENJAMNIN, VENDELA UND DIE KINDER, (HÄNFLING).

Alle stehen in einem großen Kreis auf dem Hof. In der Mitte steht Dinah.

DINAH
Judit und ich sind der Meinung, dass wir uns auf das Allerschlimmste vorbereiten müssen. Wir brauchen einen Plan. Wir müssen wissen, wohin wir gehen sollen, wenn wir gezwungen werden, von hier zu fliehen.

DAVID
Wir haben doch noch den Windschutz am Lagerplatz. Dort sind wir sicher.

JUDIT
Nicht sicher genug. Nicht, wenn der Regen wieder einsetzt.

DINAH
Wir haben das Floß. Das liegt auch immer noch da.

GABRIEL

Habt ihr ganz vergessen, wie schwer die Zeit auf dem Floß war? Es war reine Glückssache, dass wir überlebt haben.

JUDIT

Aber wir könnten es umbauen. Ein Dach übers ganze Floß bauen. Es sicherer machen und so.

Das Bild wird plötzlich unscharf. Hänfling ruft aus dem Hintergrund.

HÄNFLING (NICHT IM BILD)

Gabriel, jetzt hab ich wieder was falsch gemacht!

Gabriel dreht sich um und geht direkt auf die Kamera zu. Bald darauf ist das Bild wieder scharf. Gabriel kehrt an seinen Platz zurück.

DAVID

Das ist vielleicht gar nicht so dumm. Wir könnten auf dem Floß ein Haus bauen.

JUDIT

Genau! Wenn wir es zu einem Hausboot umbauen, können wir vielleicht die Schweine mit an Bord nehmen.

Benjamin hilft Dinah dabei, die Tage einzuritzen. Bald darf er es selbst versuchen, und er zeigt uns stolz, welche Zeichen von ihm sind. Nach einer Weile hat er sowohl die Tage als auch die Technik so gut gelernt, dass er den Kalender allein betreuen kann.

»Samstag, der erste Aprillo, anno eins«, verkündet er eines Morgens feierlich. Ich stehe auf der Veranda, sehe, wie sich das schmutzig braune Morgenlicht aus dem schwarzen Griff der Nacht löst, und betrachte die toten Felder hinter unserer Hecke. Höre die Grunzlaute von Tüchtig und Doris, die den Boden durchwühlen. Inzwischen laufen sie frei herum, nach Lust und Laune. Nachts schlafen sie in der Box. Man sieht ihnen an, dass sie sich in ihrem neuen Leben wohlfühlen. Plötzlich bin ich irgendwie froh, ja, fast ein wenig aufgekratzt. Der erste April, denke ich, das ist lange her.

»Schaut mal, da hinten kommt das Eisauto!«, rufe ich.

»Was ist das?«, fragt Benjamin, und die anderen sehen mich genauso fragend an.

»Das ist ein Auto voller Eiscreme. Eis, das schmeckt einfach herrlich!«, rufe ich und zeige auf die Felder hinaus.

Die Kinder stellen sich in eine Reihe und sperren die Augen auf. »Wo? Wo?«, rufen sie.

»April, April, ich schick dich, wohin ich will!«, platze ich heraus und lache begeistert über meinen eigenen Einfall.

»Ach so, du hast bloß Spaß gemacht«, sagt Benjamin enttäuscht.

»Na klar, am ersten April legt man doch die Leute rein!«, sage ich. »In den April schicken, nennt man das. Weißt du das nicht?«

Benjamin schüttelt den Kopf. »Ich weiß fast nichts von solchen Sachen«, sagt er.

Als ich die enttäuschten Gesichter der Kinder sehe, bekomme ich ein schlechtes Gewissen. Es war dumm von mir, sie reinzulegen. Trotzdem fühle ich mich immer noch seltsam aufgekratzt.

»Wollen wir irgendein Spiel spielen?

»Was ist das, ein Spiel?«, fragt die kleine Dienstag.

»Ich zeig's euch. Ich glaube, in der Werkstatt gibt's ein Krocketspiel. Ich bring euch Krocket bei.«

Als wir alle Bögen aufgestellt und die Schläger verteilt haben, zeige ich ihnen, wie man es macht. Ich schlage die Holzkugel durch die ersten beiden Bögen.

»Jetzt muss man die Kugel durch den äußeren Bogen schlagen und dann durch den mittleren und diesen hier, bis man den Stock auf der anderen Seite trifft.«

Ich helfe ihnen beim Schlagen, stehe hinter ihnen und halte ihre Arme, damit der Schläger die Holzkugel in die richtige Richtung schickt. Wenn es uns gelingt, sie durch die richtigen Bögen zu schlagen, schreie ich laut vor Begeisterung.

Erst nachdem wir lange Zeit gespielt haben, merke ich, dass ich als Einzige Spaß daran habe. Die Kinder tun zwar, was ich sage, bleiben dabei aber sehr ernst, und als Benjamin schließlich Mut fasst und fragt, warum wir das eigentlich alles machen, bleibe ich ihm die richtige Antwort schuldig.

»Das weiß ich ehrlich gesagt nicht. Früher hat man so was gespielt.«

Später am Tag noch ein Missverständnis. Ich sitze auf der Veranda und entferne einen Holzsplitter aus Devils Pfote, als Benjamin, Gabriel und Dinah um die Ecke kommen.

»Ach, da bist du ja!«, ruft Dinah. »Hast du schon gesehen, dass die Auberginen zu keimen beginnen?«

»Ha, ha!«, sage ich kurz angebunden und widme mich weiterhin dem langen Splitter in der Pfote.

»Aber es ist stimmt tatsächlich«, sagt Dinah. »Oder, Gabriel?«

»Es ist unglaublich, Judit. Sie keimen tatsächlich. Das musst du dir ansehen!«

»Ich weiß, dass heute der erste April ist«, sage ich, ohne aufzusehen.

Sie geben nicht auf und nerven mich, bis ich den Splitter aus Devils Pfote heraushabe. Da seufze ich tief und gehe mit ihnen zum Beet. Ist ja klar, dass die Kinder mir meinen Aprilscherz heimzahlen wollen.

Als ich das Beet sehe, bin ich immer noch davon überzeugt, dass sie mich zum Narren halten und die Blättchen nur so in den Boden gesteckt haben.

»Wer hat das gemacht?«, frage ich und werde allmählich wütend.

Da kommt Gabriel und nimmt mich in die Arme. »Aber Judit, begreifst du denn nicht? Die wachsen wirklich! Die sind ganz von allein gewachsen. Das ist nichts, was wir erfunden haben.«

Er meint es tatsächlich ernst, das höre ich an seiner Stimme und merke ich an seiner Umarmung. Als ich das Beet erneut anschaue, sehe ich, dass es wahr ist. Es sind tatsächlich Auberginenkeime! Das muss in kürzester Zeit passiert sein. Überall schauen kleine grüne Doppelblätter aus der Erde. Sie sehen genauso munter und neugierig aus, wie Oma sie immer beschrieben hat. Freude schießt in mir hoch.

»Sie wachsen!«, schreie ich. Dabei hält Gabriel mich immer noch im Arm, und wir stolpern in einem Freudentanz um das Beet.

»Die Auberginen wachsen!«, juble ich, lasse einen lachenden Gabriel los und hüpfe wie eine Wahnsinnige im Kreis herum, und genau in dem Moment, genau dort, wo ich gerade bin, bin ich außer mir vor Glück.

Es ist nicht übertrieben, wenn ich sage, dass die darauffolgenden Tage zu den besten in meinem neuen Leben gehörten. Es folgten Dienstag, Mittwoch und Donnerstag, normale Tage, die zum ersten Mal seit langem genau das waren – normale Tage, die kamen und gingen. Tage, an denen nichts Besonderes passierte. Die Toten waren tot, wir lebten immer noch. Je mehr ich an all das dachte, was gewesen war, desto seltsamer kam es mir vor. Kurz gesagt, es war eigentlich unfassbar, dass wir tatsächlich noch am Leben waren.

Jetzt, während dieser wenigen Tage, machten wir fast ganz normale, alltägliche Sachen.

David und Gabriel verbrachten die meiste Zeit draußen auf dem Floß. Dort hatten sie etwas zu bauen begonnen, was eines Tages vielleicht unser neues Zuhause werden sollte. Inzwischen konnte man schon sehen, wie es aussehen würde: Auf dem Floß sollte ein richtiges Haus entstehen, ungefähr wie bei einem Hausboot. Die Kinder halfen mit, indem sie rotgestrichene Bretter von den Stallwänden losbrachen. David und Gabriel trugen die Bretter auf den Schultern zum Ufer. Manchmal hallten die Hammerschläge auf dem Floß so laut, dass wir sie bis auf den Hof ahnen konnten. Dann lächelte ich innerlich und stellte mir zufrieden das fertige Hausboot vor.

Wenn David und Gabriel abends zurückkamen, brachten sie einen Korb voller Muscheln und Schnecken. Schweißglänzend, mit roten Gesichtern kamen sie durch die Lücke, die wir inzwischen in die Hecke getrampelt hatten, marschierten in die Küche und kippten den Inhalt des Korbes direkt in den dunklen Schlund des Vorratskellers. Ab und zu hatten sie sogar ein paar Fische dabei, die sie aufgespießt hatten.

Wir hatten auch zwei Plastikfässer in den Vorratskeller gestellt, die wir jeden Tag mit frischem Wasser aus dem unterirdischen Bach füllten. Dinah und ich hatten nicht schlecht gestaunt, als David und Gabriel uns zum ersten Mal in die geheime Unterwelt geführt hatten. Das Wasser zu holen war meistens die Aufgabe von Hänfling und Vendela, die es in unseren alten Wassersäcken transportierten.

Wenn sie genügend Wasser geholt hatten, halfen sie Benjamin, hoch oben in der abgestorbenen Ulme einen Ausguck zu bauen. Wie sie so in den Ästen der Baumkrone herumturnten, erinnerten sie mich fast ein wenig an Äffchen in schmutzigen Kleidern. Ab und zu hörte ich es krachen, wenn ein toter Ast abbrach und mit dumpfem Aufprall unten auf dem Boden landete. Wenn Benjamin sah, dass ich ihn beobachtete, winkte er mir zu und rief: »Von hier oben sieht man unendlich weit!«, oder: »Kaum rauf, dann kannst du was sehen!«

Ich winkte zurück und rief: »Wenn du runterkommst, kriegst du den Hintern voll! So herumzuklettern ist lebensgefährlich.«

Aber insgeheim freute ich mich über das, was sie taten. Der Ausguck, den sie bauten, würde es uns ermöglichen, die ganze Gegend zu überwachen.

Die kleine Dienstag, Diddi, wie wir sie inzwischen nannten, und die anderen kleinen Mädchen beschäftigten sich viel mit Devil. Sie tobten mit ihm durch den Garten, und manchmal hatte ich das Gefühl, dass sie eben doch spielten, jedenfalls hatten sie etwas ausgeheckt, was mir wie ein Spiel vorkam. Sie hatten aus Schnur ein Halsband und eine Leine gemacht, an der sie Devil festhielten. Eines der Mädchen warf dann etwas in den Garten, ein anderes lief mit Devil los, um es zu suchen, und alle anderen liefen, sich an den Händen haltend, hinterher.

Dinah und ich saßen oft auf der Veranda und zerschnitten Vorhänge und alte Kleider aus dem Haus. Dann fügten wir die Teile, so gut es ging, mit Nadel und Faden zusammen und legten die neuen Kleidungsstücke neben uns auf einen Haufen. Dort lagen jetzt einfache Mäntel und Umhänge, grobe Hosen und weite Jacken mit Kapuzen, alles Sachen, die unserer Meinung nach für den besseren Schutz der Kinder nötig waren. Wir hatten auch einen Berg alte Tischtücher und Bettwäsche gesammelt, daraus wollten wir ein kräftiges Segel für das Floß nähen.

Ich selbst legte die Stoffstücke immer wieder aus der Hand, um zum Beet zu laufen und nach den Auberginen zu schauen.

»Wenn man Pflanzen zu Tode starren könnte, hättest du sie längst erledigt«, sagte Dinah, als ich das wer weiß wievielte Mal zurückkam.

Ich lachte und wusste, dass sie recht hatte, konnte aber trotzdem nicht anders, als nach einer halben Stunde wieder hinzulaufen.

»Wahnsinn!«, sagte ich, als ich zurückkam. »Sie sind schon fast zehn Zentimeter hoch.«

»In dem Klima werden sie garantiert schon in ein paar Tagen reif«, sagte Dinah.

Ich antwortete nicht, denn genau das machte mir Sorgen. Wie sollten die Auberginen die plötzlichen Wetterextreme verkraften? Würden sie nicht von der Sonne versengt oder vom aggressiven Regen ertränkt werden?

»Inzwischen ist das Wetter doch ein wenig besser geworden, oder nicht?«, bemerkte ich unsicher.

»Findest du?«, sagte Dinah.

Ich nickte. Vielleicht war es vor allem ein frommer Wunsch, dass das Wetter etwas weniger extrem geworden war, aber ich wollte so gern an dieser Hoffnung festhalten.

»Heute ist es jedenfalls nicht so heiß wie sonst«, sagte ich.

»Meinst du wirklich?«, sagte Dinah und lachte über mich.

So war es in diesen Tagen. Fast idyllisch.

DIE SCHWARZEN

Mitten in unserem Scheinalltag höre ich plötzlich Benjamins Stimme aus dem Ausguck im Baum. Ich verstehe sofort, dass es etwas Ernstes sein muss. Das höre ich am Tonfall, an der Kürze des Ausrufs und der langen Stille danach. Alles sendet dasselbe Signal an mein Gehirn: Gefahr!

Als ich zum Ausguck hinaufschaue, sehe ich Benjamin mit Hänfling und Vendela. Sie liegen auf den Knien, und Benjamin späht mit seinem Fernglas der Firma David & Gabriel über die Felder. Das Fernglas besteht aus zwei leeren Haushaltsrollen, die mit Isolierband aus einer Werkstattschublade aneinandergefügt sind, und obwohl es ziemlich komisch aussieht, ist es ausgesprochen nützlich, weil es die Augen vor den starken Sonnenstrahlen schützt.

Die anderen stehen ein Stück entfernt und schauen auch zu den dreien hinauf.

»Was ist?«, rufe ich. »Habt ihr was gesehen?«

Benjamin senkt sein Fernglas und blickt zu mir herunter.

»Leute!«, ruft er.

»Was für Leute?«

»Die Schwarzen.«

»Die Schwarzen?«

»Sie haben schwarze Kleider.«

»Wie viele?«

»Zwei.«

»Wie nah sind sie?«

»Weit weg. Aber sie scheinen hierherzukommen.«

Benjamins Nachricht löst Panik bei uns aus. Obwohl wir genau das am meisten befürchtet haben, sind wir total unvorbereitet. Vielleicht hat uns die relative Ruhe der letzten Tage in ein falsches Gefühl der Sicherheit gewiegt. Wir hätten im Voraus beschließen müssen, wie wir uns im Notfall verhalten wollen. Sollen wir uns verstecken? Uns verteidigen? Zum Angriff übergehen? Ich nehme die kleine Diddi an der Hand und laufe zu den anderen.

»Was machen wir jetzt?«, sage ich, und dabei hämmert mein Herz so heftig, dass mir das Sprechen schwerfällt.

»Vielleicht sind das die Typen, die wir gesehen haben«, sagt Dinah.

Ich nicke. Genau davor habe ich am meisten Angst – dass es die schwarzgekleideten Männer sein könnten, die in den Ruinen der Stadt hausen.

»Womöglich sind sie auf der Suche nach Devil«, sage ich.

»Wenn sie nur zu zweit sind, werden wir mit ihnen fertig«, meint David.

Ich schüttle den Kopf. »Die sind riesig, wie zwei Trolle.«

»Es ist ja nicht sicher, dass sie hierherkommen«, wendet Gabriel nachdenklich ein.

»Wohin sollten sie sonst wollen?«, sagt Dinah.

Die kleine Diddi hat zu weinen angefangen. Ob sie wohl das Gleiche denkt wie ich? Nämlich dass die Männer vielleicht auf der Jagd nach Fleisch sind.

»Die sind echt gefährlich«, sage ich. »Am besten, wir legen uns in einen Hinterhalt.«

»Gute Idee«, sagt David. »Wenn wir uns verstecken, finden sie uns vielleicht nicht. Und gleichzeitig haben wir die Chance, sie zu überraschen.«

»Auf dem Heuboden der Ratten!«, sagt Gabriel. »Da suchen sie bestimmt nicht.«

@@

»Sie kommen näher!«, ruft Benjamin.

Ich sammle alle Kinder ein. Das ist leichter gesagt als getan, weil die meisten von ihnen schrecklich verängstigt sind. Als Hänfling und Vendela an der Strickleiter vom Baum herunterkommen, nehme ich sie links und rechts an der Hand und renne mit ihnen zum Stall.

»Schnell, rein mit euch!«, sage ich. »David zeigt euch, wohin.«

Dann holen Dinah und ich Rechen, Spaten und Eisenspieße aus der Werkstatt und schleppen sie auf den Heuboden. Für die Kinder holen wir kleinere Werkzeuge: Stemmeisen, Schraubenzieher, Schraubenschlüssel, Hämmer. Sie nehmen ihre Waffen schweigend entgegen und drehen sie in den Händen. Wie sie damit eng beisammenstehen, erinnern sie mich an einen Bienenschwarm. Wenn dieser Schwarm angeflogen kommt, müsste er selbst einen Erwachsenen in die Flucht schlagen können.

»Ist es wirklich gut, wenn alle hier oben sind?«, frage ich, als wir uns schon fast alle dort versammelt haben. »Wenn sie uns entdecken, sitzen wir doch in der Falle.«

David versucht so auszusehen, als würde er nachdenken. Vielleicht tut er das auch, nach einer Weile sagt er nämlich: »Schätze, als Erstes untersuchen sie das Wohnhaus. Und wenn sie dort nichts finden, glauben sie vielleicht, der Hof sei verlassen, und ziehen weiter.«

»Die Familie!«, sage ich. »Die dürfen wir nicht auf der Veranda lassen!«

Doch es ist zu spät. Jetzt schaffen wir es nicht mehr, sie an einen anderen Platz zu bringen. Shit! Mit einem enttäuschten Seufzer setze ich mich auf die Treppe, die zum Heuboden führt.

»Benjamin bleibt oben im Baum«, teilt uns Gabriel mit, der als Letzter aus dem Garten angerannt kommt.

Ich zögere kurz. Es ist wirklich nicht gut, dass wir uns alle auf dem Heuboden einschließen. Außer Benjamin sollte noch jemand draußen bleiben.

»Ich verstecke mich draußen!«, schreie ich zum Heuboden hinauf.

»Du bist ja verrückt! Die können jeden Augenblick hier sein«, schreit David zurück.

»Ich komm schon klar«, rufe ich.

Als ich die Luke hinter mir zufallen höre, überlege ich es mir anders. Schnell öffne ich sie wieder einen Spalt und rufe: »Devil! Hierher!«

Der Hund kommt mit rasselnden Krallen die Treppe herunter.

Als ich draußen vor dem Stall stehe, bin ich mir nicht mehr so sicher. Ich spähe in die Krone der toten Ulme und sehe Benjamins dünne Gestalt hoch oben auf der Plattform des Ausgucks. Sie erinnert an einen Raubvogel in seinem Nest. Am liebsten würde ich ihm die Frage zurufen, wie weit die Männer noch entfernt sind. Doch das wage ich nicht. Stattdessen verstecke ich mich in der entferntesten Ecke des Gartens in der Hecke. Devil legt sich brav neben mich. Plötzlich erinnere ich mich an die Waffe, die ich in jener Nacht in der Stadt bei einem der Männer gesehen habe. Diese seltsame Waffe. Wenn ich es mir jetzt überlege, frage ich mich, ob es eine sogenannte Armbrust gewesen sein kann. Ich glaube, so was hatte man im Mittelalter.

Wenn es dieselben Männer sind, ist es um uns geschehen. Eigentlich müsste ich jetzt beten, dass sie nicht genau hier, wo Devil und ich uns verkrochen haben, in den Garten kommen. Aber ich weiß nicht so recht, zu wem ich beten soll. Gibt es Gott überhaupt noch? Nach einer gewissen Unschlüssigkeit spreche ich lieber ein stilles Gebet an Gun-Helen. »Bitte, liebe Gun, hilf uns!«, murmle ich.

Plötzlich knackt und kracht es in der dürren Hecke. Devil und ich zucken erschrocken zusammen. Das Geräusch kommt von der anderen Seite des Gartens. Dann erklingt es erneut, ein dumpfes Knacken. Jetzt sehe ich die Männer. Sie bahnen sich gerade einen Weg durch die Hecke. Ob sie wohl ahnen, dass hier Menschen leben?

Im Garten bleiben die Männer stehen und schauen sich

um. Es sind tatsächlich die beiden, die wir in der Stadt gesehen haben. Sie tragen dieselben schwarzen Lederjacken mit glänzenden Nieten. Als ihre Blicke die Stelle erreichen, wo Devil und ich liegen, bleibt mein Herz kurz stehen. Aber nichts passiert. Stattdessen beginnen sie auf das Haus zuzugehen. Die eigenartigen Zeichen auf ihren Rücken könnten chinesische Schriftzeichen sein. Unter der Schulter des einen Mannes schaukelt die seltsame Waffe. Ja, es ist eine Armbrust, eine Art automatischer Bogen, der seine Pfeile mit großer Kraft abfeuert.

Plötzlich beginnt Devils Schwanz sich zu bewegen. Ich höre, wie er in dem dürren Laub hin und her fegt. Das muss die Nähe seines Herrchens sein, denke ich und spüre, wie mich die Hoffnung verlässt. Schnell lege ich meine Hand um Devils Schnauze und drücke zu. »Pssst!«, flüstere ich.

Die Männer bewegen sich mit schweren, stapfenden Schritten. Sie haben grobe Stiefel an den Füßen. Wie ertragen sie das in dieser Hitze? Als sie die Veranda erreichen und die tote Familie sehen, die dort im Schatten sitzt, zucken sie sichtbar zusammen. Sie bleiben lange stehen und starren die Gruppe an. Der Mann mit der Armbrust nimmt seine Waffe langsam von der Schulter und richtet sie auf die Familie, feuert sie aber nicht ab. Stattdessen nähern sich die Männer vorsichtig und bleiben dann erneut stehen, direkt vor der Familie.

Doch dann heben sie nur die Schultern und betreten die Veranda. Einer von ihnen spuckt dem Vater ins Gesicht. Gleichzeitig befühlt der andere die Tür, die natürlich problemlos aufgeht. Hätten wir sie nur abgeschlossen!

Als die Männer im Haus verschwinden, habe ich eine

Chance, etwas zu unternehmen. Ich könnte zum Beispiel irgendwo Schutz suchen. Ich überlege, ob ich zum Stall zurückrennen und mich bei den anderen verstecken soll, vor allem, um Devil von den Männern fernzuhalten. Doch dann werde ich wieder unsicher.

⁂

Ich richte meinen Oberkörper auf und sehe mich im Garten um. Devil streckt sich mit lautem Gähnen.

»Sei still, Devil!«, flüstere ich. »Wir müssen vorsichtig sein!«

Da schaut er mich mit seinen klugen Hundeaugen an.

»Wenn du mir nur helfen könntest«, sage ich. »Was würdest *du* denn tun?«

Devil sieht zum Haus hinüber und wedelt mit dem Schwanz.

»Genau das geht gar nicht, mein Lieber! Die sind gefährlich, sehr gefährlich, verstehst du?«

Jetzt muss es schnell gehen. Wenn ich etwas unternehmen will, bevor die Männer wieder aus dem Haus kommen, muss ich mich sputen. Doch als ich aufstehe, spüre ich, wie Panik in mir hochkriecht und mich lähmt. Plötzlich werden meine Arme und Beine bleischwer. Verdammt!, denke ich und versuche mit aller Gewalt, meine Beine zu bewegen. Es kommt mir vor, als würde ich für zwei Schritte mehrere Minuten brauchen. Ich schlage mit den Fäusten auf meine Schenkel und Waden, um sie aufzuwecken. Da lässt die Lähmung endlich ein wenig nach, so dass ich mich wie ein Roboter ruckartig vorwärtsbewegen kann. Während ich mich zum Gehen zwinge, massiere ich meine Muskeln und kneife mir in die Waden. Devil sieht verwundert aus, bleibt aber an meiner Seite. »Liebe Beine, jetzt beeilt euch doch ein bisschen!«, murmle ich und schaue zum Haus. Dort wirkt alles ruhig. Ich beschließe, mich hinters Haus und von dort zum Stall zu schleichen. Dann können die Männer mich nicht sehen, wenn sie plötzlich wieder herauskommen sollten.

Als ich es fast geschafft habe, merke ich, dass Devil stehen bleibt. Und im nächsten Augenblick höre ich Stimmen. Verdammt! Die Männer müssen zur Küchentür herausgekommen sein. Plötzlich erstarre ich von Kopf bis Fuß, als würde ich zu Eis. Kalter Schweiß läuft mir über den Rücken. In ein paar Sekunden werden die Männer um die Hausecke kommen, die mich noch schützt.

Sie unterhalten sich gedämpft. Ich kann jedes Wort hören, das sie sagen, aber für mich klingt es wie Chinesisch. Schnell! Runter auf den Boden! Flach wie ein Pfannkuchen! Mir ist klar, dass ich das tun muss, obwohl es natürlich sinnlos ist. Vielleicht sollte ich doch lieber stehen bleiben, um notfalls schnell davonrennen zu können. Doch da kehrt diese Bleischwere wieder in meinen Körper zurück. Ich stehe da wie angewurzelt, kann mich weder hinlegen noch davonrennen. Ich schließe die Augen und warte darauf, entdeckt zu werden.

Genau da höre ich es in der Hecke hinterm Haus knacken. Einer der Männer ruft etwas. Dann höre ich schnelle Schritte, die vom Haus weg zu der Stelle laufen, von wo das Geräusch gekommen ist. Was kann das nur gewesen sein? Egal, es ist meine einzige Chance. Jetzt oder nie. Ich bedeute Devil weiterzulaufen und zwinge meine gefühllosen Beine, zum Haus zu stolpern. An der Hauswand bleibe ich stehen, lehne mich mit dem Rücken dagegen und höre mein Herz dumpf und schwer hämmern.

»Jetzt!«, flüstere ich Devil zu. »Komm!«

So schnell es mein halbgelähmter Körper erlaubt, husche ich um die Ecke und sehe die Männer bei der Hecke. Sie haben mir die Rücken zugekehrt und scheinen zu diskutieren. Gut, denke ich und schlüpfe durch die Küchentür.

In der Küche stehen die Schranktüren weit offen. Der Hund und die Katze sind in einer Ecke gelandet, liegen direkt an der Wand, als hätte sie jemand aus dem Weg gekickt. Devil schnuppert sich eifrig und schwanzwedelnd durchs Zimmer.

»Gut«, flüstere ich. »Zeig mir, wo sie gewesen sind!«

Er tappt in den Flur hinaus, auch hier stehen die Schranktüren weit offen, und die Kleider, die Dinah und ich genäht haben, liegen in einem Haufen auf dem Boden. Dann folge ich Devil durchs Wohnzimmer. Die Schubladen in dem alten Schreibtisch sind herausgezogen, ihr Inhalt ist auf den Fußboden gekippt. Die sind gründlich, denke ich. Hoffentlich haben sie nicht vor, sämtliche Gebäude auf diese Art zu durchsuchen.

Als ich höre, dass Devil die Treppe zu den Schlafzimmern hinaufklappert, haste ich hinter ihm her. Sowohl das Schlafzimmer der Eltern als auch die Zimmer der Zwillinge sind auf die gleiche Art durchsucht worden wie die übrigen Räume. Die Männer sind effektiv und zügig vorgegangen, als hätten sie das alles schon öfter gemacht.

Vorsichtig schleiche ich ans Flurfenster zwischen den Schlafzimmern und spähe zu der Stelle, wo die Männer gestanden haben. Sie sind nicht mehr da. Mit zusammengekniffenen Augen suche ich den ganzen Garten ab, kann sie aber nirgends mehr sehen. Aber ich sehe Benjamin oben auf seiner Plattform. Er liegt auf dem Bauch, nur sein Kopf ragt über den Rand. Und plötzlich begreife ich: Es muss Benjamin gewesen sein, der etwas in die Hecke geworfen hat, um die Männer abzulenken! »Danke, Benjamin«, flüstere ich. Aber wo sind sie jetzt?, denke ich dann. Als ich in das Zimmer des einen Zwillings gehe und dort aus dem Fenster schaue, sehe ich es. Sie sind unterwegs zum Stall.

23. SZENE. INNEN/AUSSENAUFNAHME. HEUBODEN DER RATTEN.
DINAH, DAVID, GABRIEL, DIE KINDER, (HÄNFLING).

Das Bild ist dunkel. Nur durch die Spalten in der Bretterwand im Hintergrund sickert Licht. Die Rückenkonturen von David, Dinah, Gabriel und Vendela sind zu erkennen. Dann zoomt die Kamera ein ovales Astloch in der Bretterwand heran. Durch das Loch sehen wir in den Garten.

DAVID
Was machen sie jetzt?

DINAH

Hoffentlich finden sie Judit nicht.

GABRIEL

Ein Glück, dass sie den Hund hat.

DIE KLEINE DIENSTAG

Jetzt kommen sie!

Als die Männer im Stall verschwinden, werde ich unschlüssig. Was mache ich jetzt nur? Wenn die Männer die anderen oben auf dem Heuboden entdecken, was dann? Ich streichle Devils Flanke, während ich fieberhaft überlege. Soll ich fliehen, damit wenigstens einer von uns frei ist? Oder soll ich bleiben und kämpfen, falls es nötig werden sollte? Aber wie soll ich mit diesen beiden Riesen fertig werden, die außerdem mit einer lebensgefährlichen Armbrust bewaffnet sind?

»Wir haben keine Chance, Devil«, sage ich. »Und ich bin mir nicht mal sicher, dass du zu mir hältst, wenn die Männer hierherkommen.«

Doch da sieht er zu mir hoch und gibt mir einen nassen Kuss mitten ins Gesicht.

»Tut mir leid«, sage ich. »Du und ich, Devil. Immer du und ich, das dürfen wir beide nie vergessen.«

Als ich so dastehe, Devil streichle und verzweifelt überlege, wie ich mich verhalten soll, höre ich zu meinem Entsetzen, dass die Haustür aufgeht. Wie ist es möglich, dass die Männer schon wieder zurück sind? Dann Schritte im Erdgeschoss. Vielleicht ist es nur einer von ihnen. Vielleicht hat er etwas vergessen. Ich schaue mich rasch um, sehe die offene Schranktür und entscheide mich, ohne zu zögern. Ich signalisiere Devil, er soll herkommen, doch er bleibt stehen, legt den Kopf schief und lauscht. Blitzschnell packe ich ihn am Nackenfell und führe ihn zum Schrank. Als ich vorsichtig die Tür hinter uns zuziehe, höre ich Schritte auf der Treppe.

24. SZENE. INNENAUFNAHME. HEUBODEN DER RATTEN. DAVID, DINAH, GABRIEL, DIE KINDER, (HÄNFLING).

Das Bild ist immer noch dunkel, bis auf das Licht, das durch die Bretterspalten dringt. Als sich die Kamera bewegt, schaukelt das Bild. Jetzt wird es total schwarz. Man hört Atemzüge, Kleiderrascheln. Dann schaukelt das Bild wieder. Es bleibt schwarz. Plötzlich ist eine fremde Stimme zu hören. Sie klingt fern, laut, hallend. Die Sprache ist unverständlich, kurz und abgehackt. Eine ebenso laute und unverständliche Stimme antwortet. Jetzt bewegt sich die Kamera erneut, als wäre sie angestoßen worden. Lichtstreifen aus den Spalten in der Giebelwand flackern auf. Dann das Geräusch schwerer Schritte, die immer näher kommen. Plötzlich halten sie an. Es ist fast still, nur Atemzüge sind zu hören. Dann wird schwer und dumpf geklopft. Stille.

Atemzüge. Es wird erneut geklopft, lauter diesmal und härter.

Die Kamera wird ausgeschaltet.

Ich hocke mucksmäuschenstill im Schrank und halte Devils Schnauze mit einer Hand fest zu, während ich die Schritte die Treppe heraufkommen und durch den Flur vor den Schlafzimmern gehen höre. Ich drücke Devils Schnauze noch fester zu. Versuche, nicht zu atmen. Da höre ich eine Stimme flüstern:

»Judit?«

Zunächst kapiere ich überhaupt nichts. Woher können die wissen, wie ich heiße? Doch dann höre ich die Stimme ein zweites Mal:

»Ich bin's, Benjamin.«

Ich bin so unendlich erleichtert, dass ich am liebsten hinausstürzen und ihn in die Arme schließen möchte. Aber meine Beine streiken schon wieder, darum mache ich nur die Tür auf, lächle ihm zu und sage:

»Du bist das?«

»Sie sind im Stall«, sage ich.

»Ich weiß«, sagt Benjamin.

»Wenn sie die anderen nur nicht finden!«

Wir treten ans Fenster und spähen hinaus. Fast im selben

Augenblick geht die Stalltür auf, und einer der Männer kommt heraus. Er sieht sich um, dann tritt er näher an die Wand des Stalls und bleibt lange dort stehen.

»Was zum Kuckuck treibt er da?«, sagt Benjamin.

»Er pinkelt«, sage ich.

Als der Mann fertig ist, zuckt er ein paarmal die Schultern und kehrt dann in den Stall zurück.

»Scheiße«, sage ich.

Wir stehen lange am Fenster, ohne dass etwas passiert. Garantiert haben sie die anderen entdeckt, denke ich und will es schon aussprechen, als die Tür erneut aufgeht und beide Männer herauskommen. Soll jetzt wieder gepinkelt werden? Aber nein, sie gehen langsam durch den Garten, halten auf die Lücke in der Hecke zu, die sie sich beim Kommen gebahnt haben. Wenn jetzt nur die Schweine nicht auftauchen und alles zunichtemachen, denke ich. Liebe Gun, lass die Männer bitte von hier verschwinden!, bete ich.

»Sie hauen ab«, murmle ich und will innerlich schon jubeln.

Doch genau da bleibt der eine stehen, als hätte er mich gehört. Er sieht sich um und sagt etwas. Wir ziehen uns vorsichtig hinter den Vorhang zurück. Als ich wieder hervorlinse, sehe ich, dass der Mann auf den Traktor deutet, der neben dem Auberginenbeet steht. Sie gehen hin und untersuchen ihn. Dann drehen sie sich zum Beet um und mustern die Pflanzen. Einer kniet nieder und greift nach meiner Zeichnung, die immer noch im Beet steckt. Shit, denke ich. Shit, shit, shit!

25. SZENE. INNENAUFNAHME. HEUBODEN DER RATTEN.
DINAH, DAVID, GABRIEL, DIE KINDER (HÄNFLING).

Man ahnt die Rücken von Dinah, David, Gabriel und den Kindern. Sie stehen vor der Giebelwand und spähen durch die Spalten hinaus.

GABRIEL
Was machen sie?

DINAH
Sie stehen vor dem Beet ...

DAVID
... jetzt heben sie etwas auf ... ich kann nicht sehen, was es ist. Vielleicht eine Pflanze.

GABRIEL
Sie reißen die Pflanzen aus!

DINAH
Nur eine, glaub ich.

DIE KLEINE DIENSTAG
Ich glaube, es ist die Zeichnung.

DAVID
Jetzt gehen sie ... aufs Haus zu ...

GABRIEL

Wo steckt Judit nur?

DINAH

Sie gehen wieder ins Haus!

@@

Als die Männer auf das Haus zukommen, gerate ich wieder in Panik. Ich packe Benjamin hart am Arm.

»Sie kommen her«, zische ich.

»Wir verstecken uns da drin«, sagt Benjamin und nickt ruhig zum offenen Schrank hin.

Ich überlege kurz und schüttle den Kopf. »Der Keller!«, sage ich. »Schnell! Uns bleiben nur Sekunden!«

Ich stürze aus dem Zimmer und die Treppe hinunter. Benjamin und Devil folgen mir dicht auf den Fersen. Im Flur bleibe ich kurz stehen, um zu horchen. Da höre ich die dumpfen Stimmen der Männer. Sie stehen vor dem Haus und reden. Die Tür kann jeden Augenblick aufgehen. Aber das schert mich nicht. Ich renne in die Küche, werfe mich auf den Fußboden, fummle mit den Fingern, bis sie den Metallring packen. Dann zerre ich die Falltür hoch, spüre den kühlen Wind, der mir direkt ins Gesicht bläst.

»Runter!«, flüstere ich.

Benjamin klettert flink die steile Treppe hinunter. Devil sieht mich fragend an.

»Devil auch!«, flüstere ich Benjamin zu.

Er klettert schnell wieder nach oben und streckt beide Arme aus. »Komm, Devil!«, sagt er.

Die Haustür wird geöffnet. Plötzlich werden die Stimmen der Männer lauter und deutlicher.

Devil schaut schwanzwedelnd zum Flur. Ich knie neben ihm nieder und schiebe ihn auf die Luke zu. Und als wollte er nicht länger mein entsetztes Gesicht sehen, lässt er sich von Benjamin nach unten tragen.

Mit zitternden Beinen gehe ich rückwärts die Treppe hinunter. Als ich die Falltür vorsichtig über mir zuziehe, höre ich die Schritte der Männer in der Küche.

Wir stehen regungslos in dem kleinen Vorratskeller. Langsam gewöhnen sich die Augen an die Dunkelheit. Der kühle Luftstrom streicht leicht durch die Haare. Über unseren Köpfen hören wir die Männer. Ich halte Devil wieder die Schnauze zu. Als die Schritte sich endlich entfernen, dreht Benjamin sich zu der schweren Eisentür um und schiebt sie auf. Der Wind bläst mir direkt ins Gesicht.

»Komm!«, flüstert er.

Devil und ich folgen ihm durch die Tür. Dann schiebt er sie wieder zu, und ich lasse mich an ihrer Rückseite zu Boden sinken.

»Wir sind in Sicherheit«, sagt Benjamin. »Wir haben noch mal Glück gehabt!«

Ich bin still, bis mein Atem sich beruhigt hat. Dann sage ich leise: »Ja, ich hab wirklich Glück gehabt!«, und sehe ihn an.

Dann tasten wir uns durch den Tunnel, bis wir in den großen Raum kommen. Alles sieht genauso aus wie in dem

Video, das David und Gabriel uns ein paar Abende nach unserer Rückkehr aus der zerstörten Stadt gezeigt haben.

»Hier können wir erst mal bleiben«, sagt Benjamin und zieht ein paar Decken aus einer Ecke.

»In diesem Raum habt ihr also gelebt?«

Benjamin nickt. »Hier gab's sauberes Wasser. Aber damals waren zu viele Ratten da. Sie haben uns nachts angegriffen, uns gebissen und so. Die Kleinen hatten schreckliche Angst. Damals gab's einfach überall Ratten. Ich glaube, die meisten haben sich inzwischen in die Stadt verzogen.«

»Ja, ich weiß«, sage ich.

Benjamin hustet rasselnd, schweigt kurz, als müsste er nachdenken, und sagt schließlich: »Und dann war da die Familie.«

»Die tote?«

»Vor der haben wir uns am meisten gefürchtet.«

»Das kann ich mir denken«, sage ich.

Auf einmal dreht sich mir der Kopf. Eine Menge loser Bruchstücke wirbeln darin durcheinander – halbgedachte Gedanken, unmögliche Gedanken, verrückte Gedanken. Mir wird schwindlig.

Nach einiger Zeit stehen wir auf und tasten uns weiter durch den Tunnel. Bei dem unterirdischen Bach halten wir an und trinken. Bald danach lässt sich ein schwacher Lichtschimmer erahnen, und irgendwann hat das Licht so stark zugenommen, dass wir die Tunnelwände sehen können. Der Wind ist auch stärker geworden, und ich schnuppere angestrengt, in der Hoffnung, das Meer zu riechen. Doch der Wind ist leer, trägt überhaupt keine Gerüche mit sich. Nur das ferne Geräusch der schreienden Vögel heißt uns willkommen. Als wir die Mündung des Tunnels erreichen, rennt Devil voraus, hoch auf den Wall. Es tut gut, wieder im Freien zu sein und gleichzeitig weit weg von den Männern auf dem Hof.

Oben auf dem Wall steht unsere Statue, die David und Gabriel wieder aufgebaut haben. Und darunter schimmern die seltsamen Teiche mit ihrem goldglänzenden Wasser.

»Weißt du, warum die angelegt worden sind?«, frage ich und deute mit dem Kopf auf die Teiche.

Er schüttelt den Kopf. »Das Wasser ist gefährlich«, sagt er.

Ich drehe mich um und sehe aufs Meer hinaus. Es liegt blank und glänzend da, und das große Floß ruht still auf seinem Unterwasserriff. An Bord erheben sich die Anfänge eines hölzernen Hauses.

»Wenn wir damit lossegeln«, sage ich, »kommen wir vielleicht in ein besseres Land.«

Benjamin nickt, aber ich sehe, dass er nicht so recht daran glaubt.

»Es sieht gut aus«, sagt er nur.

26. SZENE. INNENAUFNAHME. HEUBODEN.
DINAH, DAVID, GABRIEL, DIE KINDER (HÄNFLING).

Die Luke in der Wand ist leicht aufgeschoben. Die Kamera filmt durch die Öffnung. Vor dem Haus ist alles ruhig. Dann geht die Haustür auf. Die Männer kommen heraus. Sie bleiben auf der Veranda stehen und mustern noch einmal die tote Familie. Plötzlich zeigt einer von ihnen auf den Kalender, der über der Tür hängt. Sie bleiben kurz stehen und schauen ihn an. Dann gehen sie auf eine Lücke in der Hecke zu, bleiben davor stehen und sehen sich noch einmal um. Schließlich verschwinden sie.

GABRIEL

Sie verduften!

DAVID (DREHT SICH ZUR KAMERA UM)

Yes!

DINAH (SPÄHT HINAUS)

Sie haben den Kalender gesehen. Wer weiß, vielleicht bluffen sie nur. Vielleicht verstecken sie sich irgendwo und warten, bis wir uns zeigen.

DAVID

Benjamin müsste sehen, wohin sie unterwegs sind.

Die Kamera zoomt die hohe Ulme und die Plattform oben in dem Baum heran. Die Plattform scheint leer zu sein.

DINAH

Vielleicht ist er eingeschlafen.

DIE KLEINE DIENSTAG

Ich kann raufklettern und nachsehen!

27. SZENE. AUSSENAUFNAHME VOM HEUBODEN AUS. DER GARTEN, DIE ULME. DIE KLEINE DIENSTAG, DINAH, DAVID, DIE KINDER.

Man sieht eine Weitwinkelaufnahme vom Garten. Dann zeigt die Kamera den Platz vor dem Stall, wo die kleine Diddi gerade in voller Fahrt angerannt kommt. Die Kamera folgt ihr durch den Garten. Sie rennt in einem Bogen am Beet vorbei und wirft einen kurzen Blick darauf. Vor der Ulme bleibt sie stehen und sieht sich um. Dann klettert sie an der Strickleiter, die vom untersten Ast herabhängt, nach oben. Von dem Ast klettert sie rasch in die Krone hinauf. Sie steigt von Ast zu Ast, bewegt sich schnell und geschmeidig. Das Einzige, was von ihr zu sehen ist, sind ihre Kleider, die zwischen den Zweigen flattern.

DAVID (NICHT IM BILD)
Sie klettert wie ein Äffchen.

GABRIEL (NICHT IM BILD)
Toll, dass sie sich das traut!

DINAH (NICHT IM BILD)
Diddi hat vor nichts Angst.

Dann erreicht sie die Plattform, krabbelt hinauf, kniet sich hin und blickt in die Landschaft. So verharrt sie lange. Dann dreht sie sich zur Kamera um und winkt.

DAVID (NICHT IM BILD)

Die Luft ist rein!

Als wir uns vorm Haus versammeln, sind wir immer noch auf der Hut. Benjamin klettert auf den Baum und löst die kleine Diddi ab.

»Ich hab die Schwarzen kein einziges Mal gesehen«, verkündet sie freudestrahlend, als sie herunterkommt.

Ich drücke sie.

»Mein Husten ist auch fast weg«, sagt sie dann.

Der Besuch der schwarzen Männer macht uns Sorgen. Die Männer haben den Kalender und das Beet gesehen. Es muss ihnen klar sein, dass sich hier Menschen versteckt halten.

»Mit Sicherheit kommen sie zurück«, meint Gabriel. »Sie haben nach was gesucht.«

»Wahrscheinlich nach Menschen«, sage ich und denke an die Kinder. Was passiert mit ihnen, wenn die Männer zurückkommen, ohne dass wir es merken?

»Wir sollten eine Art Waffe haben«, sagt David. »Damit wir uns verteidigen können.«

»Wie verteidigt man sich gegen eine Armbrust?«, frage ich.

»Jedenfalls nicht mit Spaten und Rechen«, sagt David. »Wenn wir sie überraschen wollen, brauchen wir was, das man auf die Entfernung einsetzen kann.«

»Pfeil und Bogen sind gut«, sagt Hänfling. »Damit haben wir schon Tiere getötet.«

»Aber die Bogen, die ihr habt, machen keinen besonders tollen Eindruck«, wendet Gabriel ein.

»Weil wir keine guten Sehnen mehr haben. Wenn man starke Sehnen hat, kann man fast alles damit erlegen.«

»Wäre vielleicht einen Versuch wert«, meint David.

Wir beschließen, den Ausguck in der Ulme immer besetzt zu halten. Ich schreibe eine Liste, wer wann an der Reihe ist, und nagle sie neben den Kalender an die Wand.

Uns wird auch bewusst, wie wichtig das Floß ist. Es ist unsere einzige Chance, von hier zu entkommen. Aber bevor das Haus auf dem Floß fertig ist, wartet noch eine Menge Arbeit auf uns. Wir beschließen, uns nach Kräften damit zu beeilen.

Als ich auf der Veranda stehe und mir die Liste anschaue, kommt mir die Idee, dass wir ein gemeinsames Symbol haben sollten.

»Wir sollten eine Fahne oder so was haben«, sage ich. »Etwas, das deutlich macht, dass wir zusammengehören und hier wohnen.«

»Jaa!«, rufen die Kinder. »Eine Fahne wäre toll!«

»Was denn für eine Fahne?«, will Gabriel wissen.

»Eine mit einem Symbol, das zeigt, wer wir sind.«

»Der Grüne Kreis!«, ruft Gabriel aus.

»Was ist das?«, fragt Hänfling.

»Das war mal ein Teil von einem geheimen Club«, erkläre ich. »Der Club bestand aus Menschen, die ein anderes, besseres Leben wollten. Die an das Wohl aller Menschen denken wollten, nicht nur an ihr eigenes.«

»Einen geheimen Club«, sagt Hänfling, »so was könnten wir doch hier auch haben.«

»Aber mit was für einem Symbol?«, fragt Dinah. »Mit einer Blume?«

Ich überlege kurz. Dann schüttle ich den Kopf.

»Was nicht so Konkretes wäre besser«, sage ich.

DIE RATTEN

Am nächsten Tag weht eine große weiße Fahne auf dem Haus. Mitten in das Weiß hat Dinah einen leuchtend grünen Kreis gemalt. Ich finde es sehr schön. Das sieht würdig und bedeutend aus. Hier gibt es etwas, das wichtig ist, sagt die Fahne. Die hier wohnen, haben eine Idee.

Vorher haben wir einen Vorschlag nach dem anderen diskutiert, bis mir plötzlich diese Haushaltsrolle einfiel, die bei unserer Ankunft auf der Spüle stand und wie eine Fahne flatterte. Ja, dachte ich, eine weiße Fahne mit unserem grünen Kreis darauf. Grün, das entspricht uns! Das hielten alle für eine gute Idee, und wenn ich die Fahne jetzt sehe, fühle ich, dass sie genau richtig ist. Weiß ist die Farbe der Versöhnung, des Friedens und der Unschuld. Nichts könnte besser für den Grünen Kreis passen.

Die Fahne am Haus macht auch deutlich, dass hier tatsächlich Menschen wohnen. Wir haben darüber gesprochen, welche Risiken das mit sich bringt, sind aber zu dem Schluss gekommen, dass das nicht mehr wichtig ist. Ich selbst denke, inzwischen herrscht hier sowieso das Gesetz des Dschungels. Ich kann nur hoffen, dass man beim Anblick unserer Fahne *Respekt* empfindet.

Diddi und Devil gehen gerade in den Garten. Sie bleiben beim Beet stehen. Diddi ist genauso oft dort wie ich.

»Ich will zusehen, wenn die Pflanzen ihre Früchte kriegen«, erklärt sie mit großem Ernst.

»Das dauert lange, da wirst du Geduld brauchen«, sage ich.

Die meisten Pflanzen sind noch am Leben. Wir gießen sie nur mit dem Wasser aus dem unterirdischen Bach. Ein paar sind trotzdem gestorben, einfach so, sind plötzlich eingeschrumpft. Ich habe sie gleich entfernt und hoffe, sie hatten keine ansteckende Krankheit.

Benjamin will, dass ich ihn und David auf die Jagd begleite. Er zeigt mir seinen Bogen. Ich befühle die Sehne, sie gibt einen hohen Ton von sich, als ich sie loslasse.

»Hast du gehört!«, sagt er. »Die ist stahlhart!«

Sie haben einen ganzen Abend an den Sehnen herumexperimentiert und schließlich lange Streifen von elektrischen Kabeln abgeschnitten und mit dünnen Lederstriemen verflochten, die sie aus einer alten Jacke herausgetrennt hatten.

»Was wollt ihr denn jagen?«, frage ich. »Weiße Vögel?«

Benjamin schüttelt den Kopf. »Nicht mal die besten Bogen schießen so hoch«, sagt er. »Wir wollen Ratten suchen.«

Ich nicke. »Ja, wo die wohl stecken ...«

»Wahrscheinlich halten sich die wenigen, die noch geblieben sind, im Freien auf, und hausen tagsüber unter der Erde. Heute Nacht versuchen wir, sie aufzustöbern.«

Als Benjamin das sagt, merke ich, dass er schwitzt, obwohl er nur still dasitzt und mit mir redet.

»Wie geht's dir eigentlich?«, frage ich und lege ihm die Hand auf die Stirn. »Du bist ja ganz heiß.«

»Ich komm schon klar«, erwidert er.

Als wir in dieser Nacht auf die Jagd gehen, fühle ich mich gleich besser. Es ist, als täte die Dunkelheit mir gut, als könnte man alles besser ertragen, wenn man es nicht sehen muss. Die Kühle macht das Atmen leichter, die Luft fühlt sich weniger aggressiv an. Als ich den Boden unter meinen nackten Füßen spüre, denke ich, seltsam, dass nirgends Gras wächst, wenn meine Pflanzen doch sprießen und gedeihen. Gibt es keine natürlichen Samenkörner mehr im Boden? Sind alle weggeschwemmt worden? Oder von der Sonne versengt?

Heute Abend hat Diddi wieder zwei tote Pflanzen aus dem Beet gebracht. Sie trug sie auf dem Arm, als wären sie lebendige Geschöpfe, und war den Tränen nahe, als sie sie mir überreichte. Ich befürchte, dass alle das gleiche Schicksal ereilen wird. Über uns ruht eine sterile Hand. Aber zu Diddi sagte ich: »So ist das eben, wenn man gärtnert. Es sind ja noch viele übrig.«

Benjamin ist stehen geblieben und hebt den Arm. David und ich verharren regungslos hinter ihm. Ich sehe, wie Benjamins Hand aus dem Stoffbeutel, der ihm über die Schulter hängt, einen Pfeil zieht. Dann legt er den Pfeil an die Sehne und spannt den Bogen.

Lange halte ich die Luft an, aber nichts passiert. Schließlich senkt Benjamin den Bogen und nickt mit dem Kopf in die Richtung, in die er gezielt hat. »Da vorne bewegt sich was. Aber wir müssen noch näher ran«, flüstert er.

Auf Zehenspitzen schleichen wir weiter, mit größter Vorsicht. Bleiben immer wieder stehen, spähen, lauschen. Im Boden raschelt es, als würden Tiere dort graben. Dann noch ein paar Schritte. Sachte, sachte. Ich kann etwas erkennen, was wie ein Loch in der Erde aussieht. Und ich sehe, wie kleine Lebewesen daraus hervorwuseln. Erst verstehe ich nicht, was es ist. Wichtel oder Gnome, schlägt mein phantasievolles Gehirn vor. Doch dann begreife ich, es sind tatsächlich Ratten! Vorsichtig kriechen sie an die Erdoberfläche, setzen sich hin und schnuppern, dann kratzen sie sich, dass es nur so staubt. Daher also das seltsame Rascheln.

Benjamin und David spannen ihre Bogen. Sie sind nah genug, um treffen zu können. Ich wage kaum zu atmen. Beinah gleichzeitig schießen sie ihre Pfeile ab, als hätten sie es geübt. Ich höre, wie die Pfeile ihre Ziele treffen. Die Ratten stoßen schrille Schreie aus, stellen sich auf die Hinterbeine und starren uns an. Aha, sie haben uns entdeckt, denke ich. Jetzt werden sie fliehen. Doch stattdessen strömen noch mehr Tiere aus der Unterwelt. Sie bewegen sich auf uns zu, als wollten sie uns testen. Schreien durchdringend. Aus dem Augenwinkel sehe ich, dass Benjamin und David ihre Bogen spannen und sofort wieder schießen. Die Pfeile treffen mit einem dumpfen Geräusch, es klingt wie tiefe Seufzer. Aber die Ratten lassen sich nicht aufhalten. Inzwischen kommen sie näher, auf breiter Front. Eine von ihnen, eine große dunkelbraune mit nadelspitzen Zähnen, scheint eine Art Anführerin zu sein, mit der die anderen Tiere immer Kontakt halten. Die Anführerin bewegt sich in der Mitte der Schar. Ich versuche, David und Benjamin auf sie aufmerksam zu machen. Sie schießen erneut. Der gleiche schwere Seufzer, wenn die Pfeile sich in ihr Ziel bohren. Aber die Ratten scheinen nur noch erregter zu werden. Sie schreien. Zeigen die Zähne, was ihre Gesichter zu aggressiven Grimassen verzerrt. Die große Anführerin ist jetzt vorne an der Spitze.

So geht das nicht, denke ich. Die werden uns totbeißen. Ich hebe die Hand und deute auf die Anführerin.

»Die da! Die müsst ihr töten!«, schreie ich.

Benjamin schießt blitzschnell. Ich sehe, wie die Anführerin einen Satz in die Luft macht, als der Pfeil sie trifft. Dann landet sie auf dem Boden. Der Pfeil hat den Körper durchbohrt und ragt vorne und hinten heraus. Die Ratte stellt sich auf die Hinterbeine, sieht uns an und schreit. Dann wirft sie sich mit aller Kraft nach vorn. Der Pfeil verhakt sich in anderen Tieren. Ich sehe, dass sie stark hinkt.

»Noch mal!«, flüstere ich. »Erschießt sie!«

Ich höre, wie ein neuer Pfeil einen Bogen verlässt. Die Anführerin wird wieder getroffen, stürzt nach hinten und bleibt auf dem Rücken liegen. Die Beine bewegen sich noch, als versuchten sie zu fliehen. Kurz erzittert sie, dann wird der Körper still.

Eine neue Art Unruhe ergreift die Ratten, als sie verstehen, dass ihre Anführerin tot ist. Der Mut scheint sie zu verlassen. Nach einem kurzen Chaos machen sie kehrt und fliehen in das Loch zurück. Wir bleiben stehen und sehen ihrem Rückzug zu.

Benjamin sammelt die toten Tiere ein. Erst stellt er den Fuß auf die Ratten und zieht die Pfeile heraus, dann bindet er die Tiere an den Schwänzen zusammen und hängt sie sich über die Schulter. Auf der Veranda angekommen, reicht David ihm das scharfe Messer, damit schlitzt er den Bauch des ersten Tieres auf. Er reißt eine Handvoll glibberiger Eingeweide und Därme heraus und wirft sie auf den Boden, wo Devil sie im Nu verschlingt. Schließlich macht Benjamin ein paar Schnitte ins Fell und zieht es mit raschem Handgriff vom Körper ab. Ich sehe den nackten Rattenkörper und Benjamins blutige Hände an.

Vor dem Haus machen wir ein Feuer. Inzwischen sind alle wach und wollen neugierig wissen, was los ist. Die Kinder stupsen die toten Tiere an. David hat den Fußabtreter vor der Küchentür geholt und aufs Feuer gelegt. Als das Holz heruntergebrannt ist und die Glut hellorange leuchtet, legt Benjamin die Ratten auf das Gitter. Es zischt, und weißer Rauch steigt auf. Himmel hilf, das darf doch nicht wahr sein!, denke ich und erinnere mich plötzlich daran, wie oft wir daheim im Garten gegrillt haben. Hier stehe ich mitten im Nirgendwo und grille frisch erlegte Ratten!

Als die Ratten durchgebraten sind, nimmt Benjamin sie vom Gitter und legt sie auf ein Brett. Dann nimmt er das scharfe Messer und zerteilt jede in zwei Hälften. Der Fleischsaft sickert aus den Tieren und färbt das Brett hellbraun. Es riecht wundervoll.

»Eine Hälfte für jeden«, sagt er.

Die Kinder stürzen sich voller Eifer auf das Fleisch und sitzen bald auf der Treppe und futtern ihre Rattenhälften mit verschmierten Gesichtern. Es ist ihnen anzumerken, dass sie früher schon Ratten gegessen haben. Vermutlich haben sie das meiste gegessen, was überhaupt essbar ist.

Ich trete vor und strecke die Hand nach einer Hälfte aus. Als ich vorsichtig in das Fleisch beiße, spüre ich, wie zart es ist. Ich schließe die Augen und genieße den Geschmack. Habe ich jemals etwas so Leckeres gegessen?

»Das schmeckt fast besser als Brathähnchen«, sage ich.

»Was ist denn das?«, fragt Vendela.

»Etwas, was man früher gegessen hat«, erkläre ich.

Nachts haben wir keinen Wachtposten im Ausguck, weil man sowieso nichts sieht. Aber als wir auf der Treppe sitzen und an den Rattenknochen nagen, überlege ich, ob nicht doch jemand oben sein sollte. Ich glaube nämlich schon geraume Zeit, Geräusche aus dem Garten zu hören. Erst vermute ich, die Ratten hätten sich wieder heraufgewagt, doch dann sage ich mir, es muss etwas anderes sein. Es klingt eher wie Schritte und kommt auch nicht aus dem Teil des Gartens, in dem die Ratten hausen.

David und Gabriel schmieden mit Benjamin neue Pläne für die Rattenjagd. Ein paar Kinder spielen mit den abgenagten Knochen, die anderen sind auf der Treppe eingeschlafen. Diddi sitzt auf meinem Schoß und lutscht am Daumen.

»Psst!«, mache ich leise und nicke in Richtung der Hecke schräg hinter uns.

Alle verstummen. Wir sitzen ganz still und lauschen. Eine Zeitlang ist nichts zu hören. Doch dann kommt das Geräusch wieder. Ja, das sind Schritte, denke ich, Schritte von mehr als einem Menschen.

Die Schwarzen! Ich weiß nicht, was die anderen denken, aber Benjamin und David strecken die Hände nach ihren Bogen aus und stehen langsam auf. Gabriel deutet mit dem Kopf auf die Kinder und danach auf die Tür. Vendela ist schnell auf den Beinen und schiebt die Kinder in den Flur. Dann beginnt sie, die Schlafenden ins Haus zu tragen. Gabriel hilft ihr. Als Diddi lautlos aus meinen Armen gleitet und ins Haus huscht, drücke ich ihr einen Kuss auf die Wange.

David und Benjamin spähen in Richtung Hecke, die Bogen schussbereit in den Händen. Seit einer Weile ist es still, als hätten diejenigen, die sich dort draußen befinden, verstanden, dass wir sie gehört haben. Doch dann kommt das Geräusch wieder, näher diesmal. Das Geräusch von einem oder mehreren Menschen, die sich vorsichtig bewegen. Benjamin und David spannen ihre Bogen und zielen in die Richtung, aus der die Geräusche kommen. Ich schüttle den Kopf.

»Wartet!«, flüstere ich.

Irgendetwas sagt mir, dass es nicht die Schwarzen sein können. Die Schritte klingen doch nicht wie die von Menschen. Eher wie die von irgendwelchen Tieren. Und im selben Augenblick erklingt aus dem Garten ein *Uüöf*.

»Tüchtig!«, rufe ich aus. »Bist du das?!«

David und Benjamin senken die Bogen. Ich stürze hinaus, Tüchtig entgegen.

»Komm her, mein Schweinchen!«, rufe ich.

Ich höre, wie er auf mich zugelaufen kommt. Aber plötzlich werde ich unsicher. Irgendetwas stimmt da nicht. Ich höre zu viel Getrappel. Weiter komme ich nicht in meinen Überlegungen, denn als ich Tüchtig erblicke, begreife ich, was mich verwirrt hat. Hinter ihm kommt eine ganze Meute kleiner gestreifter Ferkel.

»Das gibt's doch nicht!«, rufe ich aus. »Er hat Junge dabei!«

◎◎

Als ich die kleinen Schweinchen sehe, die Tüchtig da im Schlepptau hat, wird mir ganz warm vor Glück. Ich knie nieder, um ihn ausgiebig zu begrüßen, und kraule ihn hinter den Ohren und an der Brust. Er grunzt vor Wohlbehagen.

Während ich ihn kraule, beobachte ich die Kleinen. Es sind sechs Stück. Sie scheinen Angst zu haben und bleiben auf Abstand.

»Deine Jungen sind wohl ein bisschen schüchtern, was?«, frage ich Tüchtig.

Als David und Benjamin zu mir herkommen, ziehen sich die Ferkel noch weiter zurück. Bald werden sie von der Dunkelheit verschluckt. Ich bilde mir ein, noch mehr Tierlaute zu hören.

»Das ist doch Doris dahinten, oder?«, sage ich zu Tüchtig. »Wollt ihr wieder in den Stall zurück?«

Ich drehe mich zu David um, der an meiner Seite kniet. »Ich versuch mal, sie in den Stall zu locken«, sage ich.

Als ich langsam auf den Stall zugehe, trabt Tüchtig an meiner Seite. Ab und zu werfe ich einen Blick über die Schulter, um zu sehen, ob seine Familie uns folgt. Aber ich kann sie nirgends entdecken.

»Hier drinnen kennst du dich ja aus«, sage ich und mache die halboffene Stalltür weit auf. »Hier könnt ihr prima wohnen.«

Tüchtig läuft ohne zu zögern in den Stall und zur Box. Er linst kurz hinein, dann schaut er zu mir hoch.

»Ist doch richtig gemütlich, oder?«, sage ich. »Ideal für dich und deine Familie!«

Doris und die Ferkel lassen sich immer noch nicht blicken.

»Am besten, wir lassen euch jetzt in Ruhe«, sage ich und verziehe mich rückwärts aus dem Stall, während Tüchtig mich beobachtet.

»Okay?«

»Uüöf«, sagt Tüchtig.

Ich schlafe wie ein Stein und wache erst auf, als Hänfling mich am großen Zeh zieht.

»Du schnarchst«, sagt er und lächelt mich an.

Ich bin noch ganz verschlafen und von komischen Träumen verwirrt, darum dauert es eine Weile, bis ich wieder in der richtigen Welt gelandet bin und mir einfällt, was passiert ist.

Ich richte mich im Bett auf. »Was ist mit den Schweinen?«

»Die sind alle im Stall«, sagt Hänfling.

»Ehrlich?«

Er nickt.

»Du bist an der Reihe mit der Wache«, sagt er dann.

Ich krabble schnell aus dem Bett.

»Du, Judit ...«, fängt er an.

»Ja?«

»Das war damals ich, der Junge mit den Maiblumen. Vendela, Benjamin und ich haben Maiblumen verkauft.«

»Hab ich's doch gewusst!«, sage ich und drücke ihn. »Ich lauf nur noch schnell zum Stall und schau bei den Schweinen vorbei.«

Als ich in den Stall komme, sehe ich, dass Vendela und Diddi auf der Wand der Box hocken und die Schweine anschauen.

»Es sind sechs Ferkel!«, ruft Diddi vergnügt.

Ich gehe zur Box und schaue auch hinein. Die Kleinen werden gerade von Doris gesäugt. Sie hebt den Kopf und betrachtet mich nachdenklich.

»Hallo, Doris!«, sage ich. »So hübsche Kinderchen hast du mitgebracht. Du erkennst mich doch, oder?«

Doris senkt den Kopf und sieht die trinkenden Ferkel an. Eins ist sehr viel kleiner als die übrigen.

»Ich muss auf den Baum. Pass gut auf die Ferkelchen auf!«, sage ich zu Diddi und drücke sie kurz.

Devil begleitet mich. Ich winke Gabriel zu, der noch im Ausguck sitzt. Als er mich sieht, klettert er nach unten.

»Alles ruhig?«

»Weit und breit nichts«, sagt er und hüpft neben mir von der Strickleiter.

»Glaubst du, sie kommen wieder?«

Er zuckt die Schultern. »Wäre komisch, wenn nicht. Sie müssen schließlich gesehen haben, dass hier Leute sind.«

»Aber vielleicht haben sie andere Probleme, um die sie sich kümmern müssen«, sage ich hoffnungsvoll.

Er nickt. »In der Stadt passiert bestimmt viel mehr als hier. Wahrscheinlich interessieren sie sich kein bisschen für den abgelegenen Hof«, sagt er.

Ich klettere die Strickleiter hinauf und steige durch die Krone nach oben. Als ich die Plattform erreicht habe, schaue ich hinunter zu Gabriel und Devil.

»Irgendjemand sollte vielleicht in die Stadt und nachschauen, was die Schwarzen dort treiben«, rufe ich.

DER ANFANG VOM ENDE

Aber als ich auf meinem Posten sitze, denke ich nicht mehr an die Schwarzen. Die Landschaft ringsum ist öde, total leblos. Nicht einmal der Wind spielt mit den wenigen steifen Unkrautstängeln, die aus dem unfruchtbaren Boden ragen. Die tiefhängenden Wolken haben fast die gleiche unbestimmbare graue Farbe wie die Ebene, als würden sie sich ineinander spiegeln. Weit am Horizont scheinen sie im absoluten Nichts zu verschmelzen.

Unten auf dem Hof ertönen Stimmen. Als ich über den Rand der Plattform nach unten schaue, sehe ich David, Dinah, Gabriel, Benjamin und Hänfling, die mit langen Brettern auf den Schultern unterwegs sind, um die Arbeit auf dem Floß fortzusetzen. Gut, denke ich. Jetzt, nachdem wir auch noch Ferkel haben, brauchen wir noch mehr Platz an Bord.

Als die Stimmen verklungen sind, lege ich mich auf den Rücken. Ich bin kurz davor einzuschlafen und muss mich zwingen, wach zu bleiben. Die tote Familie, denke ich. Irgendetwas ist mit ihnen, das wir verstehen müssen. Irgendetwas stimmt da nicht. Schon die ganze Zeit stimmt etwas nicht.

Da sehe ich eine Staubwolke über der Ebene. Eine Wolke, die schnell näher kommt. Pferde, denke ich. Das sind die Pferde! Aber als die Wolke noch näher kommt, sehe ich, dass es der Jeep vom Ganser ist. »Yes!«, schreie ich. »Endlich passiert was in Weitwegistan!«

Als der Jeep mit quietschenden Reifen anhält und die Staubwolke hinter ihm über die Steppe davonwirbelt, rufe ich dem Ganser zu: »Fang mich auf!« Dann stürze ich mich von der Plattform.

Im selben Augenblick sehe ich, dass er im Jeep sitzen bleibt. Verflixt, denke ich, ich hab's schon immer zu eilig gehabt. Im letzten Moment breite ich die Arme aus und merke zu meiner großen Erleichterung, dass sie tragen. Ich segle einmal um den Jeep und lande ziemlich elegant auf der Motorhaube.

»Judit!«, ruft er erstaunt und stößt die Wagentür auf.

»Du bist zu langsam«, sage ich. »Das hier ist ein Actionfilm.«

»Mensch, Mädchen, was machst du hier?«

»Das fragst ausgerechnet du?«, sage ich und lache.

»Wenn du wüsstest, wie wir nach dir gesucht haben«, sagt er.

Das macht mich froh, aber auch etwas verwirrt. »Welche Zeit haben wir gerade?«, will ich wissen.

Er wirft einen kurzen Blick auf seine Armbanduhr. »Eine Minute vor zwölf.«

Ich schenke ihm ein schiefes Lächeln. »Sehr witzig. Ich meine, welche Epoche. Welches Jahrhundert oder so.«

»Das weiß ich, ehrlich gesagt, nicht.«

»Und welcher Tag ist heute?«

Er schüttelt den Kopf.

Und der will Lehrer sein, denke ich. Ein Glück, dass wir einen Kalender haben.

»Es gibt eine Menge Sachen, die ich dich fragen will«, sage ich.

»Das merke ich.«

»Übrigens, wo ist Oma Duck?«

»In der Kita. Bei der Arbeit.«

»Wir könnten sie hier gut gebrauchen. Hier wimmelt es von Kindern.«

Da kommen plötzlich auch Gun-Helen und Red Bull. Ich begrüße sie reserviert. Gun-Helen merkt natürlich, dass etwas nicht in Ordnung ist.

»Aber was ist denn, Schätzchen?«, fragt sie.

»Alles«, sage ich. »Es ist alles nur beschissen. Fangen wir mal mit der toten Familie an. Da stimmt doch was nicht, oder?«

Sie sieht mich nachdenklich an. Dann nickt sie. »Mir war klar, dass du das bemerken würdest.«

»Ich würde gern mit ihnen reden«, sage ich.

Da mischt sich Red Bull ein. »Das geht nicht«, sagt er schnell. »So funktioniert das nicht.«

»Aber es ist wichtig«, beharre ich.

Red Bull und Gun-Helen schütteln im Takt die Köpfe.

»Es geht um Leben und Tod«, sage ich.

Da drehen sie sich um und gehen weg.

»Was zum Teufel wird aus uns, wenn wir sterben?«, schreie ich.

Ich wache auf, weil ich Stimmen höre. Sie sind vom Meer zurückgekommen, denke ich und stehe automatisch auf, um ihnen entgegenzugehen und ihnen zu helfen. Aber im selben Moment, als ich einen Schritt in die Luft hinaus machen will, entdecke ich, dass ich mich oben auf der Plattform befinde. Das heißt – entdecken? Es ist eher so, als würde etwas mich hindern, *als würde mir jemand eine Hand auf die Schulter legen.* Meine Beine fangen an zu zittern, und ich sinke auf den Bretterboden. Dort bleibe ich lange sitzen und versuche, das Ziehen im Magen loszuwerden. Doch das scheußliche Gefühl behält mich im Griff. Es ist deutlicher und ganz anders als alles Schwindelerregende, das ich in letzter Zeit erlebt habe. *Wirklicher,* möchte ich fast schreiben.

Also bleibe ich sitzen und sehe, wie sie ihre Muschelkörbe anschleppen. Vendela und Hänfling verschwinden fast hinter ihren Lasten. Sie schwanken ins Haus und kommen kurz darauf wieder ins Freie. Hänfling hilft Vendela, ihren Zopf von einem langen Strang aus Tang zu befreien, der darin hängen geblieben ist. Sie lacht über ihn, als er sich den Tang auf den Kopf legt. Als ich sie von hier oben sehe, wird mir deutlich, wie ähnlich sie einander sind. Nicht nur, weil sie den gleichen schlaksigen Körperbau haben, die gleichen beobachtenden, wehmütigen Augen. Nein, von hier oben sehe ich noch etwas anderes. Die Choreographie stimmt. Sie bewegen sich gleich, ihre Gliedmaßen sind auffallend im Einklang, es ist, als gehörten Arme und Beine ein und demselben Körper. Sie müssen Zwillinge sein, denke ich, und verstehe nicht, wie ich das bisher übersehen konnte. Doch das liegt natürlich an allem anderen. Weil alles so ist, wie es ist. Spielt es überhaupt eine Rolle, ob man Geschwister hat oder nicht, wenn die ganze Welt zusammenbricht?

Als ich nach unten klettere, spüre ich förmlich, wie mein Körper ins Krisendasein zurückkehrt. Unter dem Baum bleibe ich stehen und schaue zum Ausguck hinauf. Was war das wohl, was ich da oben gerade empfunden habe? Doch dann verscheuche ich diese Gedanken und höre Benjamin hinter mir fragen: »Alles okay?«

Und als ich antworte: »Weit und breit nichts zu sehen«, bin ich mir plötzlich unsicher, ob ich während meiner Wache womöglich nur eingenickt bin und geschlafen habe.

Diddi kommt angerannt, Devil dicht auf den Fersen. Ich sehe sofort, dass etwas vorgefallen ist.

»Was ist?«, rufe ich.

»Das kleine Ferkelchen ist tot«, schluchzt Diddi mit tränenüberströmtem Gesicht.

»Wann ist das passiert?«, frage ich und streichle ihre Wange.

»Als ich hingekommen bin, war es einfach tot«, sagt sie.

Ich nehme sie an der Hand und gehe mit ihr zum Stall.

In der Box liegt das kleinste Ferkel für sich in einer Ecke, ganz steif. Weder Tüchtig noch Doris nehmen von ihm Notiz. Ich klettere hinein und hebe es vorsichtig auf. Es ist nicht größer als eine Ratte und wiegt fast nichts.

»So was kommt vor«, sage ich. »Die Kleinen sterben manchmal.«

»Sollen wir es aufessen?«

Ich schüttle den Kopf. »Vielleicht war es krank«, sage ich. »Wenn du willst, begraben wir es im Garten.«

Diddis Gesicht hellt sich auf. »Kommt es dann in den Himmel?«

Ich zucke die Schultern.

»Ich hab ehrlich gesagt keine Ahnung, wo man landet, wenn man tot ist«, murmle ich.

Die Beerdigung des Ferkels wird zu einer stimmungsvollen Zeremonie. Nach einigen Diskussionen einigen wir uns darauf, es sicherheitshalber zuerst zu verbrennen. Benjamin und Gabriel haben trockene Äste und Zweige aufgehäuft, und inmitten des Haufens haben wir das Ferkelchen an ein Holzkreuz gebunden. Es ist schon fast dunkel, als wir das Feuer anzünden. Die Flammen werfen sich gefräßig auf das dürre Reisig. Als das Feuer den Tierkörper erreicht, entsteht ein lautes Zischen, und der Geruch nach verbranntem Fleisch verbreitet sich im Garten. Wir stehen im Kreis um das Feuer und sehen, wie das brennende Kreuz und der kleine Körper von den Flammen verzehrt werden. Das Feuer wirft seinen Schein auf das Haus, ich sehe unsere weiße Fahne mit dem grünen Kreis und werde so von der Stimmung ergriffen, dass ich anfange, ein schönes, trauriges Lied zu summen, das Oma oft gesungen hat. Ich glaube, es heißt »Blowin' In The Wind«. Nach einer Weile fällt mir ein Teil des Textes wieder ein: »How many seas must a white dove sail, befores she sleeps in the sand? Yes, 'n' how many times must the cannon balls fly, before they're forever banned? The answer, my friend, is blowin' in the wind, the answer is blowin' in the wind.«

Ich kann mich nicht an alles erinnern, weiß nur, dass es viele Verse waren. Ich singe das, woran ich mich erinnere, mit immer lauterer Stimme, und bald höre ich, dass die anderen einstimmen und die Melodie mitsummen. Es ist so schön, dass ich eine Gänsehaut bekomme.

»How many years can a mountain exist, before it's washed to the sea? Yes, 'n' how many ears must one man have, before he can hear people cry? The answer, my friend, is blowin' in the wind, the answer is blowin' in the wind.«

Als das Feuer heruntergebrannt ist, scharren wir die Knochen des Ferkelchens zusammen und legen sie in eine kleine Grube, die Benjamin und Diddi neben dem Beet vorbereitet haben. Am Rand der Grube steht ein einfaches kleines Holzkreuz. Als sie die Knochen mit Erde bedecken und den kleinen Hügel einebnen, der entstanden ist, denke ich an das, worüber wir gesprochen haben: Hoffentlich war es nichts Ansteckendes, woran das Ferkel gestorben ist.

28. SZENE. AUSSENAUFNAHME. FRÜHMORGENS. VOR DEM HAUS.
DAVID, DINAH, JUDIT, GABRIEL, BENJAMIN, VENDELA, DIDDI UND DIE ANDEREN, HÄNFLING (NICHT IM BILD).

Benjamin schnitzt das Datum des Tages in den Kalender. In der Morgensonne stehen die Kinder in zwei Reihen auf dem Hof. Sie halten sich an den Händen. Die Wunden an den Beinen der kleinen Diddi sind verheilt. Vor ihnen stehen David und Judit. Alle haben selbst gemachte Hüte mit breiten Krempen auf und erinnern an Arbeiter auf den Reisfeldern in Vietnam oder an Pygmäen im Dschungel. Als Benjamin fertig ist, beginnt Judit mit feierlicher Stimme zu sprechen.

JUDIT

Montag, der erste Majus!

In den Reihen der Kinder entsteht ein Gemurmel.

DIE KINDER (IM CHOR)

Majus! Erzähl uns von Majus!

Judit räuspert sich. Sie sieht David an, der die Beute der nächtlichen Jagd an die Nägel in der Verandawand hängt. Die Ratten sind zu je zweien an den Schwänzen zusammengebunden. David hängt ein Rattenpaar nach dem andern auf. Devil folgt ihm mit dem Blick. Am Ende hängen da neun Paare.

JUDIT

Majus war eine schöne Zeit. Eine der allerbesten. Das war die Zeit, als alles grün wurde. Die Vögel kamen und sangen so laut, dass einem fast die Ohren weh taten. Die Blumen erblühten und sandten zarte, süße Düfte aus. Gelbe Schlüsselblumen und weiße Maiglöckchen. Schmetterlinge und Hummeln flogen zu ihnen, um Nektar zu holen. In den Gartenbeeten waren die ers-

ten Gemüsesorten erntereif. Die Luft war warm, man machte Ausflüge und picknickte auf roten Decken im Gras. Abends saß man im Freien und zündete den Grill an.

DIDDI
Genau wie wir!

Judit nickt.

VENDELA
Wird dein Gemüse jetzt auch reif?

JUDIT
Hoffen wir das Beste.

Judit sieht zu dem kleinen Gartenbeet hinüber. Die Kamera folgt ihrem Blick. Genau sieben Pflanzen sind noch übrig. Alle anderen sind verwelkt und gestorben. Die Überlebenden wirken auch nicht allzu kräftig. Ihr Wachstum scheint irgendwie angehalten worden zu sein, sie sehen geschrumpft aus, wie Zwergpflanzen.

VENDELA
Warum wachsen sie so langsam?

JUDIT (ZUCKT DIE SCHULTERN)
Das kann an der Erde liegen. Weil irgendein Nährstoff fehlt. Oder zu reichlich vorhanden ist.

David hat sich die Hände an den Beinen abgewischt und kommt zu Judit her.

DAVID
Dann wollen wir mal die heutigen Aufgaben besprechen. Benjamin, du hast die erste Wache oben im Baum. Diddi versorgt die Schweine. Dinah, Gabriel und ich gehen zum Floß und bauen weiter. Hänfling und Vendela holen Wasser. Judit bleibt mit den übrigen Kindern hier und behält alles im Auge.

David legt eine Pause ein. Die Kamera bewegt sich über die Gesichter der Kinder. Sie blinzeln angestrengt in die aufgehende Sonne und zu David hin. Ein paar tragen Bogen über den Rücken. Vendelas Finger spielen mit ihrem Zopf. Benjamin hat sich neben die tote Familie auf die Veranda gesetzt. Er sieht müde aus.

DAVID
Okay?

Die Kamera wackelt kurz und bewegt sich dann nach oben und unten, als würde sie nicken.

Ich muss daran denken, was ich den Kindern über den Monat Majus erzählt habe. Hier gibt es keine Blumen, kein Grün, nicht einmal einen grauen kleinen Vogel. Hier ist es lautlos wie in einem Vakuum. Ein lebloses Land. Ich glaube, es gibt ein Wort, das heißt *Niemandsland*. Das passt hierher.

Seltsam, dass ich mich noch nicht daran gewöhnt habe und etwas in mir immer noch das normale Leben wiederhaben will.

Aber da ist noch mehr. An diesem Morgen jedenfalls. Ich fühle mich rastlos und unruhig. Ich sitze lange auf der Veranda und blinzle in die riesige Sonne, die sich wie ein feuerspeiender Drache am Horizont erhebt. Das Wetter scheint sich wieder zu verschlechtern. Oder ist es der Frühling, der jetzt beginnt?

Ich versuche, an etwas anderes zu denken, lasse die Gedanken abschweifen, aber sie kehren immer wieder zurück. Zu mir selbst. Zu diesem gegenwärtigen Augenblick. Zu der aufgehenden wahnsinnigen Sonne. Zu diesem gottverlassenen Einödhof weit draußen im Nirgendwo. Nicht einmal in Weitwegistan ist es mitten im Sonnenschein so eisig leer. Ich kann mich an das unheimliche Schwindelgefühl erinnern, das mich manchmal zu Hause bei meinen Eltern nachts befiel. In meinem anderen Leben. Als ich im Bett lag und an den Tod dachte, mir vorstellte, wie es ist zu sterben. Manchmal wurde dieses Gefühl so stark und deutlich, dass ich zu Papa ins Bett kriechen musste. Damals empfand ich auch eine eisige Leere. Der Tod, denke ich. Was ist das eigentlich, der Tod?

Aber vor allem denke ich an Dinah. Seit unserer Expedition in die Stadt geht es ihr wieder schlechter. Ich merke, dass sie sich zurückzieht. Manchmal sitzt sie nur da und starrt in die Luft. Ich mache mir Sorgen um sie.

Als Diddi vom Stall angewirbelt kommt, höre ich endlich auf zu grübeln.

»Geht es allen Schweinen gut?«, frage ich, während ich Devil streichle.

Diddi nickt eifrig und wischt sich den Rotz unter der Nase mit der Hand weg.

»Ich glaub schon, aber ein Schweinchen schläft immer bloß«, teilt sie keuchend mit.

»Schläft?«, sage ich und spüre die Unruhe wieder wach werden. »*Wie* schläft es denn?«

»Es legt sich irgendwo allein hin und schläft ein. Ich hab's immer wieder aufgeweckt und zu seiner Mama getragen. Aber es geht bloß wieder weg.«

Ich denke kurz nach. Will da noch eins sterben?

»Ist es kleiner als die anderen?«, frage ich.

Diddi schüttelt den Kopf. »Es ist fast am größten.«

»Dann ist es bestimmt nur satt«, sage ich.

@@

29. SZENE. AUSSENAUFNAHME. MORGEN. AUF DEM FELD.
DAVID, DINAH, (GABRIEL).

Das verwackelte Bild von flachen Feldern. Im Hintergrund dichtes Gestrüpp aus Silberbüschen, dahinter die Silhouette des wieder aufgebauten Red Bull.

DINAH (NICHT IM BILD)
Wir könnten die Statue genauso gut abreißen.

GABRIEL (NICHT IM BILD)
Warum denn das?

Das wacklige Bild wandert, während Gabriel spricht. Die Kamera hält an, zeigt Dinah in einer unscharfen Nahaufnahme. Dann wird ihr Gesicht scharf.

DINAH
Das ist doch total sinnlos. Hier kommt sowieso nie jemand vorbei, der sie sieht, und wir könnten die Bretter anderweitig brauchen.

DAVID (NICHT IM BILD)
Hör auf, Dinah! So darfst du nicht reden.

DINAH
Aber so ist es doch. Wir sind hier gefangen. Was wir auch tun, nichts verändert sich. Die Zeit vergeht, und trotzdem bleibt alles gleich. Hier gibt es keine Zeit.

GABRIEL (NICHT IM BILD)
Das stimmt nicht. Die Schweine haben Junge gekriegt. Wir haben die verwilderten Kinder bei uns aufgenommen. Wir jagen Ratten. Die ganze Zeit passiert was. Wir werden es schaffen!

DINAH (SCHREIT)
Ja, kapierst du das denn nicht, das denken wir uns doch nur aus! Judit glaubt sowieso, alles ist nur ein Traum. Weil alles ringsum immerzu gleich bleibt. Das hier ist ein Albtraum, Gabriel!

Dinah bricht in Tränen aus.

Die Kamera wackelt, und Dinah verschwindet aus dem Bild. Die Kamera wandert über den Horizont und zoomt die Statue von Red Bull heran.

DAVID (NICHT IM BILD, AUS EINIGER ENTFERNUNG)
Komm jetzt!

Hänfling füllt die Teller mit dampfender Suppe. Ich gehe nach draußen, um Benjamin zu fragen, ob er noch eine Weile Wache schieben kann. Gabriel ist als Nächster an der Reihe, aber er ist noch nicht vom Floß zurückgekehrt. Ich bleibe kurz auf dem Hof stehen und horche, ob ich sie kommen höre, aber ringsum ist nichts als hallende Leere. Warum haben sie sich wohl verspätet? Sie müssten schon längst wieder hier sein. Ich gehe zur Ulme und rufe zu Benjamin hinauf: »Soll man dich jetzt ablösen, oder kannst du warten, bis Gabriel kommt?«

Als er nicht antwortet, rufe ich aufs Neue: »Hu, hu! Bist du da oben etwa eingeschlafen?«

Ich spähe zur Plattform hinauf, sehe oder höre aber nichts von Benjamin. Ein unangenehmes Gefühl krallt sich in meine Brust.

»Benjamin!«, rufe ich so laut, dass Hänfling auf den Hof herauskommt.

»Was ist los?«

»Er antwortet nicht.«

»Ich kann raufklettern«, sagt Hänfling.

Ich schüttle den Kopf. »Geh rein und iss weiter, ich mach das schon. Er ist bestimmt nur eingeschlafen.«

Aber während ich an den kräftigen Ästen der Ulme nach oben klettere, schwindet diese Selbstsicherheit genauso schnell, wie ein Blatt zu Boden fällt. Als ich den Ausguck erreiche, habe ich heftiges Herzklopfen.

»Ich bin's nur«, sage ich, als ich mich auf die Plattform hinaufhieve.

Genau wie ich vermutet habe, liegt er ausgestreckt da und schläft. Er liegt auf dem Bauch, mit der Stirn auf den Brettern. Das sieht unbequem aus.

Er muss total erschöpft sein, sage ich mir. Plötzlich sehe ich, dass er eigenartige Flecken am Hals hat. Dann fasse ich seine Schulter an und schüttle sie vorsichtig.

»Wach auf!«, sage ich. »Wach auf, Benjamin!«

Aber Benjamin wacht nicht auf. Er zeigt mit keiner noch so kleinen Regung, dass er mich hört, und dieses scheußliche Gefühl von Unwirklichkeit, das ich schon so gut kenne, schlägt mit voller Wucht zu.

»Benjamin!«, schreie ich. »Wach auf!«

Als er nicht reagiert, rolle ich den dünnen Körper vorsichtig auf den Rücken. Der Anblick, der sich mir bietet, bestätigt meine schlimmsten Befürchtungen, und dennoch trifft es mich wie ein Hieb in die Magengrube.

Benjamin ist tot.

30. SZENE. AUSSENAUFNAHME. TAG. STRAND. DAVID, DINAH (GABRIEL).

Lange, weiche Dünungen bewegen das Meer. Etwas weiter draußen im Wasser dümpelt das Floß, auf dem ein großes Holzhaus errichtet ist. David watet mit ein paar schwankenden Brettern auf der Schulter hinaus. Die weißen Vögel hängen wie ein Badetuch über ihm.

DAVID (RUFT DER KAMERA ZU)

Hör jetzt damit auf und hilf mir lieber!

GABRIEL (NICHT IM BILD)

Wir müssen mit Dinah reden. Ihr geht's nicht gut.

DAVID

Was hast du gesagt?

GABRIEL (SCHREIT)

Dinah geht's wieder schlecht! Wir müssen mit ihr reden!

DAVID

Wo ist sie?

GABRIEL (NICHT IM BILD)

Oben bei der Statue.

31. SZENE. AUSSENAUFNAHME. TAG. BEI DER RED-BULL-STATUE.
DINAH, DAVID, (GABRIEL).

Dinah sitzt an das eine Bein von Red Bull gelehnt. Sie hat den Kopf zwischen die Arme gelegt, als würde sie weinen.

GABRIEL (NICHT IM BILD)
Was ist los?

Dinah bleibt mit dem Kopf zwischen den Armen sitzen. Regungslos, wortlos.

GABRIEL
Los, mach schon, Dinah, wir ...

DINAH
Hör endlich mit dieser beschissenen Filmerei auf, verdammt nochmal!

Dinah steht auf, geht auf die Kamera zu.

DINAH
Hör auf! Hast du verstanden! Hör auf, verdammte Scheiße nochmal!

Die Kamera bewegt sich rückwärts, filmt aber weiter.

DINAH

He, hör endlich auf!

Dinah dreht sich plötzlich um und stürzt auf Red Bull zu, wirft sich auf eines der Beine und zerrt so heftig daran, dass die Statue ins Schwanken gerät.

DAVID (NICHT IM BILD)

Lass das, Dinah, das kann gefährlich sein!

DINAH

Du beschissenes Arschloch! Ich hasse dich! Hast du mich gehört! Ich hasse, hasse, hasse dich!

GABRIEL (NICHT IM BILD)

Pass auf!

Die klapprige Bretterfigur schaukelt oberhalb von Dinah hin und her. Der rote Stein mit dem Gesicht bewegt sich mit, dann fällt er.

GABRIEL

Vorsicht!

@@

Ich starre Benjamins mageren Körper an. Das kann nicht wahr sein, denke ich, denn der Anblick ist so unerwartet, so unwirklich. Ich weiß nicht, wie lange ich vor ihm auf den Knien liege. Wahrscheinlich weine ich, aber als ich die Tränen mit der Hand wegwische, merke ich, dass sie nicht nass wird. Ich schließe die Augen, verharre ganz still. Versuche, alles noch einmal zurückzuschrauben. Aber als ich die Augen öffne, liegt er immer noch regungslos vor mir. Er ist tot, denke ich.

Nach einer wahren Ewigkeit richte ich mich auf und blicke über die Felder. Wenn er tatsächlich tot ist, denke ich, muss sich irgendjemand dort draußen befinden. Ein Feind, ein Mörder. Aber ich sehe nur die weite Ödnis, die dürren Unkrautstängel, die sandfarbene gelbliche Erde. Sonst nichts.

Ich starre Benjamins nackten, drahtigen Oberkörper an. Er ist zwar mager, aber ich weiß, wie zäh er ist. Er ist beharrlich, unermüdlich. Angepasst an ein Leben im Niemandsland. *War*. Nicht *ist*.

»Oma«, flüstere ich. »Du musst mir helfen. Das kannst nur du. Gott gibt es nicht, Gun-Helen will nicht, und Mama hat keine Zeit. Aber du hast Zeit. Du kannst es. Du bist die Einzige auf der ganzen Welt, die etwas tun kann. Die sieht, was wirklich los ist. Die *mich* sieht.

Tust du das, Oma? Siehst du mich jetzt? Hörst du mich jetzt? Das glaube ich. Das will ich glauben, ich weiß nämlich, dass du immer, immer bei mir bist. Das spüre ich ganz stark. Ich kenne dich, Oma. Komm näher her. Komm herauf zu mir und hilf mir, Benjamin wieder aufzuwecken! Bitte, liebe Oma! Wir machen das gemeinsam. Wir versuchen es mit aller Kraft. Nur du kannst mir dabei helfen. Komm! Komm jetzt zu mir!«, flüstere ich.

Ich wische mir die Tränen mit den Fingern ab, aber es sind immer noch keine da. Dann streiche ich mit den Fingerspitzen über Benjamins Körper. Die dunkle Haut ist rau wie Sandpapier. Keine Spur von Blut ist zu sehen. Auch nicht auf den Brettern unter dem Körper. Hoffentlich ist er schnell gestorben. Dann hat man keine Zeit, um zu leiden, vielleicht nicht einmal, um etwas zu spüren und zu verstehen. Der plötzliche Tod ist der beste.

32. SZENE. AUSSENAUFNAHME. TAG. BEI DER STATUE VON RED BULL.
DINAH, DAVID, GABRIEL.

Der schwere rote Stein löst sich und fällt herab. Dann wird das Bild von Gabriels Rücken verdeckt, weil Gabriel von seinem Platz hinter der Kamera hergelaufen kommt.

GABRIEL
Dinah!

DAVID

Was zum Henker …! Dinah!

Ein dumpfes Poltern, als der Stein landet. Gabriel hat sich über Dinah geworfen. Der rote Stein liegt neben ihm.

GABRIEL (SCHLUCHZT)

Dinah, Dinah, Dinah!

DAVID

Ist sie unverletzt?

GABRIEL (OHNE SICH UMZUDREHEN)

Alles okay.

Plötzlich löst sich eines der Bretter der Statue und fällt zu Boden. Im nächsten Augenblick kracht die ganze Statue über Gabriel und Dinah zusammen. David stürzt hin und beginnt, die Bretter wegzuzerren.

DAVID

O Mann, so eine Scheiße! Ist euch was passiert?

Gabriel steht auf und hilft ihm, die Bretter wegzuziehen. Er fängt an zu lachen.

GABRIEL

Alles paletti.

DINAH

Diese Scheißstatue. Ich hab doch gleich gesagt, wir sollen sie abreißen.

GABRIEL (STEHT AUF)

Ich muss die Kamera ausmachen.

@@

Ich will mich gerade wieder auf die Plattform sinken lassen, als meine Augen etwas registrieren, das sich auf der Veranda bewegt. Eines der toten Zwillingsmädchen ist aufgestanden und macht mir irgendwelche Zeichen. Aber obwohl ich mir Mühe gebe, begreife ich nicht, was sie meint.

Erst als ich wieder neben Benjamins Körper sitze, geht mir auf, was ich gesehen habe. Schnell stehe ich wieder auf und spähe zur Veranda hin. Alle vier sitzen genauso da, wie wir sie platziert haben, das sehe ich deutlich.

Zitternd kauere ich mich neben Benjamin, kuschle mich an ihn, lege die Arme um ihn. Ich friere.

»Oma«, murmle ich. »Oma, ich glaube, ich werde krank.«

@@

Als ich aufwache, sitzt sie an meinem Bett und hält eine Tasse mit warmem Honigwasser in der Hand.

»Hier, mein Schatz, trink das, dann fühlst du dich gleich viel besser.«

Ich rutsche im Bett hoch und trinke einen Schluck, obwohl das süße Wasser sehr heiß ist und mir fast die Lippen verbrennt. Oma sieht das natürlich, sie beugt sich vor und pustet langsam darauf. Dann versuche ich es erneut, und jetzt kann ich die heiße Flüssigkeit gut trinken. Pompom erhebt sich von seiner Schlafmulde über meinem Kopf, kommt her und beschnuppert das Honigwasser. Dann zieht er den Kopf schnell zurück, reckt sich und streckt sich der Länge nach zwischen mir und Oma aus.

Oma streicht mir übers Haar.

»Das ist nur eine ganz normale Erkältung«, sagt sie.

»Ich bin wohl zu viel geschwommen«, sage ich und werfe einen Blick auf mein silbernes Freischwimmerabzeichen an der Wand.

Da lacht sie und sagt, ich sei nur ein kleiner erkälteter Silberfrosch.

»Kommt Mama heute?«, frage ich.

Oma schüttelt den Kopf.

»Vielleicht am Wochenende«, sagt sie. »Sie ruft vorher an.«

Dies ist das letzte Mal, dass meine Gedanken in die alte Welt zurückkehren. Ich bekomme keine weiteren Bilder mehr. Es ist, als wäre der Kontakt plötzlich abgebrochen.

Mein Leben ist ein Puzzle aus Tausenden von losen Teilen, so kommt es mir manchmal vor. Manche Menschen bezeichnen das als Erinnerungen. Aber das stimmt nicht genau, ich glaube nämlich, alles ist von Anfang an vorhanden. All diese Teile sausen schon bei deiner Geburt in dir herum und können eigentlich in jeder beliebigen Reihenfolge auftauchen. Aber es sind die Wochentage, die dafür sorgen, dass das nicht geschieht. Ich glaube, die Wochentage kleben das Leben so zusammen, dass es sich verfestigt und die Teile in eine gewisse Reihenfolge kommen.

Aber wenn man keine Bilder mehr übrig hat, was bleibt einem dann?

Ich weiß es nicht. Ich bin bloß eine Person, die Aufzeichnungen macht, und versuche diese Aufgabe, so gut ich kann, auszuführen.

Als ich aufwache, sehe ich Hänflings Gesicht, das über den Rand der Plattform schaut.

»Was ist passiert?«, fragt er.

Ich kann nur den Kopf schütteln. »Komm rauf!«, flüstere ich.

Er hievt sich geschmeidig auf den Bretterboden.

»Benjamin ist tot«, sage ich.

»Tot?«

»Ich glaube, er war krank.«

Hänfling sieht mich an, und zum ersten Mal ahne ich einen Anflug von Panik in seinen klugen Kinderaugen. Er wendet den Blick ab. Sieht auf die Ebene hinaus. Sieht dasselbe Niemandsland wie ich, dann lässt er den Blick in Richtung Meer wandern.

»Die andern kommen jetzt«, sagt er tonlos.

Ich spähe am Rand der toten Silberbüsche entlang und sehe sie auftauchen.

»Höchste Zeit«, sage ich.

33. SZENE. AUSSENAUFNAHME. TAG. GARTEN.
DINAH, JUDIT, DAVID, GABRIEL, VENDELA, DIDDI UND DIE ANDEREN, (HÄNFLING).

Alle sind im Garten versammelt. Vendela hält die kleinsten Kinder an den Händen. David und Gabriel graben eine tiefe Grube. Sie stehen unten und werfen gelbe klebrige Erdmassen herauf. Der Schweiß hinterlässt helle Rinnsale auf ihren schmutzigen Gesichtern. Neben der Grube steht ein aus grünen Brettern zusammengenagelter Sarg. Der Deckel ist offen. Dinah und Judit tragen gemeinsam Benjamins Körper herbei. Sie halten ihn an den Armen und Beinen und senken ihn behutsam in den Sarg. Dinah bleibt mit gesenktem Kopf stehen. Ihre ganze Gestalt bebt.

34. SZENE. AUSSENAUFNAHME. TAG. GARTEN.
DINAH, JUDIT, DAVID, GABRIEL, VENDELA, DIDDI UND DIE ANDEREN, (HÄNFLING).

Alle stehen im Kreis um den Sarg und halten einander an den Händen. Nur Hänfling fehlt. Sie singen ein Lied, dasselbe Lied, das sie schon einmal gesungen haben: »Blowin' In The Wind«. Als das Lied zu Ende ist, schließen Gabriel und David den Deckel und nageln ihn zu. Diddi kommt mit ihrem Stoffhund zu ihnen her.

DIDDI

Der soll bei ihm sein.

DAVID

Bei Benjamin?

DIDDI (NICKT)

Damit er nicht so allein ist.

David zieht die halbeingeschlagenen Nägel wieder heraus und öffnet den Deckel. Diddi legt den Hund vorsichtig in Benjamins Arme.

DIDDI

Jetzt musst du keine Angst mehr haben.

David und Gabriel schließen den Deckel und nageln ihn zu. Dann packen sie den Sarg an je einem Ende und heben ihn über den Rand in die Grube. Als sie ihn loslassen, fällt er mit schwerem Aufprall in das Loch. Dinah bringt ein hölzernes Kreuz, das aus einem ähnlichen Stück Treibholz gemacht ist wie der Kalender. In das Brett hat Dinah einen Text eingeritzt:

BENJAMIN

13. Majus anno 1

35. SZENE. AUSSENAUFNAHME. TAG. GARTEN. DIE TOTE FAMILIE.

Im Garten sind ein paar Personen erkennbar, die für sich im Schatten zwischen den Bäumen stehen. Es scheint die tote Familie zu sein. Der Vater, die Mutter und die beiden Zwillingsmädchen. Der Vater trägt einen dunklen Anzug, die Mutter ein schwarzes Kostüm und einen schlichten schwarzen Hut mit einem altmodischen Schleier, der vors Gesicht hängt. Die Mädchen haben dunkelgraue Kleider an. Dann treten sie aus dem Schatten. Sie bewegen sich sehr langsam, fast im Zeitlupentempo. Sie bleiben mitten auf dem Hof stehen und halten einander, einen Kreis bildend, an den Händen. Der gebrochene Arm des einen Mädchens scheint geheilt zu sein. Schließlich beginnen sie, sich zu bewegen, sachte, als tanzten sie einen Reigen.

Benjamins Tod ist für uns alle ein Schock. Ich weiß nicht, ob es richtig ist, wenn ich schreibe, dass er der Beliebteste war. Er hatte ein so großes Bedürfnis nach Einsamkeit. Aber er war der Loyalste, half immer, wenn Not am Mann war. Er wurde von allen respektiert und bewundert. Es stimmt, dass er seine eigenen Wege ging, fast wie ein Pfadfinder aus vergangener Zeit. Aber ich weiß, dass er immer fieberhaft damit beschäftigt war, sich Möglichkeiten für unsere Rettung auszudenken.

Jetzt, da er nicht mehr bei uns ist, fühlt es sich an, als wäre alles vergeblich gewesen. Ja, als könnten wir genauso gut aufgeben. Ich weiß, dass wir alle so denken: Was sollen wir jetzt nur tun?

Ein paar Tage später stirbt eins der kleineren Kinder genauso plötzlich wie Benjamin. Es ist ein Mädchen, und es hat fast genau die gleichen dunkelvioletten Flecken am Hals wie er.

Wir beschleunigen die Arbeit mit dem Floß noch einmal. Bis auf den Wachtposten verbringen alle die Tage unten am Meer. Das ist riskant, denn wenn jemand käme, müsste der Wachtposten bis zum Strand rennen, um die anderen zu warnen. Aber allmählich ist die Arbeit am Floß fast abgeschlossen. Das große Holzhaus ist annähernd fertig. Es geht nur noch um Details. Gabriel und David nageln eine kleine Einzäunung zusammen, in der die Schweine sich aufhalten können, ohne über Bord zu fallen. Dinah und ich nähen die letzten Teile des Segels noch einmal neu, damit es perfekt auf das Floß passt.

Aber ein Problem bleibt bestehen: Das Floß sitzt auf dem Riff. Es scheint sich inzwischen zwar ein wenig von der Stelle bewegt zu haben, steckt aber immer noch unverändert fest.

Gabriel und David sind getaucht, haben die Lage unter Wasser inspiziert und sind mit hoffnungsvollen Nachrichten zurückgekehrt. Die großen Steine, auf denen das Floß ruht, sind oben ganz flach. Jetzt haben wir eine Idee, wie wir es losbringen könnten. Unser Plan ist, an einem Tag, wenn die Dünung sehr stark ist, das Floß ganz einfach freizuschaukeln.

Eines Abends scheinen die Voraussetzungen dafür ideal zu sein. Der Wind hat den ganzen Nachmittag zugenommen, jetzt schaukeln die breiten Wellen das Floß auf und ab. Die Bretter bewegen sich scharrend auf den Unterwassersteinen. Gabriel dirigiert uns ans eine Floßende. Dort drängen wir uns alle zusammen, und als eine große Welle kommt, ruft er: »Jetzt!« Wir hüpfen so hoch wie möglich und landen mit voller Wucht auf den Planken. Devil bellt aufgeregt von seinem Beobachtungsposten am Ufer.

Es dauert eine Weile, bis es uns gelingt, die Welle zum richtigen Zeitpunkt zu erwischen. Jedes Mal, wenn wir es richtig machen, merken wir, dass sich die Schaukelbewegung tatsächlich verstärkt. Nachdem wir einige Zeit gehüpft sind, haben wir den perfekten Rhythmus gefunden und spüren, dass das Floß unserer taktfesten Fußarbeit gehorcht. Immer wenn eine Welle das Floß anhebt, schreien alle: »JETZT!«, und plötzlich merken wir, dass es sich von der Stelle bewegt. Das Floß fängt an, landeinwärts zu treiben! An Bord bricht wilder Jubel los.

Ein paar Abende später, als wir nach einem langen Arbeitstag zurückgekehrt sind und in der Küche beim Essen sitzen, geht mir plötzlich etwas Entsetzliches auf. Es ist, als würde ich endlich begreifen, was es ist, das uns heimgesucht hat.

»Die Ratten sind schuld!«, sage ich.

Die anderen sehen mich verblüfft an.

»Es liegt daran, dass wir Ratten essen!«, sage ich.

»Wovon sprichst du?«, fragt David.

»Könnt ihr euch denn nicht an diesen Film erinnern, den wir gesehen haben, ›Das siebente Siegel‹? Da waren fast alle Menschen im Land an der Pest gestorben, und es waren die Ratten, die sie verbreitet hatten!«

Am Tisch wird es lange still. Dann sagt Gabriel: »Das stimmt tatsächlich. Ich erinnere mich.«

»Dann werden wir alle sterben«, sagt David. Er scheint den Tränen nahe zu sein.

Ich schüttle den Kopf, um ihn zu beruhigen. »Das war doch im Mittelalter. Die Pest ist schon längst ausgerottet.«

»Aber vielleicht ist sie zurückgekehrt«, sagt David.

Ich überlege kurz und muss an diese unheimliche Szene in dem Film denken, als der Ritter mit dem Tod Schach spielt. Dann sage ich: »Ich glaube, wir müssen hier weg. Wir müssen weiterziehen. Das hier ist das Land des Todes.«

In dem Moment, als ich *das Land des Todes* sage, sehe ich selbst ein, wie recht ich habe. Ich fühle eine ungeheure Erleichterung bei dem Gedanken, dass das Floß freigekommen ist. Das meiste ist für die Abreise vorbereitet. Aber gleichzeitig empfinde ich auch eine gewisse Trauer darüber, dass wir den Hof verlassen müssen.

An genau diesem Abend werden alle unsere Überlegungen davon unterbrochen, dass die Katastrophe eintritt. Die

Katastrophe, die wir so lange befürchtet haben. Inzwischen hatten wir schon fast gehofft, sie würde ausbleiben. Aber jetzt ist sie da.

Die Schwarzen kommen zurück!

Wir sitzen gähnend in der Küche und schmieden Pläne, als uns Diddis erschrockene Rufe aus dem Ausguck erreichen:

»Sie kommen! Sie kommen!«

Danach geht alles so schnell, dass mir fast schwindlig wird.

Wir fahren blitzschnell vom Tisch hoch. Jeder packt seinen Bogen und stürzt auf die Veranda. Hänfling greift sich die Kamera und kommt hinterher. Draußen kommt Diddi auf uns zugerannt. Sie ist ganz weiß im Gesicht und deutet auf die Lücke in der Hecke, durch die die Männer letztes Mal eingedrungen sind.

»Sie sind gleich da!«, keucht sie.

»Rein ins Haus mit dir!«, sage ich. »Sorg dafür, dass alle Kinder sich in der Küche versammeln! Öffnet die Kellerluke und lauft zum Floß!«

36. SZENE. AUSSENAUFNAHME. ABEND. VOR DEM HAUS.
DINAH, JUDIT, DAVID, GABRIEL, VENDELA, (HÄNFLING).

Alle halten Bogen und Pfeile in den Händen. Vendela hat Benjamins Bogen, den besten von allen. David hebt die Hand. Es wird still.

DAVID (FLÜSTERT)
Wir müssen sie aufhalten! Verteilt euch und versucht euch zu verstecken!

VENDELA
Wir verstecken uns drüben in der Hecke. Komm, Hänfling!

Vendela zeigt mit dem Bogen auf die Stelle, wo Judit sich letztes Mal versteckt hat.

JUDIT
Ich komm mit. Dinah, du auch!

Aber Dinah schüttelt den Kopf. Sie steht auf der Veranda zwischen dem toten Vater und den Zwillingen. Es sieht aus, als wollte sie sich dort hinsetzen.

DINAH
Was soll der Blödsinn, wir haben sowieso null Chancen!

GABRIEL
Los, Dinah, komm endlich!

Gabriel rennt auf die Veranda, packt Dinah an der Hand und zieht sie fort. Dann rennt er mit ihr ums Haus. Judit und Devil stürzen zur Hecke.

37. SZENE. AUSSENAUFNAHME. ABEND. BEI DER HECKE. DIE SCHWARZEN.

Die schwarzen Männer kommen durch die Hecke. Sie bleiben stehen und sehen sich um. Der eine Mann zeigt auf das Wohnhaus. Der andere nickt. Er hält die Armbrust in den Händen, bereit, sie zu benützen. Sie wechseln unhörbare Worte.

Als ich in unserem Versteck in der Hecke sitze, schlägt mein Herz wie wild. Jetzt ist alles aus!, denke ich, überlege aber trotzdem fieberhaft, wie man die Männer überlisten könnte. Neben mir höre ich Vendelas schnellen Atem. Sie klingt wie ein Hund, der weit gerannt ist. Dann merke ich, dass sie Benjamins Bogen spannt und auf den Mann mit der Armbrust zielt. Der Abstand ist zu groß, denke ich. Ein so weit entferntes Ziel zu treffen ist unmöglich. Ich lege ihr die Hand auf den Arm und schüttle den Kopf. Als sie sich umdreht und mir zunickt, sehe ich, wie groß ihre Angst ist. Hänfling wirkt als Einziger ruhig. Er filmt die Männer.

38. SZENE. AUSSENAUFNAHME. ABEND. IM GARTEN. DIE SCHWARZEN.

Die Kamera folgt den schwarzen Männern, die sich vorsichtig durch den Garten bewegen. Sie sind zur

Veranda unterwegs. Genau wie letztes Mal bleiben sie in einiger Entfernung stehen und betrachten die tote Familie. Einer der Männer nickt zu der Fahne mit dem grünen Kreis hinauf. Doch dann steuern sie den Stall an. Bei den beiden Gräbern bleiben sie erneut stehen und reden lange miteinander. Dann setzen sie ihren Weg zum Stall fort.

Als die Männer die Tür zum Stall öffnen und hineingehen, denke ich, das ist unsere Chance. Ich sehe, dass David, Gabriel und Dinah schon zur Veranda unterwegs sind.

»Jetzt!«, flüstere ich. »Jetzt rennen wir ins Haus!«

Wir erheben uns. Aber als wir losrennen, geht die Stalltür wieder auf. Der Mann mit der Armbrust kommt heraus und zielt direkt auf uns.

Sie haben uns reingelegt!, kann ich gerade noch denken, bevor die Hölle losbricht.

39. SZENE. AUSSENAUFNAHME. ABEND. DURCH DEN GARTEN.

Die Kamera bewegt sich schnell durch den Garten. Laute Stimmen und Rufe. Devil bellt, ein dumpfes, aggressives Bellen. Das Bild flackert über den Boden. Beine und Füße wirbeln vorbei. Ab und zu ein Zipfel vom Abendhimmel. Dann ertönt das Geräusch eines

Pfeils, der von der Sehne schnellt. Vendela schwankt, wankt ein paar Schritte weiter, dann fällt sie und bleibt liegen. Hänfling stolpert über sie. Die Kamera fliegt davon und landet auf dem Boden.

JUDITS STIMME

Bist du getroffen?

DAVIDS STIMME (ENTFERNT)

Judit, komm!

JUDITS STIMME

Sie ist getroffen!

Die Kamera wird hastig wieder aufgehoben, aber zunächst an den Himmel gerichtet. Nichts von dem, was passiert, ist im Bild zu sehen.

HÄNFLINGS STIMME

Vendela!

Die Kamera rennt wieder, diesmal nach unten gerichtet, auf den Boden. Laute Schreie in einer fremden Sprache sind zu hören.

JUDITS STIMME

Sie stirbt!

HÄNFLINGS STIMME

Ich bleib hier! Folg den anderen!

DAVIDS STIMME (ENTFERNT)

Mach schon, beeil dich!

JUDITS STIMME

Oma! Hilfe!

Die Kamera wird geschwenkt. Kurz taucht der Hof auf. Dann der Himmel, die tote Hecke. Die schwarzen Männer huschen vorbei, als sie vom Stall angerannt kommen.

40. SZENE. AUSSENAUFNAHME. ABEND. DIE VERANDA. DIE SCHWARZEN. DIE TOTE FAMILIE.

Die Kamera befindet sich jetzt in einigem Abstand von den Ereignissen und zoomt wacklig die schwarzen Männer heran, die sich über Vendelas Körper beugen. Einer der Männer hebt den Kopf und sieht, dass alle ins Haus verschwunden sind. Beide stürzen auf die Veranda und stoßen die Zwillinge der toten Familie brutal zur Seite. Da steht der tote Vater plötzlich auf, hebt den Arm, nimmt das Kalenderbrett vom Haken über der Tür und holt damit zu einem heftigen Schlag aus. Das Brett saust wie ein Karatehieb durch die Luft. Die Männer werden überrumpelt und haben keine Zeit, sich wegzuducken. Das Brett trifft sie von vorn am Hals. Beide fallen leblos nach hinten.

DIE LETZTEN BILDER

41. SZENE. AUSSENAUFNAHME. DER GARTEN.

Ein Bild vom Garten bei Sonnenaufgang. Die ersten Strahlen haben ihn eben erst erreicht. Die Luft ist voller dicker grauer Schleier, die sich langsam auflösen. Die Kamera zoomt das Beet heran, in dem sich keine Auberginenpflanzen mehr befinden. Irgendjemand scheint sie ausgegraben zu haben. Dann bewegt sich die Kamera langsam durch den Garten. Er liegt verlassen da. Auch der Traktor, der beim Beet gestanden hat, fehlt. Wind weht, und dürres Laub kommt angetanzt.

42. SZENE. INNENAUFNAHME. MORGEN. IN DER KÜCHE. DIE TOTE FAMILIE, VENDELA.

Die Kamera filmt von außen durchs Küchenfenster. Am Esstisch sitzt die tote Familie. Inzwischen haben sie Alltagskleidung an. Sie scheinen zu frühstücken. Auf der Spüle steht eine neue Haushaltsrolle. Das Geräusch einer schlagenden Uhr dringt aus dem Wohnzimmer. Eine weitere Person sitzt am Küchentisch. Sie hat der Kamera den Rücken zugewandt. Es ist ein mageres Mädchen mit einem dicken braunen Zopf auf dem Rücken. Sie streckt den Arm aus, um sich etwas Joghurt zu nehmen.

43. SZENE. AUSSENAUFNAHME. MORGEN. DAS FLOSS. DINAH, JUDIT, DAVID, GABRIEL, DIE KINDER, DIE TIERE.

Das Floß entfernt sich vom Ufer und schaukelt elegant auf der schweren Dünung. Ein weißes Segel befindet sich auf dem Weg nach oben und schlägt hart im Wind. In einer kleinen Einzäunung sind zwei Schweine und mehrere Ferkel zu erkennen. Auf einer Holzbank stehen zwei Blumentöpfe mit Pflanzen darin. Ein aufgeregt bellender Hund steht im Heck. Neben dem Hund flattert eine große weiße Fahne mit einem grünen Kreis. An Bord bewegen sich Menschen. Sie ziehen an verschiedenen Tauen, um das Segel in die richtige Position zu bringen. Dann wird es von Wind erfüllt, und das Floß gewinnt an Fahrt. Die Menschen versammeln sich im Heck. Sie heben die Arme und winken der Kamera am Ufer zu.

Die Weißvögel folgen dem Floß, bis es nur noch ein kleiner Punkt ist. Da wenden sie plötzlich und fliegen laut klagend wieder auf die Küste zu.

Da verändert sich das Bild. Es wird ganz hell. Dann zuckt ein langer Riss über die helle Fläche, und alles wird schwarz.

NACHWORT DES HÄNFLINGS

Eigentlich habe ich nicht besonders viel hinzuzufügen. Manches in dieser Geschichte bleibt auch für mich ein Mysterium. Aber einiges kann ich vielleicht klären. Ich blieb zurück, als die anderen davonsegelten. Das Ganze war sehr dramatisch. Es gelang ihnen, in den Vorratskeller zu kommen, von dort rannten sie durch den Tunnel zum Strand. Dort lag das Floß und wartete auf sie. Alles war sorgfältig geplant. Die Tiere waren bereits umgezogen. Ja, Judit hatte sogar die beiden überlebenden Pflanzen ausgegraben. Sie blieben die ganze Nacht im Tunnel. Als es hell wurde, brachten sie die letzten Sachen an Bord und segelten davon. Meine Schwester und ich hätten natürlich mit dabei sein sollen. Nun kam es anders. Aber vielleicht war es meine Schwester, die uns andere gerettet hat. Die Schwarzen blieben kurz stehen. Das gab uns einen kleinen, aber lebenswichtigen Vorsprung. Je mehr ich darüber nachgedacht habe, desto überzeugter bin ich, dass sie nur dank Vendela rechtzeitig in den Tunnel gelangt sind. Ich selbst beschloss also, nicht an Bord zu gehen. Ich weiß nicht, ob ich im Einzelnen erklären kann, warum. Irgendetwas sagte mir, ich solle bleiben. Es war wie eine starke innere Stimme. Natürlich trug auch das Wissen, dass Vendela nicht mitkommen würde, dazu bei. Ohne sie wollte ich nicht fahren. »Ich kümmere mich um die Kamera und die Filme«, rief ich den anderen zu. Judit vertraute mir auch ihr Tagebuch an.

Abschließend möchte ich auch berichten, dass inzwischen etwas stabilere Verhältnisse herrschen. Wir haben neue Methoden gefunden, um zu überleben. Die Stadt ist nie wieder aufgebaut worden. Aber unter ihr ist eine neue entstanden, fast wie das Spiegelbild der alten. Dort leben wir jetzt in einem umfassenden System aus Tunneln, Kanälen, unterirdischen Mietshäusern, Fabriken, künstlichen Parks und endlosen Einkaufszentren. Fast wie Ratten, muss ich manchmal denken.

PS
Immer noch weiß niemand, was mit Judit Kaspersson, David Beckham, Gabriel Göthlin, Dinah Montgomery und den anderen geschehen ist. Aber inzwischen wehen an mehreren Orten auf dem Globus weiße Fahnen mit dem grünen Kreis darauf. Vielleicht ist das der Anfang von etwas Neuem, trotz allem?